KB152958

석탈해 II

김 정 진 지음

국학자료원

목차

제 48화 – 12. 용궁에서의 대결 – 서거 십일째(1)

남산에서 동해까지 순식간에 달려온 여섯 사람은 늦은 일출을 바라보았다. 이미 해가 바다 위에 어느 정도 솟아올랐지만 구름이 거의 끼지 않은 선명한 일출이었다. 몇몇 작은 구름은 황금빛으로 여기 저기 하늘에 박혀있는 듯했고 파도가 넘실거리면서 눈부신 포말을 분출했다.

용궁으로 가는 포구는 의외로 아진의선이 살던 하서지촌에서 가까웠다. 포구 입구의 주막에서 간단하게 요기를 하며 탈해는 백의에게 용궁에 대해 자세히 물었다.

"내가 기억이 없어서 그러는데, 용궁에 가면 도대체 숨은 어떻게 쉬나?"

"거기도 육지에요. 왕자님!"

"어? 용궁이 물속에 있는 게 아니야?"

"반은 물속에 있고 반은 섬, 그러니까 육지에 있지요,"

"아니 왜?"

"아! 용왕은 이미 용화인으로 변신하여 인간의 형상을 하고 있기 때문에 육지에서 용궁을 통치합니다. 필요할 때마다 용으로 변신하여 물속의 모든 어족과 용들을 다스립니다."

"그럼, 우리는 육지로 가는 것이로군."

"그렇습니다. 용성국출신의 아는 사람에게 이미 연통을 해두었습니다."

"믿을 만한 자인가?"

"예! 저처럼 과거 함달바 폐하의 충신이었던 자입니다."

"그래? 알겠네."

여섯은 급하게 요기를 하고 포구에 도착하자 백의는 한적한 곳의 동떨어진 집으로 향했다. 백의는 익숙하게 어부집에 가서 배를 한척 빌렸다. 과거에도 그 집에서 배를 빌린 듯했다. 군소리 없이 즉각 배를 내어주는 걸로 봐서 필시 미리 약속을 한 모양이었다. 배는 무척 낡아보였다. 쪽배이긴 하지만 생각보다 선체가 길어서 열 명 남짓 탈 수 있는 크기였다.

"자! 타시죠! 왕자님!"
"저어…"
"왜 그러십니까? 왕자님?"
"이보게 백의, 내 친구들도 있어서 그런데 나를 왕자님이라고 부르지 말게."
"예? 그럼 어떻게?"
"그냥 예전처럼."
"예, 알겠습니다. 주군!"
"흥! 주군?"

백의가 말을 바꾸었지만 은동이 콧방귀를 뀌었다.

"주군? 그것도 이상하긴 마찬가지네 뭐! 그치?"
"응? 으응…"

그러자 상길과 다른 친구들이 호응을 하는 건지 아닌지 애매한 반응을 보였다. 분위기가 이상하게 돌아가자 탈해가 나섰다.

"얘들아, 그냥 예전처럼 지내자. 일단 용궁에 가서 태기왕의 손자부터 데려오자! 알았지?"

망망대해가 보이는 수평선을 바라보면서 일행은 닻을 올리고 말뚝에 묶인 밧줄을 풀었다. 여섯 명이 차례로 배에 오르는 동안 출렁거리는 배가 낡아 다소 불안감을 주기는 했다. 일단 출발하자 백의는 바닷사람처럼 능숙하게 노를 저었다. 뒤에서 천종이 함께 노를 젓자 배는 제법 속도가 붙어 바닷바람이 시원하게 느껴질 정도였다. 두 팔을 벌려 해풍을 만끽하던 은동이 장난끼 어린 말투로 물었다.

"백의 아저씨! 제가 교대 좀 해줄까요?"

"아닙니다."

"용궁까지는 얼마나 걸릴까요? 백의 아저씨."

"두 시진 안에 도착합니다."

"그래요? 그렇게 가까워요? 근데 왜 용궁에 가기가 어렵다는 거지?"

"그건 용들이 입김으로 용궁을 가려서 그렇습니다. 멀리서 보면 수평선의 구름 같고 가까이 다가가면 온통 안개가 인근을 덮어 접근이 어렵지요."

은동에게 친절하게 설명을 마친 백의가 묵묵히 노를 저었고 이번에는 상길이 천종과 뒤편 노젓기를 교대했다. 어느덧 해가 중천에 떠올랐다. 우혁이 삼월인데도 더운지 이마의 땀을 닦았다. 용궁을 방문하는 길에 긴장을 가장 많이 한 사람은 탈해보다도 단연 우혁이었다. 그는 긴장하고 또 들뜬 나머지 연신 손톱을 물어뜯고 있었다. 그런 모습을 지켜보던 은동이 또 한마디 했다.

"야! 우혁아! 아침밥이 모자랐냐?"

"으응? 아니!"

"근데 손톱을 다 먹어치우고 난리야?"

"내가 언제?"

"니 손톱을 들여다봐라!"

"아!"

"괜찮아요."

백의가 우혁의 등을 툭 치면서 부드럽게 말을 했다.

"긴장할 거 없습니다. 용이 만든 안개문을 통과하면 제 동료의 집에 숨어들기가 아주 용이합니다. 동해동궁은 동서남북 각각의 바다를 관장하는 왕자들이 있습니다. 그들은 동리왕자(東利王子), 동연왕자(東淵王子), 동덕왕자(東德王子), 동택왕자(東澤王子)입니다. 이들은 용왕의 장자에서부터 넷째왕자입니다."

"우린 어디로 통과하죠?"

"우리들은 셋째왕자의 권역인 동덕문(東德門)으로 들어가야 합니다. 그곳의 경계가 가장 느슨합니다. 손쉽게 갈 수 있습니다."

"그럼 바로 용궁인가요?"

"아닙니다. 용왕이 거처하고 있는 용궁은 수정용궁으로 불리며, 주궁패궐(珠宮貝闕)이라고 표현되듯이 수많은 금은보배와 구슬로 장식되어 있습니다. 수정궁은 섬 안쪽에 있습니다. 걱정마세요. 무사히 들어갈 수 있습니다."

모두는 백의 말에 일단 안심을 했다. 배가 점점 바다 안개지역으로 들어가기 시작했다. 백의는 뒤에서 노를 젓던 상길에게 멈추라고 했다. 최대한 소음을 내지 않고 용궁의 안개문을 통과하기 위해서였다. 안개는 점점 더 짙어지고 갈매기 울음소리가 들려왔다. 어느 정도 육지가 다가왔다는 의미였다.

한편 신라국 궁성에서는 군사들과 시녀들이 모여 아우성을 치고 있었다.

"아니? 저게 어찌 된 일인가?"
"거서간님의 시신이 하늘로 떠오르다니?"
"뭐야? 정말이네?
"오! 저럴 수가?"

궁궐내의 수많은 사람들이 거서간의 관이 하늘 높이 떠있는 것을 보고 경악을 금치 못했다. 육부대신들이 모여 긴급히 회의를 소집하고 왕비에게 간하였다. 그러나 보고를 받은 왕비 알영부인은 실신을 하고 말았다. 궁표검객이 궁궐을 장악했기 때문에 어전회의는 궁표검객이 주제하였다. 그도 거서간의 관이 하늘 높이 날아올라간 것을 보고 놀라움을 금치 못하고 있었다. 게다가 그 높이가 사람의 경공술로는 다다를 수 없는 엄청난 높이까지 올라간 것이었다. 모든 사람들이 경악을 금치 못하였다.

"참으로 괴이한 일이로다."

"저럴 수가? 귀신의 장난이란 말인가?"

모두들 거서간의 관이 공중에 뜬 사건에 대해 말들이 많았다. 인심이 흉흉해질 것 같다고 판단한 궁표검객은 아무도 대전 근처에 얼씬도 못하게 했다.

"주군께 아룁니다."

흑의인이 궁표 검객의 집무실 바닥에 엎드려 고개를 조아리고 고하였다.

"저 높이에 올라갈 수 있는 분은 가막미르님 밖에 없습니다. 가막미르님께 연통을 넣어 신라국으로 오시는 길에 거서간의 관을 수습하여 내려오시라고 하심이 어떠하신지요?"

"이놈! 내 어찌 아랫사람으로 가막미르님께 관을 가져오라 명할 수 있는가? 좌우간 보고를 드릴 수밖에…"

설표와 흑귀의 죽음 이후로 궁표검객은 고수급 무사들의 훈련에 박차를 가하고 중차대한 임무를 주로 이운하에게 맡기게 되었다.

한편 탈해 일행의 눈에 어마어마한 용궁의 모습이 보이기 시작했다. 동해용궁의 엄청난 위용에 모두의 입이 딱 벌어졌다. 바다위에 나타난 신비한 섬의 주위에는 거대한 용들이 마치 폭포수처럼 혹은 무럭무럭 피어난 하얀 연기처럼 섬 주위를 오르내렸다. 용들은 온몸으로 수증기를 뿜어내어 섬 일대를 안개 속에 은폐시켜온 것이었다.

가까이 가서 보니 용들이 수면 위에서 오르내리며 거대한 구름 기둥을 만드는 모습은 말로 형용할 수 없을 정도로 신기롭고 엄청난 장관이었다. 용들에 의해 생성된 구름이 무럭무럭 커져서는 수직으로 연결되어 마치 하늘과 땅을 이어주고 있었다.

용들을 피해 동해용궁이 위치한 섬으로 들어가는 것은 불가능했다. 더욱이 용들의 입김 때문인지 섬 부근에는 강한 바람이 불어 집채만 한 파도가 연달아치고 있어서 탈해 일행이 탄 배가 큰 파도를 제대로 맞으면 산산조각이 날 지경이었다.

하지만 백의는 파도를 피해 요리조리 배를 몰았다. 교묘하게 배를 몰기를 반복한 끝에 거대한 구름기둥들 가까이까지 다가가는 데에 성공했다. 동서남북으로 네 마리의 용들이 서로 교차하면서 하늘위로 올라갔다가 다시 수면위로 내려오기를 반복했다. 그러면 거대한 구름기둥이 생겨나면서 동서남북의 사이에 틈이 생기는데 그것이 이른바 안개의 문이었다. 모두들 구경에 정신이 팔려 있을 때 백의가 주의를 집중시키면서 말했다.

"자! 잘 들으십시오! 이제 용들이 오르락내리락하는 사이, 용들의 눈을 피할 수 있는 시각은 그리 길지 않습니다. 용들이 서로 교차한 직후가 바로 그 틈입니다. 그 사이 경공술로 안개의 문을 지나면 됩니다."

"어렵지 않을까?"

"아닙니다. 망설이지 말고 한 번에 세 명씩 동시에 경공을 펼칩니다."

미리 연습한 대로 백의와 은동 그리고 상길이 먼저 들어갔고 탈해와 우혁 그리고 천종이 몸을 날렸다. 백의는 경공 전에 배에 연결된 줄을 묶어 몸을 날렸다. 안개문을 통과한 뒤 줄을 잡아당겨 배를 끌어오려는 것이었다. 용의 입김으로 만든 안개지역에 도달하자 탈해는 순간 현기증이 났다. 그리고는 잠깐이지만 격심한 두통이 났다. 무언가 이상한 느낌과 어쩐지 익숙한 냄새도 맡을 수 있었다.

"으으…"

기운이 없어진 탈해가 자신도 모르게 본능적으로 칠보검을 잡았다. 그러자 놀라울 정도로 기운이 샘솟는 것이 아닌가. 탈해는 경공을 펼치면서 섬의 안쪽을 일별해보았다. 희한하게도 거대한 지붕들이 모두 끝이 말려 올라가 있는 게 특이했다. 그 순간 탈해는 아련하게 무언가가 기억나는 것도 같았다. 육지의 궁성들은 모두 기와 끝이나 처마가 밋밋한데 비하여 용궁의 처마 끝들이 치켜올라간 것이 자연스러워 보였다. 그것은 자신이 이곳에 왔었다는 증거이기도 했다. 그러면서 심신이 다소 안정되는 것 같았다.

백사장에 안착한 여섯 사람은 우선 바닷가 수풀 속에 배를 숨겼다. 백의가 이끄는 대로 안개지역을 벗어나 산중턱의 조개껍데기들로 담장에 화려하게 장식을 붙였고, 지붕이 야트막한 집들이 모여 있는 동네로 들어갔다. 바람이 강해서인지 집들은 모두 땅에 납작 엎드린 모양으로 지붕들이 낮았다. 모든 집들은 소라나 산호 혹은 조개껍데기들로 담장을 치고 벽과 지붕도 모두 그런 식으로 만들어져있었다. 그렇기 때문에 약간의 빛을 받으면 눈부신 오색광채가 반사되었다. 십여 채의 집 중 가장 끝에 있는 집으로 백의가 신속하게 이동했고 나머지도 바짝 붙어 재빨리 그를 따라갔다.

"저깁니다. 저기가 완식의 집입니다!"

"그의 이름이 완식인가?"

"예."

"정말 믿을 만하겠지?"

"그럼요!"

백의는 문 앞에 바싹 다가서서 조용히 그리고 재빨리 속삭이듯 사람을 불렀다.

제 49화 – 12. 용궁에서의 대결 – 서거 십일째(2)

"안에 있는가? 나 백의일세."

"오! 형님! 오랜만이요!"

"완식이! 반갑네!"

"어서 들어오세요!"

일단 탈해 일행은 무사히 완식의 집에 들어갔다. 완식은 어쩐지 어색한 표정을 지었으나 탈해는 천군만마를 만난 것처럼 든든했다. 완식이라는 사람은 병든 물고기의 비늘이나 상처가 난 부위를 고쳐주는 말하자면 용성국의 의원이나 진배없었다.

"자! 인사올리시게. 이분이 바로 폐하의 아드님이신 석탈해왕자님일세."

"오시느라 고생하셨겠군요. 삼가 왕자님을 뵈옵니다. 절 받으십시오. 저는 용성국 궁성 내의원 출신 완식이라 하옵니다."

그가 절을 하자 석탈해는 자신도 모르게 마주 절을 하려했고 순간 백의가 말렸다.

"왜 이러십니까? 주군! 완식이는 용성국의 내의원을 지낸 충복이었습니다. 어찌 맞절을 하시려하십니까?"

"아니 난…"

백의는 그동안의 용궁 소식들을 완식에게 소상하게 물었다. 완식에 의하면 용왕의 병세는 몰라보게 좋아졌고 이전처럼 포악하지도 않으며 백성들을 잘 보살핀다고 했다. 과연 태기왕 손자인 순음지체의 효과를 보는 모양이라고도 했다.

탈해와 백의는 완식의 도움을 받아 태기왕의 손자를 빼낼 궁리를 했다. 용왕이 기거하는 수정궁에 침투하여 발각되지 않고 그 사람을 빼오기란 녹록치 않았다. 탈해는 칠보검으로 일검만파를 시전하게 되면 수많은 생명이 다칠까 염려되었으나 그래도 최후의 수단을 생각해두고 있었다.

일단 짧은 휴식을 취하고 나자 완식은 모두에게 해산물죽을 대접하고 요기를 하게했다. 여섯 사람은 좁은 상에 겨우 둘러앉아 육지에서는 결코 먹어볼 수 없었던 희한한 용궁음식에 탄복했다. 서로 더 먹으려고 죽그릇을 빼앗는 장난을 하고 있을 때, 별안간 완식의 집 문이 열리면서 군사 십여 명이 들이닥쳤다. 그들은 순식간에 여섯 사람을 둘러쌌다.

"모두 꼼짝마라! 죄인들을 포박하라! 용왕님의 명이시다."

"아니? 이게 어떻게 된 일이냐?"

완식이 식사 준비를 하는 동안 몰래 밀고를 한 모양이었다. 백의가 발검을 하려하자 이미 여섯 사람을 좌우에서 밀착한 용궁무사들이 검을 빼앗아버렸다. 나머지 병장기도 모두 압수되었다. 은동이 활을 놓치지 않으려고 하자 세명의 무사가 그녀에게 달려들어 포박을 한 후 은동의 큰 활과 화살까지도 빼앗아버렸다. 탈해도 하는 수 없이 칠보검과 구정동의 명검을 순순히 내놓았다.

"아니? 완식이! 너? 니가 이럴 수가? 우리를 배신하다니?"
"형님! 용서하시오!"
"이런 죽일 놈! 감히 왕자님을 배신해?"
"형님! 저도 함달바 폐하의 신하지만 온천하의 공적이 된 석탈해를 잡으라는 봉래선인의 명을 따르기로 했습니다. 봉래선인은 제 선친의 스승이시며, 생명의 은인이고 함달바 폐하의 은인이기도 하십니다. 그분은 저에게 있어서 하늘과 같은 분이십니다. 송구합니다."
"닥쳐라! 두고보자! 이놈!"

백의가 성을 내며 완식에게 다가가 주먹질을 하려했지만 십여 명의 용궁무사들의 억센 팔에서 벗어날 수가 없었다. 용궁무사들의 완력이 매우 강하기도 하거니와 용궁에 들어온 이후 모두의 공력이 상당량 떨어진 것을 체감했다. 탈해도 힘을 써보니 육지에서와 같은 공력이 나오지 않았다. 칠보검을 빼앗긴 후 내공이 절반가량 줄어든 느낌이었다. 여섯 사람은 용궁의 무사들에게 순식간에 추포되었고 완식의 좁은 집에서는 이렇다 할 저항을 할 수가 없었다. 꼼짝없이 여섯은 포박당하여 용왕전인 수정궁으로 압송되었다.
수정궁의 문 앞에는 기골이 장대한 수문장과 용궁무사 십여 명이 도열해있었다. 궁궐문 옆으로는 수많은 수정기둥들이 진열되어 있었다. 용들이 수정과 석영을 먹고산다고 하더니 그 말이 사실인 모양이었다.
궁정 안으로 들어가자 실내인데도 불구하고 대단히 밝았다. 그것은 온갖 보석들이 벽과 천정에 박힌 채로 스스로 광채를 발하였기 때문이었다. 또한 군데군데 놓여 있는 장식장에는 인간 세상에서 볼 수 없는, 해저 깊은 곳에서 나는 진기한 보물들이 즐비하게 장식되어 있었다. 산호기둥과 옥액경장, 운모 병풍, 진주 주렴이 이채로웠다.

용왕전에 이르자 비로소 군사들이 포박을 풀어주었다. 순순히 풀어주는 것으로 보아서 단번에 죽이지는 않을 것 같아 탈해는 다소 안심이 되었다. 드넓은 용궁전 끝에 거대한 용상 위에 용왕이 앉아 있었다. 용왕군사들이 석탈해를 삼보 앞으로 나가도록 밀고 나머지 다섯 사람은 그 자리에 서게 했다. 용왕은 의외로 따뜻한 표정으로 석탈해를 불렀다.

"오오! 어서 오라! 석탈해! 함달바왕의 아들이여!"

"신라국의 석탈해! 삼가 동해용왕님을 뵈오나이다!"

석탈해가 공수하고 허리 숙여 예를 올리자 용왕은 만면에 희색이 가득했다.

"반갑구나! 짐과 겨루고 친구가 된 자는 천하에 많지가 않다마는 친구가 된 이후로 다시 또 싸운 자는 너뿐이로다!"

"예? 에… 송구하옵니다."

"아니다. 겸손한 말을 하다니 너답지 않아 재미가 없구나! 하지만 허우대가 점점 늠름해지는 것이 공력이 무척 증진되어 보이는데? 작년하고 또 다르군! 과연 함달바왕의 아들답구나!

용왕은 작년에 탈해와 만난 모양이었다. 탈해는 긴장했지만 아무 말도 할 수가 없었다. 자신이 기억을 잃은 것을 용왕이 알면 혹시 불리해질 수 있기 때문이었다. 자세히 보니 용좌의 뒤켠에 백옥주렴이 처져있었고 그 뒤에 누군가가 앉아 있었다. 그가 태기왕의 손자라는 것을 직감했다. 그러나 당장 탈해로서는 아무런 행동도 취할 수가 없었다.

"작년에 짐이 화를 좀 낸 것 때문에 몰래 숨어들었는가?"

탈해는 어떤 대답을 할까 망설이다가 자신도 모르게 '네!' 라고 소리쳤다.

"허허허, 이제야 석탈해답구나."

이상하게도 용왕은 성질을 낸다거나 흥분하지 않았고 오히려 할아버지가 손자에게 말을 하는 것처럼 대했기 때문에 석탈해는 과거에 자신과 싸웠던 사이라고 상상할 수가 없었다. 용왕은 무척이나 부드러운 어조로 말을 이었다.

"자! 또 준비를 해야지? 석탈해! 너는 맨손으로 귀수산을 제압해야 한다. 이번에는 어떤 묘수로 내 귀수산 아기를 물리칠까? 자못 기대가 되는군! 이봐라! 새끼 귀수산을 들여라!"

"예!"

용왕의 명이 끝나기 무섭게 용궁 호위무사들이 궁정 바닥에 설치된 화강암 재질의 수문을 열었다. 아마도 바다로 통하는 문이거나 지하 감옥을 바다 밑과 연결시켜 놓은 모양이었다. 잠시 후 수문을 통해 바닷물이 콸 콸 솟아나기 시작했다. 궁정의 중앙 바닥의 원형 테두리로 연못처럼 물이 가득 찼다. 잠시 후 그 바닷물에서 마치 물이 끓는 듯이 엄청난 거품이 계속 일어나다가 무시무시한 괴물이 물위로 솟구치면서 모습을 드러냈다.

"아니 저것은? 귀수산 새끼?"

백의와 우혁이 동시에 소리를 질렀다. 하지만 석탈해는 짐짓 태연한 척하면서 용왕을 바라보았고 용왕은 웃으면서 입을 열었다.

"늘 그렇다시피 본 용왕을 만나려는 사람은 그 누구를 막론하고 귀수산과 싸워 이겨야만 한다. 이번 놈은 지난번 놈보다 무척 거칠다. 석탈해! 단단히 각오를 해야 할 거야. 이번에는 작년처럼 녹녹치 않다 이말이다. 흐흐흐. 석탈해! 각오는 되어있겠지?"

"무, 물론이요!"

"자! 귀수산! 싸워라!"

귀수산은 큰 도마뱀이나 작은 용처럼 보였다. 물위로 올라온 귀수산의 크기는 사람의 너댓배에 달했고 강력한 기운이 탈해에게 느껴졌다. 통상 등이 산처럼 거대한 거북이와 닮은 동물로 다 자라면 수백 장을 훌쩍 넘는 엄청난 크기로 자란다. 바다에서 살기 때문에 섬이나 암초처럼 보일 수도 있었다. 자못 긴장한 탈해에게 백의의 전음이 들렸다.

"주군, 귀수산의 등을 잘 보십시오. 등에 대나무와 비슷한 더듬이나 촉

수 같은 것이 조그마하게 돋아나 있지요?"

"그래, 보인다."

"저게 약점입니다. 저 대나무 같은 것은 두 가닥으로 되어 있는데, 보통 때는 두 가닥으로 떨어져 있고, 잘 때나 죽었을 때는 한 가닥으로 붙어 있습니다. 이것을 잘라내면 곧 죽게 됩니다."

"좋아! 알았다."

탈해는 어떻게 해서든 등위에 솟아있는 촉수를 베려고 했지만 엄청나게 빠른 귀수산은 틈을 주지 않았다. 그 뿐만 아니라 꼬리지느러미 공격이 대단히 날카롭고도 강력했고 네발의 발톱공격과 주둥이와 이빨도 무시무시했다. 탈해는 공격을 하기 보다는 귀수산의 연속 공격을 피하기에 바빴다. 귀수산이 정면으로 공격해오자 탈해는 순간적으로 기회를 잡았다.

"일검만파!"

"크아악!"

탈해의 강력한 장풍이 귀수산의 목 아래 가슴부분에 적중되었다. 귀수산은 그 한방으로 용궁바닥에 대동댕이쳐졌다.

"역시 석탈해다!"

탈해 일행은 환호성을 질렀다. 그러나 귀수산은 죽은 것이 아니었다. 그 거대한 몸을 조금씩 움직이더니 다시 공격할 채비를 차렸다.

"뭐야? 일검만파를 맞고도 다시 살아나다니?"

탈해는 순간 무척 긴장했다. 검강이 아닌 손날에서 나간 장풍은 위력이 확실히 약했다. 무엇보다 용궁에서는 지상에서보다 절반 이상 공력이 경감되었기 때문에 치명타를 입히지 못한 모양이었다. 그는 믿을 수 없다는 표정으로 다시금 이어진 귀수산의 연속 공격을 겨우겨우 피해냈다.

탈해는 귀수산의 몸놀림을 보고 가슴 쪽에 상처가 있음을 알아차렸다. 오른손에 집중하여 손날이 강철칼날로 변하도록 둔갑술을 시도했으나 귀수산의 공격을 피하면서 쉽게 집중을 할 수가 없었다. 귀수산의 지느러미 공격을 피하여 십여 장을 날아간 후 다시 귀수산에게 천천히 다가가면서 손날에 집중하였다. 그러자 탈해의 손은 조금씩 하얀 강철검으로 변하기 시작했다. 그 순간 그는 강력한 초식을 시전했다.

"일검만파!"

제 50화 - 12. 용궁에서의 대결 - 서거 십일째(3)

탈해는 철검으로 둔갑된 손날칼로 임검만파 초식을 시전하였다. 마침내 둔갑된 손검에서 검강이 강하게 터져나왔다. 이미 상처가 난 가슴 부위를 겨냥한 공격이 강하고 빠르게 이루어졌다.

"크아악!"

귀수산은 재차 가슴 부위에 석탈해의 강한 검강을 맞았다. 손날을 순간적으로 둔갑시킨 칼날에서 나온 검강은 손으로 쏜 장풍보다는 몇배로 강했다. 귀수산의 가슴이 찢어지면서 피가 탈해의 얼굴로 쏟아져 나왔다. 그런데 도중에 무언가 빛이 나는 알 같은 것이 석탈해의 입으로 밀려들어왔다.

"으악! 퉤퉤!"

석탈해는 그걸 뱉으려는데 자신의 얼굴 전체를 누르는 엄청난 귀수산의 무게 때문에 입을 벌릴 수가 없었다. 공력을 십이성으로 끌어올려 귀수산을 밀어내려고 했다. 그가 아악! 소리를 내면서 힘을 쓰는 순간 벌려진 입으로 그 귀수산의 알이 들어왔고 자연스럽게 목으로 넘어가고 말았다.

"으윽!"

탈해는 대단히 불쾌했지만 최대한 공력을 끌어올린 상태로 귀수산의 몸을 밀자 기절을 한 귀수산이 뒤로 밀렸다. 탈해는 재빨리 등 쪽으로 경공으로 날려 등에 솟아 있는 두 개의 촉수를 뽑아버렸다.

"크아아악!"

그러자 혼절해 있던 귀수산이 괴성을 질렀고 채 반다경도 되지 않아 죽어버렸다.

귀수산이 죽자 용궁호위무사들이 잘려나간 더듬이를 도자기 항아리에 넣었다. 그리고 용왕에게 큰절을 하고 물러나자 용왕이 입맛을 다셨다. 그리고 아무렇지도 않은 표정으로 탈해에게 말을 걸었다.

"한참을 다시 키워야겠군. 쯧쯧쯧. 자! 석탈해! 사실 짐은 네가 육지의 산신과 도인들의 공적이 되었다는 소식을 듣고 나에게 피신하러오기를 기대했다. 그리고 과연 너는 내 뜻대로 나에게 와주었구나! 허허허허허."

"용왕께서는 어찌 제가 이리로 올 것을 아셨나이까?"

"그야 간단한 이치 아닌가? 너를 숨겨줄 자들이라면 아진의선 같은 도인 몇이 있으나 거기는 곧 발각이 날 테고 자네와 난 사이가 좋지 않기로 소문이 났으니, 자네가 이리로 올 것을 아무도 생각하지 못할 테지. 그런데 똘똘한 너는 여기만큼 안전한 데가 없다고 생각했을 테고 말이다. 으허허허허허."

잠시 후 용궁시녀들이 커다란 조개껍질로 된 그릇에 무언가를 가지고 왔다. 용왕과 탈해는 용상 옆의 식탁으로 자리를 옮겼고 시녀들이 일사분란하게 움직여 그릇들을 날랐다. 그 그릇 속에 담겨있는 석영과 수정구슬

이 오색영롱한 빛을 발하였다. 용왕은 시녀들에게 손짓을 하여 탈해의 친구들에게도 마실 것을 주게 했다. 그리고 자신은 탈해와 겸상을 하여 커다란 대접을 놓고 마주 앉았다. 그는 주저 없이 구슬을 넙적한 은수저로 떠먹었다. 아이 손톱만한 크기였지만 보석을 먹는다는 것이 탈해로서는 뜨악할 따름이었다.

"자! 들게, 왜 안 들고 그러고 있나?"

"예?"

"자네도 용이 아닌가, 이건 보약이야! 심해 수정을 먹고 힘을 내야할 것 아닌가?"

"예, 그럼"

탈해는 마뜩치 않았지만 수정구슬 한 개를 은수저에 담아 입으로 넣었다. 그러데 이게 어찐 된 일인가? 수정에서는 대단히 향기롭고도 그윽한 맛이 감도는 것이 아닌가. 그리고 순식간에 목으로 넘어가버렸다. 마치 수정이 스스로 움직여 목구멍으로 들어간 것처럼 여겨질 정도였다.

"맛이 어떤가?"

"예, 대단히 좋습니다. 폐하!"

"더 들게."

"예!"

탈해는 그 큰 대접 속에 담겨진 스무 개 가량의 수정과 석영을 순식간에 먹어치웠다. 그런데 더 놀라운 것은 뱃속 깊은 곳에서 무언가 든든한 기운이 느껴지는 것이었다. 뒤쪽을 바라보니 백의와 친구들이 역시나 해산물의 진미를 맛보고 있느라고 정신이 없었다.

용왕의 시중을 들고 있는 시녀 옆으로 새로운 시녀 한명이 더 오더니 탈해에게 목례를 했다. 그리고는 큰 소라 껍데기를 교묘하게 깎아 만든 것으로 보이는 화려한 소라 각배에 용궁주를 가득 따라주었다. 식탁의 전면부와 후면부의 기둥에 용골로 만든 수중화 문양의 화려한 장식과 천년 거북피가 걸려있었다. 미녀를 보고 거북피를 보자 탈해는 문득 용성국의 구성련이 떠올랐다. 그는 태기왕의 손자와 거북피를 둘 다 가져가기 위해 골몰하기 시작했다. 탈해가 생각에 잠긴 걸 보고 용왕이 물었다.

"자넨 지금 내가 자네를 어쩌지는 않을까 걱정이 되는 모양이군?"

"아닙니다. 이렇게 호의를 베푸시는데 저는 그저 감동을 하여 정신을 놓고 있었습니다."

"그래? 그럼 본론으로 들어가지."

"말씀하십시오."

"허허, 아무래도 평소에 깐족거리는 자네의 옛모습이 없어지니까, 실상 말하기가 조금 싱겁군. 좋아! 각설하고, 내 요구를 말하겠네."

"예."

"자네가 변한 것처럼 짐도 변했네. 자네도 알다시피 내가 예전에 신선들과 협심하여 가막미르를 잡는 일에 동참한 것이 실수였다네!"

"실수라니요?"

"팔신선이 용성국을 구한다는 것은 핑계였고 그들은 오직 가막미르만을 잡고 다른 용들에게 아무런 혜택을 주지 않았어. 단지 한미르가 가막미르를 몰아내고 함달바왕의 권좌를 이어받아 용성국 왕위를 차지한 것뿐이지. 그것은 자네에게도 엄청난 손실이었지, 안 그래?"

"용왕님께서는 그럼 아무런 혜택도 받지 못하셨나요?"

"물론! 봉래도인이 내 고질이었던 요통을 치료해주긴 했지. 허나 그거야 애들 장난이지. 실질적으로 동해용궁의 위상이 올라가지도 않았고, 남해용궁의 영역을 일부 주기로 한 약속도 지켜지지가 않았으며, 결정적으로 천상에서 대하는 짐의 지위가 달라진 게 없었지. 한마디로 산신들에게 우롱당한 거지. 결국 나와 같은 용들은 그들에게 이용당한 거였어. 산신들은 산으로 돌아가고 천신들은 다시 승천했지. 나는 용들의 보호를 확약받지 못하고 내 친구였던 가막미르를 수중 옥에 투옥하고 만 것에 불과했네."

석탈해가 조금 흥분해서 용왕이 말하는 도중에 끼어들었다.

"하지만 용왕께서는 어찌 죄가 많은 가막미르를 풀어주셨나이까?"

"그것은 나와 천신들의 일종의 거래일세. 그런데 아직도 천신들은 답을 주지 않고 있다네. 용들은 이제 점점 사라져가고 심지어 이 용궁조차 안전하지가 않다네. 내 어찌 참담하지 않겠는가? 용성국을 보아라! 예전에 막강한 용들이 다스리던 나라가 이제 육지의 신선들에 의해 좌지우지되고 있어. 그게 어디 용의 나라냐? 너는 함달바의 아들이니 용성국 용왕의 자리에 앉을 수도 있었다. 넌 위대한 용이다 이말이다! 너 또한 용이니 나의 입장을 이해하리라본다. 이제 자네 아버지처럼 용감무쌍하게 용들을 위해 일을 해야할 때가 도래하였도다!"

"예? 무슨 말씀인지 저는…"

"자네는 천상 무골이다. 명부와 손을 잡고 육지의 백팔신선들을 몰아낼 장수로 손색이 없다 이 말이다."

"제가요?"

"그래! 안 그러면 너도 죽고, 나도 죽는다. 천상에서는 이미 모든 용들을 다 없애려하고 있다. 그 비밀을 가막미르가 알려주었지. 가막미르와 나는 친구사이였다. 내가 동문을 지키던 왕자시절에 북, 서, 남문은 모두 내 숙부들이 지키고 계셨지. 그래서 난 외톨이었어. 그때 나와 함께 있어준 용이 바로 가막미르였다."

"그래서 가막미르의 봉인을 해제해주셨습니까?"

"짐이 직접 해제한 것은 아니다."

"그럼요?"

"짐은 내 봉인을 치워주었고, 그 빈틈을 열고 들어간 명부의 귀왕들이 가막미르를 데려간 모양이더군."

"예? 어떻게 명부의 귀왕들이 끼어들었지요?"

"그러니까 처음부터 명부에서 가막미르와 모종의 거래를 한 것이지."

"소인이 그 거래의 내용을 삼가 여쭈어도 되겠나이까?"

"짐도 자세한 내용은 모른다. 다만 명부에서의 문제를 가막미르가 해결해준다고 했겠지. 그 친구는 워낙 말을 잘하잖아. 후후후. 으음."

용왕은 말을 하다가 기가 다소 소진되었는지 백옥주렴 뒤의 태기왕손자로 보이는 자에게 다가가 심호흡을 하고는 다시 용상으로 되돌아왔다. 아마도 그의 음기를 흡입한 모양이었다. 탈해는 점점 흥미진진해져가는 용왕의 이야기에 집중하다가 태기왕의 손자를 보고는 다시 여러 가지 생각에 약간의 두통이 나기도했다.

"내가 어디까지 이야기했나?"

"가막미르가 명부와 손잡은 이야기를 하시다가…"

"옳지, 결국 가막미르가 명부와 용궁을 자유자재로 드나들게 되었고, 드디어 육지에까지 나아가 전쟁을 일으켰지. 그리하여 가막미르는 동부여와 동예를 복속시켰고 그리고 신라까지 먹어치울 기세더구나. 흐흐흐흐."

"그럼 가막미르가 봉인에서 풀려난 게 오래전의 일이군요?"

"그럼, 몇 달은 되었지."

"하지만 결국 가막미르 때문에 온 천하가 어지럽게 되지를 않았사옵니까?"

"인간계가 어지럽게 되어야 용들의 형편이 좀 나아질 게 아닌가? 일이 이렇게 돌아가면 육지의 백팔신선들이 모두 나서겠지? 아마도 천상에서 선관이 파견되었는지도 모르고 말이야. 흐흐흐흐. 하지만 나는 가막미르를 이용하여 저 육지의 멍청한 것들을 정복하고 동해용궁을 육지에 상륙시킬 것이다. 다시 한 번 용성국과 같은 영광의 제국을 육지에 만들 것이야! 석탈해!"

"예!"

"너는 운명적으로 내 전쟁에 참여해야만 한다. 육지의 국가들과 가막미르가 전쟁을 치르고 기진맥진했을 때 우리가 그들 모두를 한꺼번에 칠 절호의 기회가 올 것이야. 전쟁에서 이기면 우리 용들이 꿈꿔오던 용궁국을 지상에 건국하게 된다. 천상에서 용을 말살하려는 공격에 맞서는 위대한 용의 나라가 지상에 세워지는 것이다. 너는 미르이니라! 석탈해! 네가 선봉장을 맡아주어야겠다. 전쟁에서 승리하면 너는 제이의 용성국 왕이 되는 것이다! 이것이 바로 너의 임무이니라! 알겠느냐?"

"으음…"

석탈해가 난감해하고 있을 때 백의가 나섰다.

"천상의 용 말살정책은 용왕님의 생각과 다릅니다!"

제 51화 - 12. 용궁에서의 대결 - 서거 십일째(4)

백의가 끼어들자 용왕이 대노했다.

"네이놈! 넌 누구냐? 감히 겁도 없이 짐의 말 도중에 끼어드는 놈이 있다니!"

"소인은 용성국의 유격장군이었던 백의라 하옵니다. "

"유격장군 따위가 낄 자리가 아니니라."

"하지만 제 조부께서는 함달바 폐하 재위시절에 용성국 대학사였습니다."

"그래?"

"천상에서는 모든 용들을 죽이려는 게 아닙니다. 악룡들만 없애려는 것입니다"

"무슨 소리냐?"

"원래의 용들은 천상천하의 초창기부터 현재까지 삼계에 두루 살고 있는 용종족이었으나 가막미르와 같은 용종족들은 후에 천외천으로부터 날아들어온 신용족으로 알고 있나이다. 그들은 어족과 사족을 이무기로 변화시켜 새로운 용족의 변종을 만들었습니다. 그들은 본래 우리와 다른 태생입니다."

"다른 태생이라니 그게 무슨 소리냐?"

"그들은 수중 깊은 곳이나 지하에 사는 이 땅의 변종이었습니다. 뱀족, 용족, 도마뱀족, 이무기족과 함께 말썽을 일으켜왔습니다. 때문에 천상에서 옥황상제께서 진노하셨고 풍백 휘하의 뇌전대왕과 벽력대제가 수천의 무리를 이끌고 인간들의 땅 가운데 섞여 살고 있었던 반신동물들을 멸망

시키기 위해 강천하였습니다. 그들은 엄청난 뇌전기류와 천둥으로 공격하여 반신동물들이 살 수 없도록 하였습니다."

"이놈! 진실을 왜곡하지 말라! 용들도 반신이거늘 사라지다니?"

"제 말씀은 변종 용에 대한 말씀입니다. 실제로 대부분의 변종용족들이 사라졌습니다. 해태와 같은 것들의 경우 지상에서 멸종했습니다. 그러나 대형 장수 잉어나 수백 년 묵은 뱀이나 도마뱀과 같은 파충류들 같은 것들은 모두 죽지 않았습니다. 일부가 깊은 수중으로 혹은 지하세계로 들어감으로써 살아남은 것이었습니다. 그리고 그들은 환골탈태하였습니다. 오랜 습관은 결코 사라지지 않는다는 말이 있는데, 이무기의 화룡의 경우가 그랬습니다. 그들을 부활시키고 있는 자가 바로 가막미르인 것입니다. 소장 돈수백배하고 감히 말씀드리옵니다. 그러니 용왕께서는 가막미르의 편에 서시면 아니되옵니다."

"네가 한말이 모두 사실이렸다?"

"예, 그러하옵니다. 이 모든 이야기는 함달바폐하께 직접 들은 것입니다."

"만일 거짓이라면 용궁의 최고 참형으로 다스리겠노라."

"추호도 거짓이 없사옵니다."

용왕은 잠시 생각에 잠겼다. 그리고는 안면에 아주 옅은 미소를 흘렸다. 잠시 후 용왕은 조용히 혼잣말을 했다.

'그래? 그렇다면 천상에서 우리와 같은 용들은 그냥 놔둔다 이거지? 으음… 그렇다면 오히려 일이 더 쉽게 풀리겠는 걸?'

석탈해는 용왕의 표정에서 또 다른 음모를 읽을 수 있었다. 용왕은 탈해를 짐짓 다정하게 바라보았다.

"석탈해, 너는 가막미르를 어떻게 생각하느냐?"

"세상을 망칠 위인이라고 봅니다."

"그래?"

"그럼 네가 가막미르를 처단할 수 있겠느냐?"

"예?"

"너를 도울 엄청난 고수들이 있다면 더 쉽겠지? 후후후후, 짐이 이미 명부의 최고수들을 모셔놓았느니라. 짐은 일찍이 가막미르와 별도로 명부와 손을 잡았도다. 석탈해! 네가 제이의 가막미르가 되어주어야겠다."

"아니? 그, 그건…"

"이건 모든 용을 살리는 길이야!"

용왕의 야욕은 지나쳐보였다. 바야흐로 전쟁의 신이 되기를 자처했다. 석탈해는 그의 눈빛에서 불타오르는 욕망을 보았다. 탈해가 잔뜩 긴장하고 있을 때 수정궁 문이 열리면서 신하들이 일단의 사람들을 옹위하여 들어왔다.

"오오! 어서들 오십시요! 마침 기다리고 있었소이다. 연통을 넣은 지 한 시진도 아니 되었는데 부지런들 하십니다. 허허허허"

"용왕께서 부르시면 우린 언제든지 달려옵니다. 더구나 이렇듯 선물이 있으니. 반갑기 그지없소이다."

썩은 고기와도 같은 고약한 냄새를 풍기며 수정궁 용궁전에 나타난 네 명의 거인들은 그야말로 흉악망측하고 무섭기 그지없는 자들이었다. 몸 전체에서 악취와 검은 연기가 뿜어져나오는 모습에서 암흑의 기운과 죽음의 느낌이 강하게 느껴졌다. 그들을 바로 보기만 해도 웬만한 사람은 숨을 쉬기가 어려울 정도로 공포 그 자체였다.

"좌정하시지요! 귀왕들이시여! 반갑소이다!"
"격조하였소이다! 동해용왕!"
"석탈해! 인사올리거라. 이분들은 명부 변성대왕궁의 귀왕들이시다."

그들은 명부(冥府) 변성대왕전(變成大王殿)의 귀왕들로써 이른바 사대 귀왕들이었다. 주모귀왕(主耗鬼王), 주화귀왕(主禍鬼王), 주식귀왕(主食鬼王), 아나타귀왕(阿那陀鬼王)은 석탈해를 향해 눈알을 부라리듯 험악한 표정을 지어보였다. 그러나 실상 그 표정은 관심을 표현하는 것에 지나지 않았다. 하지만 탈해로서는 섬뜩하기 짝이 없었다.

탈해는 예전에 아진의선에게 지옥시왕에 대해 자세히 들은 적이 있었다. 변성대왕은 명부 시왕 중 한 대왕으로 일광, 월광을 붙인 관을 쓰고 녹의 위에 주홍 대의를 입고 두 손에는 대왕의 패를 받쳐 들고 있다고 했다. 수백 가지 독사들을 키우며 그 독사 지옥에서 망자들에게 고통을 준다. 망자들은 매일 독사에 물려 끔찍한 고통을 당하여 까무러치고 그 다음날 역시 강한 독사의 독에 중독되어 처절한 하루를 마감하게 된다. 그러기를 반복하면서 죄를 뉘우쳐야하지만 죄를 뉘우칠 겨를도 없이 독사에 물려 쓰러지면 다시 깨어나고 그 생활을 계속 반복할 수밖에 없다.

명부에서 결국 최후의 심판자는 변성대왕이다. 망자들이 여섯 시왕전에서 고통을 받고 명부의 마지막관문에 다다르게 되는데, 사십구일간의 명부일정은 그야말로 최고의 공포를 맛보는 과정이다. 드디어 최종판결이라 해도 변성대왕이 마음대로 결정할 수 없다. 어떻게 해서든지 망자의 죄를 감해주려고 수시로 이전의 여섯 대왕과 상의하여 벌을 준다. 다만 살인, 폭력, 싸움 등으로 죽은 망자들이 많아지면 자신의 권역인 독사지옥에 망자들을 가두고 지옥의 범위를 늘린다. 그렇기 때문에 이승에서 살인 등의 폭력으로 인해 죽은 망자들이 많이 오면 변성대왕은 명부 최고의 대왕이 될 수 있는 것이다. 아직까지는 염라대왕이 최고의 권력을 지니고 있었다.

탈해는 이 상황을 정리해보려 했지만 쉽지가 않았다. '왜 가막미르와 내통을 했던 변성대왕 휘하의 명부귀왕들이 용궁에 출현할 걸까?' 탈해가 생각에 잠겨있을 때 누군가 툭 쳤다.

"자네가 말로만 듣던 석탈해인가?"

생각에 골몰하고 있던 탈해에게 한 귀왕이 말을 걸어왔다. 주모귀왕이었다. 그는 특히 얼굴이 살벌하기 짝이 없었다. 피부는 썩은 것처럼 보였으나 그 음산하고 괴기스러운 얼굴에서 강한 기운이 느껴졌고 안광이 폭사되는 눈 주위에는 보기만 해도 공포감을 유발시키는 강력한 기운이 서려있었다. 석탈해는 말을 하려고 하였으나 귀왕의 기세에 눌려 입을 열지 못했다.

"무모하다고 해서 못난이인가 했더니 인물이 훤하구먼. 과연 선친을 닮았어! 허허허허."

다른 귀왕들도 함께 웃었고 그 웃는 소리가 탈해의 귀를 찢는 것처럼 날카로웠다. 용왕은 시녀들을 시켜 귀왕들에게 의자를 권하도록 했다. 그들을 양옆에 두명씩 좌정시키고 그다지 않은 겸손한 표정을 지었다. 그들은 인사말로 그간의 일들을 주워섬기며 서로의 공로를 치하하였다.

"모든 게 다 귀왕들 덕분입니다. 허허허허."
"아니요. 용왕께서 애쓰신 결과가 아니겠소. 호호호호."

그 이야기를 종합하면 전쟁을 부추기고 수많은 사람들을 상하게 한 것들이었다. 가막미르로 하여금 부여와 고구려의 전쟁을 일으키도록 뒤에서 조정했고 예국과 맥국의 전쟁도 야기시켰다. 그리고 박혁거세 거서간으로 하여금 진한의 열두 나라와의 전쟁도 부추긴 것이었다. 그것은 모두 다 명부의 자원인 망자들을 늘려 천계나 지상계를 지배하기 위한 속셈이었다. 그리하여 진한, 마한, 변한의 칠십이 국이 모두 전쟁에 휘말렸고 그 많은 나라들이 신라와 백제와 가야로 재편되면서 수많은 사람들이 전란 속에 죽어갔다.

이러한 전쟁을 획책하는 명부의 귀왕들은 지상의 동지로 가막미르와 손을 잡은 것이다. 이제는 동해용왕도 그 음모에 가담하는 척하다 전쟁의 막바지에 게도 구럭도 다 차지하겠다는 심보였다. 그리하여 동해용궁의 입지를 강화하려는 것이었다.

서로의 치하에 불과한 형식적인 인사가 끝나자 용왕과 귀왕들은 자연스럽게 탈해에게 이목을 집중하였다. 그중 주화귀왕은 자기의 무용담을 늘어놓다가 문득 탈해의 선친인 함달바왕의 이야기를 꺼냈다. 과거 함달바왕과의 원한관계를 내세우며 일방적으로 탈해에게 복수를 운운하였다.

"과거 용성국왕은 용의 입김으로 나에게 치명타를 입혔지만 이제는 그런 용독에 당하지 않아. 그동안 변성대왕전 뇌옥의 수백 가지 극한 사독(蛇毒)으로 단련되어 만독불침이 되었으니, 어디 한번 그의 아들과 내력으로나마 자웅을 겨뤄보고 싶도다. 어떠한가?"

주화귀왕이 대결을 제안하자 용왕이 두 사람의 내력싸움을 만류하고 나섰다.

"어찌 고귀하신 귀왕께서 한낱 무명소졸과 내력싸움을 하려 하십니까?"

"아니지요. 저자는 대 용성국의 왕자였소이다. 원래 가막미르와 한미르의 자리는 저 석탈해의 것이었으니, 그는 나와 당당히 겨룰 자격이 되오이다."

"허허, 그것참. 귀왕께서 내 말을 안 들으시네! 허허허."

용왕은 못이기는 척하며 싸움 만류를 슬그머니 그만두었다. 아마도 둘의 싸움을 보고 싶었는지도 몰랐다. 그렇게 해서 주화귀왕과 석탈해의 내력 대결이 즉석에서 벌어지게 되었다.

"좋소이다. 짐이 승자에게 병자의 치료와 내력증진에 큰 도움을 주는 좋은 천년 거북피를 선물로 주겠소이다."

용왕은 말리다가 오히려 승자에게 천년거북피 선물까지 내걸었다. 싸움을 말리기는커녕 오히려 싸움을 조장하고 나선 것이었다. 수정궁 밖에 있던 용궁 대신들과 장군들도 하나둘 용궁전의 역사적인 대결을 관망하기 위해 대전으로 모여들기 시작했다.

탈해는 본능적으로 칠보검이 필요함을 직감했다. 칠보검과 구정동의 명검 두 자루를 등에 메고 있었으나 완식의 집에서 추포될 당시 용궁무사들에게 검을 빼앗겼다. 어떻게 해서든 칠보검을 돌려받아야한다는 조바심에 반환을 요구했다

"좋소이다. 나의 병장기를 돌려주시요!"

"하하하하하. 허허허허."

"내력 겨루기에 병장기는 필요가 없다!"

용왕은 이 대결이 내력싸움이니 서로의 기를 발산하여 상대를 제압하면 될 것이라 잘라 말했다. 칠보검을 돌려달라는 요구가 묵살되자 석탈해는 더욱 초조했다. 반면 귀왕은 느긋했고 다른 세 귀왕의 입가에는 심지어 비소가 흐르기까지 했다.

명부 귀왕과 탈해의 대결은 수정궁의 이목을 집중시켰지만 내공이 반감된 걸 아는 백의와 탈해의 친구들은 난감하기 짝이 없었다. 그들은 탈해보다도 더 긴장했다. 탈해는 시녀들이 시키는 대로 서로 간에 열장 정

도 떨어진 자리에 서서 운기조식을 하기 시작했다. 탈해는 귀수산과 싸우느라고 소모한 공력을 보충하려는데, 별안간 단전이 뜨끔하면서 내공이 모이지를 않았다. 아까 목으로 넘어간 귀수산의 창자일부가 자신의 공력을 흐트렸다고 생각되었다. 그는 꾀를 내었다.

"내 잠깐 용왕께 여쭙겠소이다."

"말하라. 설마 두려워 미리 패배를 인정하는 건 아니겠지? 석탈해!"

"아닙니다. 용왕께서는 용궁에 들어오는 자는 모두 귀수산과 싸워야 한다고 했는데 어찌 지옥귀왕들은 겨루지 않는 것입니까?"

"하하하하하. 나는 분명 용궁에 들어오는 모든 사람이라고 했다. 그것은 인간만 해당된다. 지옥귀왕과 같은 명부의 신들은 해당되지 않는다. 석탈해는 잔머리를 쓰지 말고 정정당당하게 대결하라!"

제 52화 - 12. 용궁에서의 대결 - 서거 십일째(5)

정정당당하게라는 말에 탈해는 헛웃음이 났다. 공력을 절반 이상 잃고 또 귀수산의 창자를 먹은 후 내공이 모이지 않아 더더욱 초조했다. 시작하자마자 처참하게 쓰러질 자신의 모습이 그려지자 탈해는 그야말로 망연자실했다. 그러나 반대편에 선 주화귀왕은 실실 웃으면서 자신만만하였다. 양쪽의 대결자를 중심으로 가운데 서있던 시녀가 뒤로 물러나면서 대결 시작을 외쳤다.

"귀왕과 석공께서는 내력을 펼치시오!"

"이야!"

"핫!"

석탈해는 젖먹던 힘까지 다 짜내어 장력을 한껏 부풀린 다음 기력을 쏟아내었다. 주화귀왕이 몸풀기를 하는 마음으로 이성 정도의 기를 방출하는 반면 석탈해는 십성까지 끌어올린 기력을 토해냈다. 탈해의 기운이 먼저 귀왕 쪽으로 분출되었고 뒤이어 주화귀왕의 기력이 쏟아져나왔다. 내력싸움에서 발생된 기운은 순식간에 수정궁을 수증기와 연기로 가득 채워버렸다.

"휘이익!"

"지이익!"

그런데 이게 어찌 된 일인가? 탈해는 자신의 공력이 육지에 있을 때보다 훨씬 강해진 걸 느꼈다. 심지어 두 배 이상의 내공이 분출되었다. 이상한 일이었다. '이럴 수가? 바로 전까지 공력이 모이지를 않았는데 별안간 평상시 보다 갑절 이상의 공력이 분출되다니?' 엄청난 공력증진에 당황하면서도 크나큰 희열을 느꼈다. 그 순간 바로 전 수정과 석영을 먹은 게 떠올랐다. 또한 귀수산의 빛나던 창자가 힘을 발휘해 주는 것인지도 모르겠다는 생각이 들었다. 자신이 용이 되어 푸른 바다 속을 쾌속 질주하는 느낌이 들었다. 다시 내력을 발산하자 이번에는 파란 창공을 날아가는 기분이 들었다. 석탈해는 비로소 자신이 용이었다는 사실을 온몸으로 느끼는 것이었다.

"콰광 쾅!"

주화귀왕의 기운과 석탈해의 서로를 향해 분출된 기운이 두사람 사이의 가운데에서 만나 주위 사람들을 경악시킬 정도의 어마어마한 파열음을 냈다. 마주서서 장력으로 기를 발사하는 광경은 그야말로 장관이었다. 주화귀왕의 손바닥에서는 검은 빛과 그 주위를 감도는 검은 연기가 무럭무럭 피어올랐고 석탈해의 손에서는 일곱 가지 색깔의 광선이 휘황찬란하게 퍼져나갔다. 그리고 그 기운은 두 사람의 중간에서 서로 부딪혀 폭발하는 일대 진풍경을 연출하였다.

"호오라! 대단하군! 과연 주화귀왕과 석탈해답군! 석탈해! 과거보다 서너 배의 공력이 증진되다니? 대단하구먼!"

용왕조차 놀랐고 용궁 대신들과 장군들도 놀라움을 금치 못했다. 팽팽한 기력싸움이 지속되자 주화귀왕이 두 손을 자신의 가슴 가까이로 모아 한층 강한 기력을 쏟아내었다. 그러자 중간에 있는 접점이 석탈해 쪽으로 상당량 옮겨졌다. 두어장 석탈해 쪽으로 옮겨온 접점에서는 불꽃이 튀었고 석탈해는 그 열감을 감지했다.

"으으! 이얍!"

그는 다소 위기감을 느꼈고, 이를 악물었다. 석탈해는 두 팔을 앞으로 쭉 뻗어 손바닥을 합장했다. 양손 바닥의 기 방사를 양 손끝의 방사로 방식을 바꾸었다. 그리고 호흡을 일검만파의 초식으로 재빨리 바꾸었다. 혼신의 힘을 다해 일검만파의 기발산을 시전했다. 그러자 상황이 역전되었다. 기 싸움의 접점이 이번에는 주화귀왕 쪽으로 한 장 이상 옮겨진 것이었다.

"아니? 저럴 수가?"

용왕과 세 귀왕은 깜짝 놀랐다. 하지만 아직도 주화귀왕이 유리한 상태였다. 그 상태로 대치상황이 지속되었다. 석탈해의 정수리 위에서는 모락모락 김이 올라왔고 이마에는 땀방울이 송송 맺혔다. 그러나 그는 짐짓 괜찮은 척했다. 주화귀왕도 다소 난처한 표정을 지었다. 육 대 사 정도로 귀왕이 유리했지만 탈해가 완전히 밀린 것도 아니었다. 귀왕은 감추고있던 공력을 발산하여 마침내 대결을 끝내려는듯했다. 귀왕의 양손에서 발산된 기가 석탈해 쪽으로 점점 옮겨져 구대일 정도로 탈해가 밀리자 자신도 모르게 손가락 열 개를 모두 펴 물여위 사부의 비기인 이십지강법을 펼쳤다. 그러자 탈해의 단전에서 무언가 부글부글 끓는 느낌이 났고, 그 기운 덩어리가 양손의 장심으로 몰려나오더니 급기야 손가락 끝에서 믿을 수 없을 정도의 커다란 폭발이 일어났다.

"콰광쾅!"

그 강력한 힘은 석탈해의 기력장과 귀왕의 공력장 사이에서 제 이차 폭발을 야기시켜 수정궁의 기둥을 흔들고 궁성벽에 균열을 만들 정도였다. 그 상태로 일다경이 지나자 비로소 용왕이 기력싸움 중단을 선언했다.

"그만! 멈추시오! 이번 대결은 본용왕이 무승부로 결정하겠소이다."

둘이 동시에 내공을 거두자 일시에 펑하는 소리와 함께 엄청난 연기가 수정궁 전체로 퍼져나갔다. 내력대결을 마친 주화귀왕은 놀란 표정을 감추지 못한 채 엄지를 치켜 올려세우며 석탈해를 칭찬했다.

"대단하다! 석탈해! 함달바왕보다도 강하구나! 허허허."

탈해는 기진맥진하여 제대로 서있을 수조차 없었다. 잠시 후 다리에 힘이 풀려 주저앉고 말았다. 그러나 육지의 서너 배에 달하는 탈해의 공력이 발산되었음에도 불구하고 주화귀왕은 전혀 지친 기색이 없었다. 말하자면 주화귀왕은 석탈해의 공력을 시험하기 위해 어느 정도 봐준 모양이었다. 비로소 탈해는 긴장감이 풀렸다. 귀왕과의 대결은 의외로 겁먹을 필요가 없었다. 진정 원한을 풀기위해 내력 싸움을 한 것이 아니고 탈해의 공력을 시험해보고 싶었던 모양이었다. 그리고 인간으로서 귀신인 지옥귀왕을 이길 수는 없었다. 싸움이 끝나자 은동이 제일 먼저 쓰러진 탈해에게 달려왔다.

"탈해야! 괜찮아? 너 진짜 멋졌어. 저런 지옥 할아버지와 동수를 이루다니? 최고다! 최고!"

"주군! 대단하십니다! 언제 이렇게 공력이 성장되었는지요? 감축드립니다!"

백의도 달려와 무릎을 꿇고 격려를 했다. 하지만 탈해는 어리둥절할 뿐이었다. 명부의 귀왕과의 대결이 낯설지 않은 느낌이 들었다. 그리고 백의에게 속삭이듯 물었다.

"이봐 백의, 내가 언젠가 명부의 귀왕들과 대결을 펼친 적이 있었나?"

"아니요. 금시초문입니다. 사실 말이야 바른 말이지 예전의 주군의 내력으로는 어려운 일이라 사료되옵니다. 아이고! 송구합니다! 주군!"

"아냐, 괜찮아. 그런데 왜 내가 귀왕과 싸운 기억이 있는 거지?"

"기억이 돌아오셨나요. 주군?"

"아니, 그냥 지옥귀왕들과 싸운 기억이 얼핏 나는 것도 같고…아이고! 죽겠다!"

용왕은 혼잣말을 하는 탈해를 다시 식탁으로 불렀다. 귀왕들도 밝은 표정으로 탈해를 불렀다,

"무슨 말을 중얼거리는가? 이리 오시게. 석탈해공!"

용왕과 귀왕들의 호칭과 어투가 달라져있었다. 탈해는 주화귀왕과의 내력 대결 후 다시 밝은 분위기의 자리가 되고나서 이내 마음이 평안해졌다. 귀왕들과의 화기애애한 자리에서 연거푸 용궁주를 마시자 기분이 점차 좋아졌다. 주화귀왕이 흡족한 표정으로 말했다.

"석탈해! 자네는 본왕이 지금까지 겪은 인간 중 최고의 내력을 지닌 자로다. 본왕이 인간에게 오성의 공력을 써본 것은 처음이다. 석탈해! 이번 대결에서 자네가 이긴 걸로 하자! 하하하하하!"

승부를 가리지는 못했지만 주화귀왕의 양보로 천년거북피를 석탈해가 갖게 되었다. 탈해는 내심 기뻤다. 구성련과의 약속을 지키게 된 것에 흥분하여 탈해는 술을 마다 않고 마셨다. 주화귀왕의 제의로 용궁주 건배가 연달아 이어졌고 석탈해에 대한 칭찬으로 술자리가 무르익고 있었다. 그때 별안간 군사들의 외치는 소리가 났다.

"누구냐! 저자를 잡아라!"

수정궁 경비병사들 수십 명이 연회장으로 뛰어들어오면서 큰 소리로

외쳤고, 수정궁으로 황소만한 구름을 타고 누군가 날아들어왔다. 봉래선인이었다. 봉래선인의 방문은 술자리의 흥을 일순간에 깨버렸다.

"용왕! 나 봉래선인이요!"

"어서 오시지요. 막무가내로 들어오시다니 봉래도인 답지 않으시군요. 그런데 용궁문을 힘으로 밀고 들어오셨다니? 오호라! 이제는 도인이 아니라 선인되셨구려! 삼가 감축드립니다! 봉래선인!"

"인사말은 집어치우십시오!"

"선인이 되셨으니 명부의 벼슬로 치자면 귀왕자리 하나는 맡게되시겠군요. 봉래선인!"

주화귀왕이 능글맞은 목소리로 인사를 건넸다. 그러나 봉래선인은 단호했다.

"명부의 귀왕들께서 속히 명부로 돌아들 가시지요. 안 그러면 풍백께 고하여 염제께 연통을 넣겠습니다."

"고정하시오! 봉래선인"

용왕은 일이 커지는 것을 피하기 위해 귀왕들을 명부로 돌려보내려고 했다.

"그럼, 귀왕들께서는 물러나시지요!"

봉래선인에게서는 예전과 달리 맑고 고운 광채가 났다. 지난날 걸쭉했던 목소리도 청아하게 달라졌다.

"내 지금 신라국 차차웅과 아진포의 아진의선을 진료하고 오는 길이요! 두 분 다 무사하니, 이제 탈해의 본심을 알아보고자 왔소이다. 내 들으니 탈해라는 아이가 용서받지 못한 일을 했다는 것이 실수가 아니라는 말을 들었소. 용왕께서 비호하시면 돌아가겠으나 내게 넘기신다면 저 아이를 가르쳐 사람을 만들어보고자 합니다. 아직 차차웅이 깨어나지 않았으니 그가 깨어나기 전에 탈해를 데리고 가 용서를 구하고자 하오이다."

"그건 아니될 말씀! 석탈해는 봉래선인과는 아무 상관없는 아이요. 순수하고 어린 용이요. 내가 용궁에서 키워 큰 재목으로 쓸 거외다!"

"사람을 해치고 전쟁을 일삼는 악룡이 어찌 큰 재목이란 말씀이요!"

"악룡이라니요? 말이 지나치시오. 봉래선인!"

"저 아이와 명부의 귀왕들이 협잡하여 무고한 사람들을 해친다면 내가 좌시하지 않을 거외다. 그리고 육지의 백팔신선과 천상 천관도 동해용왕께 책임을 물을 것이요. 또한 승균선인께 말씀드려 풍백께 고하도록 할 터이니 그런 줄 아시오!"

"협박이 지나치시오! 돌아가시오! 봉래선인! 당장 가지 않으면 힘으로 몰아낼 것이외다!"

"좋소! 내가 탈해에게 직접 묻겠소이다."

제 53화-12. 용궁에서의 대결-서거 십일째(6)

봉래선인은 석탈해를 향해 소리쳤다.

"나와 함께 가겠느냐?"

"예? 아니 그게…"

"확실하게 대답을 하라!"

그때 용왕이 대화에 끼어들었다.

"봉래선인! 지금 아니라고 하지 않소이까! 어서 돌아가시지요!"

"알았소이다. 있으라 해도 내 갈 것이요! 석탈해는 정신 차려라! 네 본 모습으로 돌아와야 할 것이야! 아진의선을 생각해라!"

말을 마치자 봉래선인은 연기처럼 사라졌다. 석탈해는 오해를 풀려고 했으나 어쩔 도리가 없었다. 내심 차후에 모든 걸 용서받고 오해를 풀면 될 것이라 마음먹었다. 지옥귀왕들은 지상의 선인에게 용궁출입이 발각되어 술맛이 떨어졌다면서 명부로 돌아갔다.

잠시 후 용왕은 본격적으로 탈해와의 이야기를 진척시켰다. 탈해는 의심을 받지 않기 위해 용왕의 의도를 따르기로 하였다. 신라와 가막미르간의 전쟁이 막바지에 이르러 양쪽이 모두 심각한 상태에 빠지면 용궁과 명부의 군사력을 동원하여 두 나라를 복속시키는 전쟁에 선봉에 선다는 약조를 거짓으로 한 것이었다. 용왕은 비로소 탈해에게 조건을 걸었다.

"석탈해! 그대가 짐을 배신한다면 너와 너의 친구들은 물론이고 너의 식솔들까지 죽음을 면치 못할 것이다! 알겠는가?"

"예! 걱정 마십쇼!"

"좋다. 석탈해답군! 그러면 전쟁에서 이긴다면 무엇을 원하는가? 육지의 제이 용궁을 통치할 권력을 원하는가?"

"아닙니다. 용왕이시여. 육지용궁의 영광은 용왕께 온전하게 바치오리다!"

"그래? 그럼 다른 소원이 있더냐?"

"예, 선물을 원하나이다."

"이미 그대에게 천년거북피를 주지 않았더냐? 무엇이 더 필요한고?"

탈해는 한동안 망설이다가 어렵사리 입을 열었다.

"삼가 말씀을 올리기 송구하오나 하루만 저 주렴 뒤의 태기왕 손자와의 동행을 허락해주소서. 이틀 후에 저분을 다시 여기로 데려오겠나이다."

"주렴 뒤의 저 아이?"

"예, 그러하옵니다."

"저 아이는 태기왕의 손자가 아니니라. 여기에 데려오고 보니 태기왕 핏줄이 아니었다. 그래서 다시 가서 구정동이란 묘지기에게 물으니 자신이 키어온 구성련이라는 딸아이가 사실은 그가 몰래 키운 태기왕의 손녀라 하더군. 그런데 그 아이가 진작에 죽었다고 했다. 짐은 포기하고 돌아왔으나 마침 여기 데려온 저 주렴 뒤의 아이도 순음지체이기에 짐이 가까이 두고 있는 것이니라."

"예? 그럼 소인이 맥을 짚어봐도 되겠나이까?"

"좋도록 하라. 자네도 음기가 필요한가?"

"아닙니다. 확인할 것이 있어서…"

용왕의 승낙을 받고 탈해는 주렴 뒤의 아이에게 손을 대고 집중하였다. 아이의 지난 시간이 주마등처럼 탈해의 뇌리에 지나갔다. 아이의 태어날 적까지 가 본 결과 아이는 태기왕의 손자가 아니었다.

'확실히 태기왕의 후손이 아니긴 하군!'

탈해는 용성국으로 급히 가야하겠기에 용왕이 시키는 대로 그의 지시를 듣고 용궁을 뜨고자했다. 용왕과 귀왕은 가막미르가 신라국을 접수하고 이성국을 치면 왜와 백제가 지원을 올 터이고 그 전쟁이 종국에 다다랐을 때 다시 만날 것을 약조하였다. 그리고 용궁의 군사 오천 명을 지휘할 수 있는 중장군으로 석탈해를 임명하였다. 탈해는 동해용왕이 하사한 용궁 중장군패를 가슴속에 넣으며 이것이 혹시 신라국에 씻지 못할 죄가 되는 것은 아닌가하고 생각해보았다. 탈해 일행이 용궁을 떠나기 위해 동해 용궁동문으로 왔을 때 완식이 찾아와 땅에 엎드려 빌었다.

"소인을 죽여주십시오! 왕자님!"

"여기가 어디라고 왔느냐! 이놈!"

백의가 발검하여 외쳤다.

"이놈! 완식이! 목을 내놓아라!"

백의가 그의 목을 베려할 때 탈해가 백의에게 귀엣말을 했다. 그리고 백의는 완식의 목 대신 그의 머리카락을 베었다.

"왕자님의 바다와 같은 은혜 덕분에 산 줄 알거라! 죄는 미우나 너를 죽이지는 않겠다. 하지만 너는 나를 다시는 볼 생각 마라!"

백의는 옛 친구를 용서해주었으나 마음이 좋지는 않았다. 엎드린 채 일어서지 못하는 완식을 뒤로하고 탈해 일행을 태운 배는 신속하게 동문을 빠져나가 육지로 향했다.

"아니? 별안간 이게 웬 파도야?"

백의가 긴장했다. 용궁 입구의 안개문을 통과하여 반시진이 되지 않아 잔잔하던 바다에 갑자기 파도가 일었기 때문이었다. 먼 바다가 조용한 걸로 보아 석탈해는 인근에 용이 나타난 것을 직감했다. 배가 흔들렸고 점점 배 주위의 물살이 빨라졌다. 그리고는 이윽고 커다란 괴물이 수면 위로 올라왔다가 순식간에 사라졌다.

"용이다!"

상길이 외쳤다.

"뭐야! 동해용왕이 우리를 죽이려고 용을 보낸 거야?"

천종이 소리를 질렀다. 그리고 배안의 모든 사람이 술렁거리자 탈해가 진정시켰다.

"아냐! 그럴 리가 없어. 내가 동행용궁의 중장군이 되었는데 어찌 용궁의 용이 나에게 공격을 하겠어?"

탈해가 구정동이 준 용의 비늘을 벨 수 있다는 보검을 뽑아들고 외쳤다.

"야! 바다괴물아! 죽고 싶지 않으면 조용히 사라져라! 나는 동해용궁 중장군 석탈해다!"

석탈해의 외침이 끝나자 배가 한쪽으로 심하게 기울었다. 다시 한 번 그 괴물이 물속에서 수면으로 높이 올라왔다. 거대한 바닷뱀이었다. 크기가 무려 배의 열배에 달했다. 뱀이 물보라를 일으키며 배를 공격했고 그 큰 몸으로 탈해 일행의 배를 휘감으려했다. 그 순간 탈해가 공중으로 튀어오르며 구정동의 명검을 휘둘렀다.

"일검만파!"

탈해의 보검에서 쏟아져나온 검강들이 바닷뱀의 대가리와 꼬리에 적중되었다. 그러자 배를 휘감던 몸통부분도 떨어져나갔다. 잠시후 바다가 고요해졌다. 바닷뱀의 거친 물살공격으로 온몸이 젖은 일행이 모두들 말을 잃고 멍한 표정으로 탈해를 바라보았고 백의가 다시 노를 잡으며 탈해에게 예를 올렸다.

"정말 대단하십니다. 주군! 자! 출발합니다."

탈해는 그 어느 때보다 자신감이 생겼다. 용궁에 다녀온 후 내공이 서너배 증진 된 것 때문인지 삶의 의욕이 되살아난 것을 새삼 느꼈다. 그리고 세상이 아름답게 보였다. 탈해는 용성국으로 가서 구성련을 다시 볼 생각에 가슴이 뛰었다. 동해용왕에게 받은 천년거북피를 만지면서 구성련을 떠올리자 왠지 설레는 마음을 진정시키기 어려웠다.

하지만 그녀가 태기왕의 후손이라는 사실에 마음 한 켠이 답답하기도 했다. 그런 그의 마음을 아는지 바람이 거세졌고 그 때문에 파도가 크게 일었다. 바다 위의 강풍이 불어대는 소리와 뱃전에 파도가 부서지는 소리가 심하게 귀를 때렸고 선체가 계속 심하게 흔들렸다. 그러나 망망대해는 작은 배를 서쪽으로 서쪽으로 밀어내고 있었다.

한편 신라국 왕비전에서는 아니공주와 노례왕자가 왕비를 보살피고 있었다. 왕비는 이렇다 할 차도가 없었고 내의관들도 모두 머리를 절레절레 흔들었다. 늘 그렇듯이 계룡족의 도인들이 왕비를 방문하여 기를 방사해주고 갔지만 차도가 거의 없었다. 도력이 높은 알령도인의 기 방사가 그나마 왕비의 기력을 어느 정도 회복시켜주었지만 그것도 하루가 지나면 허사였다.

공주가 계룡족의 족장인 알령도인의 기방사가 끝나자 차를 끓여 내오며 인사를 했다.

"외삼촌, 수고가 많으셨어요."

"수고랄 게 뭐 있나요. 내 누님의 병수발인데…다만 왕비께서 기력이 회복되지 않으시니 걱정입니다. 공주."

"그런데 참 이상합니다. 이처럼 원인 모를 병이 있을 수 있나요?"

"나도 그게 이상하단 말이야? 뭔가 알 수 없는 나쁜 기운이랄까?"

"저어 외삼촌…"

아니공주는 알령도인에게 무언가 말을 하려다가 그만두었다.

"에이, 아니에요."

"허어! 공주가 말을 하지 않으니 사람을 더 궁금하게 만드는군. 어여 말해보세요."

"저어, 만일에 말이에요?"

"만일에 뭐요?"

"누군가 주술을 걸어서 어마마마의 기를 빼앗는 게 아닐까 하는 느낌이 들어요."

"누가 어떻게 말인가요? 공주는 뭐 짐작하는 게 있으신가요?"

"약이나 기방사술을 쓸 게 아니라 왕비마마 처소 주변의 사람을 얼씬거리지 않게 하고 음식과 약은 앞으로 모두 제가 수발을 들까합니다."

"그건 안됩니다! 공주!"

"왜요?"

"일단 왕비궁 처소 주변의 경비 군사들은 반드시 있어야하고 내의원들과 계룡족 도인들도 수시로 드나들어야 하는데 어떻게 단 한명도 남김없이 사람을 치웁니까?"

"하긴 그렇군요."

공주는 한동안 곰곰 생각을 하다가 문득 무엇이 떠올랐다는 표정으로 왕비의 처소 밖으로 나갔다. 공주는 왕비궁 후원의 석등을 면밀하게 살폈다. 이상하게도 그 석등 안에서는 향이 타들어가고 있었다.

"괴이한 일이로군. 누가 석등에 향불을 켜두었을까?"

"그거 제사에 쓰는 일반적인 향이 아닌가요? 공주?"

뒤따라온 알령도인이 대수롭지 않다는 듯 말했다.

"이 향이 언제부터 이렇게 여기서 타고 있었지요?"

"내가 오다가다 보았는데 나는 거서간 상중이라 향을 태운다고 생각했지요."

"그런데 외삼촌! 이 향 내음이 보통의 향과는 좀 다르지 않아요?"

"그러고 보니 나도 왕비께 기를 방사하고 나면 늘 피곤이 몰려왔는데 그게 단순하게 기력을 상실해서가 아니라 이 향 때문이었나?"

알령도인은 향을 코에 대고 냄새를 맡아보았다.

"이이런! 으음."

"왜 그러세요? 외삼촌!"

"이것이로군! 바로 이것 때문이었어!"

"왜요?"

"이 향은 용들의 기를 약화시키는 특수한 향이야…으음…"

공주는 신속하게 향을 석등에서 빼 발로 밟아 꺼버렸다. 공주가 알령도인을 부축하여 처소 안으로 가려는데 지붕으로부터 궁표검객이 날아와 착지했다.

"무슨 일이 있습니까? 공주? 알령도인께서 무척 불편해보이십니다."

"아니요. 그냥 갈 길 가시오!"

아니공주는 알령도인을 부축해 가면서 확신했다.

'저 궁표검객의 짓이었군! 저들이 향을 피워 어마마마를 지속적으로 아프게 했군. 이제 원인을 알았으니 기운을 차리시는 일만 남았군!'

공주는 알령도인을 왕비처소 옆방의 침상에 눕히고 왕비의 처소까지 모두 환기를 했다. 그리고 두 사람의 원기가 회복되기를 기다렸다.

제 54화 - 13. 용성국의 해후 - 십일일째(1)

새로운 해가 떴다. 어느덧 거서간이 붕어한 지 열흘이 지났다. 국장인 보름장까지 닷새밖에 남지 않은 것이었다. 탈해는 마음이 급했다. 그래서 과도하게 경공을 펼쳤고 그를 겨우 따라온 사람은 백의와 은동뿐이었다. 그나마 두 사람도 지쳐 더 이상 경공을 펼치지 못할 지경에 이르렀다. 그러나 그 무거운 천년거북피를 등에 지고 뛰는 탈해는 마치 곱사등이처럼 불편할텐데도 하늘을 나는 매보다도 더 빠르게 경공을 해냈다. 그러고도 그는 길을 서둘렀다. 귀수산의 내단을 먹어서인지 탈해는 매우 빨리 피로감을 떨쳐내었고 잠시의 운기조식으로 원기를 충분히 회복해냈다. 귀수산내단을 먹은 후 내공은 증진되었지만 웬일인지 가슴이 답답한 증세가 생겼다. 하지만 탈해는 마음이 급했다.

"내가 먼저 가야겠네. 백의, 은동을 부탁하네. 은동이 구성련 신녀의 처소를 알고 있으니 뒤따라오게."

"예!"

"탈해야! 같이 가면 안돼?"

"미안! 은동아! 일단 먼저 가서 구성련을 찾아볼게. 조심해서 와."

혼자 몸이 된 탈해는 그야말로 한 마리 새처럼 날아올랐다. 그는 용성국의 결계를 단숨에 날아서 뚫어버렸다. 이른바 초고속으로 능공답보를 시전한 것이었다. 웬만한 도인들도 불가능한 최상승 경공이었다. 그것은 거의 신선의 수준이었다. 그러나 탈해는 그것이 어떻게 가능한지 몰랐고 몸이 시키는 대로 날아갈 뿐이었다.

용성국 신녀의 소도가 멀리 눈앞에 들어왔다. '태기왕의 손녀가 구성련이었다니?' 탈해는 마음이 급했다. 소도에 다다른 탈해는 주위를 살폈다. 소도의 안쪽에 자리잡은 신녀의 처소에서는 두런거리는 사람들 소리가 들렸다.

방안에서 구정동과 구성련이 대화를 나누고 있었다. 탈해는 인기척을 내지 않기 위해서 변신술을 썼다. 그는 일단 호흡을 멈추고 둔갑술을 시전하여 모기로 변신했다. 용궁에서 수정과 석영을 먹고 특히 귀수산의 내단을 먹은 뒤 탈해는 자신의 내공이 두세 배 향상된 것을 확연히 느꼈다. 그 덕분인지 둔갑술이 훨씬 수월하게 이루어졌다. 내공이 증진되어 탈해는 둔갑술을 완전하게 체득한 느낌이 들었다. 또한 그전과는 다르게 자신의 몸이 모기로 변한 것이 완연하게 느껴졌고, 모기로서의 행동도 자유자재로 되었다. 탈해는 모기로 화하여 창문 틈으로 들어갔다. 하지만 가슴이 답답한 증세는 없어지지 않았다.

구정동이 새 옷을 입고 구성련 앞에 서있었다. 구정동은 매우 조심스러운 자세와 근엄한 표정을 짓고 있었다. 별안간 큰 눈에 글썽글썽하게 눈물을 지으며 말했다.

"지금부터 제가 하는 말씀을 잘 들으십시오. 공주님!"

"공주님이라니요? 아니, 아버지! 갑자기 왜 이러세요?"

"사실 공주님은 제 여식이 아닙니다. 진한국을 다스렸던 태기왕 폐하의 손녀이십니다. 유일한 태기왕 폐하의 혈육이십니다."

"그게 무슨 소리에요?"

"예, 소신이 소상히 말씀드리지요. 진한의 열두 개 나라가 모두 전란에 휩싸이고 결국 가장 강했던 신라국이 진한을 하나의 나라로 통일하려 했습니다. 동미리국의 거수였던 저는 신라국에게 패퇴한 후 홀로 도망가다가 비적떼를 만났습니다. 그런데 죽을 뻔한 제 목숨을 신라국 거서간께서 구해주셨습니다. 저는 지난날 태기왕의 신하였으나, 거서간에게 생명을 빚졌으니 거서간의 편에 서겠다고 했습니다. 더 이상 태기왕을 모실 수가 없어서 박혁거세 거서간의 간청으로 무쇠 검 천 자루를 만들어주었습니다."

"신라 거서간은 태기왕의 원수잖아요?"

"원수라기보다는 전쟁 중에 싸운 것이지요."

"전쟁 중에 신라국이 진한의 왕을 시해한 건 사실이잖아요?"

"예, 그건 그렇지요. 태기왕 폐하께서는 맥국으로 후퇴하여 예국과 신라국과 맞서 수년간 전쟁을 벌이셨지만 안타깝게도 서거하신 줄 아옵니다. 태자님 또한 전쟁 중에 붕어하셨고, 제 처가 진한국 귀족출신이라 태자비님과 함께 있다가 태자비께서 자결하시자 어린 공주님을 데리고 왔나이다. 저에게 오는 도중 화살공격을 받고 제 아내 역시 숨을 거두고 말았습니다. 저는 남몰래 공주님을 내 아기인 것처럼 키웠으나 세상이 두려워 오늘날까지 이렇게 숨어 지내온 것입니다."

"정말 이 모든 게 사실이에요?"

"그렇사옵니다. 공주님은 부디 옥체를 보존하여 훗날을 도모하소서. 다행히 봉래도인께서 돌보아주시니 저는 더 이상 바랄 것이 없습니다. 용성국의 왕비가 되시어 과거 진한의 영광을 다시금 누리소서! 부디 그 동안 소인의 무례를 용서하시기 바랍니다. 공주님! 이제 소인은 공주님께 하직

인사를 올리고 제 처 곁으로 가고자합니다."

구정동이 구성련에게 절을 하고 흐느끼다가 별안간 바닥에 두었던 단검을 집어들었다.

"에잇!"
"안됩니다!"

석탈해는 순식간에 모기에서 사람으로 변하여 구정동을 밀쳐냈다. 그는 소리를 지르며 호흡을 했기 때문에 둔갑술에서 벗어난 것이었다.

"으악!"

구성련이 놀라 소리쳤다. 그리고 구정동 역시 대경실색하였다.

"아니? 그대는 석탈해공이 아니신가? 언제 방에? 아니? 어떻게 들어온 겁니까?"
"어르신! 귀한 목숨을 허무하게 끊으시면 안됩니다. 그리고 아직 구성련 신녀가 어린데 무책임하게 세상을 떠나시다니요?"

구성련이 흐느껴 울었고 구정동도 고개를 숙이고 허망하게 한숨을 내리 쉬었다. 석탈해는 구성련을 보고 매우 반갑게 인사했으나 그녀는 커다란 충격에 휩싸여 석탈해에게 인사를 할 경황이 없었다.

석탈해는 경공에 불편했던 거북피를 등에서 벗어들고 그녀에게 건네줄까 하고 눈치를 살폈으나 여의치가 않았다. 그때 구정동이 마침 탈해의 등에 있는 천년거북피를 알아보았다.

"아니? 이것은 동해용궁의 천년거북피가 아니요?"
"예, 제가 지난번에 신녀님과 약조한 게 있어서요."

울면서 두 사람의 대화를 듣던 신녀가 거북피를 보고는 눈물을 훔쳤다.

"정말 약조를 지키셨네요? 석탈해님!"

그녀가 무척 감동하여 거북피를 받아들고 석탈해에게 의미심장한 눈빛을 보내는 순간 암자의 문이 열리면서 두 사람이 헐레벌떡 뛰어 들어왔다.

"우리도 왔습니다!"

뒤이어 상길과 천종 그리고 우혁이 들이닥치고 종당에는 암자 안은 시끌벅적하게 되고 말았다. 석탈해보다도 탈해의 친구들이 신녀를 보고 더 반가워했고 신녀도 비로소 입가에 웃음이 돌았다.

용성국에 도착한 탈해 일행은 그동안의 이야기꽃을 피웠다. 특히 우혁은 마치 그간의 이야기를 종이에 적었다가 외우듯이 신이 나서 이야기를 했다. 무엇보다도 동해용궁에서 탈해가 명부의 지옥귀왕과 내력대결에서 동수를 이루고 용왕에게 거북피를 선물로 받은 이야기가 압권이었다. 이야기 끝에 탈해가 함달바 왕의 왕자였다는 대목에서 구정동이 별안간 자리를 박차고 일어섰다.

"정말입니까? 석탈해공이 함달바 폐하의 왕자님이셨다니? 소인의 절을 받으십시오!"

"아니, 왜 이러십니까?"

"왕자님! 그 동안의 결례를 용서하십시오. 제가 동미리국으로 가기 전에 저는 원래 용성국 백성이었습니다."

"그래요? 그럼 거수님도 용화인인가요?"

"아닙니다. 저의 조상님들은 원래는 조선의 신민들이셨지요. 그런데 이백년 전 조선이 망하자 대부분 부여나 예, 맥, 옥저 혹은 삼한 땅으로 흩어졌지요. 하지만 제 고조부께서 용성국 경비무사로 발탁되어 용성국 백성이 되었지요. 저는 함달바왕께서 적녀국공주님과 국혼을 하실 때 용성국 백성 중에 출국을 원하는 자들을 특별히 보내준다는 칙명이 있어서 그때 진한의 동미리국으로 왔습니다. 이십칠 년 전이군요. 그때 제 나이 스물일곱이었는데 올해 제가 쉰넷이 되었으니 딱 두 배가 지났군요. 그래도 엊그제 일 같습니다."

석탈해는 감회에 잠겨 대화를 잠시 멈춘 구정동을 바라보다가 다시 대사촌 금씨에 대해 집요하게 물었다.

"그런데 거수 어르신…"

"아이고, 말씀 낮추십시오. 왕자님."

"아닙니다. 저는 이제 왕자가 아닙니다. 저는 더 이상 용성국이나 적녀국 사람도 아니고 신라국 사람입니다. 선왕께서는 이미 승천하셨고, 그리고 왕비께서도 행방이 묘연하니 이제 와서 그런 격식은 따지지 맙시다."

"아닙니다. 그래도 그럴 수는 없지요. 왕자님."

"좌우간 내 다시 대사촌 금씨들에 대해 묻겠소. 아는 대로 가르쳐주시겠습니까?"

"예, 말씀드리지요. 그리고 그들은 금씨가 아니고 김씨입니다. 김씨들은 진한의 왕족이었지요. 삼한시절 신라국 해변에 살던 대사촌의 김씨들은 무쇠제련에 탁월한 재주를 가졌지요. 김윤이라는 촌장이 처음으로 강철검을 만들었지요. 하지만 소국과민의 정치를 펼치던 태기왕은 강철검이 대규모 살인병기가 될 것을 저어하여 그들을 핍박하고 강철 병장기를 만들지 못하게 하였습니다."

"왜요? 진한으로서는 이익일텐데요?"

"사실 대사촌의 김씨 일족은 태기왕의 종친이지만 태기왕 세력과는 사이가 좋지 않았습니다. 그런데 그들이 신라국 거서간을 돕자 태기왕의 심복들에게 멸문지화를 당한 것입니다. 저는 처가의 일이기에 철제제련에 관여했지요. 처남들에게 철 제련술을 배웠고 그 기술로 동미리국에서 승승장구하여 거수의 위치까지 도달하게 되었는데, 제가 없는 사이에 처가가 그렇게 된 것이지요."

"진한의 태기왕은 열두 개의 나라들을 독립적으로 살도록 해주었는데, 왜 그랬을까요? 그리고 신라국에는 엄연히 거서간이 계셨는데 어떻게 공격을 했지요?"

"거서간님이 맥국과 전투를 하기 위해 신라국 북쪽으로 원정을 갔을 때 태기왕 부하들이 몰래 신라에 잠입하여 처가를 공격했습니다. 훗날 제가 거서간을 도운 것은 그분이 제 생명의 은인이기도하지만 장인, 장모님과 처남들에 대한 복수심 때문이기도 했지요. 태기왕의 수하들이 내 처가를 다 망쳐놓았기 때문이지요. 이상한 일은 당시 육부족들도 동해안 대사촌에서 무쇠 제련술을 함께 배웠는데 그들은 아무도 다치거나 죽은 자들이 없었습니다."

"왜지요? 왜 육부족은 아무 일이 없고 대사촌만 사라졌나요?"

"진한의 군사들이 온다는 것을 미리 알았던 게지요. 신라국에서는 태기왕 부하들이 대사촌을 친다는 정보를 입수하고 육부족 인원들을 빼돌린 모양이었어요. 결국 김씨족은 태기왕에게 버림받고 박혁거세 거서간에게도 버림을 받은 것이지요."

"거서간님이 그들을 버린 건 아니잖아요? 거서간님이 안계실 때 그랬으니까요."

"하지만 결과적으로 그런 셈이 되었지요. 당시 거서간님께 보고하지 않고 일을 그렇게 처리한 대보 호공은 문책이나 처벌을 받지 않았으니까요."

"그렇군요."

"이제 그들은 없지만 그들의 제련술은 아직도 삼한땅에서는 최고지요. 그들이 검을 만들어준 검객으로는 창해가문의 장문인으로 수십 년 전 돌아가신 창해신검이나 궁표검객 등이 유명합니다."

제 55화 - 13. 용성국의 해후 - 십일일째(2)

구정동의 이야기를 들은 석탈해는 생각이 정리되지 않았다. 그는 한동안 생각에 잠겼다. '차차웅이 자신에게 준 목간에는 분명히 대사촌 김씨들에 대한 정보가 있었다. 그것은 과거 차차웅과 대보 호공이 진한군의 침입을 묵살한 내용이라면 자신에게 불리한 것을 스스로 밝히려고 하지 않았을 것인데…왜 차차웅은 대사촌의 단검을 주었을까? 그렇다면 그 단검은 대사촌에서 제련된 것이고 그것으로 거서간이 붕어하셨다면 대사촌의 멸문지화는 차차웅이 관련된 것이 아니라는 것인데…' 석탈해는 품에 간직했던 거서간을 시해한 단검을 구정동에게 보여주었다.

"한번 살펴봐주시지요. 제련술로 보아 김씨들이 만든 것인가요?"

"어디…으음. 그렇군요. 이건 분명 대사촌에서 만든 단검입니다. 그런데 매우 날카롭게 갈았군요."

"어떻게 아셨죠? 이게 대사촌 물건이라는 이유가 있을 거 아닙니까?"

"얘기가 깁니다만, 본시 철중에 순수한 것은 백색 광택을 띄고 연성과 전성이 풍부한 순철(純鐵)입니다. 그런데 순수한 결정체인 순철은 만들기도 어렵거니와 만들어도 강한 검으로 쓸 수가 없습니다. 불순물이 전혀 함유되어 있지 않은 순수한 순철은 메짐성이 강합니다."

"메짐성이 강하다니요?"

"끈기가 없다는 것이지요. 차지지 못하고 잘 부서지는 것이지요. 그렇기 때문에 쇠붙이는 잘 녹여서 그 고갱이를 추출하는 것은 병기로서의 가치가 없습니다. 그리고 연철(鍊鐵)은 매우 연하여 손으로 구부릴 정도이니 쓸 수가 없습니다. 그러나 단조를 거듭하면 연검을 만들 수가 있습니다. 그리고 보통 검을 만드는 데에는 강철(鋼鐵)을 씁니다. 이것은 철 가운데 가장 널리 쓰이고 있습니다."

"그런데 강철로 명검을 만들려면 어떻게 해야 하나요?"

"정성껏 담금질을 반복해야지요. 특히 겨울철에 풀무로 달군 검을 얼음물 속에 칼날 부분을 살짝 살짝 담가 백회 이상 반복하면 그 검은 다른 검을 자를 수 있습니다. 대사촌은 겨울 내내 석달간 담금질을 천 번 이상 하여 초강철을 만들었지요. 지금 이 단도가 바로 그 초강철입니다. 추운 겨울에 얼어붙어도 부러지지 않는다하여 한철(寒鐵)이라고도 부릅니다. 혹자는 한철을 백 년 동안 제련하여 만든 백년한철이 있다고 하는데 그것은 모두 이 한철을 이르는 말입니다."

"그렇군요. 그런데 대사촌에서는 이 검을 왜 이성국과 용성국에 갖다준 걸까요?"

"이런 건 팔지 않습니다. 대사촌 촌장이 누군가에게 선물을 했거나 강탈당한 것이라고 봐야겠지요."

그때 별안간 탈해는 봉래선인의 말이 떠올랐다. 이것은 누군가 주인으로부터 훔친 것이라는 말이었다. '그럼 누가 이 단검을 대사촌에서 훔쳤거나 강탈해갔을까?' 탈해가 곰곰 생각에 잠겨있는 동안 구성련이 영지버섯차를 내왔다. 그리고는 탈해에게 의심스러운 눈빛으로 질문을 했다.

"아이고! 공주님이 직접 차를 내오시다니 몸둘 바를 모르겠습니다."

"놀리지 마세요!"

"좋아요! 그럼 저보고도 왕자님 어쩌구 그러기 없기입니다."

"알았어요. 그런데 석탈해님이 용궁에 간 동안 가짜 석탈해가 금성에서 활동한다는 소문이 돌아요."

"뭐라고요?"

"아마도 가막미르 쪽에서 속임수를 쓴 거 같아요. 석탈해가 양민을 학살하고 재산을 약탈했다는 소문이 연일 신라에서 들려오고 있어요."

"참 나! 미칠 노릇이군. 에이! 씨!"

탈해는 짜증이 나 하마터면 욕을 할 뻔했다.

"흥! 그놈이 어지간히 할일이 없나 보네? 이런 건달 같은 탈해의 흉내나 내고 다니다니?"

은동이 구성련과 탈해가 사이좋게 이야기하는 것을 보고 공연히 부아가 나서는 한마디 했다. 그리고는 친구들에게도 우겨댔다.

"안그래? 너희들도 그렇게 생각하지? 안 그러냐?"

"그 그렇지 뭐…"

우혁과 상길 그리고 천종은 딴청을 하면서도 은동의 말에 마지못해 동의를 해주었다

"천년거북피에 대한 보답으로 드린다기 보다 제 정성을 모은 차입니다.

이 차는 보통 영지차가 아닙니다. 백년 묵은 산마를 함께 넣었습니다. 이 신물은 매우 기묘한 치료능력이 있어요."

"오! 향기가 대단하네요! 머릿속이 향기로 가득 차서 그 향에 취하는 것 같습니다."

약초에 대해 해박한 우혁이 맛을 보고 감탄을 했다.

"그렇지요? 마치 보약 한 첩을 다려먹은 효과가 있는 거지요."

보약이라는 말에 상길이 눈이 휘둥그레지면서 한잔 먹고 더 달라고 했다.

"신녀님, 그럼 우리 좀 많이 주면 안돼요?"
"왜 안 되겠어요? 모두 많이 드리죠. 자 편안하게 앉으세요."

상길과 우혁, 천종 그리고 탈해가 기분 좋은 표정으로 서로 먼저 앉으려고 할 때 은동이 그들 앞을 가로막으면서 훼방을 놓았다.

"뭐야! 난 싫어! 안 마실래!"

은동이 약간 심술이 난 표정으로 입을 삐쭉거리며 말했다.

"그래 넌 먹지 마! 내가 다 먹지 뭐. 히히."

상길이 신녀 앞에 잽싸게 앉자 석탈해가 앉으려다 주춤거렸고 그 상태로 중심을 잃은 석탈해를 은동이 뒤에서 잡아당겼다. 석탈해는 보기 좋게 엉덩방아를 찧었다.

"어이쿠!"

"하하하하! 호호호호!"

천진난만한 소년 소녀들의 한바탕 웃음이 지나가자 탈해는 구성련에게 다가와 조용히 물었다.

"신녀께서는 혹시 하루 이틀만 신라로 가주실 수 있으신가요?"

"무슨 일이시죠?"

"사실은 태기왕의 후손이 오초석으로 용을 불러 가막미르와 궁표검객이 장악한 신라를 구해주실 수 있다고 해서요."

"하지만 한미르님이 허락하실지 모르겠네요. 저를 며느리감으로 생각하시는 것 같아요."

"새벽에 갔다가 밤에 돌아올 수 있으면 하루일인데 군이 한미르왕에게 허락을 얻으실 필요가 있는지…"

"하지만 발각된다면 어쩌죠? 봉래선인님께서도 용성국 세자비가 되도록 최선을 다하라고 말씀하신 것도 마음에 걸리고…"

"어험! 공주님! 무리하시는 것은 아무래도 좀…"

구정동이 중간에 끼어들었다. 그러자 탈해가 구정동에게 은근히 압력을 넣었다.

"거수어르신은 제게 거짓말을 했으니 끼어들 처지가 아니시지요."

"무슨 거짓말이요?"

"동해용궁에 태기왕의 손자가 있다고 말씀하셨잖아요."

"그거야 공주님을 보호하기 위해서… 좌우간 공주님을 위험에 처하게 할 수는 없습니다. 안돼요!"

부녀의 완강함에 석탈해는 원칙대로 하기로 마음먹었다

"좋아요. 그러면 일단 한미르왕께 말씀을 드려봅시다."

"네, 알겠어요. 그럼 제가 궁으로 연락을 드려보겠어요."

구성련은 시녀를 궁으로 보내 왕의 허락을 얻기로 했다. 탈해는 무언가 불안하고 또 조짐이 좋지 않다는 생각이 들었다. 그러나 그는 억지로 그녀를 데리고 가고 싶지는 않았다.

진한의 열두 나라를 거의 통일하고 강한 나라로 건국한 지 육십 년이 지났지만 신라는 거서간의 붕어로 국가의 기반이 불안하기 짝이 없었다. 더욱이 세자인 남해차차웅이 선도산성에서 부상당한 채 재기를 노렸지만 육부족이 궁표검객의 편에 섰기 때문에 현재 그의 세력으로는 역부족이었다.

거서간 재위 시에 모든 전쟁에서 승승장구하여 진한에서 가장 강한 국가가 된 신라는 신흥강자였지만 지금은 가막미르의 발아래 무릎을 꿇었고 도성에 왜나라 해적들이 출몰해도 진압할 도리가 없었다. 도읍인 계림은 끊임없이 약탈을 자행하는 왜국의 해적들과 강도와 폭도들로 인해 신라 도읍인 계림이 시끌벅적했다.

남해차차웅은 선도산성에서 선도성모의 제자들이었던 선도산 도인들의 보호를 받으며 사흘 만에 의식이 돌아왔다. 다행히 봉래선인이 금강산에서 환약을 가져와 회생 속도가 매우 빨랐다. 봉래선인은 과연 명의였다. 하지만 남해차차웅은 수비대장인 최장군과 비밀 호법인 흑의를 잃었다. 좌우 측근도 없이 궁을 탈환한다는 것은 지극히 어려운 일이었다.

차차웅이 몸을 추스르며 암자 안쪽으로 걸어가자 선도산 산성 암자 입구에 광풍이 불며 누군가 들이닥쳤다.

"우당탕! 콰쾅!"

"어이쿠!"

차차웅이 하마터면 넘어질 뻔했고 선도산 도인들이 동시에 그를 부축했다. 흙먼지와 함께 나타난 사람은 바로 용마도인이었다.

"나 왔수."

"오오. 어서 오시오. 용마도인. 그래 새로운 소식은 좀 알아봤소이까?"

"에이! 뭐 되는 게 없구만!"

"자 진정하시고, 용마도인! 일단 곡차를 한잔하고 말씀하시겠소?"

"일 없소이다!"

"허어! 별일 일세? 우리 용마도인이 술을 마다하시고? 좌우간 또 보니 반갑소이다."

사흘 전 봉래선인을 따라갔다 돌아온 용마도인은 어쩐 일인지 매우 심각한 표정을 지었다. 하지만 선도산 도인들은 그를 퍽 반겼다. 그는 차차웅에게 인사를 마지못해 건넸다.

"차차웅께서는 좀 어떻소이까?"

"많이 쾌차했소이다. 봉래도인 덕분에 죽은 목숨이 다시 살아났습니다. 또 최도인께서 진기를 방사하여주셔서 이제 살만합니다."

"그래요? 그런데 최백호도인께서는?"

"암자 아래 토굴에 계십니다."

"지금 좀 뵙고싶소이다."

"그러시지요."

용마도인은 암자 아래의 토굴로 가려는데 최도인이 어느새 그의 코앞에 나타나 떡 버티고 서있었다. 노인의 눈에서는 어느 때보다 진지한 안광이 빛나고 있었다.

제 56화 – 13. 용성국의 해후 – 십일일째(3)

"왔는가? 용마?"

"예. 형님. 혹시 형님께서는 모든 걸 알고 계셨나요?"

"뭘?"

"최근에 봉래도인께서 선인의 반열에 오르셨는데 도를 더 오래 닦으신 최도인께서 선인으로 등선하시지 않으신 것이 무슨 생각이 있으셔서…"

"머리도 나쁜 친구가 너무 머리를 굴리지 말게."

"풍백께서 선인들과 지상신들은 인간계의 분쟁에 절대 개입하지 말라는 엄명을 내리셨다는 군요. 이제 승균선인님과 제 사부님과 봉래선인이 없다면 가막미르라는 놈이 마구 설칠텐데 야단났지 않습니까?"

"자네가 있는데 뭐가 걱정인가? 자네가 몇 년 전에 그놈을 잡지 않았던가?"

"그때는 팔신선이 팔괘진법을 써서 잡았지요. 그리고 그 당시에는 선도성모님과 마고여신님, 동해용왕 그리고 봉래선인이 계셨지만 이제 그런 고수들은 어디서 찾는단 말입니까? 승균선인께서는 본인과 봉래선인을 포함해서 다시 팔괘진법을 쓰자고 하셨지만 이제 다 틀렸습니다."

"그렇지 않아! 명산유곡을 뒤지면 그런 고수가 백 명은 있다고 보네."

"예? 정말이십니까? 원 농담도 심하십니다. 백 명이요?"

"이 사람아 내가 백 살이 넘었는데 자네에게 거짓말이나 할 것 같은가?"

"하지만 팔괘진을 쓸 정도의 고수들은 춘장시모, 금홀영모, 정견모주, 단일건, 용주도인, 저하고 최도인님 이렇게 해도 한명이 모자랍니다."

"그까짓 한명이야 얼마든지 구한다네. 걱정 말고 세상소식이나 들려주게나."

"예, 신라국 거서간의 시신을 봉안한 관이 하늘로 솟아오른 지 하루만에 허공에서 없어져버렸다더군요. 거짓 소문인지 한번 알아봐야겠습니다. 또한 진한의 도처에서 왜나라 해적들이 노략질을 하느라고 정신이 없습니다. 한마디로 이런 난리가 없습니다. 그리고 신라국은 궁표검객이란 놈이 차지했구요. 궁표라는 놈은 왜나라 해적들을 수수방관하고 있습니다. 오히려 그놈이 왜적들을 끌여들였다는 소문도 있구요."

최도인은 용마도인을 흘금거리더니 물었다.

"석탈해 소식은 뭐 없나?"

"항간에 석탈해라는 아이가 차차웅을 죽이고 신라에서 노략질과 방화 등 나쁜 짓을 일삼는다는 소문이 무성합니다. 누군가 악질적인 헛소문을 내고 다니는 모양입니다."

"그래? 항간에는 차차웅이 죽은 걸로 되어있나?"

"예. 그리고 봉래선인께서 아진의선을 치료하시고 이성산성으로 대피시켰지요. 거기서 요양 중입니다. 승균선인님과 제 사부님은 풍백이 발을 묶어놓아 금강산으로 들어가신 것 같습니다. 하백신과 두 따님들 그리고 봉래선인도 곧 두 선인들과 합류하겠지요. 그분들은 잠시 승천하는 모양입니다만 자세한 것을 모르겠습니다. 그리고 내일 쯤 풍백께서 마고여신님과 다시 귀천하실 것 같습니다."

"그렇군. 풍백께서는 선인들을 다 묶어놓고 하늘로 가버리시는군. 풍백께서 그분들을 다 데려가신다? 으음…"

"왜 그러십니까? 도인님, 뭐 좋은 수라도 있으신가요?

"아무것도 아닐쎄. 뭐 다른 소식은 없나?"

"예, 차차웅을 공격하고 약탈을 일삼고 다닌다는 그 석탈해라는 아이를 제가 찾아보았는데 소문만 무성하지 찾을 길이 없더군요. 듣기로는 동해 용왕의 사주를 받았다는 둥, 알고 보면 궁표검객의 부하라는 둥, 더러는 왜군해적이라는 말도 있습니다."

"으음! 두 분 도인님 대화중에 송구합니다만 석탈해는 그럴 사람이 아닙니다!"

어느정도 기력을 회복한 차차웅이 토굴로 내려와 최도인과 용마도인의 대화에 끼어들었다.

"그리고 그가 나에게 장풍을 쏜 것은 궁표검객이 되돌아왔기 때문입니다. 그때 보이지는 않았지만 나는 분명히 궁표검객과 같은 엄청난 기운이 나를 죽이려고 돌아온 것을 감지했습니다. 석탈해가 아니라면 저는 이미 궁표의 손에 목숨을 잃었을 것입니다."

"그거야 알 수 없는 일이지요. 차차웅은 궁표검객을 보지 못했다고 하지 않았소이까? 또 석탈해가 가막미르의 부하가 아니라는 증거가 있소이까?"

용마도인은 퉁명스럽게 말했다.

"난 처음부터 그놈이 마음에 들지 않았소이다. 나이도 어린놈이 나보고 사숙이라 부르라고? 괘씸한 놈! 일단 잡아서 실토를 시켜야겠지만 그 약아빠진 어린놈을 무조건 믿어서도 안 됩니다."

"그런데 제가 용마도인께 부탁의 말씀이 있는데…"

"말씀하시오."

"예, 여기 선도산 도인들께서는 제 외가인 계룡족과는 사이가 좋지 않습니다. 선도성모께서 승천하시기 전에 알령도인과 같은 외척들의 손을 묶어놓으셨기 때문에 지금까지도 왕래가 없습니다. 최도인께서 그러시는데 도인께서는 제 외숙부인 알령도인과 친교가 있다고 하셨습니다."

"그야 뭐, 술이나 같이 먹는 사이죠. 뭐."

"지금 왕비님과 갈문귀인이신 알령도인이 힘을 합쳐야합니다. 그런데 그분들이 무슨 오해가 있으신지 저를 외면하시니 일단 도인께서 알령도인을 만나셔서 저를 돕도록 설득을 해주십사하는 것입니다."

"그거야 어려운 일이 아니지요. 그분들은 제 사부이신 물여위 선인님의 말씀이라면 껌뻑하시니까… 아차! 풍백께서 이것도 막아놓으셨구먼… 으음, 알았소. 내가 한번 만나보지요."

"고맙습니다. 도인!"

"그런데 이제 천룡의 도움을 받지 못하게 되었고, 으음, 따로 군사를 도모할 세력은 좀 있으시오?"

"남해용궁에 이심장군이라고 제 친구가 있습니다. 그가 용왕을 움직여 돕겠다고 했습니다. 선도산도인께서 계림에 가서 노례왕자와 아니공주를 만나고 올 계획입니다. 왕궁 수비대는 고인이 된 최장군이 이끌었기 때문에 노례왕자가 쉽게 장악할 것입니다. 그리고 육부족에 반대하는 세력을 끌어모아 왕실과 수비대를 바탕으로 해서 궁궐 내부의 세력을 다시 결집시킬 것입니다. 그리고 백제의 온조왕과 고구려의 유리왕에게도 연락을 하고 있습니다."

"글쎄요. 그들은 신라의 혼란을 반가워하지 않을까요?"

"그럴 리가요? 거서간님이 베푸신 은혜가 있는데…"

"지금의 고구려와 백제는 과거의 그 나라가 아닙니다. 이제 고구려는 부여를 차지하고 동부여만 제외하면 북마한과 옥저, 동예, 예국, 맥국 등을 복속한 상태지요. 숙신이나 용성국 같이 동북쪽의 작은 나라를 제외하면 고구려는 이미 북쪽의 패자입니다. 그리고 백제는 마한의 오십사 국을 완전히 통일하지는 못했지만, 이미 마한 대부분의 지역은 아리수 남쪽 유역의 백제국 중심의 소국연맹체가 기존의 지배자인 목지국(目支國) 중심의 토착세력을 밀어낸 상태입니다. 향후 십년 내에 백제국 중심의 소국연맹체가 점차 마한의 주도권을 장악하면 백제야말로 가장 크고 강한 나라가 될 것입니다. 현재 두 나라는 자신들의 주변정리에 힘쓰고 있기 때문에 신라를 도와줄 여력이 없는 줄로 압니다. 너무 큰 기대는 하지 마십시오."

"알겠소이다. 그리고 고맙습니다."

"그럼 또 보십시다. 형님, 저 가우…"

"오냐!"

용마도인은 최도인에게 건성으로 인사를 했다. 그는 늘 그렇듯이 바람처럼 왔다가 연기처럼 사라졌다. 하지만 일진광풍을 일으키는 바람 때문에 그가 들고나면 흙먼지가 일어나기 일쑤였다. 차차웅이 그가 사라진 산 아래 쪽을 우두망찰 바라보았다. 그리고 무언가 결심을 하는 듯 어금니를 꽉 깨물었다.

계림의 반월성은 요즈음 무척 분주했다. 거서간의 시신이 허공중에서 떠오른 일에 대한 아무런 대책을 마련하지 못한 육부족 대신들은 어느 장단에 춤을 출 지 모를 지경이었다. 이태충을 중심으로 거서간 시신을 지상으로 내려놓는 일과 궁표검객에게 지시를 받으며 왕비인 알령부인의 눈치를 보느라고 바빴기 때문이었다. 또한 노례왕자와 아니공주는 차차웅을 지하뇌옥에서 꺼내달라고 연일 요구를 하고 있고, 신라국경이나 바닷가는 물론이고 백주에 계림에까지 왜놈해적들이 출몰하고 있어서 치안문제가 심각한 것도 대신들로서는 손 놓고 있을 수 없는 일이었다.

대보 이태충은 거서간의 시신을 내릴 때까지 대전을 비우라는 왕비의 명에 따라 차차웅의 처소에서 궁표검객과 국정을 논하고 있었다. 그는 궁표검객에게 상석을 주고 곁에 앉아 심각한 표정을 지으며 말했다.

"아무래도 노례왕자를 즉위시키기 전에 각서를 받아두어야겠지요?"

"글쎄요, 대보는 순진하시군. 왕이 되고 나면 그런 종이 따위가 효력이 있을까요?"

"그럼 어쩐단 말이요?"

"어쨌든 가막미르님을 두려워하게 되면 그는 언제나 우리의 명대로 움직일 것이외다."

"좋습니다. 육부대신이 국정을 영위하고 왕은 상징적으로 그 자리에 앉아 있게 만들어주십시오."

"알겠소. 그럼 계림의 북궁을 비워주고 그곳에 가막미르님을 모셔올 수 있도록 계룡족의 항룡결계(抗龍結界)를 풀어주시오."

"알겠소이다. 궁표검객! 하지만 가막미르님이 신라에 오셔서 재기를 도모한 이후 국정운영권을 대신들에게 인계해주시고 간다고 약조해주시면 항룡결계의 비밀을 알려드리지요."

"이보시오! 대보! 내가 몇 번을 말을 합니까? 숙신국은 선인들이나 고구려 같은 대국에서 침범할 수 있으니 가막미르께서 세력을 충분히 모으고 그동안 계림 북궁에서 도모하시는 일을 마치시면 다시금 용성국으로 가서 복위하실 겝니다. 그럼 이 신라국은 그대와 다른 신하들이 알아서 다스리시오! 며칠 안남았어요. 일단 결계를 풀어주셔야 가막미르께서 입궁을 하시지요!"

"좋소! 궁표검객! 여기에 수인을 하시오!"

상당히 기분 나쁜 표정을 짓고 있던 궁표검객은 이태충 대보가 가지고 온 종이에 수결로 자신의 이름을 휘갈겨 썼다. 이대보는 주도면밀하게 지필묵을 준비해온 것이었다.

"됐소이다! 잘 들으시오. 궁성벽을 타고 넘어 들어오려는 용은 결계에 걸려 올 수가 없소이다. 하지만 길이 있소이다. 내가 작년 구월에 동해용왕의 용들을 부른 적이 있었소. 두 마리의 용이 금성의 우물 가운데에서 나타났을 때 거서간과 맞닥뜨렸고 용 두 마리와 거서간이 한밤중에 혈투를 벌여 용들이 패퇴하여 달아났지요. 나는 그때 거서간이 부상을 입을 줄은 몰랐소이다. 별이 빛날 만큼 맑던 날씨가 갑자기 천둥이 치고 폭우가 내리더니 금성 남문에 벼락이 쳐서 궁문이 반파되었지요. 그때부터 차차웅이 부상당한 거서간의 권력을 승계받아 육부대신들을 핍박하고 마치 이미 즉위한 왕처럼 우리를 압제하기 시작했지요. 흐흐흐, 스스로 지 무덤을 판 게지요."

"알겠소. 수결도 했으니 그럼 우물로 들어오는 길을 알려주시오."

"물론입니다. 오늘 밤 왕비가 침소에 들면 같이 가십시다."

"좋소!"

차를 한찬 마신 이태충은 또다시 골치 아픈 표정을 지으며 말했다.

"허어, 그런데 왕비는 어찌하는 게 좋겠소? 궁표검객께서는 묘책이 있으신지요?"

"일단 제거해야지요. 왕비가 계룡족이면 내공이 심후할텐데… 그 주변의 호위무사들은 어떻소?"

"알령도인의 조카딸이 늘 곁에 있는데 언젠가 거서간이 말하기를 그녀가 금성제일의 고수 중 하나라고 말하는 걸 들은 적이 있소이다."

"흐음, 그래요?"

"알령도인의 측근들과 도인들이 수시로 왕비의 처소에 드나들고 있고 궁성수비대가 철통경비를 하고 있기 때문에 전면전으로 칠 수는 없소이다."

"왕비의 동선을 파악하여 가장 취약한 시각과 장소에 자객을 보내야지요. 일단 그 자객은 차차웅이 보낸 걸로 하겠소! 오늘밤 우물로 통하는 비밀통로를 통해 자객을 불러드리겠소이다."

"그 자객이 용이란 말씀이요?"

"아니지요. 하지만 용처럼 바다에서 들어올 거외다. 흐흐흐."

"알겠소. 그럼 밤에 준비하여 다시 오겠소이다."

"이따 봅시다."

제 57화 - 13. 용성국의 해후 - 십일일째(4)

이태충이 나가자 궁표검객은 이운하장군을 불러들였다.

"이운하!"

"예!"

"설표와 흑귀 그리고 백독수를 대신할 자들을 알아보았는가?"

"예. 백독수를 대신할 독을 쓰는 자로는 창해가문에서 축출당한 약마인이란 자가 있사옵고, 또 지난번에 말씀드린 왜나라의 자객으로 매우 강한 자 둘을 섭외해놓았습니다."

"그들이 누군가?

"아즈미 배와 사가 겐지라는 고수들로 왜국해적의 우두머리들입니다. 왜국 자객 중 최고수들입니다. 한때 왜나라에서 해적왕으로 불렸던 자들입니다."

"해적왕? 그들이 가막미르님을 돕는다고? 왜? 해적왕이면 약탈한 재물이 상당할텐데?"

"그 놈들은 왜국본토에서 큰 싸움을 벌이다 많은 병력을 잃고 해적왕권을 빼앗긴 패잔당입니다. 현재는 왜나라에서 밀려나 대마도에서 재기를 준비하며 진한 땅을 빈번하게 노략질하고 있습니다."

"그래? 그 해적왕이라는 놈의 무공은 어떠한가?"

"아즈미라는 놈은 왜도에 능해서 왜나라에서 무패를 자랑하는 쾌검의 칼잡이고 사가 겐지라는 놈은 흑마술을 부리는 사특한 자입니다. 특히 사가겐지의 은닉술과 경공술은 왜나라 최고라는 정평이 나 있습니다."

"좋아, 그렇다면 이번을 일은 그 놈들을 믿고 맡겨봐야지…"

"쓸 만할 겁니다."

"전서구를 보내게. 내가 통로를 알려줌세."

"존명!"

"잠깐!"

이운하가 뒤로 물러서서 나가려고 할 때 궁표검객이 다시 그를 불러들였다. 이운하는 적지 않게 당황하였다.

"뭐 급한 일이 있나?"

"아닙니다. 속하는 저, 전서구를 날리려고…"

"그런데 말이야. 너는 이제 우리 세력의 핵심인물이야. 막말로 내가 없으면 니가 가막미르님을 모셔야한다. 그러니 혼자 다니지 말고 호법들을 데리고 다녀라."

"예?"

"너 왜놈들을 만나러갈 때 혼자 갔다면서?"

"아니, 그게 저는 은밀하게 처리하려고…"

"니 마음은 안다만은 가막미르님의 세력을 위대하게 보이게 하기해서라도 졸개들을 데리고 다니거라."

"예!"

"그리고 석탈해로 위장하여 약탈을 하고 다니는 우리 아이들을 더 늘려라. 한 세 집단으로 나누어 계속 동시다발적으로 활동하도록 시켜라. 알겠냐?"

"예!"
"좋아! 가봐라!"

실제로 계림의 곳곳에서 약탈과 방화 등의 강도사건이 일어나고 그 주범들이 스스로 석탈해라고 말하고 다니는 일이 빈번하게 발생했다. 궁표검객의 수하가 가짜 석탈해로 위장하여 악행을 저지르고 다닌 까닭에 신라에서 석탈해의 소문은 아주 좋지 않았다.

삼경이 지나 밤이 이슥한 시각에 노례왕자의 처소에 아니공주가 역정이 난 표정으로 서있었다. 그녀는 분기를 억누르고 무언가 말을 하려다가 참고 있는 듯했다. 그러자 시종 침묵을 지키고 있던 노례왕자가 먼저 입을 열었다.

"글쎄, 말씀을 해보세요. 누님!"
"너는 이태충이 하는 말을 곧이곧대로 다 믿는단 말이냐?"
"지금 저로서는 어쩔 도리가 없어요. 왕비께서 편찮으셔서 갈문귀인께서 왕비님 처소를 봉쇄해버리셨고 육부족의 귀족들은 저 이상한 무사들을 데리고 와서 이 난리를 치는데 왕자 호위병 열명으로 무얼 어떻게 하란 말씀이요?"
"나는 이태충의 말을 믿지 않는다. 석탈해 장군이 아버님을 시해했다는 저들의 말은 근거가 없어! 증거도 없고! 도대체가 설득력이 없잖아! 가만 있지 않겠어!"
"그래서 누님이 무얼 어쩌려구요?"

"알령공 갈문께서 우리를 만나주지 않으니 선도산으로 가서 증조할머님의 제자들이라도 만나봐야겠어."

"선도산에 간다구요?"

"그래, 일단 조용히 궁을 빠져나가 선도산성에 다녀올게."

"아닙니다! 그러실 필요 없소이다!"

아니공주의 말이 끝나기 무섭게 허공에서 노인의 목소리가 들렸다. 두 사람은 깜짝 놀랐다.

"놀라지들 마십시오."

"어머! 누구냐!"

노례왕자 처소의 뒤쪽 방 후문이 스르르 열리면서 길고 흰 수염의 노인이 나타났다. 산신령 모습을 한 도인이 사뿐히 날아서 방으로 들어왔다. 공주는 그 도인을 한눈에 알아보았다.

"아니? 선도산 도인 아니십니까?"

"예, 삼가 왕자님과 공주님을 뵈옵니다! 제가 선도산 제일도인입니다."

선도산 도인의 등장은 아니공주와 노례왕자로서는 천군만마를 만난 것처럼 반갑고 든든했다. 아니공주는 마치 차차웅을 만나보는 것처럼 반갑게 인사를 했다.

"도인님께서 어인 일이세요? 마침 제가 선도산으로 가려고 했어요."

"다 들었습니다. 그리고 걱정 놓으세요. 차차웅께서는 건재하십니다."

"정말이십니까? 이태충공은 차차웅께서 서거하셨다고 말했어요. 그런 거짓말쟁이!"

"아니요. 무사하십니다. 이걸 보시오."

선도사도인은 차차웅의 상징인 청동금팔찌와 친필서간을 보여주었다. 그리고는 나지막하게 말했다.

"두 분은 예를 갖추고 신라국 차차웅님의 명을 받으시오."

아니공주와 노례왕자가 부복하자 선도산 선인은 서간을 읽어 내려갔다.

"왕자와 공주는 내 말을 새겨들을지어다. 왕궁 수비대 최장군이 죽었다. 그러나 너희들은 과거 최장군의 측근들과 접촉하여 빠른 시일 내에 궁궐경비대를 장악하라. 그리고 육부족에 반대하는 세력을 끌어 모아 왕실을 지키려는 궁궐 내부의 세력을 다시 결집시키라. 또한 나의 외숙부 알령도인의 저의를 알아보고 왕비님의 현재 상황을 소상히 알려다오. 또한 최종석공과 손의섭공을 만나 그들의 사병을 규합하고 대기하라. 그 두 사람을 직접 만나서 내가 건재함을 알려라. 내가 세력을 모아 삼일 안에 금성으로 복귀할 것이다."

"예, 삼가 명을 받드나이다!

"명을 받듭니다!"

"오! 아버님께서 무사하시다니 천만 다행이야."

왕자와 공주가 기뻐하자 제일도인이 그들의 손을 잡아주었다.

"왕세자비이신 두 분의 어머님에게는 일단 아무 말씀마세요."
"왜요?"
"이태충대보가 차차웅을 몰아낸 것이니 그 집안 출신이신 어머니의 입장이 곤란할 것 아닙니까?"
"하지만. 아버님께서 살아 계시다는 것을…"
"나중에요. 때가 오면 제가 알려드리지요. 그때 함께 일을 도모하십시다."

차차웅의 부인, 운제부인은 신라 개국좌명공신 이알평공의 손자인 내사시중 이타의 딸이다. 그러나 숙부인 이태충이 권력을 휘두르며 자신의 딸을 노례왕자의 왕세자비로 들이려고 책동을 부리고 있었다. 남해차차웅의 정비인 운제부인은 친가와 남편 사이에서 매우 곤란한 지경에 이르고 말았다.
그 모든 일들을 감당해야할 노례왕자와 아니공주는 눈시울이 붉게 물들었고 선도산 제일 도인은 젊은 두 왕손을 달래며 흐뭇한 미소를 지었다.
순간 선도산 제일도인이 고개를 돌려 창문 쪽을 급하게 보고 외쳤다.

"누구냐?"

왕자와 공주가 부리나케 문을 열고 밖으로 나갔다. 그러나 검은 인영이 누각 지붕 위로 몸을 날리는 것이 아닌가. 아니공주가 쏜살같이 따라서 지붕 위로 경공술을 펼쳤다.

"게 섯거라!"

"피잉"

도망치던 자가 암기를 날렸고 공주가 화급하게 몸을 피했다. 공주가 지붕위에서 기왓장에 미끄러져 중심을 잃는 순간 도망치던 자가 뒤를 흘낏 보았다. 그는 복면을 하고 있어서 시야 확보가 잘 안되었는지 다시 사방을 훑어보며 경공을 써서 도망칠 장소를 찾는 모양이었다.

그 순간 누군가 그 복면인의 등을 뒤쪽에서 강타했다

"퍼퍽!"

"으윽! 얍"

등을 가격당한 복면인은 본능적으로 반격을 하고는 다시 몸을 날려 왕자궁 건물에서 옆 건물로 경공을 펼쳤다. 그러나 선도산 제일도인이 다시 한 번 그의 등을 가격했다.

"윽!"

복면인과 동시에 경공을 펼치면서 공중에서 선도산 제일도인이 가한 이차 가격에 복면인은 땅으로 추락하고 말았다. 그때 마침 왕자의 호위무사 열 명이 왕자궁 마당으로 뛰어들어왔다.

"저 놈을 잡아라!"

"예!"

노례왕자의 명령에 따라 열 명의 호위무사들이 복면인을 에워싸고 점점 다가오는 순간, 강한 폭발음과 함께 연기가 피어올랐다

"펑!"

"조심해!"

열 명의 호위무사들이 몸을 납작 엎드렸다. 그리고 연기가 걷히자 그 복면인은 연기와 함께 사라져버렸다.

"이럴 수가 있나?"

"귀신이 곡할 노릇이로군!"

선도산 제일도인은 그자의 은둔술에 적지 않게 놀랐다. 그리고는 왕자와 공주를 다소 안타까운 마음으로 바라보았다.

제 58화 - 14. 이성국의 전투 - 십이일째(1)

이성산성에 변고가 났다. 백제의 호위를 받으면서 독자적인 소규모국가를 유지해오던 이성산성의 성주가 오십 세의 나이로 서거하였으니 국상이 난 것이다. 성주는 소서노 왕모의 손자 며느리였다.

과거 온조왕이 백제를 건국을 할 때 소서노의 남동생인 소서원검객이 자신의 누나를 보호하기 위해 군사들을 대동하고 왔다. 그 후 소서원의 아들 소욱현이 이성국을 건국하고 통치 십년 만에 붕어한 이후 그의 부인 이성왕비가 십년동안 다스려왔다. 그런데 어젯밤 성주가 돌연 서거했다. 평소 소갈증이 있었으나 급작스런 성주의 서거에 의혹을 품는 사람들도 있었다. 왜냐하면 재작년 고구려의 세자 자살과 열흘 전 신라 거서간의 피살 등으로 몇몇 나라에서 의문스러운 왕실의 죽음이 이어졌기 때문이었다.

이성산성의 후계자로 아들이 없기 때문에 소일연이 성주자리를 이어받게 되었다. 자시가 되기 전에 서거한 성주를 조문하기 위해 다음날 아침부터 조문객들이 문상을 오기 시작했다. 백제에서는 왕세자를 필두로 대규모 조문단이 왔다. 소서노 왕모와의 관계 때문이었다. 진작에 승천한 소서노는 천랑왕 해모수의 며느리이었으며, 동명성왕의 부인이었고 온조왕의 친모이기 때문에 백제국의 다루 왕세자가 장례식을 주도하였다. 장례조문 때문에 이성국은 각국의 귀인사절들과 도인들로 넘쳐나고 있었다. 그리고 자연스럽게 춘장시모의 암자에 도인들과 산신들이 모여들었다.

춘장시모가 평소에 후덕하고 도력이 높아서 원근을 마다않고 도인들이 찾아와 성주의 빈소를 조문한 후에 암자에 들러 그녀에게 인사를 했다. 멀리 북쪽에서는 아진도파와 개마산 해서우 산신이 왔다. 해서우 산신은 우아한 자태로 인사하는 모습이 소녀 같았다. 두 가랑이로 갈라 땋아 늘인 머리 모양새 때문에 백세가 넘은 노파가 아니라 매력적인 젊은 여자라고 해도 모르는 사람은 다 믿을 정도였다. 사실 그들은 조문을 온 것이 아니고 아진의선의 병문안을 왔다가 졸지에 문상객이 된 것이었다.

"아진의선께서는 좀 어떠신지요?"

정견모주와 금홀영모도 조문을 왔다가 춘장시모의 거처에 들어와 아진의선의 안부를 물었다.

"예, 동생분이신 아진도파의 도움이 컸지요. 지극정성으로 돌보아주셔서 그만합니다."

춘장시모는 성주의 서거에 대한 문상보다도 아진의선의 안부를 더 묻는 도인들이 더러 야속하기도 했다. 용주도인과 단일건 도인도 춘장시모의 처소로 오자마자 아진의선의 병세를 물었다.

"아진의선께서는 좀 그만하신가요?"
"다행이야. 고비를 넘기고 기력을 회복하고 계시네."

찻상을 놓고 도인 여섯 명이 차를 마시려는데 한바탕 바람이 일고 암자의 창문이 흔들렸다.

늘 그렇듯이 일진광풍과 함께 용마도인이 나타난 것이었다. 독불장군 같은 그의 등장은 언제나 한바탕 난리를 피웠지만 이번에는 점잖은 네 도인을 데리고 왔다.

"나 왔수다! 어험! 자 여러분 제가 선도산의 최백호 도인을 소개해올리겠소이다. 아시는 분은 다 아실테지만 선도산 성모님의 제자이시고 과거 신라 건국시에 부여의 창해신궁에게 사사받으신 전설적인 도인이십니다. 그리고 선도산 제일, 제이, 제삼도인과 신라국의 아니공주도 함께 오셨소이다."

최백호 도인을 모시고 온 용마도인이 금강산으로 들어간 세 선인을 대신할 분으로 최도인을 소개했다. 최백호 도인과 선도산의 세 도인이 여러 도인들에게 인사를 하자 모두들 최도인에게 일어서서 예를 올렸다. 그는 배분상으로는 용마도인보다도 위이기 때문이었다. 최도인은 여산신들에게 공손하게 예를 올렸다. 그는 특히 개마산 해서우 여신에게 절을 하다시피했다. 해서우 여신은 최도인의 스승이었던 창해신궁보다 배분이 높았기 때문이었다.

"오랜만에 뵙겠습니다. 개마산신님!"
"그렇군요. 서로 본 지가 한 삼십년은 된 것 같군요."

"제 사부가 되시는 창해신궁께서 승천하신 지도 육십년이 되었습니다."
"그렇지요. 신라의 건국 무렵이니까요."
"세월이 참으로 무상합니다."

춘장시모는 자신의 암자에 많은 도인과 산신들이 모여들자 제자들을 수련시키는 연무관으로 자리를 옮겨 그들을 접대하기로 했다. 연무관에 의자를 들여놓고 넓은 탁자에 둘러앉고 보니 제법 커다란 회의실 같은 분위기가 연출되었다. 모두들 편안한 자리에 앉아 담소를 나누기 시작했고, 시종 아이가 향이 그윽한 신선차를 내어왔다.

"이야! 나 같은 가난뱅이 도인이 이렇게 고급스런 차를 맛보다니! 오래 살고 볼 일이다! 흐흐흐."

옥찻잔에 천종산삼차를 마신 용마도인이 큰 소리를 냈다. 그러나 춘장시모는 용마도인에게 눈길도 주지 않고 이성산성의 도인을 대표하여 인사말을 하려고 가운데로 나설 때였다.

"쿠쿵"

연무관 천정 위에서 둔탁한 소리가 났다.

"무슨 일인가?"
"아니 그대들은?"

성정이 급한 용마도인이 부리나케 나가 만난 도인들은 가지산 여신과 남해용궁의 이심 장군이었다. 그들 뒤에는 날개를 심하게 다친 봉황새가 쓰러져 숨을 헐떡거리고 있었다.

“아니? 남의 나라 국상에 왔으면 예를 지켜 조문을 할 것이지 어찌 춘장시모님 집의 지붕을 깬단 말인가? 이심장군!”

“아이쿠! 죄송합니다. 급한 일입니다. 제, 제가 아니 여신님을 모시고, 그러니까… 아휴!”

“이심장군, 천천히 말씀하세요. 그리고 오래간만입니다. 가지산 산신님.”

춘장시모가 연무관 밖으로 나와 이심장군을 진정시키자 가지산 여신이 그제서야 예를 갖추었다.

“예, 송구합니다. 제가 경황이 없어서 그만…”

“별말씀을요. 말씀하시지요.”

“제가 말씀드리겠습니다!”

남해용궁의 이심장군이 한숨을 돌리고 말을 이었다.

“남해용왕님께서 신라국 차차웅을 돕기로 결정하셨습니다. 마침 용왕님과 만나고 계셨던 가지산 산신께서도 돕겠노라고 해서 제가 산신님의 봉황을 얻어타고 오게 되었습니다. 남해바다 전역에 흩어져있는 용궁군사를 집결시키는 동안 제가 먼저 선도산에 연통을 넣었더니 이성산성에

들 모여계신다고 하여 의논말씀을 드리고자 이리로 오고 있었습니다. 그런데 오는 도중 용들의 습격을 받았지요."

"아니? 웬 용들이요? 가막미르였나요?"

"아닙니다. 그 용들은 이무기 같이 작았으나 일곱 마리가 되는 숫자를 감당하지 못하여 쫓기게 되었습니다. 우리는 봉황을 타고 전속력으로 날았지만 계속적으로 공격을 받았지요. 더구나 수십 명의 고수들이 용들과 함께 우리를 공격했습니다. 결국 여기에 당도했을 때 봉황이 날다가 떨어지고 말았습니다."

"저런! 일곱 마리라… 내토칠룡이 탈출했구먼. 헌데 지금은 용들이 보이지 않네?"

춘장시모가 속으로 뇌까리는 말을 다들 듣고 말았다. 가지산 여신이 고개를 끄덕이며 말했다.

"그랬군. 헌데 내토칠룡이면 점말도인이 잡아가두었다는 용들 아닙니까? 그들이 어째서 우릴 공격하지요? 나는 점말도인과 아무런 악감정도 없는데요? 그리고 우리를 따라오던 그 괴무사들은 또 누굴까요?"

"자세히 내막을 알 수는 없는 일이나 점말도인께서 며칠 전 사라지셨답니다."

"사라지시다니요? 승천을 하셨나요?"

"그건 아닌데… 승균선인 말씀이 누군가 도인을 해쳤거나 명부에서 데려간 것 같다고 하셨습니다."

"아니 그럴 수가? 높은 덕을 닦으시고 묵묵히 수행하시는 도인을 대체 누가?"

"글쎄, 희한한 일이로군…"

이성산성에 모인 산신과 도인들은 저마다 이상한 변고에 대해 두런두런 이야기를 나누었고 봉황을 잘 다루는 금흘영모가 가지산 여신의 다친 봉황을 치료해주었다. 용주도인이 가지산 여신을 안내하여 조문을 가려고할 때, 암자 아래쪽에서 몇 명이 빠른 속도로 연무관을 향해 올라오고 있었다. 경공술이 예사롭지 않자 이심장군이 검집에 손을 갖다 대었다. 그러자 춘장시모가 이심장군을 말렸다. 빠르게 이동해온 그들은 이성산성의 소성주 소일연 일행이었다.

"아니, 상주가 자리를 비우면 어찌하나?"

춘장시모가 좋지 않은 표정으로 말했다.

"송구하옵니다. 시모님, 하지만 백제국 다루왕자가 상주노릇을 다 알아서하고 있고, 저는 도인들과 여신님들께 인사를 따로 드리지 못해 이렇게 올라왔습니다."

"그래, 일단 왔으니 인사를 하거라."

소일연은 산신들과 도인들에게 인사를 올렸고 모친 상중인데도 곁을 지키지 못하고 밖으로 도는 게 어쩐지 편안해보이지 않았다. 그걸 지켜보던 단일건 도인과 용주도인이 측은한 듯 위로의 말을 건넸다.

"소성주가 마땅이 상주가 되어야하거늘 백제의 다루왕자가 상주를 자청했으니 소성주께서 소외되어 계십니다. 그래서 더 안쓰러워 보이는군요."

"대국의 왕자라고 너무 나서는 것 같습니다."

"그렇습니다! 저도 말을 못해서 그렇지 마음이 안 좋습니다!"

두 도인의 말을 듣던 소충원 장군이 다소 기분 나쁜 표정으로 맞장구를 쳤다. 하지만 소일연은 못들은 척하며 신라의 아니공주를 보고 반색을 했다. 두 여인은 여전에 만난 적은 있었지만 대화를 하는 건 이번이 처음이었다. 도인들의 권고로 선도산 제일도인과 아니공주는 빈소에 조문을 하기로 했다.

"공주님, 제가 안내하겠어요. 봉황을 함께 타시죠?"

"아닙니다. 성주님. 도인님들과 비천마를 타고 가겠어요."

"예, 그럼"

이성국 궁성의 대전에 마련된 성주의 빈소 앞에 비천마가 내려앉았다. 그리고 뒤이어 봉황을 탄 소일연 성주와 소장군이 내려 먼저 빈소로 들어갔다. 비천마에서는 선도산 제일도인과 신라국의 아니공주가 두 사람을 따라 서둘러 내려 문상을 하기위해 대전으로 들었다. 앞서 들어간 소충원 장군이 그들을 맞이했고 소성주인 소일연이 그들의 조문을 받으며 장례를 주관하는 백제국 다루왕자에게 두 사람을 소개했다.

"신라국 아니공주님과 선도산 제일도인이십니다."

"이렇듯 이성국의 국장에 와주시니 참으로 고맙습니다."
"졸지에 성주님을 잃으셔서 얼마나 상심이 크십니까?"

그런데 다루왕자가 아니공주의 흰 소복을 보고는 다소 놀란 표정으로 물었다.

"신라국이라면 지금 국상중인데 어찌 이성국의 국상에 오시었소이까?"
"예, 그래서 왕자나 대보가 아닌 제가 왔습니다."
"참으로 고맙소이다."

다루왕자는 아니공주와 인사를 마치자마자 일부러 자리를 옮겨 마한과 변한의 작은 나라의 문상객들과 바쁘게 인사를 했고, 의도적으로 신라의 아니공주를 멀리하는 느낌이 들었다. 아니공주는 백제에 원군을 요청할 수 없다는 것을 직감했다.

조문을 마친 아니공주와 소일연은 다시 산성의 연무관으로 돌아왔다. 춘장시모는 아니공주를 따뜻하게 대해주었다. 병석에서 일어난 아진의선도 손녀딸처럼 아니공주를 위로했다. 거서간의 붕어와 시신의 도난사건을 화제로 대화하다가 차차웅의 부재 이야기로 이어지자 아니공주는 참았던 울음을 터뜨리고 말았다.

"울기는… 거서간의 붕어와 차차웅의 축출문제로 경황이 없을 텐데…"
"어허! 이 사람이?"

용마도인이 무심코 말을 뱉자 최백호도인이 용마도인을 나무랬다.

"축출이라니? 공주님 앞에서… 그리고 궁표검객이란 놈과 육부대신들의 모반이라고 말을 해야지!"

"지금 그게 중요한 게 아니지요. 궁표란 놈을 몰아내고 육부대신을 잡아넣고, 지들 앞가림이나 잘 하지 문상 올 정신이 어디 있다고…"

"허어! 그만 조용히 하시게!"

제 59화 - 14. 이성국의 전투 - 십이일째(2)

최도인이 재차 용마도인을 나무랐고 잠시 침묵이 흘렀다. 그런데 침통한 분위기로 무겁게 가라앉은 연무관 내실의 문이 쿵 소리와 함께 조심성 없게 열리면서 시종이 종종 걸음으로 다급하게 뛰어 들어왔다.

"무슨 일이냐? 누가 오셨지?"

"예, 이번에는 칼을 찬 무인들 백여 명이 몰려왔습니다."

이심 장군이 즉각 칼을 들고 일어섰다. 춘장시모가 들창을 열고 안통력을 발휘하여 주위를 살폈다. 저녁에 어스름 어둠이 내리기 시작하는 시각에 맞추어 자객들이 들이닥친 모양이었다.

"내토칠룡과 숙신국 고수들이 침입한 모양이로군!"

용마도인이 거칠게 말하고 마시던 차를 다 들이키고는 혼자 일어나 호기롭게 밖으로 나갔다. 과연 연무관 앞에는 검은 목장의 무사들 백여 명이 도열하다시피 몰려와 진을 치고 있었다.

"이놈들! 여기가 어딘 줄 알고 개떼처럼 몰려들었나! 썩 물러가지 못할까!"

"으하하하하하. 저 늙어빠진 영감탱이는 뭐냐? 우린 남해용궁의 이심이란 놈을 잡으러왔다. 순순히 그놈을 내어주면 할아범은 건드리지 않을 테니 내 말을 들어라! 하하하하."

"이런 싸가지 없는 놈들! 감히 어린것들이 어르신들 앞에서 주둥아리를 벌려 가가대소(呵呵大笑)를 하느냐? 이놈들! 이얍!"

용마도사가 지팡이를 휘둘러 놀랍게도 검강을 일으켰다.

"지지징!"
"으, 으윽!"

자객단 앞쪽의 무사 너댓 명이 쓰러지자 검은 무사들의 전열이 흐트러졌다. 그러나 뒤이어 속속 도착하는 검은 복장의 자객들은 순식간에 대열을 재정비했고 그 숫자가 산 정상을 채울 만큼 늘어나버렸다. 대충 보아도 오백 명 정도는 되어 보였다. 그리고 우려했던 대로 저녁의 어두운 구름을 타고 용들이 이성산성 위로 날아다니기 시작했다. 이른바 내토칠룡들이었다.

소충원 장군이 암자 위의 봉수대에 봉화를 올렸고 이성산성 전체의 비상이 걸렸다. 그러나 소충원 장군이 소성주를 호위하기 위해 데려온 병사들은 이십 명 정도였고 성 아래의 군사들이 산성으로 뛰어 올라오려면 두어 시각이 걸릴 터였다.

이미 적군들의 공격이 시작되었다. 그들은 모두 발검을 하여 급하게 암자 쪽으로 진격해왔다. 용주도인과 단일건도인이 용마도인을 도와 암자로 오는 자객들에게 장풍을 쏘며 접근을 불허했다. 그러나 자객들의 수효가 시간이 갈수록 불어났고 도인들의 장풍공격은 점점 의미가 없어졌다. 또한 용들의 포효소리가 점점 커졌고 구름 속을 드나들며 나는 속도가 매우 빨라졌다. 용들의 공격이 임박한 것이었다. 그런데 춘장시모는 매우 느긋하게 옆에 앉은 가지산 여신과 선도산 최도인에게 말했다.

"저렇게 빠른 용들을 잡는 일은 우리 같이 느려터진 뒷방 늙은이들이 할 수는 없지요."

"허허허! 그럼 매우 빠른 애송이를 구해올까요?"

"이미 구해놓았습니다."

춘장시모는 도인들에게 자신의 내력과 검초를 소일연에게 전수키로 결정했다고 말했다. 그리고 가지산 여신에게 보법과 경공의 내공을 전수해달라고 부탁했다. 그러자 곁에 앉아있던 선도산 최백호도인이 기꺼이 강기와 장풍법을 주기로 동참했다. 그리고 가지산 여신은 이미 소일연에게 보법을 가르쳐준 적이 있었다. 소일연에게 내공을 나누어주기 위해 산신들과 도인들이 소일연을 정좌시키고 운기조식을 하도록 했다.

"일연아! 산성을 지키려면 네가 강해야한다."

"예!"

"이성산성의 차기 성주 소일연은 그야말로 고명한 도인들의 공력과 초식을 이어받아 항상 선하고 정의로운 곳에 무공을 사용하여야하느니라."

"예! 명심하겠나이다!"

소일연은 춘장시모의 검초는 물론이고 가지산 여신의 보법과 최백호도인의 장풍법까지 전수받기 위해 정좌를 하고 그들을 호법하기 위해 금흘영모와 정견묘주가 배석하였다. 이심 장군과 선도산의 세도인은 자객들을 막기 위해 암자 밖으로 나와 접전에 동참했다. 불과 반다경이 되지 않아 소일연의 정수리에서는 모락모락 김이 피어나기 시작했고 이마에는 송글송글 땀이 맺혔다. 그리고 그녀의 입가에 엷은 미소가 번졌다.

"일연아! 이제 일어서서 운기조식 후 몸을 써보거라."

"예!"

소일연은 춘장시모에게 평소에 배운 소서노 검초 일단계를 시전해보았다. 검의 움직임에 바람을 가르는 소리가 휭휭 들릴 정도로 그녀의 가공할 내공이 실려 있었다. 그녀는 밖으로 나와 가지산 여신의 답공보법으로 하늘로 날아올랐다가 너무 빨리 그리고 생각보다 높이 솟아올라서 자신도 놀라 중심을 잃고 그만 어정쩡하게 착지를 했다. 그 모습을 본 세 도인은 다소 불안했지만 한시가 급했다.

"자! 가거라! 가서 용을 베거라! 용들과 싸우는 동안에 지금 받은 초식들을 계속 익히면 된다!"

"예!"

한순간에 초고수가 된 소일연은 불과 한 시진이 되지 않아 수십 배의 공력이 증가된 상태로 공중에 날아올랐다. 그녀는 용들보다 몇 배나 빨랐다. 내토칠룡이 우왕좌왕하는 사이, 소일연은 이심이 준 백년한철검으로 용들의 비늘을 베어나가기 시작했다. 그녀의 가녀린 손에서는 실로 벼락이 작렬하는 듯 한 검강이 쏟져나왔다. 소일연의 난도질을 이기지 못하는 용들은 하늘 높이 달아나기도 했다. 용들이 비행 반경을 넓혀 날아다니자 소일연은 춘장시모의 봉황을 타고 한철검으로 검강을 쏘아댔다. 이른바 최백호도인의 검강기법이었다. 그녀는 새 사냥을 하듯 검강으로 용들을 무차별 공격했다. 검강에 맞은 용들은 혼비백산하여 구름 속으로 모두 들어가버렸다.

한편 용들의 지원을 받지 못하는 지상의 자객단들도 도인들과 소충원 장군이 이끄는 이성국의 성주 호위 군사들에 의해 밀리기 시작했다. 용마도인과 단일건 도인 그리고 용주도인이 병장기를 들고 검은색 복장의 괴무사들을 제압해나갔다. 이심장군은 소일연의 연검을 들고 쾌검을 휘둘렀고 선도산 도인들과 산신들도 장풍을 쏘며 연무관 주위에 날파리떼처럼 몰려드는 자객들을 물리쳤다.

그런데 적들을 베어나가던 이성국의 호위무사 십여 명이 순식간에 도륙을 당했다. 자객단에 검은 복면인이 등장한 것이다. 그는 이성국 군사들을 짚단 베듯이 살육을 하며 산정상의 연무관 앞까지 혈혈단신으로 진격했다.

"저자는 궁표검객이 아닐까? 왜 복면을 썼을까? 내가 궁표검객 얼굴을 알고 있으니, 저자의 복면을 벗겨보겠소이다."

용주도인이 바닥에 떨어져있는 죽은 자의 검을 하나 주워들고 복면인에게 다가갔다. 그 순간 복면인은 주위의 이성국 군사 서너명을 한칼에 베어버렸다. 용주도인이 주춤하는 사이 하늘에서 소일연의 외침이 들렸다.

"나는 이성국 소성주다! 내가 용을 물리쳤다. 모두 칼을 버려라!"

그러나 복면인은 소일연을 보고는 그녀를 향해 무섭게 나아갔다.

"용들이 모두 도망갔다! 적들은 모두 투항하라. 안 그러면 받은 것을 고스란히 돌려주겠다. 계속 덤비는 자들은 모두 베어버릴 것이다!"

용들이 시야에서 사라진 사이 봉황을 타고 하늘을 누비던 소일연이 일갈대성을 한 후 지상으로 내려왔다. 그녀는 봉황에서 내리자마자 백년한철검으로 자객 십여 명을 단칼에 베었다.

"못된 버러지 같은 것들! 신성한 산성의 상중에 쳐들어와 칼을 휘두르다니! 노는 꼴이 가관이구나!"

소일연은 자신도 모르게 험한 말을 내뱉고는 연검을 마구 휘둘렀다. 그녀는 마치 잡초를 베듯이 자객단을 베어나갔다. 그리고 그녀의 좌우에는 이심 장군과 소충원 장군이 옹위하며 자객단을 백여 명 넘게 쓰러뜨렸다. 그러다가 반대편에서 이성국 군사들을 베며 빠른 속도로 다가오는 검은 복면인과 맞딱뜨렸다. 소일연은 춘장시모의 소서노 검법으로 쾌속 자법을 시전했지만 복면인은 소일연의 백년한철검을 가볍게 쳐내버리고 이성국 병사 세 명에게 쾌속 검강을 적중시켰다.

"으윽!"

단 일합으로 동시에 세 사람은 정면으로 검강을 맞아 즉사했고 소일연도 일합만에 쓰러졌다.

"본왕은 자비가 없느니라!"

"너는 누구냐?"

"본왕은 아나타귀왕이시다!"

명부 아나타귀왕과의 대결에서 속절없이 밀려버린 소일연은 내상을 입은 듯했다. 가슴 부위에 통증이 있어보였다. 또한 그와 일합을 벌였던 소충원 장군과 이심 장군도 각혈을 했다. 춘장시모가 소일연을 부축하여 앉히고 앞으로 나섰다. 그러자 복면을 한 아나타귀왕의 기도를 간파한 용마도인이 합세하여 춘장시모와 나란히 섰다.

"도인이건 산신이건 죽고 싶은 자는 앞으로 나서라!"

"오냐! 오너라!"

춘장시모와 용마도인은 기력을 모아 방어진을 치고 동시에 방어막을 만든 다음 각자 공격을 하기로 의기투합하였다.

"펑!"

그러나 정작 상황은 예상대로 되지 않았다. 두 사람은 아나타귀왕의 장풍을 가까스로 막아내고 뒤로 서너장 물러나면서 미처 반격을 할 여력이 없었다.

"용마도인과 춘장시모가 합세하여도 밀리다니?"

즉각 금홀영모와 정견모주가 나섰다. 그리고 춘장시모를 부축하기 위해 곁으로 다가선 용주도인과 단일건 도인도 양손으로 기를 모으고 있었다. 또한 아진의선은 아직 회복이 다 되지 않았는데도 힘을 모으고자 전장터로 나왔고 아진도파와 해서우여신과 가지산 여신 그리고 선도산의 삼도인도 앞으로 나왔다. 복면을 한 명부귀왕과 지상의 도인들이 마주서서 그야말로 일촉즉발의 긴장감 팽팽한 장면에서 최백호 도인이 좌우를 만류하고 나섰다.

"여러 도인들과 산신께서는 차분하게 계세요. 내가 귀왕과 말을 해보겠습니다."

최백호도인은 엉거주춤한 자세로 적당히 공수를 한 다음 점잖게 말했다.

"본 수도자는 선도산에서 도를 닦는 최백호라 하오. 그런데 명부의 고명하신 아나타귀왕께서 지상의 살아 있는 인간 일에 관여하는 건 천리를 거스르는 일이외다."

"넌 왜 나서는 게냐? 먼저 죽고 싶은가?"

"염제의 추상같은 명이 있을텐데 명부의 귀왕께서 어찌 지상출입을 한단 말이오? 변성대왕께서도 알고 계시오?"

"본 귀왕은 그럴만한 위치에 있노라. 내 오늘 너희들을 모두 죽여 명부로 데리고 가겠다."

"그런 높은 위치에 있는 귀왕께서 한갓 가막미르의 명을 따른단 말인가? 서열이 높은 귀왕이 어찌 한낱 이무기에 불과한 가막미르의 하수인 노릇을 한단 말인가!"

"무엇이? 이놈 보자 보자하니까, 건방진 놈이로다!"

분기탱천한 아나타귀왕이 분을 참지 못하고 재빨리 장풍을 쏘았고, 시종 장심에 기를 모으고 있던 최백호도인은 아나타귀왕의 순간적인 공격을 기다렸다는 듯이 일검만파 검강을 시전하였다. 놀랍게도 거의 동수를 이루었다. 아나타귀왕이 일보 물러나고 최도인이 삼보 뒤로 밀리면서 최도인이 비틀거렸다. 그는 말을 하면서 지속적으로 장심에 기를 모아 십이성의 장풍을 미리 준비하여 전심전력을 다했지만 순간적으로 팔할 정도의 장풍을 쏜 귀왕의 적수는 될 수 없었다. 그러나 아직도 분이 풀리지 않은 아나타귀왕이 재차 공격을 감행하려했다.

"잠깐만!"

그때 최도인이 재빨리 말했다.

제 60화 - 14. 이성국의 전투 - 십이일째(3)

"아나타귀왕께서는 나의 공력을 겪어보셨지요? 여기 나와 같은 도인들이 열 분이 더 계시오. 명부귀왕이 지상의 인간들에게 당해서 쓰러졌다? 그런 평판으로 귀왕노릇을 할 수 있을까? 엄청난 위상을 지니신 귀왕의 체면을 봐서 그만 돌아가시오! 만일 여기서 더 싸우시겠다면 내가 내달에 승천하는데 천상에다가 오늘의 이 소문을 아주 자자하게 내드리지요. 천상계는 물론 명부에까지 소문이 다 날게요. 쯔쯔쯧."

"…."

분기를 다소 가라앉힌 귀왕은 아무 말이 없었다. 그는 하늘을 올려보았다. 이미 내토칠룡들은 달아나고 없었다. 그리고 산 정상에서부터 산허리까지 이백 명 정도의 자객들이 쓰러져있었다. 그는 잠시 생각하다가 들고 있던 검을 집어던져버렸다. 그리고는 이렇다 할 말도 없이 땅속으로 사라져버렸다. 마치 두더지가 땅속 구멍으로 들어가듯이 그렇게 없어져버린 것이다. 때마침 산 아래에서 이성국 지원군 수백 명이 올라왔고 귀왕과 살아남은 자객단은 일제히 도망가기 시작했다. 그제서야 최도인이 주저앉았다.

"이런! 최도인께서 내상이 심하군요! 어서 안으로 모셔요!"

"아니요. 내가 급한 게 아니외다. 소성주와 장군들을 먼저 살펴주시오."

"예."

선도산 세 도인이 최도인을 업고 암자 안으로 들어가고 춘장시모와 정견모주 그리고 금흘영모가 진기를 방사하여 최도인의 내상을 치료하기 시작했다. 용마도인이 최도인에게 다가왔다.

"형님! 대단하시외다! 좌우간 오래 살면 뭔가 다르다니까! 히히히"

"넌 이 상황에서 웃음이 나오냐?"

"풍백께서 선인들을 움직이지 못하게 하신 게 다 형님을 믿고 그렇게 하신 게지요? 히히."

"쓸데없는 소리 말거라! 아이고! 죽겠네! 으음…"

춘장시모의 암자는 그야말로 의원이 되고 말았다. 원래 누워있던 아진의선, 귀왕과의 싸움에서 내상을 입은 최백호도인 그리고 소일연과 최장군과 이심장군이 모두 누워 치료를 받았다.

산성의 전투가 다 끝나고 이성국 정예 병사들이 전장터를 치웠다. 그들은 암자 주변을 말끔하게 정리해나갔다. 병사들은 대개 놀라움을 금치 못했는데 열 명의 도인들이 수백 명의 숙신국 자객들과 맞선 것에 놀랐고 또 이백 여명의 자객들 시체의 수효에도 놀랐으며 도인과 산신들이 봉황과 더불어 태연하게 차를 마시고 있는 것을 보고 또 놀랐다.

잠시 후 기운을 차린 최백호도인이 곁에 앉은 춘장시모에게 나지막하게 물었다

"도대체 가막미르의 저의가 무얼 것 같습니까? 시모께서는 뭐 짚히는 게 있습니까?"

"글쎄요. 저도 그게 궁금합니다. 용성국을 탈환하려는 데 방해가 되는 우리들을 일거에 다 없애버리려는 것이 아닐까요?"

"그러게요. 그들은 맨 처음에 이심장군을 내어놓으라고 했는데 저렇게 많은 군사들과 용을 데리고 와서 이심 장군 한명을 원한다? 이상하지 않습니까?"

"그건 아니고 우리들의 규모와 능력을 알아보기 위함이겠지요."

"과거 잡혀본 경험이 있으니까 이번에는 조심하겠다?"

"글쎄요? 선인들이 모두 나타나지 않는 것을 확인하는 것일 수도 있겠구요."

두 도인은 한 동안 말을 잇지 않았다. 가막미르의 의도를 확실히 알 수 없었기 때문이었다. 국장 중에 공성전을 벌이다가 달아난 숙신국 자객들의 의도는 의외였다. 고작 남해용궁의 이심 장군을 잡기 위해 수백 명의 군사와 내토칠룡과 더군다나 명부의 아나타귀왕까지 보낸다는 것은 무언가 이치가 맞지 않는 일이었다.

용성국은 나라 전체에 결계가 처져있어서 백성들은 외부세계와는 거의 단절된 삶을 살았다. 스물여덟 명의 용왕들이 돌아가며 집권하여 태평성대를 누릴 때도 있지만 덕이 없는 왕이 등극하면 백성들은 외부와 단절된 채 고난의 나날을 살아가게 된다. 오늘날의 한미르왕은 가막미르를 몰아내고 용상에 오른 정의로운 왕이었다.

용성국 성소의 별채에 탈해가 친구들과 더불어 심각하게 논쟁을 하고 있었다. 특히 배상길이 걱정 어린 표정으로 탈해의 이야기에 귀를 기울였다.

"너희들과 의논을 좀 해야겠어."

"뭔데?"

"지금 사실 백의가 과거 동문들을 만나 용성국의 동정을 살피고 있어. 확실하지는 않지만 용성국왕은 성녀를 용성국 밖으로 내보지 않을 거야."

"그럼 어쩌지? 데려갈 수도 없고 그렇다고 안 데려가면 차차웅님이 잘못될 거 아냐?"

"납치를 하는 수밖에 없어. 차차웅님의 상태가 어떤지 모르지만 빨리 돌아가서 태기왕 후손의 명으로 용들을 깨워 궁성으로 복귀하도록 도와드려야만해!"

"하지만 납치당한 구낭자가 협조를 하지 않는다면?"

"아! 답답하군."

탈해는 일단 대화를 중단시켰다.

"그만 이야기하자. 일단 백의가 용성국의 옛 친구들 그리고 동문수학한 사형사제들을 만나 수소문을 하고 있으니 백의가 돌아오면 그때 다시 이야기하자."

한편 백의는 과거 용성국에서 함께 수련하던 동문들을 찾아다녔다. 근 십년 만에 돌아왔지만 용성국은 폐쇄적인 나라여서 그런지 변한 게 별로 없었다.

용성국 무술원의 객사에는 아직도 무예를 수련하는 젊은이들로 인산인해를 이루고 있었다. 객사 뒷마당에 자신과 수련하던 전호라는 사형이 있었다. 성격은 고약해도 정직하고 진실한 사람이었다. 그는 움직임 없이 조용하고 평화롭게 정좌하고 단전호흡을 하고 있었다. 백의는 일단 그가 운기조식을 마칠 때까지 기다리기로 했다.

반시진이 되지 않아 그는 일어서서 맨손으로 체조하듯이 몸을 풀었다, 그때 백의가 다가가자 과거와 달리 어제 바로 헤어진 사람처럼 반가워했다.

"아니? 이게 누군가? 자네 언제 고향에 돌아왔나?"

"사형, 저 알아보시겠어요?"

"아니 이 사람이? 나를 노인네취급이야. 오랜만이로군! 한 십오 년 되었나? 자네가 적녀국으로 갔다는 소리는 들었네."

"죄송합니다. 이렇게 불쑥 찾아와서. 사실 뭐 좀 여쭤보려구요."

"나라의 기밀에 대해서 물어보는 것이라면 그건 안되네. 내가 작년부터 궁궐에 출입하네. 개인적인 일이나 물어보게. 나를 이용하려들지 말고!"

"예. 물론이지요. 어떻게 제가 사형을 이용하겠어요. 다른 일을 좀 물어보려구요."

"그거야 뭐…"

그는 고갯짓을 하여 백의에게 말을 해도 좋다는 표시를 했다.

"사실 저는 신라에서 왔습니다. 석탈해님을 모시고 같이 움직이고 있죠."

"석탈해? 적녀국에 갔다더니 그동안 해보 왕비님을 모셨나보군? 흐음, 일 났군!"

"왜요?"

"소문으로 듣기에는 석탈해가 신라국 차차웅의 시해범인이라던데?"

"아닙니다. 모략에 빠진 겁니다. 용성국에서 혹시 함달바 폐하 시절의 대신을 만날 수 있습니까?"

"누가? 석탈해가?"

"예."

"안되지. 석탈해는 이제 어디서든 활동이 불가능하네."

"아니 왜요?"

"그는 팔 신선의 공적이 되고 말았잖아. 공공적으로 수배된 자야!"

"공적이라니요?"

"공공의 적이라는 거지, 내가 아는 바로는 말이야. 마고여신, 선도성모가 승천하시고 새롭게 결성된 팔 신선의 명이 생겨났네. 금홀영모, 정견묘주, 춘장시모, 용마도인, 단일건도인, 용주도인 그리고 최백호도인의 명의로 석탈해 체포령이 떨어졌네. 이른바 팔신선령이지. 아니지 이제는 칠신선령이라고 해야하나?"

"어떻게 저 쟁쟁한 도인들의 공동의 적이 된단 말인가요?"

"소문을 듣자하니 차차웅을 시해하려했다는 죄목과 진한 여기저기서 방화와 약탈을 일삼고도 반성은커녕 거들먹거리고 다닌다고…"

"무슨 가당치 않은 소리요? 모두 모함이에요. 제가 쭉 함께 있었어요."

백의는 전호 사형의 눈치를 살폈다. 그리고는 넌지시 부탁의 말을 꺼냈다.

"저… 사형도 예전에 함달바 폐하를 모셨잖아요. 좀 도와주세요."

"나 같은 무명소졸이 무슨 힘이 있다고… 그냥 가보게. 그리고 자네는 나를 만난 사실은 없는 걸세. 이 나라에 숨어드는 게 아니었어. 석탈해는 용성국에서도 위험해, 한미르왕은 그 신선들과 도인들의 편이거든. 석탈해와 자네가 제아무리 고군분투한다 해도 언젠가 그들에게 잡히고 말 거야! 차라리 흑수국이나 숙신국 같은 더 먼 나라로 피하게."

백의는 용성국 연무관 한곳을 더 돌아보았으나 아는 자가 없었다. 그는 실망한 채로 성소의 별채로 돌아왔다.

"주군, 속하 돌아왔습니다."

"성과가 좀 있었나?"

"그게 좀…"

"말하시게."

"그때 선도산에서의 사건 이후 팔 신선이 주군 체표령을 내렸답니다. 도인들이나 산신들 그리고 그들에게 협조적인 나라의 국왕들이 동참하고 있어요. 이 용성국 왕도 팔신선령을 따른다고 했답니다. 주군께서 한미르왕을 만나면 그 즉시 추포될 것입니다."

"으음. 일단 용성국을 속히 떠야겠군."

"그럼, 어디로 가죠?"

"글쎄다. 모든 산의 산신이 나를 잡으려고 할테니 일단은 산을 피해야겠지."

"또한 가막미르와 궁표검객 쪽에서도 주군을 잡으려고 하고 있습니다. 그래서 가짜를 만들어 소란을 피우고 있는 것이죠."

“좌우간 수고했다. 백의! 사방을 둘러보아도 숨을 곳은 없고 저승사자 같은 놈들만 득시글하니, 너무나도 난감하구나.”

“탈해야, 서두르자!”

탈해가 망연자실하여 고달픈 표정을 짓고 있자 우혁이 나섰다.

“지금 중요한 건 구낭자를 데리고 선도산으로 하루속히 가야해. 한미르왕이 오기 전에 우리가 먼저 그녀를 데리고 가야지!”

“납치를 하자고?”

“아니.”

“그럼?”

“니가 잘하는 둔갑술을 쓰는 거지. 니가 한미르왕으로 변신하여 구낭자에게 출국허락을 하면 자연스럽게 일이 이루어지는 거 아니겠어?”

“그렇군! 역시 우혁이 잔머리 하나는 끝내준단 말이야.”

“이게 왜 잔머리냐? 천재의 머리에서 나온 기막힌 묘안이지. 후후.”

석탈해는 순간 밝은 표정에서 다시 어두운 얼굴로 낯빛이 바뀌었다.

“그런데 구낭자가 알게 되면?”

“그건 그때 가서 생각하자!”

“좋아.”

제 61화 - 14. 이성국의 전투 - 십삼일째(4)

상길과 우혁 천종과 백의도 찬성했지만 은동은 어쩐지 께름칙하다고 반대했다. 하지만 탈해는 이미 작전에 돌입했다. 탈해는 홀로 용성국 왕의 처소인 대전으로 잠입했다. 아직까지 본적이 없는 한미르왕의 얼굴을 보고 그대로 변신하기 위해서였다. 탈해는 신라의 금성이나 동해용궁의 화려한 고대광실을 많이 보았지만 용성국의 화려함은 다른 궁에 비할 바가 아니었다.

궁궐의 바닥과 벽면 전체 그리고 천정까지 대리석과 옥으로 장식된 왕의 대전은 옥벽을 꾸민 병풍이 인상적이었다. 오색옥돌을 바탕으로 꽃장식이 새겨진 신비한 모양의 나무들과 수정과 석영으로 조각한 기암괴석들이 줄지어 그려져 있고 금빛 테두리가 벽으로 구획되어 장식한 경계마다 둘러쳐져 있었다. 궁의 외부에는 금모래가 깔려 있고 대전문 주위의 기둥들에도 금빛 벽이 둘려 있었다. 또 회랑과 정원으로 이어지는 계단과 작은 마당들에는 푸른 유리와 붉은 산호가 번갈아 장식되었다. 그리고 건물 내부의 천정에는 야명주가 곳곳에 달려 있어서 은은한 광채가 나고 있었다.

'우와 진짜 엄청나네!'

탈해는 감탄해가면서 대전장식에 눈을 빼앗겨 한동안 한미르왕을 찾지 않고 구경에 몰두했다. 왜냐하면 자신이 함달바 왕의 왕자였다는 생각에 빠졌기 때문이었다. 그는 혼자 입가에 미소를 지으며 마음속으로 뇌까렸다. '이 모든 것이 내 것일 수도 있었네? 후후.'

"누구냐?"

탈해가 방심한 사이 누군가 탈해를 보고 외쳤다.

"저 놈 잡아랏!"

탈해는 전속력으로 회랑을 통해 뛰어나와 다른 궁전으로 이동했지만 경비병이 소리치는 바람에 곳곳에서 용성국 궁궐 경비병들이 몰려나왔다. 탈해는 반대편에서 오는 경비병들을 따돌리고 다시 원래의 대전 안으로 들어왔다. 하지만 밖에서 몰려오는 군사들의 소리가 왁자하게 들려왔다.

"저기다! 침입자가 저기 있다!"

이제 피할 곳이 없었다. 그렇다고 전면전으로 무고한 수십 명의 군사들을 공격할 수도 없었다. 탈해는 금빛 기둥 뒤에 숨어 호흡을 가다듬었다. 그리고는 '모기'로 변신하기 위해 집중을 하고 기를 모았다. 탈해는 자신이 아직 모기로 둔갑했는지 아닌지 몰라 주위를 두리번거리다가 경비병과 딱 맞닥뜨렸다. 그런데 경비병이 자신의 앞을 그냥 지나가는 것이 아닌가. 탈해는 둔갑술이 훨씬 빨라진 것을 새삼 느꼈다. 다시 한 번 귀수산의 내단에 대해 고마운 마음을 느꼈다. 더불어 가슴 답답증도 어느 정도 사라졌다. 그는 모기로 변하여 반다경 정도 숨을 멈추는 동안 재빨리 왕을 찾아야한다는 강박감이 몰려왔다. 모기는 작기도 하지만 속도가 나지 않아 이궁 저궁 다니면서 한미르왕을 찾는데 시간이 꽤 소요될 것 같은 느낌이 들었다. 탈해가 호흡을 멈추고 둔갑술을 풀려고 하는데 경비병의 외침이 다시 들렸다.

"대왕마마 납시오!"

궁정내관의 소리였다. 한미르왕이 나타나 것이었다. 그의 의외로 출중한 외모의 젊은 왕이었다. 사십대 후반의 나이에 건장한 체구였다.

"무슨 일인가? 침입자라니?"

"예, 폐하! 방금 웬 무사 한명이 대전 밖에서 어슬렁거리는 것을 보았는데 감쪽같이 없어졌습니다."

"그래? 잘 찾아보고 다시 보고하라. 일단 경비병을 늘려 궁경비를 강화하고 후궁전과 사대문에 군사를 증원하라! 그리고 경비대장을 들라하라!"

"예, 폐하의 명을 받자옵니다."

경비병들이 물러나자 탈해는 왕의 얼굴 생김새와 몸집 그리고 행동거지와 목소리를 유심히 보았다. 그는 더 이상 숨을 참을 수가 없어서 급히 들창을 통해 밖으로 나와 지붕 위로 날아올랐다. 대전 지붕 위에서 둔갑술을 푼 탈해는 경비병들의 움직임을 한동안 살폈다. 그리고 군사들이 궁궐 전체로 분산되자 재빨리 성소로 되돌아왔다.

성소의 구성련 낭자의 방 앞에 설우혁이 조용한 목소리로 그녀를 불렀다.

"신녀님 정자 전각에 웬 귀인이 와서 신녀를 불러달라고 합니다."

"예? 귀인이라니요?"

"저는 그분이 누군지 모르겠사오나 기도가 범상치 않아 이렇게 조용히 신녀님께 왔습니다."

구성련은 의구심 반 놀라운 반으로 전각으로 서둘러 나아갔다.

"이렇게 급작스럽게 찾아와 놀랐는가? 신녀?"

"어머! 폐하!"

구성련은 바닥에 엎드려 예를 올렸다.

"소녀, 대왕마마를 삼가 뵈옵니다."

"허험. 내 남의 이목도 있고 왕비나 왕자가 반대할 것 같아서 친히 왔네. 궁 생활이 많이 갑갑할테지. 아까 시녀를 보내 이틀간 출국을 하고 싶다고 했느냐? 좋다. 내 허락을 하겠노라."

"예? 진정이시옵니까? 성은이 망극하옵니다."

"하지만 무사하고 신속하게 돌아와야하네!"

"예."

"그럼 난 가보겠네."

"아니 그런데 호위무사도 없이 어찌…"

구성련은 의아했지만 분명 한미르왕이 맞았고 어쩐지 급작스럽게 수락을 한 것이 이해가 되지 않았다.

한편 전각 뒤켠으로 급히 이동한 탈해는 긴 호흡을 했다.

"휴우!"

용성국왕으로 변신하는 동안 호흡을 참고 있었기 때문에 그는 숨이 찼다. 더욱이 구성련이 언제 정자로 나올지 몰라 왕으로 변신하고 기다린 것이 그를 더욱 숨차게 만든 것이었다. 그는 암자 뒤를 돌아 신녀의 처소 앞에 가서 그녀를 기다렸다. 때마침 전각에서 돌아오던 신녀는 탈해를 보고는 무척 반겼다.

"석탈해님! 좋은 소식이 있어요."

"예? 뭔데요?"

"왕께서 제 출국을 허락하셨어요."

"그래요? 잘 되었군요. 지금 당장 출발합시다."

"하지만 아버님께 인사도 드려야하고 제가 여자의 몸인데 그래도 준비를 좀 해야지요."

"그러세요. 제가 거수어른을 모시고 오죠."

"아닙니다. 제가 준비되는 대로 아버님께 인사를 드리러갈께요."

구정동의 처소 앞에서 탈해와 친구들은 다시금 연극을 잘 하기로 마음먹고 신녀를 기다렸다. 은동은 입을 삐죽거렸지만 다른 친구들이 은동에게 입도 벙끗하지 못하게 했다. 탈해는 일단 구정동에게는 왕의 허락을 얻었으니 다녀오겠다고 말했다. 구정동도 뭔가가 이상했는지 고개를 갸웃거렸지만 아무런 말은 없었다.

"누구냐! 앗! 저기 침입자다!"

경비병들이 성소에 왔다가 석탈해 일행을 보고 소리를 질렀다. 아마도 성소에도 경계강화명령이 떨어진 모양이었다.

"꼼짝 말고 양손을 들어라!"

성소의 안채로 들어온 병사 둘이 탈해를 보고 창을 들이밀며 외쳤다. 하지만 탈해는 태연자약하게 말하곤 반격을 했다.

"꼼짝을 못하는 데 어떻게 손을 드나? 이 사람들아! 에잇!"
"윽, 윽!"

탈해는 권법으로 두 사람의 목 뒤 급소를 쳐서 기절시켰다. 탈해의 몸놀림은 마치 춤을 추는듯했다. 친구들은 멍하니 탈해의 세련된 권술동작을 보고 있다가 정신을 차리고 도망갈 차비를 했다. 탈해가 병사들을 제압하는 소리를 듣고 구정동이 황급히 방에서 나왔다.

"아니? 이런! 내가 신녀의 아버지라고 말할테니 왕자님과 여러분은 서둘러 여길 피해 도망치세요."

"구거수님! 실은 궁 전체에 우리를 잡으려고 경계강화령이 떨어졌습니다."

"그럼 먼저들 피하세요. 제가 여기서 시간을 끌테니!"

때마침 구성련 낭자가 짐을 싸서 구정동의 처소로 들어왔다. 그녀는 여행을 간다는 생각에 들뜬 표정으로 천년거북피를 들고 괴나리봇짐 같은 걸 메고 왔다.

"아니? 이 거북피는 왜요?"

"멀리 떠나는데 안전하게 아버님께 맡겨두려구요."

"아! 그렇군요. 이리 주세요. 무거운데 제가 들죠."

"아니? 웬 병사들이 저기 쓰러져 있네요?"

"아! 그게 그러니까…"

"성소에 침입자다!"

성소 담 뒤에서 군사들의 목소리가 들렸다. 그러자 구정동이 성소 앞문을 걸어 잠그고는 반대쪽으로 담을 넘어가라고 소리치며 쓰러진 병사의 창을 주워들었다.

"아버님! 왜 그러세요?"

"탈해왕자님. 그리고 그대들은 우리 공주님을 잘 부탁드립니다. 어서 가세요."

"아닙니다. 이렇게 된 바에야 아버님도 함께 가세요!"

"안됩니다. 그러다가 다 잡힙니다. 어서 가세요!"

군사들이 벌써 성소의 문을 두드리기 시작했다.

"문을 열지 않으면 부수고 들어가겠다!"

탈해는 등에 거북피를 메고 옆으로는 구낭자를 안고 경공을 펼칠 채비를 했다. 마치 거북이가 토끼를 안고 가는 형상이었다.

"구거수 어른! 그럼 먼저 갈테니 곧 따라 오세요!"
"예."

탈해는 구성련을 비스듬히 안고 지붕 위로 날아올랐고 일행들도 그를 따라 일제히 경공을 펼쳤다. 그때 성소의 문이 부서졌다. 놀란 구정동은 황급히 창을 휘두르며 군사들을 다시 문밖으로 쫓아냈다. 군사들과 구정동은 문을 사이에 두고 접전을 벌였다. 그는 싸우면서도 딸에게 손사래를 치며 빨리 가라고 재촉을 했다.

"아버님!"

석탈해에게 안기어 가면서도 구성련은 시종 울며 아버지를 불렀고 일행은 성소의 지붕 위로 경공술을 펼쳐 궁궐 남문 쪽으로 이동했다. 무공을 할 줄 모르는 구성련을 안고 함께 이동하면서 석탈해는 계속 신경이 쓰였다. 물론 궁궐 안과 용성국 지리에 밝은 백의가 앞장을 섰지만 지붕을 타고 여럿이 움직이는 게 불안하기 짝이 없는 노릇이었다.

"좀 더 빨리 왔어야했는데 늦어버렸군요. 일단 성문 지붕 위에 엎드리시죠."

백의가 먼저 성문 지붕 한쪽 구석에 자리를 잡고 일행은 곁에 엎드리게 했다. 궁성남문의 경계병들이 많이 불어나 성문으로 내려가 문을 통과하는 것은 이미 불가능하였다. 그들이 성문 위 지붕에서 동정을 살피는데 궁궐 안쪽에서 일단의 군사들이 남문으로 몰려왔다. 그리고 군사들은 지붕 위에 모여있는 탈해 일행을 한눈에 알아보았다.

"저기 있다! 저놈들을 잡아라! 성문 위에 있다."

군사들의 맨 앞에 선 자는 아까 백의가 만났던 사형이었다.

"이런! 저자가 배신을 하다니…"

제 62화-14. 이성국의 전투-십삼일째(5)

그 뒤에는 경비대장 그리고 장군과 그들이 이끄는 백여 명의 궁사들이 나타나면서 탈해 일행은 오갈 데가 없어졌다. 남문의 지붕 위에 영락없이 갇힌 꼴이 되고 말았다. 이윽고 군사들의 중앙에 왕이 나타났다.

"석탈해와 그의 졸개들은 들으라! 너희들은 이미 신라국에서도 현상수배범이고 팔신선은 물론이고 궁표검객도 현상금을 내걸었느니라. 화살을 맞고 고슴도치가 되어 죽기 싫으면 썩 내려오너라. 감히 내 나라에 잠입해 신녀까지 납치하다니! 발칙한 놈들이로다."

"아니? 왕께서는 출국 허락을 해주셨는데 저게 웬 말씀이지요?"

구성련은 이상하다는 표정을 지었고 한미르왕의 말을 들은 백의가 분통을 터트렸다.

"에이! 저거 보십시오. 한미르왕은 이미 궁표검객의 연락을 받고 우리를 잡으려하는 겝니다."

"제가 내려가서 말을 해보겠습니다. 좀 전에 왕께서는…"

석탈해가 급하게 신녀를 말렸다.

"구낭자! 용서하시오! 그건 내가 변신술을 써서…미안하오!"

"예? 변신술이요?"

그때 왕의 명이 떨어졌다.

"안되겠군, 궁사들은 대기하라! 활을 쏘면 신녀가 다칠 수 있으니. 장군들은 성문 위로 올라가 석탈해와 졸개들을 추포하시오!"

"예!"

한미르왕의 탈해 체포령이 떨어지자 왕의 좌우에 있던 장군들이 성문 쪽으로 다가왔다. 그리고 한미르왕의 호법으로 보이는 자가 단한번의 경공으로 삼십여 장의 먼 거리를 비상하여 지붕위로 날아올랐다. 실로 놀라운 경공술이었다. 그가 성문 지붕 위로 올라오자 백의가 발검하고 나섰다. 그는 발검하여 두합 만에 백의를 쓰러뜨렸다. 그러나 다시 일어선 백의는 허리에서 연검을 풀어 다시금 그자와 맞섰다. 상길과 천종이 그의 뒤에서 협공을 했고 은동이 활을 꺼내들어 화살을 매겼다. 은동이 활시위를 당기는 순간 그는 은동을 쳐다보았다. 그리고 순식간에 은동에게 다가와 활을 빼앗으려했다. 우혁이 막지 않았다면 은동이 당했을 정도로 그는 몹시도 강한 자였다. 그리고 예상했던 대로 장군들이 지붕 위로 올라왔다. 두명의 장군은 기도가 범상치 않았다. 그러나 육중한 갑옷을 입은 그들의 동작은 그다지 빠르지는 않았다.

탈해 일행과 용성국 무사들과의 전투는 비좁고 가파른 지붕 위에서 아슬아슬하게 이어졌다. 석탈해가 나섰다. 언제까지 구낭자를 지키고 있을 수만은 없었다. 그는 먼저 지풍을 쏘아 지붕 옆쪽을 허물어버리자 옆에 서있던 육중한 장군 둘이 아래쪽 지붕으로 내려앉고 말았다. 그 사이 왕의 호법이 탈해에게 날아와 검을 휘둘렀고 탈해는 가까스로 피했지만 칼날에 살짝 베이고 말았다. 장군 둘과 왕의 호법을 제압한 탈해는 신녀를 보호하느라 자신도 등에 가격을 당하자 백의가 혼신의 힘을 다해 왕의 호법에게 공격했다. 그리고 탈해에게 외쳤다.

"왕자님! 여기는 제가 맡을 테니 빨리 내려가십시오. 그리고 다른 분들도 모두 흩어져 피하십시오!"

백의는 기왓장을 던지면서 필사적으로 저항했다. 그가 위쪽의 유리한 지붕 위에 자리를 잡아서 왕의 호법은 기왓장을 피하느라고 반격을 하지 못했다.

"얘들아! 안되겠다. 일단 내려가서 성문 앞의 숲으로 도망을 치자. 병사들이 성문 바로 앞에 있으니 멀리 경공을 한 다음 뛰면 숲으로 들어갈 수 있을 거야! 상길아! 니가 은동이와 가고 우혁은 천종이 함께 가라! 신녀님을 내가 모시고 갈테니 선도산에서 만나자. 모두 잡히지 마라!"

"그래 탈해야! 조심해!"

상길과 은동이 정면으로 먼저 몸을 날렸고 우혁과 천종은 왼쪽으로 그리고 탈해는 신녀를 안고 오른쪽으로 거의 동시에 경공을 펼쳤다. 먼저 성밖에 내린 네 사람은 숲으로 힘껏 달렸고 탈해는 등에 천년 거북피와 구성련 낭자를 안고 단한번의 도약으로 숲속으로 날아가 착지하였다. 성문 위에서 숲으로 화살이 발사되었지만 일행은 이미 사정권 밖으로 달아났다. 탈해는 숲에서 구낭자를 자신이 등에 맨 거북피 위에 다시 업고 한

나무에서 다른 나무로 날다람쥐처럼 계속 이동하였다.

한 다경 정도의 경공을 펼친 후 탈해는 극도의 피로감에 경공을 멈추었다. 숲에서 벗어난 다음에야 구성련을 내려주었다.

"여기까지 쫓아오지는 못할테지요?"

"그나저나 다른 사람들은 어떻게 됐을까요?"

"글쎄요. 친구들의 경공이 저와 비슷하니까 다들 도망쳤겠지요."

"참! 아버님은?"

"구낭자. 잘 들으세요. 일단 제가 선도산에 가는 즉시 용성국에 다시 가서 아버님을 구해드릴께요. 신라국의 용만 불러주시면 반드시 은혜를 갚을 겁니다. 일단 민가에 가서 말을 구해봅시다."

탈해는 구정동 거수는 물론이고 친구들의 안위가 걱정되었지만 그렇다고 다시 되돌아갈 수도 없는 노릇이었다. 만일 용성국 무사들에게 모두 잡히고 자신만 탈출했다면 꼭 그들을 구할 것이라는 다짐만 반복할 뿐이었다.

한편 이성산성에서 해질녘부터 공성전이 시작되어 삼경이 되어서야 끝난 싸움에 피곤함이 몰려온 아니공주는 암자의 문밖 벽에 기대서서 쉬고 있었다. 암자안의 도인들도 지쳐있기는 마찬가지였다. 최백호 도인이 먼저 산신과 도인들에게 다들 돌아갈 것을 권했고 아진의선을 제외하고는 대부분의 산신과 도인들이 자리를 떴다.

최백호 도인이 공주 곁으로 와서는 짓궂은 표정으로 말했다.

“공주는 피곤하기보다는 누군가가 무척 걱정되는 표정이구먼? 그게 누구요?”

“사실 아버님이 제일 걱정이지만 지금 오해를 사고 있는 석탈해 장군님이 자꾸 신경이 쓰이네요.”

“후후. 앞으로 살아갈 날이 많으니 미리 신경쓸 것 없어요.”

“예? 살아가다니요?”

“죽지 않고 살아간다고!”

“그러니까 그게 무슨 뜻이에요 도인님?”

“무슨 공주가 말의 뜻도 모르시나?”

“아이! 놀리지 마시고 최도인님께서 석탈해 장군님을 좀 잘 봐주세요.”

“물론이지요. 그리구 내가 이미 그 친구에게 내 비기를 다 알려주어서 이젠 그 친구는 천하무적이라 해도 과언이 아니지요.”

“그래요? 정말 잘 하셨어요.”

“나야 항상 잘하지요. 후후후.”

“고맙습니다. 도인님!”

공주의 진심을 알아본 최백호 노인은 공주에게 한쪽 눈을 찡긋해보였다. 공주 역시 최도인의 의미를 알아듣고는 가볍게 목례를 했다.

“자! 우리도 갑시다. 아직 생기지도 않은 일을 미리 걱정할 필요 없어요. 후후후.”

“예, 도인님!”

선도산의 삼도인은 먼저 봉황을 타고 선도산으로 떠났고 아니공주는 최백호도인 그리고 용마도인과 함께 신라로 되돌아가기 위해 출발을 했다. 세 사람이 봉황을 타고 편안하게 날아가며 잠시 조는 사이 봉황은 어느덧 신라의 금성 상공에 도착했다. 최도인이 용마도인에게 물었다.

"알령도인이 아침부터 방문을 허락하던가?"

"아니요! 전음을 들어보니 마지못해 그런 모양입니다."

"좌우간 잘 되었군. 용마도인은 알령도인과 친한 편이신가?"

"아닙니다. 한 사오십 년 되었나? 예전에 진법 공부할 때 물여위 사부님께 함께 배운 적이 있어서, 그때 잠시 만났었지요."

"그래? 그럼 동문이구먼?"

"아닙니다. 사부님이 장난이 심하시고 워낙 괴팍하셔서 처음에는 우리를 속이고 친구처럼 지내자고 하셨지요."

"그래서 친구 먹었나?"

"아이구! 말도 마세요. 언젠가 친구처럼 어울려 술을 마시는데 그 자리에 봉래도인이 오셨더라구요. 술자리에서 사부님이 봉래도인한테도 이놈 저놈 하시는 걸 보고 우리는 머리가 돌아버리는 줄 알았죠. 우리는 봉래도인이라는 엄청난 분 앞에서 오금을 못펴는데 우리 친구라는 분이 봉래도인을 막 야단치니까 분위기가 정말 어색했지요. 나중에 봉래도인한테 우리가 혼쭐이 났지요. 나중에 이백세가 넘으신 선인이란 걸 알고 제가 졸라서 억지로 제자가 되었고 알령도인은 진법만 배우고 그냥 가버렸지요."

"그랬군. 물여위 선인은 하여간 괴짜야. 후후 그럼 내리셔서 고생들 하시오."

최도인은 두 사람을 내려주고 자신은 봉황의 등에서 내리지를 않았다. 그러자 용마도인이 부득불 최도인을 붙잡았다.

"최도인께서도 차를 한잔하고 가시죠."

"아닐쎄, 난 그들과 사이가 좋지 못하네. 그들이 나를 보면 본체 만체할 걸세."

"아니 왜요?"

"내 사부이신 마룡족 성모께서 계룡족 도인들을 좀 구박을 하셨거든. 나는 내상치료도 할 겸 선도산으로 바로 가야겠네."

용마도인은 공주에게 눈짓으로 최도인을 데리고 오라는 표시를 했다. 공주는 환하게 웃으며 봉황의 날갯죽지를 잡고 애원했다.

"최도인님! 제가 이렇게 부탁할께요! 예? 제발요!"

"어허! 일국의 공주가! 그것도 장차 왕비가 되실 분이 떼를 쓰면 곤란합니다."

"아이! 그래도요!"

"이러시지 말라니까요?"

"그런데 방금 뭐하고 하셨어요? 왕비요? 공주가 어떻게 왕비가 되나요?"

그때 용마도인이 끼어들었다.

"형님! 공주는 여왕이 될 수는 있어도 왕비가 될 수는 없지요. 에헴!"

"아이고! 내가 지난밤에 명부 귀신하고 싸우다가 머리가 어떻게 되었나보다. 어험!"

"진짜 그러신가보네?"

"이보게 용마도인! 나 빨리 선도산에 가서 요양 좀 해야겠네."

"그러시지요. 그럼 요양을 잘하십시오."

공주가 애원했지만 최백호 도인은 초대를 거절하고는 봉황을 타고 하늘 위로 날아올랐다. 그리고는 무슨 까닭인지 서둘러 선도산으로 날아갔다.

제 63화 – 15. 가막미르의 등장 – 십삼일째(1)

아직 동이 트지 않았지만 궁궐 안에는 여기저기 횃불을 밝혀놓아 공주의 처소는 대낮처럼 밝았다. 용마도인은 아니공주의 시녀방에 머물다가 조찬 후 알령도인과의 접견이 이루어졌다. 왕비인 알영부인 접견이 무산되었지만 알령도인은 왕비의 궁에서 멀지 않은 노례 왕자궁으로 와서 용마도인을 만났다. 그는 웬일인지 병색이 완연했다. 알령도인은 표정으로는 반가워하지 않았지만 격식있는 인사로 용마도인에게 예를 갖추었다.

"원로를 마다 않으시고 왕림해주시다니 뜻밖입니다."

"이렇게 만나주시니 고맙군요. 알령도인, 그동안 잘 지내셨소이까? 신수가 좋으신 게 하나도 늙지를 않고 그대로십니다."

"아니올시다. 신라국이 어수선하니 왕비의 오라비인 저로서도 마음이 복잡하군요. 하여간 오셨으니 하실 말씀을 하시지요."

"드릴 말씀은 다름이 아니라, 제가 차차웅과 함께 있소이다."

"뭐요?"

"자! 고정하시고 내말을 먼저 들으세요! 현재 차차웅이 서거한 것이 아니고 건재하시오. 또 일이 오해에서 비롯되었으니 왕비께서 아드님을 만나 허심탄회하게 대화를 하심이…"

"허허 용마도인! 그 이야기는 다 끝난 것이요. 차차웅은 거서간 시해 사주범으로 확인되었소이다! 죽었거나 살아있거나 우리에게는 마찬가지외다. 신라의 왕위의 계승 자격이 없다는 것은 차차웅이 신라에서는 이미 죽었다는 의미 아니겠소이까? 그리고 거서간 시해의 증거가 다 있는데도 자꾸 그런 말씀을 하시니 용마도인이 참으로 이상하게 보입니다!"

"그렇지가 않아요. 왕비와 갈문인 알령도인께서 어찌 가막미르의 수하인 궁표검객을 궁에 들이시고 이태충 같은 역적을 눈감아주시는 게요? 그게 더 이상한 일이 아니요!"

"지금 신라국의 내정에 간섭을 하시겠다는 것이요? 도인께서는 저 아리수 건너 용마산 소도의 도인이니 고구려나 백제 같은 나라에나 잘 보이시요!"

"이보시오! 알령도인, 우리 분위기를 바꿔서…예전처럼 송근 거시기를 가져올테니 내일 쯤 다시 봅시다. 내 오늘은 이만 돌아갈테니. 히히히"

분기를 겨우 참은 용마도인이 눈을 찔끔하고는 웃어보였다. 그러나 알령도인은 어리둥절한 표정을 지었다.

"무슨 해괴한 소리요? 보긴 또 뭘 본단 말이오! 오늘은 우리 안본 걸로 하고 그냥 돌아가시오. 그대를 하옥시키지는 않을테니!"

하옥을 운운하는 알령도인의 험한 소리를 듣고는 용마도인도 더 이상 참지를 못했다

"뭐라? 하옥? 이 도인이 미쳤나!"

용마도인은 순간 욱하는 성정을 억누르고 긴 호흡을 내쉬었다. 그리고는 정신을 차리고 마음을 가다듬고 목소리를 낮추어 말했다.

"이러지 마시오! 알령도인! 어찌 사람을 이렇듯 대놓고 박대를 한단 말인가? 으음… 저어… 화해하는 의미로 숨겨둔 게 있다면 송근 거시기나 좀 가져오시오!"

"뭐요? 이상한 소리를 자꾸 지껄이면 진짜로 지하뇌옥에 가두어버리겠소!"

"이런 상종을 하지 못할 자가 있나! 과거 내 사부님께 진법을 조금 배워놓고 삼한 땅 최고의 진법도인이라고 방자하게 떠들고 다니는 것을 용서해주었더니! 어디서 함부로 설치는가!"

"무엇이? 이런 건방진? 여봐라!"

알령도인이 주위의 무사들을 부르자 무사 네명이 방으로 뛰어들어왔다. 용마도인과 괴무사들과의 싸움은 처음부터 격이 맞지 않았다. 용마도인은 특히 좁은 장소에서 순간적인 탄지신공으로 상대를 제압하는 특기가 있었다.

"핑핑핑핑"

"으윽!"

순식간에 지공에 맞은 무사 네명이 고꾸라지자 알령도인이 황급히 방에서 나와 달아났고 용마도인이 그를 따라나왔다. 알령도인이 뒤따라 나오는 용마도인에게 비수를 날렸고 용마도인은 비수를 잡아내고는 장풍을 쏘아 알령도인을 제압했다. 장풍에 맞은 알령도인은 노례왕자궁 바닥에 나뒹굴었다. 그러자 용마도인이 놀라 외쳤다.

"저자는 알령도인이 아니다! 가짜다!"

"뭐라고요?"

요란한 싸움소리에 급히 뛰어온 노례왕자와 아니공주가 쓰러진 알령도인을 보고 대경실색하였다.

"저놈은 변장을 한 가짜 도인이다. 우리가 왕년에 같이 즐겨먹던 소나무 뿌리술인 송근주를 모르고, 내 장풍에 살짝 비껴 맞았는데 저렇게 땅바닥에 쓰러져버리다니! 내공도 없는 이 가짜 놈! 이얍!"

"펑!"

용마도인은 제법 내공을 실어 장풍을 발사하였다.

"으악!"

가짜 알령도인의 누운 채로 용마도인의 장풍에 적중당해 절명하고 말았다. 그리고는 이내 군사들이 순식간에 모여들었다.

"왜 이리 소란스러운가? 아니 갈문귀인께서? 누구냐? 누가 갈문귀인을 암살하였는가?"

중궁전으로 가던 이태충 대보와 대신들이 왕자궁의 소란을 듣고 들어왔다가 놀라 소리쳤다. 이태충 대보는 군사들에게 용마도인의 체포를 명하였다.

"저자가 갈문귀인을 시해하였다. 당장 잡아라!"

"아니요! 내가 그런 게 아니고, 아니, 내가 그런 건 맞는데, 좌우간 저자는 갈문귀인이 아니요. 알령도인이 아니란 말이요!"

"아니 저 놈이 사람을 죽여놓고 발뺌을 해?"

"아니 그게 아니고…"

"쳐라!"

궁궐경비대가 왕자궁 마당에 삼십여 명 몰려와 용마도인을 에워싸고는 긴 창을 들고 연신 찔러댈듯 위협했다. 용마도인은 왕자와 공주를 바라보고 난처한 표정을 지었다. 하지만 뾰족한 수가 없었다.

"에잇! 펑펑!"

"으아악!"

용마도인은 삼십여 명의 무사들에게 가볍게 지풍을 발사하여 모두 쓰러트렸다. 그들은 죽을 정도는 아니지만 모두 쓰러진 채 일어서지를 못하고 고통을 호소했다. 그러자 이태충 대보와 대신들이 겁을 먹고 달아났다.

"왕자님과 공주님께는 이거 면목이 없게 되었소이다. 하지만 저 가짜에게 계속 속았다면 더 큰일이 날 터이니 제거하지 않을 수 없었소이다. 그럼 본 도인은 이만…"

"예, 조심히 가시고 아버님께 저희 안부를 전해주세요."

"잠깐!"

용마도인은 무언가 깨달았다는 듯이 검지 손가락 하나를 들어 자신의 이마에 갔다 대었다.

"왜요?"

"알령도인이 가짜라면 왕비마마께서 위험에 처하시지 않았겠소이까?"

"그렇군요! 그동안 갈문께서 어마마마를 못뵙게 했었지요!"

"당장 중궁전으로 가봅시다."

용마도인과 왕자와 공주는 중궁전으로 향했다. 중궁전 입구에 들어서는데 벌써 칼부림하는 소리가 요란하게 들렸다. 용마도인의 예상대로 자객들이 중궁전에 들이닥친 것이었다.

자객 셋이 왕비의 호위무사들과 접전을 벌이고 있었다. 그런데 열명의 무사들이 한명을 상대하는 반면 여무사가 자객 둘과 치열하게 검을 섞고 있었다. 갑옷을 입은 군사들보다 궁중시녀 복장의 여호위 무사가 상당한 고수였다. 그녀는 왜나라 말을 하는 두 명의 고수를 상대로 밀리지 않고 있었다.

"멈춰라!"

용마도인이 장풍을 발사하여 자객들을 물러나게 했다. 강력한 장풍을 구사하는 고수가 나타나자 자객들은 적지 않게 당황한 기색을 보였다.

"왕자궁에서 소란이 있는 틈을 타 왕비를 시해하려하다니 이런 쳐죽일 놈들!"

용마도인이 지팡이를 휘둘러 자객들을 몰아붙이는 사이 왕자와 공주가 중궁전으로 들어가 왕비를 찾았다. 역시 왕비는 의식이 없었고 독에 중독되어 얼굴에 푸른빛이 돌았다.

"할마마마! 정신 차리세요. 저희가 왔습니다."

"안되겠다. 군사들은 빨리 가서 내의원을 데려오라!"

"예!"

병사 한명이 중궁전 문을 나가다 말고 그대로 쓰러졌다. 그리고 그 문에서는 궁표검객과 이운하가 등장하였다. 이운하는 중궁전 안뜰로 들어오자마자 왕비의 호위병 아홉 명을 두 번의 칼놀림으로 쓰러뜨려버렸다. 이제 왕비를 호위할 무사는 급하게 뒤로 물러난 여무사 단 한명만이 남게 되었다. 그녀는 긴장하여 용마도인 옆으로 다가섰고 용마도인은 궁표검객을 한눈에 알아보았다.

"오냐! 궁표, 네 이놈! 잘 만났다."

궁표검객을 본 용마도인은 호기롭게 지팡이를 들어올려 기를 주입하였다. 그는 검강을 쏠 태세였다. 그런데 여태 싸우던 왜나라 자객들과 이운하가 궁표의 앞을 막고 섰다.

"졸개들을 치워라!"

용마도인의 말에 궁표검객은 턱짓으로 이운하와 왜국자객들을 비켜서게했다.

"궁표야! 나를 기억하느냐?"

"아다마다! 주정뱅이 용마도인 아니신가?"

"오냐! 졸개들을 치워 놓고 나하고 한판 붙자!"

"글쎄? 그럴 실력이 되실까? 얘들아!"

옆으로 비켜서있던 이운하와 왜나라 자객 둘이 삼각꼴 모양으로 용마도인을 에워쌌다. 용마도인은 고갯짓을 하여 여무사를 가까이 오라고 했다. 그리고는 은밀하게 말했다.

"낭자! 여기는 내가 맡을 테니 왕비마마와 왕자 그리고 공주를 모시고 속히 내의원으로 가시오!"

"예?"

"어서!"

"예, 그럼…"

여무사는 거구이기도 했지만 힘도 장사였다. 그녀는 왕비를 이불에 휘감아 한손으로 들고 다른 한손으로는 검을 들고 중궁전을 나서려했다. 그러나 궁표검객이 가로막으며 길을 터주지 않았다.

"이놈 무엄하다! 이분은 왕비님이시다!"

노례왕자가 소리쳤지만 궁표검객은 눈도 깜짝하지 않았다. 급기야 왕자와 공주가 발검을 하고 대들자 궁표검객은 탄지신공으로 손가락을 튕겨 기를 쏘았다. 그리고 왕자와 공주는 동시에 검을 손에서 놓쳐버리고 말았다.

"오래 살고 싶으면, 또 차후에 왕이 되고 싶으면 가만히 있는 게 좋아."

제 64화 - 15. 가막미르의 등장 - 십삼일째(2)

궁표검객이 뱀처럼 차가운 눈빛으로 왕자를 노려보자 왕자는 주눅이 들어 그의 눈을 피하고 말았다. 오히려 여장부인 아니공주가 떨어뜨린 검을 다시 주워 앞으로 뻗치고 궁표검객에게 다가섰다. 궁표검객이 한번 공주를 보더니 손을 움직였다. 그 순간 여무사가 왕비를 용마도인에게 넘기고 단검을 던지는 동시에 몸을 날려 궁표검객에게 달려들었다.

"이얍!"

"피잉!"

그러나 궁표검객은 여유롭게 단검을 피하고 여무사의 가슴에 장풍을 적중시켰다. 그녀는 강한 장풍을 명치에 적중당해 바로 절명했다. 공주는 맥이 풀린 채 죽은 여무사를 부여안았다.

"아니? 이보게! 호위무사!"

궁표검객이 공주를 노려보자 공주가 두려워 주저앉고 말았다. 호위 여무사의 죽음을 넋 놓고 바라보던 용마도인은 속으로 뭐라고 중얼거리기 시작했다. 그는 시종 중얼거리면서 왕비를 중궁전 툇마루에 눕히고 지팡이를 잡고 기를 모았다. 그가 마침내 지팡이에서 검강을 발사하자 세 무사는 전광석화처럼 검강을 피해 서너 장 뒤로 물러났다. 그리고 약마인이라는 자가 나타나 부근에 독공을 썼다. 용마도인이 회오리 바람을 일으켜 장풍으로 독기운을 날려보냈지만 왕비와 왕자 그리고 공주가 기침을 하기 시작했다.

"호흡을 멈추시오!"

용마도인은 검강으로 약마인이라는 자를 공격하여 쓰러트렸다. 그러나 왕비의 독공 피격 상태가 심각했다. 그는 마음이 급했다. 독에 중독된 세 사람을 보호하느라 세 무사와 호각세를 이루면서 이렇다 할 공격을 하지 못했다. 그는 왕비를 구하면서 적을 쓸어버릴 공격을 구상했다. 잠시 후 운기를 한 노례왕자와 아니공주의 합세하자 용마도인은 잠시 몸을 좌우로 움직이면서 이운하를 공격하는 척하다가 뒤에 있는 궁표검객에게 빠르고 강한 검강을 쏘았다.

"쾅! 콰광!"

그러나 검강은 무언가 강력한 반탄강기에 맞아 궁벽으로 굴절되어 벽이 허물어지고 말았다. 그 방어기운은 궁표검객의 것이 아니었다. 더 강한 누군가가 나타난 것이었다. 어둡고 무거운 기운과 함께 한 괴인이 벽 뒤의 흙먼지 속에 흐릿하게 보였다. 그 순간 용마도인이 무척 긴장했다.

"아니? 너는? 가막미르?"
"하하하하하!"

궁벽이 무너지고 한바탕 일어난 흙먼지가 가라앉자 가막미르 모습이 나타났다. 그는 백설처럼 하얗고 긴 머리가 허리까지 내려온 절세 미남이었다. 심지어 얼굴에서는 환한 광채가 은은하게 발하고 있었다. 그의 등장과 함께 금성의 하늘이 어두워졌는데 까마귀 수백 마리가 궁으로 날아들었기 때문이었다.

"이놈! 가막미르! 명부에 갔다오더니 폭싹 늙어버렸군!"
"오랜만이군! 용마도인. 여전히 입이 거칠군."

싸움을 하다말고 가막미르의 부하들은 일제히 예를 갖추었다.

"주군을 뵈옵니다!"

궁표검객과 이운하는 공수하여 예를 올리고 한쪽 무릎을 꿇어 부복하였다.

"고생들이 많다. 어디 우리 아이들 실력 좀 볼까?"
"예! 맡겨주십시오! 주군!"

그들은 가막미르에게 인사를 올리고 나서 다시 발검을 하고는 용마도인을 에워쌌다. 용마도인은 가막미르를 향해 소리쳤다.

"가막미르! 나와 승부를 내자!"

"그게 그렇게 간단한 일이 아니야. 우리 아이들이 자네를 베고 싶다는구먼. 허허허허"

궁표검객과 용마도인의 대결에 왜국 자객들과 이운하의 합세하자 용마도인이 또 다시 외쳤다.

"이런 치사한 놈!"

약마인이란 자가 독을 뿌린 이후 아즈미 배와 사가 겐지라는 왜나라 고수들이 합세했다. 그러나 용마도인은 호흡을 참고 평정심을 유지했다. 그는 계속해서 무슨 주문을 외우고 있었다.

궁표검객이 용마도인의 약점을 찾는 동안 나머지 네 무사는 진법을 만들어 용마도인의 퇴로를 차단했다. 용마도인은 네 무사는 안중에도 없고 가막미르와 궁표검객을 노려보며 기를 양손에 모아 지팡이에 주입하려했다. 그러나 여의치 않았다. 약마인의 독공에 몸에 퍼지는지 용마도인은 움직임이 둔해지는 걸 느꼈다. '아뿔사 독을 조금 들이마셨군…' 그는 적지 않게 당황하였다. 궁표검객을 이겨도 가막미르와의 승부가 어렵다는 걸 인정해야만했다. 용마도인은 입으로는 무언가 주문을 외우면서 지팡이를 하늘 높이 들어올렸다. 그리고는 기합과 함께 땅바닥에 내리 꽂았다.

"얍!"
"피하라!"

가막미르가 부하들에게 외침과 동시에 용마도인의 지팡이 끝에서는 파란 광선이 사방으로 방사되어 나갔다. 순간적으로 화초선 부채를 펼쳐 든 가막미르와 전각의 기둥 뒤로 숨은 궁표검객만 무사할 뿐 나머지 네 명이 그대로 쓰러져 고통을 호소하였다.

가막미르가 원거리에서 부하들을 지원을 할 요량으로 부채를 접고 앞으로 나왔고 궁표검객이 만류하듯 그 앞에 섰다. 긴장감이 팽팽한 가운데 하늘에서 어두운 구름이 몰려왔고 용마도인이 다시 한 번 지팡이에 기를 주입하는 찰라 땅이 꺼지지는 듯한 가공할 굉음이 났다.

"우르르 쾅!"

경천동지할 폭발음과 함께 땅속의 흙먼지를 뚫고 두 인영이 솟아올랐다.

"우리가 왔소!"
"오오! 어서 오십시오. 주식귀왕과 주화귀왕을 뵈오이다."
"가막미르! 어찌 이리로 자리를 잡으셨소?"
"그렇게 됐습니다."

땅에서 솟아오른 둘은 명부의 귀왕들이었다. 그들의 온몸에서는 가공할 기력이 뿜어져나왔다. 실로 엄청난 기도였다. 그들을 휘감은 검은 연기가 잘 증명해주고 있었다. 용마도인은 순간 머리카락이 쭈뼛 서는 걸 느꼈다. 그는 지팡이를 접고 좌우를 살폈다. 그 순간 구름이 한결 더 낮게 내려왔다. 용마도인은 재빨리 왕비를 들쳐메고 지붕 위로 몸을 날렸고 중궁전 대궐 지붕 위에 낮게 깔린 구름 속으로 재차 도약을 하였다. 그런데 어쩐 일인지 용마도인은 다시 땅으로 내려오지를 않았다.

"무슨 일이요?"

"뭐 별것 아닙니다. 자 안으로 드시지요. 귀왕님들을 모셔라!"

가막미르는 궁중 별채에 마련한 귀빈실로 두 귀왕을 안내하게했다. 두 귀왕이 안으로 들어가고나서 누군가 소리쳤다.

"용이다!"

"저자가 용을 불렀군. 용마도인, 정말 재미있는 친구로군. 후후후."

구름 속에서 움직이는 거대한 용의 몸체가 구름 사이로 드러났고 번쩍이는 용비늘이 안개같이 낮은 구름 속에서 광채를 발하였다. 왕비를 요와 이불에 싼 채로 용의 등에 올라탄 용마도인이 급하게 용을 몰았다. 용이 날아오르자 인근 지붕 위와 나뭇가지에 앉아 있던 수백 마리의 까마귀들도 날아올라 이러지리 흩어져 하늘은 온통 혼란스럽기 그지없었다. 그렇게 급박하고도 소란하게 용마도인은 금성을 탈출했다.

"궁수들은 활을 쏴라!"

그러나 하늘 높이 구름 속으로 사라지는 용을 인간의 화살로 쏘아 맞출 수는 없었다. 궁표검객은 화가 머리끝까지 났다.

"보지만 말고 용을 쫓아라, 이놈들아!"

"예!"

"그만두거라. 저건 용이 아니다. 덜 자란 이무기다. 후후."

가막미르가 느긋하게 말했다.

"주군. 우리도 용을 부르면 저자를 따라잡을 수 있습니다. 당장 내토칠룡을 불러 저자를 쫓겠습니다!"

"내버려두라니까."

"예?"

"일부러 나의 등장을 알리는 것이다. 천하의 도인이라고 까부는 것들이 신라로 몰려오면 숙신국에서 출발한 우리 군사들이 안전하게 신라로 진군할 수 있을 것이다."

"그렇군요."

"자 우리도 안으로 들어가자! 성대한 잔치를 벌여야할 것이 아니냐?"

"예! 주군!"

가막미르는 전령을 불렀다.

"귀왕들을 잘 모셔라! 준비는 잘 되었겠지?"

"예! 주군! 암사슴 두 마리와 산삼주 그리고 계집 열 명을 귀빈실에 준비시켰습니다."

"잘했다. 그리고 아무도 얼씬하지 말아라. 가까이 갔다가는 죽음을 면치 못할 것이다."

"예!"

가마기르는 북궁 대전에 탁자를 있는대로 모아 성대한 잔치를 벌였다. 숙신국에서 내려온 백여 명의 군사들이 모두 모인 것이다. 그는 군사들에게 술을 잔에 가득 따르게 하고 모두 입이 터질 정도로 고기를 물고 양손을 들게했다. 그리고는 마치 천하를 이미 다 얻은 듯이 기고만장하여 소리쳤다

"나의 군사들이여! 이제 너희들은 모든 전투에서 승리할 것이며 언제나 술과 고기가 너희들을 떠나지 않을 것이다. 자! 마셔라!"

"예! 가막마르님, 만세!"

실제로 가막미르의 잔치는 성대했다. 가막미르의 군사들이 마시고 먹고 떠드는 소리가 북궁 밖까지 울려퍼질 정도였다. 가막미르는 유난히 고기를 먹으라는 말을 많이 했다. 그리고는 주위의 궁표검객과 이운하와 같은 측근들과 앉아서 술을 몇 순배 더 마셨다. 궁표검객은 부상을 당하고도 연회에 참석하여 가막미르의 자리로부터 먼 자리에 앉은 이운하를 자기 쪽으로 불렀다.

"이번에 새로 영입한 이운하라 합니다. 주군께 소개해올리겠습니다."

"그래?"

"속하 삼가 주군을 뵈옵니다. 이운하입니다. 충성을 다하겠습니다."

"좋아! 우리 모두를 위해서 열심히 하거라!"

"예, 주군!"

"가만있자? 궁표야! 니가 얘를 심하게 다루었느냐?"

"예? 아닙니다!"

"왜 얘가 조금 찌들어있을까? 으음… 아이야! 늘 행복한 표정을 짓고 다니거라."

"예!"

제 65화 – 15. 가막미르의 등장 – 십삼일째(3)

가막미르는 이운하를 곁에 앉히고도 주로 궁표검객의 얼굴을 쳐다보면서 말을 했다.

"궁표야. 이제는 아무 걱정할 것이 없다. 봉래선인이나 마고여신 같은 것들은 끼어들지 않을테니 말이야."

"그것들이 온다 해도 걱정 없습니다. 이제는 명부의 귀왕들도 오시고…"

"아냐 아냐, 그것들이 오면 안되지. 아주 더럽게 징그러운 것들이야."

"아닙니다. 이젠 그들도 주군의 적수가 되지 못합니다."

"그래? 니가 그것들을 다 죽여줄래? 후후후."

"예! 주군! 제게 맡겨주십시오."

"말만 들어도 힘이 나는구나! 오늘은 고기를 많이 먹고 힘을 내거라. 그것들을 다시 만나면 모두 죽여서 그 고기맛을 좀 봐야겠구나. 후후후."

가막미르는 시종 기분 좋은 표정으로 웃고 또 웃었다. 그는 북궁에 입성하고 나서 부하들에게 차고 넘칠 정도의 양으로 고기 잔치를 벌여주었다. 고기를 먹어야 힘이 나고, 힘이 나면 행복하고 그게 바로 사는 맛이라고 했다. 북궁의 대전에 연회가 베풀어지고 가막미르의 측근들이 커다란 상을 수십 개 연이어 대어놓은 탁자에 둘러앉았다. 백 명이 넘는 인원이 모였지만 그는 주로 궁표검객을 보면서 이야기를 했다. 예전과 다르게 이번에는 선과 악에 대한 이야기를 계속 했다.

"이 천하에 말이다. 나를 중심으로 모인 너희 같이 행복한 사람들하고 승균선인과 같이 늘 짜증나고 괴로워하고 맨날 풍백에게 고자질이나 하면서 사는 찌질한 사람들이 서로 대립하고 있지 않느냐?"

"대립이라니요? 주군! 이제 그들은 다 제거됩니다."

"그래, 그렇게 되겠지. 그런데 말이다. 그것들이 우리를 보고 악인이라고 치부하지. 우리가 옳지 않은 행위를 한다면서 그놈들은 우리를 죄인으로 몰아가지 않았냐? 불쌍한 것들! 그것들은 고기를 먹는 것도 죄라고 하더라 이말이다. 오히려 명부의 염제는 내가 잘했다고 하시던 걸? 하하하하하"

"그렇습니까?"

궁표검객이 가막미르 앞에서 겸손한 표정을 지으며 말 한마디 한마디를 귀담아 듣고있는 모습을 본 가막미르가 그의 머리를 쓰다듬으며 귀여워해주었었다.

"궁표야. 천하에는 많은 사람들이 저마다 사정을 가지고 살아간다 이 말이다. 키 작은 놈에게는 키 큰 놈이 죄인이 될 수도 있고 아닐 수도 있다. 옥황상제가 보기에 염라대왕은 선인가 악인가? 대답해보거라. 궁표야?"

"그야 악이겠지요."

"그렇지가 않다. 애당초 선악은 없다. 천상에서는 이 천하의 음양이 잘 맞으면 지들이 편안하니까 음과 양, 즉 선과 악의 무게를 맞추려고 하는 거야. 그러나 염제는 사람들이 더럽게 많이 죽어야 명부의 힘이 쎄지니까, 더 많이 죽이려고 애를 쓰고 있지. 그러면 천상에서는 사람을 더 만들고 거기에 따라 명부에서는 또 핑계를 만들어 사람을 죽이지. 음이면 선이고 양이면 악인가? 그렇지가 않다! 음양의 조화가 맞지 않아 죽는 인간은 한낱 핑계거리이니라. 그럼 과연 뭐가 선인가?"

"선악은 천상과 명부 혹은 그들 서로의 조화에 달린 것이군요?"

"그래? 그렇게 생각해?"

"예! 주군!"

"그럼 승균은 상제편이고 나는 염제편이라고 보나?"

"그렇기는 하지만…"

"넌 나와 함께 천하를 도모하면서 늘 우리가 악이라고 생각했냐?"

"그건…"

궁표검객이 대답을 못하자 가막미르는 더욱 온화하게 웃어주었다.

"내가 정말 나쁜 놈인가? 그럼 수만 명의 군사들이 왜 날 따르는가? 나는 악인이 아니다. 우리 군을 위해 적군을 죽이면 악인가? 모든 삼라만상의 법칙은 나와 가까우면 선이고 나와 멀면 악이다. 그러므로 너와 나는 선이고 승균선인과 그 졸개들은 악이다 이 말이다. 알겠느냐?"

"예! 주군!"

"저것들은 지난번에 우리를 몰아내고 나를 물속에 봉인하고는 이겼다고 난리를 쳤어도 고기 한점 먹지 못했다고 하더라. 하하하하, 그게 악당이야. 우린 달라! 우린 진심으로 행복한 축이야! 우린 선한 쪽이야! 자 고기와 술을 마음껏 먹어라! 고기를 먹어야 하느니라. 왜냐하면 고기를 먹는 것이 선이기 때문이다! 하하하하하."

고기를 먹이고 술을 한 잔 권한 다음 가막미르는 궁표검객을 애정어린 눈빛으로 바라보았다.

"궁표야, 너는 내 자식이나 다름없다! 내가 없으면 니가 지상의 주인이 되어야한다. 천상 것들과 지하 것들은 모두 사기꾼들이야. 우리가 진짜다. 이제 당금에 너의 적수는 별로 없다."

"과분한 칭찬이십니다. 주군!"

"겸손할 필요 없다. 궁표야. 이제 세 선인은 이미 풍백이 발을 묶어 놓았다. 과거 북쪽나라의 최고수인 함달바와 삼한의 최고수인 아비가지가 승천했고 그의 아들 뇌질주일은 나라를 건국하고는 주색잡기에 빠져있고, 부여의 창해신도는 늙어빠졌고, 고구려의 조의선사는 승천하려고 무공을 접었고, 마한의 일심도인은 행방불명이고, 신라의 거서간은 니가 처리했고, 아진의선은 병중이다. 또 누가 있느냐? 너의 적수가 실제로는 없다 이말이다. 하하하하."

"과찬이십니다."

"아니다. 이젠 우리의 세상이 열릴 것이다. 우리의 꿈이 실제가 된다!"

"주군! 이제 주군께서 제왕의 칭호를 쓰셔야…"

"궁표야! 내 몇 번을 말하느냐. 나는 왕 없는 나라! 노력해서 힘이 쎄진 놈이 잘사는 나라를 만든다고 하지 않았느냐?"

"하지만 주군! 왕이 없이 어떻게 나라가 됩니까? 왕이 곧 나라인데요?"

"이런 멍청한 놈! 누구나 힘이 있으면 왕처럼 나라를 다스리고, 어떤 백성이라도 누구나 왕이 될 수 있고, 그 누구도 천시 받지 않고 고기를 실컷 먹는 나라! 이게 내 꿈이다. 그렇게 되면 천상에서도 명부에서도 지상의 왕들을 움직여 지들 마음대로 할 수가 없다 이 말이다! 알겠지?"

"주군, 저는 잘…"

"기다려라. 때가 오면 저절로 알게 되느니라."

궁표검객은 머쓱한 표정을 짓다가 문득 어떤 생각이 들었는지 방 한쪽에 놓인 커다란 피륙으로 덮은 꾸러미를 가막미르에게 내밀고는 반절을 했다.

"주군 지난번에 말씀하신 물품들이옵니다. 혁거세의 천사옥대, 금흘영모의 신궁, 그리고 만어산녀를 죽여 만든 종석철이옵니다."

"오오! 그래 잘했구나! 하지만 이제 별 소용이 없게 되었군!"

"아니 왜요?"

"본래 이 종석철로 만든 무기에 맞으면 제아무리 내공이 높고 도력이 높은 도인이나 선인들도 맥을 못쓴다. 원래는 세 선인을 처리하려고 했던 건데. 풍백이 알아서 그들을 없애주니 나로서는 힘이 덜 들게 되었지."

"속하는 무슨 말씀이시온지…"

"하여튼 수고했다. 궁표야! 일단 종석철로 화살촉을 만들거라. 그래도 아직 잔챙이 도사들이 몇 명 남아있으니, 그것들은 깔끔하게 처리해야겠지?"

궁표검객이 어리둥절한 표정을 짓는 반면 가막미르는 득의만면했다.

비바람을 뚫고 용 한마리가 선도산 정상으로 날아올랐다. 구름 속에서 용은 선도산 도인들이 기거하는 암자 마당으로 내려앉았고 용마도인이 왕비를 들쳐 메고 황급히 용의 등에서 내려 암자로 행했다. 용은 다시 구름 속으로 사라졌다.

"쾅!"

언제나처럼 용마도인은 암자 문을 발로 차고 뛰어들어왔다.

"나 왔수!"
"문 좀 손으로 열고 들어오시오! 제발! 아니? 그분은?"

선도산 제일도인이 용마도인에게 잔소리를 했지만 용마도인은 들은 척도 않고 왕비를 바닥에 눕혔다.

"신라국 왕비시오. 독에 당하셨소! 빨리 제독을 해야…"
"아니! 어마마마! 이게 어인 일이십니까? 어마마마!"

차차웅이 누워있다가 기겁을 하여 일어나며 외쳤다.

"비키시오!"

차차웅을 밀어내고 제일도인은 왕비의 손목을 잡아 진맥을 하면서 얼굴의 찰색을 살폈다. 그리고는 왕비 피부의 냄새를 맡아보았다.

"흐음 전갈독(傳喝毒)과 황충부패독(蝗蟲腐敗毒)을 섞어 썼군."

그는 왕비의 입에 기다란 풀을 집어넣어 강제로 토하게 하고는 열 손가락 끝과 열 발가락 끝을 삼릉침으로 사혈을 했고 머리 한가운데 정수리의 백회혈과 등의 명문혈에서도 사혈을 했다. 그러자 삼릉침에 맞은 자리에서 검붉은 피가 흘러나왔다. 잠시 후 왕비의 푸르던 안색이 다소 발갛게 변하였다.

선도산성에 암자 한쪽 구석에 좌정한 용마도인도 스스로 해독을 하느라고 단전호흡을 하였다. 그리고는 열손가락에서 푸른 연기가 나기 시작했고 이내 안색이 좋게 되돌아왔다. 그리고는 최도인을 찾았다.

"최도인은 어디 계시오?"

"지하 토굴에 계시오만."

"알았소."

토굴로 들어가던 용마도인은 최도인과 마주쳤다. 그는 표정없이 용마도인에게 암자에 가서 차를 한잔하자고 했다. 하지만 용마도인은 마음이 급했다. 가짜 알령도인 이야기와 귀왕들이 둘이나 나타난 것에 대해 두서없이 마구 이야기하기 시작했다.

"아니 도대체 풍백께서는 어쩌자고 우리 선인님들을 다 데려가시고 마고여신님까지 데려가시고서는 명부귀왕들이 마음대로 지상에 출입하는 것을 수수방관하신단 말입니까?"

"명부귀왕 둘이 또 왔다고? 그들이 누구던가?"

"예, 주식귀왕과 주화귀왕이라고 합니다."

"으음, 역시 변성대왕의 휘하로군."

"예?"

"아마 그들이 다 일게야."

"누가 압니까? 백 명이 더 올지?"

"그럼 지옥문을 닫으라고? 두고 보게, 더는 없네. 그리고 왕비께서는 그만하신가?"

제독 치료를 한 제일도인이 고개를 끄덕였다. 침상에 누운 왕비의 두 손을 감싸쥐고 차차웅이 엎드린 채 소리죽여 울고 있었다. 차차웅과 왕비가 만나는 장면은 실로 처참하기 그지없었다. 왕비는 독에 적중당해 생사의 길을 헤매고 있었고 차차웅도 중상을 입어 치료를 받고 있었기에 나란히 병상에 있는 두 사람을 보는 사람들도 많음이 편치가 않았다. 제일도인이 무심하게 그들을 바라보다가 말했다.

"왕비님과 용마도인의 해독차를 준비하고 있습니다. 우리 암자에 이렇게 많은 환자가 있어본 적이 없었어요. 최도인님과 용마도인까지 모두 환자가 되었습니다. 제가 의술이 짧아 참으로 송구합니다. 이럴 때 봉래선인이 계시면 금세 해결하셨을텐데…"

"그런 말 말게! 자네는 언제까지나 남에게 의존할텐가! 자신감을 가지시게!"

겸손의 말을 하던 제일도인은 최백호 도인에게 잔소리를 들었다. 최도인은 차를 준비할 동안 벽을 보고 앉아 호흡을 가다듬었다. 그는 한 다경 정도 좌정하고 운기조식을 했다. 그리고는 덤덤한 표정으로 사람들에게 다가와서는 차 한 잔을 끓여달라고 했다. 그가 차를 마시면 항상 무언가 의미 있는 이야기를 하곤 했기에 모두들 그의 입을 주시했다. 이윽고 한 제자가 차를 내오자 한 모금 마시고는 좌우를 둘러보았다. 특히 차차웅이 바짝 다가와 경청할 준비를 하고있었다.

"해독차라고? 향이 좋구먼…이게 좋은 소식인지는 모르겠습니다만 나의 옛 도반인 조의선사라는 도인에게 전음을 들었소이다. 고구려군사들이 북부여와 내통하는 동옥저와 숙신국을 친다는 군요."

"예? 그거 잘되었군요."

제 66화 - 15. 가막미르의 등장 - 십삼일째(4)

국가 간의 군사적인 관계를 잘 알고 있는 차차웅은 희색이 만연해서 말했다.

"숙신국이 고구려 군에게 공격을 받으면 가막미르는 힘을 잃게 되고 금성을 탈환하기가 용이하게 되겠군요. 그러데 내가 보낸 연락을 받고 숙신국을 치는 걸까요?"

"글쎄올시다… 차차웅의 뜻과는 조금 다른 것 같소이다. 만일 고구려가 차차웅과 거사를 도모한다면 어떻게 해서든 이쪽으로 연락이 있었겠지요."

선도산 제일도인은 생각이 다소 달랐다.

"제일도인님 말씀을 듣고보니 그도 그렇군요."

"소용 없수!"

옆에서 두 사람의 이야기를 듣던 용마도인이 버럭 소릴 질렀다.

"이상한 일은 가막미르가 이미 알고 피신하여 신라 북궁에 입성한 걸 보면 내통자가 있는 게 분명하오이다! 고구려군이 가봐야 헛걸음이요!"

가막미르와 마주치고 온 용마도인은 고구려의 숙신국 침공을 의미있게 보지 않았다. 하지만 최도인은 달랐다.

"용마! 자네는 왜 그렇게 일을 부정적으로 보나? 거기에 수천의 군사들이 모여있고 그걸 일망타진하면 신라에 와있는 가막미르도 날개가 잘리는 형상일세! 내통자가 있다 해도 고구려가 나선 이상 가막미르가 힘들어지는 건 사실이지."

"그렇지가 않아요. 명부의 귀왕들이 속속 지상으로 올라오고 있다구요. 그놈들이 한 열 놈 온다면 군사 만명하고도 맞먹을 겁니다. 그러니까 가막미르 그놈이 계림 북궁에서 재기한다고 저렇게 설치는 거지요."

"용마! 일단 상황을 지켜보세."

잠시 후 선도산 기슭에 커다란 새처럼 능선을 날아오는 빠른 인영이 나타났다. 석탈해였다. 탈해는 등에 매단 거북피 위에 구성련를 업고도 예전보다 더 강력한 내공을 분출하면서 경공을 펼쳤다.

동해용궁을 다녀온 이후로 내공면에서 탈해의 성장은 그야말로 일취월장했다. 선도산을 거침없이 날아올라 탈해는 순식간에 정상 부근의 암자에 다다랐다. 그는 구성련을 그제서야 등에서 내려주었다. 어찌 된 일인지 구성련이 탈해보다도 더욱 지쳐보였다.

"고생했소. 구낭자. 무척 피곤해보이는군요."

"아닙니다. 저야 업혀온 걸요 뭘. 석탈해님이 수고하셨죠. 무거운 절 업고…"

"아니요. 깃털처럼 가볍던 걸요. 헤헤."

"아이… 참! 그나저나 아버님과 친구분들은 어떻게 되었을까요?"

"모르긴 몰라도 탈출했을 거요. 만일 오늘 내일 중으로 오지 않으면 내가 가서 구해오리다."

"꼭 부탁드려요."

"알았소. 들어갑시다."

탈해는 일단 차차웅의 안위가 염려되어 암자 문을 살짝 열었다. 살금살금 들어오던 탈해와 구성련은 용마도인에게 딱 걸렸다.

"아니? 석탈해! 이놈! 스스로 여기로 기어들어오다니?"

석탈해는 용마도인에게는 인사도 하는둥 마는둥 하고 차차웅 앞에 무릎을 꿇고 절을 하였다.

"소장 석탈해! 삼가 차차웅을 뵈옵니다!"

"오! 석탈해!"

"제가 감히 차차웅님께 장풍을 쏜 것은 백번 죽어도 용서가 안 될 크나큰 죄를 지은 것입니다만…"

"아니다. 자네 잘못이 아닌 걸 내가 안다. 나도 그날 궁표검객이 다가온 것을 눈치채고 있었다."

"그 모든 벌은 차후에 달게 받겠나이다. 그리고 그날 황급히 도망간 것은 태기왕의 후손을 찾아 데리고 오기 위함이었습니다. 하루 속히 오초석으로 용을 불러 금성을 되찾기 위해서였습니다. 제 충정을 헤아려주십시요!"

"후손을 찾았나?"

"제가 용궁에 들러 태기왕 후손을 찾았으나 실패하고 용성국에서 다시금 후손을 어렵게 만났나이다. 이 낭자가 바로 태기왕의 손녀이옵니다."

"그래?"

용마도인은 믿을 수 없다는 표정으로 물었다.

"니가 동해 용궁에 갔었다고? 증거라도 있나?"

"예. 여기 이 거북피는 동해용왕이 준 천년거북피로서 동해용궁의 성물로서 도인께서 보시면 알 것입니다."

"흐음. 어디보자."

최도인이 거북피를 살폈다. 그리고는 고개를 절레절레 저었다.

"거북은 원래 한 오백년 이상은 산다. 이것도 그런 것 같은데 동해용궁의 성물이라는 증거가 될 수는 없다. 용왕의 신표가 없지 않느냐?"

"용왕의 신표요?"

"그게 증거이니라! 없으면 믿을 수가 없지 않느냐?"

탈해는 자신을 믿어주지 않자, 용궁에서 마주친 명부귀왕들 이야기까지 했지만 그들은 믿지 않았다. 자신의 말을 전혀 믿지 않는 도인들에게 석탈해는 동해용궁의 장군패를 보여주며 설득했다. 최백호도인이 탈해의 장군패를 보고 진품임을 확인해주고는 다시 물었다.

"그럼 너는 동해용왕과의 휘하에 들어간 것이냐?"

"일단은 그렇지만…"

"너는 용왕에게 충성을 맹세했더냐?"

"예. 하지만 거짓 맹세이었습니다. 사실은 제가 태기왕의 후손을 찾으려 동해용궁에 갔습니다. 그런데 그곳에 잡혀있는 순음지체의 아이는 태기왕후손이 아니었습니다. 그리고 용왕이 뜻밖의 제의를 했습니다. 가막미르와 신라가 싸워서 모두 기진맥진했을 때 동해용궁에서 양측을 모두 치고 신라를 용궁의 속국으로 만들겠다는 것입니다."

"미친 용왕이로군!"

용왕에게 욕설을 하던 용마도인이 무언가 떠오른 모양이었다.

"아! 그래서 이번에 가막미르를 놓아주었군! 욕심 많은 용왕! 미쳐도 단단히 미쳤어!"

"그게 무슨 소린가?"

최도인이 묻자 용마도인이 가막미르를 풀어주고 명부로 보낸 게 동해용왕이라고 말하고는 석탈해의 이야기를 마저 듣기로 했다.

"제가 차차웅님께 드린 약조를 지키려고 태기왕의 손녀인 구성련 공주를 모시고 왔습니다."

"그대가 태기왕의 손녀이시오?"

"사실 저는 잘 모르겠사오나 사실은 어제 알았습니다. 아버님이 아니 구정동 거수님이라고 불러야하나?"

"무슨 소리시오! 웬 횡설수설하는 처자를 데려온 게냐? 석탈해!"

"예. 제가 말씀드리지요 사실 동미리국 구정동 거수가 태기왕의 공주를 자신의 딸로 속여 몰래 키운 모양입니다."

"그럴 수가 있나?"

"제 말이 모두 사실입니다."

석탈해가 답답한 나머지 일어서서 말하기 시작했다.

"저도 처음에는 믿기지가 않았습니다."

"그게 뭔 소리야?"

도인들이 탈해의 말을 계속 의심하자 최도인이 만류했다.

"자자, 일단 이 친구의 이야기를 들어보자고!"

"들어볼 것도 없어요!

"말이 안 되잖아!"

용마도인과 선도산 삼도인은 저마다 자기 이야기를 하며 석탈해의 말을 믿지 않았다. 답답함을 참지 못한 탈해가 다시 나섰다.

"자! 조용히 하세요. 일단 오초석을 가지고 가서 용을 소환하시죠! 용이 오면 구낭자는 태기왕의 손녀가 맞는 것입니다. 됐죠? 서둘러 가시죠."

"그렇지! 가세!"

차차웅은 오초석을 챙겨 다시 지하 토굴로 향하였다. 오초석 앞에서 최백호도인은 구성련과 탈해의 맥을 살피고는 고개를 끄덕였다.

"그래? 구낭자가 순음지체이고 석탈해가 양기지체이니 음양이 맞게 되었군. 두 사람이 음양 호법으로서 오초석을 안정시키는 역할이 잘 맞으니 이건 우연이 아니고 필연일세."

"그렇군요."

차차웅은 오초석을 제 위치에 안치하고 용을 부르기 시작했다. 오초석은 원래 거서간의 유품이나 웬일인지 태기왕의 피가 묻어있었고 그 때문에 지난번 용호출이 중간에 실패한 것이었다. 최도인은 차차웅에게 확실하게 확인을 하듯 물었다.

"그런데 저것이 태기왕의 혈흔이 정말 확실한 것이오?"

"저도 아바마마에게 들은 이야기요. 태기산 전투에서 거서간께서 용을 소환하셨고 전투가 치열할 때 태기왕과 오초석이 놓인 산 정상에서 싸움이 벌어졌습니다. 용을 쫓기 위해 오초석을 제거하려던 태기왕이 거서간님의 검에 맞아 쥐고있던 오초석을 다시 놓치면서 묻은 혈흔이라 알고 있소이다."

"거서간 말씀이라면 틀림없겠군요."

"나중에 태기왕이 도망갈 때 산 아래 갑천이라는 시냇가에서 피 묻은 갑옷을 닦았는데 그 피를 따라가 멸온이라는 곳에서 잡았다고 하지요."

"그렇군요."

"자! 용을 불러봅시다."

"그대들은 오초석 밖의 음양의 자리에 좌정을 하시게!"

"예."

차차웅이 오초석 가운데 자리를 잡고 좌우에 석탈해와 구성련이 좌정하자 오행의 배열대로 놓인 청, 적, 황, 백, 흑의 오초석에서는 비로소 은은한 빛이 발하기 시작했다. 그 빛은 목화토금수의 순서로 하나씩 빛을 발하더니 이윽고 다섯 개의 돌에서 한꺼번에 빛이 났다. 차차웅은 가운데 놓인 황색 오초석에 손을 대고 크게 소리쳐 용을 부르기 시작했다.

"거서간의 용이여! 오초석으로 그대들을 부르노니 속히 응답하라!"

차차웅이 볼멘 소리로 세 번이나 용을 불렀다. 선도산의 동쪽 하늘에서 구름이 점점 커져보였다. 멀리 바다 쪽에서부터 바람이 일어나고 구름이 생겨났다. 이윽고 구름과 바람이 선도산 위로 몰려오며 용이 나타날 징조가 보였다.

"오오! 곧 용이 나타날 모양이로군! 거서간의 용이여! 어서 나타나라!"

차차웅은 산봉우리 위에서 집중적으로 뭉게뭉게 피어나는 구름을 주시하며 다시 용들을 불렀다. 얼마후 과연 용들의 움직임이 구름 속에 희

미하게 보였다. 마침내 용의 소환이 이루어진 것이다. 용을 소환하는 오초석의 위력에 차차웅은 다시 한 번 탄복했다. 거센 바람과 구름이 소용돌이치는 산 정상에 용들이 등장하자 차차웅은 오초석을 쥐고 명했다.

"박혁거세의 용들은 들으라. 나는 혁거세 거서간의 장자 남해 차차웅이다. 오초석을 통해 명하노니 그대들은 나의 명을 따르라!"

제 67화 – 15. 가막미르의 등장 – 십삼일째(5)

차차웅의 외침이 끝나자 별안간 구름 속에서 마른 벼락이 쳤다. 구름 속에서 유영하는 천룡들의 크기는 상상을 초월했다. 선도산을 통째로 삼킬 것 같은 폭풍이 한바탕 지나가고 마침내 주위가 고요해지자 안개처럼 부유스름한 구름 속에서 무겁고도 맑은 용의 목소리가 들렸다.

"오룡이 삼가 차차웅의 하명을 기다립니다!"

"오! 오룡이 왔는가?"

"그렇소이다. 우리 오룡은 거서간과의 약속대로 모두 다섯 차례 귀인의 명을 받아 움직일 것이요."

"고맙다!"

"앞으로는 차차웅께서 우리를 부를 때 오초석 한 개만 들고 부르면 될 것이요."

"알겠다."

"오초석은 모두 청, 적, 황, 백, 흑의 다섯 개요. 그대가 명을 내릴 때마다 우리에게 오초석을 하나씩 주시오. 다섯 번째 명을 마지막으로 거서간과의 약속을 다 지킨 우리는 승천할 거외다."

"잘 알았고, 내 그리할 것이다. 오룡은 멀지 않은 곳에서 대기하라. 오늘 내일 중으로 명을 내릴 것이다. 참! 지금 당장 금성으로 가서 내처인 세자비, 운제부인을 데려오라!"

"오룡이 차차웅을 명을 따르겠소이다. 그럼 청석을 주시오."

"청석이라… 여기 있다."

용들은 올 때와는 다르게 갈 때에는 순식간에 사라졌다. 그리고 구름도 함께 없어져버렸다. 그런데 그야말로 눈깜빡할 사이에 커다란 구름을 몰고 청룡이 돌아왔다. 아마도 청룡이 운제부인을 모셔 오기위해 저공 비행을 할 때 사람들의 이목을 피하기 위해 구름 속으로 온 모양이었다. 궁표의 감시를 뚫고 청룡은 신기하게도 운제부인을 잠이든 상태로 자신의 등에 실어왔다. 차차웅은 부인을 급하게 깨웠다.

"이보시오 부인! 일어나시오. 오오! 정신이 드시오? 석탈해! 세자비를 암자 안으로 모시게!"

"예!"

석탈해는 운제부인을 암자로 모셨고, 청룡은 임무를 마치고 하늘 높이 날아올랐다. 차차웅으로서는 이제 네 번의 기회가 남은 것이었다. 용의 심부름은 너무나도 신기한 일이 아닐 수 없었다. 그것을 본 최백호 도인과 용마도인은 엄청난 용의 크기를 짐작하여 천상의 이등급 이상의 용이라 했다.

실제로 오초석이 부른 용들은 천상룡의 두 번째 등급인 포뢰용들이었다. 그들은 인간계에서는 잘 볼 수 없는 막강한 용들이었다. 가령 내토칠룡은 지상룡으로서 이무기가 승천하기 직전의 상태라면 그 윗단계가 천상용 첫등급인 비희용이다. 이 용은 주로 천상 선관들을 모시거나 짐을 싣는 용거 즉, 천상의 수레로 사용된다. 무척이나 빠르고 또 순한 용들이다.

둘째로 포뢰용은 엄청난 포효로 무엇이든 제압하는 이른바 폭발후(暴發吼)로 악을 쓰는 용으로 싸움에 능하다.

셋째로 폐한용은 산도 들어올릴 만큼 힘이 장사인 용이면서 몸집이 매우 크다. 이들은 천상에 구름으로 궁성이나 성곽을 짓거나 대규모공사에 참여한다.

넷째로 애자구룡은 몸집은 다소 작지만 성정이 사나우며 몸 전체가 무쇠처럼 단단하고 공격력이 막강한 전투용이다. 과거 명계의 시왕들이 천상계에 반발하여 들고 있어났을 때 상제의 령을 받은 벽력대제와 뇌전대왕이 애자구룡를 타고 제압한 일이 있었다.

다섯째, 치문용은 멀리 바라보는 능력과 앞날을 예견하는 능력이 높은 신비의 용이었다.

여섯째, 팔야용은 수중에서 가장 활발하게 움직일 수 있는 수룡이다. 물속에서 크기를 마음대로 변용하고 심지어 사람으로 변하기도 한다. 천상삼사 중 운사와 우사가 이 용들을 타고 다닌다. 동서남북해의 용왕들이 모두 팔야용들이다.

일곱째, 산예용은 입에 불을 뿜는 화공룡이다. 순식간에 원하는 물체로 변신하기도 하고 천공에서 불을 뿜어대며 공격을 하면 그에 대항할 자가 없다 해도 과언이 아니다.

여덟째용은 초도용으로써 어디든지 문을 만들어 순간이동을 할 수 있고 문을 폐하여 통로를 막을 수도 있는 엄청난 능력의 용이다. 엄청난 속도로 언제 어디서나 자유롭게 이동하는 이 용의 주인은 천상삼사 중 으뜸인 풍백이다.

그리고 아홉 번째가 도철룡이다. 이 용은 선계의 영물로서 옥황상제님과 같은 천상의 성신들이나 신선과 함께 천상의 고귀한 음식을 함께 먹고 천상술을 마신다. 평소에는 천상선관의 모습으로 있기 때문에 누가 도철용인지 잘 알 수가 없다. 도철용은 하는 일도 없고 그저 먹고 마시는데 서

열상 최상급이다. 혹자는 도철용이 비밀리에 상제를 호위한다고 한다. 평소에는 용화인으로 인간의 모습을 하고 있다가 용으로 변신하면 다른 용에 비해 광채가 더 나고 크기가 가장 큰 것 이외에는 특별히 재주가 있는 것은 아니나 상제를 지킬 정도의 능력이라면 천상에서도 최고수라고 할 수 있다. 또한 큰 덕이 있다고 한다. 모든 용을 다스리는 풍백도 도철룡은 함부로 대할 수 없다고 알려져있다.

비로소 용을 소환한 차차웅은 득의만면했다. 그는 금성에서 자신을 찾아온 전서구용 매의 다리에 서간을 넣어 이심장군에게 보냈다. 최도인은 힘이 닿는 대로 전국의 도인들에게 전음을 보내고는 고단하여 차차웅의 곁에 앉아 쉬었다. 그는 한동안 전서응을 바라보다가 매가 사람을 말을 듣는 게 신기했는지 차차웅에게 물었다.

"차차웅께서는 왜 산비둘기를 안쓰시고 성정이 사나운 매를 쓰십니까?"

"매가 전서구보다 안전하고 빠릅니다."

"빠르기야하지만 사람의 화살을 피할 수는 없지 않겠소?"

"그렇죠. 하지만 지금은 이것 외에는 방법이 없지요. 전서응의 쪽지를 보면 현재 남해용궁의 이심장군은 가지산에 있는 제련소에서 연락을 기다리고 있을 겁니다."

차차웅은 남해용궁의 이심장군의 주력 군사들이 와주어야만 승산이 있었다. 제아무리 용들이 천상에서 도와준다고 해도 지상군이 없다면 가막미르의 지상군을 궤멸시킬 수는 없었다. 더욱이 신라국의 반군세력도 있어서 지상병력은 필수적이었다. 최도인은 차차웅을 계속 쳐다보다가 또 물었다.

"그런데 남해용궁의 이장군은 어찌 차차웅을 돕는 게요?"

"이심 장군은 남해용왕의 조카인데 내가 예전에 태기왕과의 전투에서 이심 장군 목숨을 구해주었고 그 은혜를 갚는 것이지요. 또 그가 남해용궁의 왕족이기 때문에 남해용왕도 차차웅을 돕는 것이고 남해용왕의 조카인 이심은 차기 용왕으로 유력하다고 봐야지요."

"그렇군요. 참! 그런데 왕비님의 기운이 약해지셔서 보기를 해야하는데 석탈해가 가지고온 천년거북피가 보혈과 원기보충에 그만입니다."

"그렇습니까?"

"우연치고는 기가 막히는군요. 당장 준비하겠습니다."

"고맙습니다!"

차차웅은 석탈해와 구성련에게 거북피를 써도 좋으냐고 물었고 엉겁결에 두 사람은 그럴려고 가져왔다고했다. 차차웅은 마음이 놓이자 남쪽하늘을 바라보았다. 산 아래에는 남해용궁의 군사들이 구름처럼 몰려오는 것 같이 보였다. 차차웅이 말없이 하늘을 바라보고 서있었고 그뒤에 있던 석탈해도 차차웅의 힘이 되기로 다짐했다. 최도인이 소리없이 다가왔다.

"그동안 고생했구나. 밖으로 좀 나갈까?"

"그러시지요."

밖으로 나온 탈해는 최도인이 무슨 비밀이야기를 하려는지 자못 궁금했다.

"도인님께서 애를 많이 쓰셨다고 들었습니다. 무슨 하실 말씀이…"

"보아하니 내공이 무척이나 증진되었구나."

"뭘요. 그냥…"

"헌데 지난 번에 가르쳐준 일검만파는 다 습득했느냐?"

"예, 어느 정도는요."

"그것은 양공이니라. 그런데 양기를 다 쓰면 결국에는 힘이 달리지. 그럼 이번에는 음공을 하나 가르쳐주마."

"예? 무슨…"

"일검만파는 호흡을 뱉으면서 기를 발산한다면 만엽귀근은 호흡을 들이마시면서 상대의 공력을 받아쓰는 것이다. 자! 잘 보거라."

최도인은 양손으로 번갈아 원을 그리며 어깨에서부터 허리를 뒤로 물러났다. 마치 커다란 물체를 안듯이 춤을 추는 것 같았다.

"시종 숨을 들이마셔야 하기 때문에 폐 속의 공기를 다 토한 다음에 시전하면 되느니라. 니가 나에게 장풍을 한번 쏘아보거라."

"예? 제가 어떻게 감히…"

"내가 죽지 않을 정도로 살살 쏘면 되느니라."

"예, 그럼. 얏!"

"펑!"

최도인은 탈해의 장풍을 안고 뒤로 두발 물러나더니 양팔을 휘감아 그 기운을 받아버렸다.

"허허, 살살한 거 맞느냐?"

"예. 공력을 한 일할 정도만…"

"거짓뿌렁은?"

"정말 일할만 썼어요"

"일할이라구? 칠할일테지! 니가 나를 아주 죽이려구 드는구나. 이 녀석아!"

"아닙니다."

"농담이다. 생각보다 내공이 더 증진되었구나. 지난번보다 서너 배는 강한 걸? 희한한 일이로고! 그 짧은 시일에 내력이 이토록 상승이 되다니?"

"과찬이십니다."

"자, 이번에는 내 장풍을 받아보거라."

"펑!"

탈해는 최도인이 행한 대로 그대로 따라하면서 호흡을 들이마셨다. 그리고는 최도인이 시전한 장풍의 기운이 자신의 몸에 흡수되는 것을 보고 무척 놀랐다.

"됩니다! 도인님!"

"기특하구나 나의 칠할 공력을 장난하듯이 다루다니! 놀랄 노자로군!. 그 정도의 내공이면 가막미르의 장풍도 받을 수 있겠구나."

"에이! 농담도 심하십니다."

"그래 놓이다. 오늘밤 혹 그들이 쳐들어온다 해도 아직 만엽귀근을 사용해서는 아니된다. 자칫 잘못하면 주화입마를 입을 수 있다. 이것은 네가 내공을 자유자재로 사용하게 되었을 때 쓸 수 있는 공법이다. 머지않아 사용하게 될 것이다. 이 두 가지 공법은 내 사부님이신 창해신궁님으로부터 전수받은 것이니라. 모쪼록 귀하게 쓰거라!"

"예! 도인님!"

"만엽귀근으로 상대방의 공력을 흡수하기 위해서는 언제라도 바로 사용할 수 있도록 부단히 연습을 해야한다."

"정말 감사합니다! 도인님. 이 은혜를 어떻게 갚아야할지. 지난번에 절을 올리지 못했는데 이번엔 사부님에 대한 예로서 절을 올리겠습니다."

"아니다. 너의 무공을 신라를 위해 쓰거라. 그러면 나는 족하느니라. 너 같은 인연을 만난 게 바람신의 안배가 아닌지 모르겠구먼…"

최도인은 탈해를 보고는 빙그레 웃더니 암자 아래의 토굴로 들어가버렸다. 탈해는 어리둥절했지만 자신도 모르게 만엽귀근이라는 초식을 자꾸 연습하고 싶어졌다. 최도인의 장풍을 받고나서 이상하게도 기운이 펄펄 났기 때문이었다. 탈해가 몇 번이고 반복해서 초식을 연습하는 동안 입가에는 미소가 그치지를 않았다.

한편 신라북궁에 검은 인영 하나가 상당히 빠른 속도로 지붕에서 지붕으로 이동하고 있었다. 그는 지붕과 처마 사이를 날다람쥐처럼 돌아다니다가 궁표검객의 처소로 빨려들어가듯 잠입하였다. 그리고 그와 동시에 궁표검객이 북궁대전의 가막미르에게 달려왔다.

제 68화 – 15. 가막미르의 등장 – 십삼일째(6)

“주군! 궁표이옵니다. 고단하신데, 송구하오나 북쪽의 급한 소식이옵니다.”

방금 전 명부의 두 귀왕의 명부귀환을 배웅하고 잠시 쉬고 있던 가막미르는 다소 피곤한 기색이었다. 그는 귀왕 접대를 하느라고 진땀을 뺀 모양이었다.

“말하라.”

“좋지 않은 소식입니다. 고구려 유리왕이 부여와의 소규모 전투에서 승승장구하자 이번에는 주변국을 정리하고 있습니다.”

“주변국 정리라니?”

“이틀 전 동옥저를 쳐서 항복을 받아냈다고 합니다.”

“그래?”

“그런데 다음 행보가 수상합니다. 숙신국으로 온다는 정보입니다.”

“무엇이? 고구려군이 동옥저를 치고 숙신으로 온다고? 병력은?”

“삼만 정도입니다. 그중 기마병이 일만입니다.”

“대군이로군. 좋다. 숙신국에 대기중인 군사를 신속히 이동시킨다.”

“신라로 부릅니까?”

“그렇다. 차차웅이 선도산에 은거하고 있으니 군사결집의 빌미가 되고 있다. 게다가 왕비까지 그리 가지 않았느냐. 오천병력 전군을 선도산에 집결시키고 차차웅과 왕비를 제거한 다음 신라 금성으로 입성한다.”

"하지만 주군. 신라국을 접수하면 백제와 고구려에서 가만있지 않을 겁니다. 그리고 동해 용왕은 지원을 하지 않겠다고 공식적으로 입장을 밝혔습니다."

"상관없다. 신라를 놓고 고구려가 싸우지는 못한다. 부여와 한나라가 시종 북쪽 변방을 긁어대는 데 고구려가 어찌 남쪽에 대규모 전선을 형성하겠는가?"

"그럼 백제는요?"

"걱정 말아라. 거기도 손을 써놓았다. 마한의 목지국왕은 이빨 빠진 존재지만 북마한과 연계하면 제법 규모가 있고, 그들은 형제국이니 언제든지 지원군이 온다. 또 아직도 건재한 마한 연맹체의 군사들이 지속적으로 백제국 국경을 끊임없이 도발하면 백제도 신라에 군사를 보낼 수는 없다. 다만 신라의 호족들을 회유하는 것이 문제이지."

"신라 호족이라시면?"

"신라는 아직 미완성인 나라다. 진한맹주인 태기왕은 꺾었지만 진한을 다 굴복시키지는 못했다. 아직도 태기왕 시절의 진한 열두 나라 중 일곱 나라가, 그러니까 반 이상이 독립적으로 움직이고 있다. 하지만 이미 신라에게 복속한 다섯 개 나라에 대해서는 거서간 사후 우리가 나라를 다스린다는 정당한 명분을 주어야겠지."

"예, 제가 이태충 대보에게 명하여 조치를 취하겠나이다."

"오냐. 추호의 실수도 없도록 하고 너는 자객들을 보내 가지산의 이심을 반드시 제거하라. 지난번 내토칠룡이 봉래선인에게 당하고는 점말동굴에서 치료중에 있으니 이번에는 확실한 아이들을 보내서 처리해야한다. 그놈이 남해용궁 군사를 데리고 차차웅을 도우러 와서는 일이 곤란해지느니라. 가지산 여산신은 영남칠선이라 하여 늙은 영감탱이 여섯 도인들이 합세할 수 있으니 쥐도 새도 모르게 없애야한다. 신속히 숙신에 연통을 넣어라!"

"존명!"

가막미르는 궁표검객을 보다가 손사래를 치며 말했다.

"아니다 궁표야! 이번에 가지산에는 니가 직접 가라. 서둘러라!"

"예! 명을 받자옵니다."

궁표검객은 이운하를 불렀다. 그리고 믿을 만한 자객 열명을 더 불러 급하게 말을 몰았다. 열두 필이 만들어내는 흙먼지가 북궁 성문을 가득 채울 정도로 험하게 말을 몰며 남하하기 시작했다. 계림에서 가지산은 말을 달리면 반나절이 채 걸리지 않았다.

일천장이 넘는 바위산이 즐비한 산봉우리들이 두 시각만에 궁표검객의 눈에 들어왔다. 고산준봉들은 가지산 이외에도 고헌, 운문, 천황, 간월, 신불, 취서산 이렇게 여섯 개의 산이 더 있었고 각 산에는 영남칠현이라는 도인들이 산신을 자처하고 있어서 험한 산악지역인데도 불구하고 산적이 없었다. 그것은 산신들 덕분이었다. 가지산이 일대의 산맥 중에서 가장 높았다. 그 가지산 초입 해변에 이심의 야장소가 있었다.

"정지!"

궁표검객은 가지산 부근에 도착하자 말을 멈추고 손을 들어 일행을 세웠다. 가쁜 숨을 몰아쉬는 열두 필의 말은 지친 기색이 역력했다. 한번도 쉬지 않고 달렸기 때문이었다.

"저기 보이는 게 이심의 야장소다. 야철장이들은 별개 아니지만 남해용궁의 무사들이 몇 명 있을 것이다. 그러나 가장 조심해야하는 건 여산신이다. 야장소는 가지산 위에 있는 여산신의 암자에서 잘 보이기 때문에 큰 규모의 소란이 나면 여산신이 봉황을 타고 내려오기 쉽다. 그렇기 때문에 모두 야장소에 들어가 실내에서 적들을 섬멸한다. 소리 없이! 알겠나?"

"예!"

궁표검객은 독공을 쓰는 약마인을 가까이로 불렀다.

"약마인이 먼저 독을 뿌려 적들을 재운다. 내공이 강한 자들은 버티겠지만 그들도 오래 못간다. 그리고 아즈미 배와 사가 겐지가 은신술로 야장소에 접근하여 외부에 나와있는 자들을 재빨리 없애고 안으로 들어가면 우리도 모두 신속하게 안으로 진입한다. 알았나?"

"예!"

"약마인은 우선 우리에게 해독제를 주고 가서 약을 뿌려라."

"예."

일행에게 해독제를 나누어준 약마인은 야장소로 조심스럽게 다가갔다. 그는 바람의 방향을 살피더니 야장소의 반대쪽으로 자리를 옮겼다.

그는 신속하게 바람의 방향을 파악한 것이었다.

약마인의 독약 살포는 금세 이루어졌고 약마인이 손을 흔들자 왜나라 자객들이 소나무 그루터기 옆에서 바위 뒤로 순간 이동을 하여 야장소 입구에 다다랐다. 그들은 궁표검객이 보기에도 지나칠 정도로 빠르게 움직였다. 그들은 각각 두 명 씩 외부에 나와있는 야장장이 네 명을 순식간에 해치웠다. 둘이 야장소 안으로 들어감과 동시에 소리 없이 그리고 매우 빠르게 일제 진격하여 나머지도 야장장이 이십여 명을 그야말로 눈 깜짝할 사이에 베어버렸다. 그러나 궁표가 짜증난 목소리로 외쳤다.

"이런! 이심이 없다! 다시 찾아봐라!"

"예!"

삼십 명 가까운 시체 중에 남해용궁 무사로 보이는 자들은 두어 명 있었지만 정작 이심은 없었다. 궁표는 당황하였으나 내색하지 않고 야장소 밖을 조심스레 살폈다.

"으음, 잠시 자리를 비운 모양이다. 이심이 돌아오면 그때 급습한다. 이제는 싸움이 길어지지 않을 테니, 여산신이 쫓아와도 상관없다. 신속히 제거하고 간다. 일단 시신을 보이지 않게 치워라! 알았냐?"

"예!"

궁표검객이 초조하게 주위를 살피는 동안 아즈미와 사가가 언덕 너머에 있는 별채를 발견했다. 약마인의 미혼약을 뿌리지 않은 상태에서 여섯 명의 남해용궁 무사들이 별채에서 나와 두 사람과 조우했다.

"누구…. 아니?"

그들은 잠시 멈칫하다가 야장소 앞의 시체를 보고는 발검을 하고 싸움을 시작했다. 누가 먼저랄 것도 없이 서로에게 검을 휘두르는 치열한 싸움은 이대 육이었지만 팽팽했다. 그러나 전세는 역전되었다. 이운하가 끼어들었기 때문이었다.

"이얍!"

이운하는 싸움판에 뛰어들자마자 두 명을 순식간에 베어버렸다. 이운하는 연검을 들고도 남해용왕의 갑옷을 입은 무사들을 예리하게 베어 버렸다. 실로 가공할 쾌속검이었다.

"아니? 저럴 수가?"

아즈미와 사가는 이운하의 절묘한 검술에 새삼 탄복했다. 결국 이운하가 나머지 네 사람도 베고는 궁표검객에게 반절을 하여 예를 올렸다.

"모두 처리했습니다!"

"좋아!"

궁표는 대단히 만족스러운 표정으로 말했다.

"내가 전수한 쾌속검을 팔할 이상 습득했군! 무서운 후배야. 흐흐흐흐."

그때 먼 곳으로부터 지축을 울리는 굉음이 들렸다.

"군사들이 이동하는가? 이운하! 무슨 일인지 가서 알아보라!"

"예!"

이운하가 소리가 나는 방향으로 신영을 날렸다. 커다란 소나무 위로 올라가 이 나무에서 저 나무로 두어번 경공을 펼치고나서 그중 제일 높은 나무 위에 매달려 한동안 전방을 주시하였다. 그리고는 부리나케 야장소로 돌아왔다.

"남해용궁의 군사들입니다. 얼핏 보아도 이천 명은 되어 보입니다."

"아뿔사! 우리가 늦었군! 차차웅을 구하러가는 군사들이다. 근접하여 이심을 암살할 수 있는지 알아보자!"

"그건 어렵겠습니다."

"어째서?"

"그 영남칠현이라는 도인들이 이심을 배웅하고 있고 궁수들이 오백 명 정도로 보입니다."

"그래? 당장 돌아간다."

"예!"

온 길로 그대로 말을 달린 궁표 일행은 신라국 북궁 앞에서 멈추었다. 가막미르의 호위대 백여 명이 일제히 도열하여 출정준비를 하고 있는 것이 아닌가. 궁표검객은 급히 북궁 대전으로 들었다.

"주군! 속하 돌아왔습니다. 우리가 늦었습니다. 이미 남해용왕군이 출발하였습니다."

"우리도 당장 선도산으로 출발한다. 밤늦게 숙신국 오천 군사가 올 것이다."

"왜 서두시는 겁니까? 주군?"

"노례왕자와 아니공주가 왕궁 경비병 백여명을 데리고 선도산으로 간 모양이다. 이렇게 되면 신라 각지의 호족들이 속속 가세할 수도 있다. 멍청한 이대보가 그걸 막지 못했다."

"제가 선봉에 서겠습니다."

"아니다. 궁표야. 이운하를 선봉에 세워라."

"예!"

이운하가 선봉에 서서 백여 명의 가막미르 군사들과 선도산으로 향했다. 그들은 가는 도중 차차웅을 도우러오는 지원군과 조우하지 않도록 해안을 돌아 북쪽으로 돌아가는 우회로를 택했다. 북쪽의 숙신국 병사들을 기다리기 위함이었다. 비록 숫자는 얼마 되지 않지만 가막미르의 친위대는 소위 일당백의 고수들이었다. 그리고 정작 무림사를 통틀어 최고수 중 한명인 가막미르와 그에 못지않은 고수, 궁표검객이 있기 때문에 군사들의 숫자는 별 의미가 없었다.

제 69화-16. 선도산성 일차 공성전(1)

전운이 감도는 선도산에는 최도인과 용마도인과 차차웅 그리고 석탈해가 둘러앉아 금성 수비대 백여 명을 이끌고 온 노례왕자와 아니공주를 맞이하고 있었다.

"아버님! 할마마마! 어마마마! 그동안 고생이 많으셨나이다."

"아니다. 너희들을 이렇게 보게되니 감개가 무량하구나."

"두분은 좀 어떠세요?"

"석탈해 장군이 가져온 천년거북피를 달여먹어서 그런지 이제 괜찮구나."

"불효한 저희들이 이제서야 왔습니다. 송구하옵니다. 그런데 일단 이곳을 피하셔야합니다."

"아니 왜?"

"가막미르가 쳐들어오고 있습니다."

"그래? 어디로 간단 말이냐?"

"왕비마마께옵서는 아무 걱정 마십시오!"

최백호도인이 그들의 대화를 끊었다.

"왕비님과 차차웅께서는 지금 가장 안전한 곳에 계신 겁니다. 피하신다면 어디로 가신단 말입니까? 그들에게 쫓기면 더욱 위험해지십니다. 이곳이 가장 안전하옵니다."

"하긴 그렇군요."

"제가 가막미르를 잡기 위해 결성된 팔신선의 나머지 여섯 분을 모셔와서 왕비님과 차차웅 내외분을 지켜드리겠나이다. 저와 여기 있는 용마도인 이외에 여섯 도인이 합세하면 걱정할 일이 없습니다. 저는 혁거세님의 모친이신 선도성모의 제자입니다. 혼신의 힘을 다해 지켜드리겠습니다."

"하지만 그들에게는 수천 명의 대군이 있어요."

"그래도 지킬 수는 있을 겁니다. 두분은 여기 계셔야 안전합니다."

"최도인 말씀이 맞습니다."

아니공주가 말했다.

"할마마마와 아버님은 건강도 좋지 않으시고 여러 도인과 군사들이 있으니 여기가 그나마 안전하겠네요."

"공주가 애를 썼구나. 지금은 금성수비대 백여 명만이 왔지만, 어마마마께서 조금 전 진짜 갈문께 전음을 받으셨다. 그 동안 지하뇌옥에 투옥되어 계시던 알령공이 뇌옥에서 빠져나와 계룡족 무사 백여 명을 이끌고 이리고 오고계시다. 또한 이심장군이 이천 명의 남해용궁 병사들을 데리고 가지산에서 출발했다하니 서너 각 후면 당도할 것이다."

"잘 되었습니다."

노례왕자와 아니공주는 차차웅의 이야기를 듣고서야 안심이 된 듯한 표정이었다. 그리고 그동안 악행을 일삼고 다녔다고 헛소문이 난 석탈해와도 오해를 풀었다. 또한 거북피에 대해서도 감사의 인사를 건넸다. 아니공주가 먼저 석탈해에게 다가와 자신도 모르는 사이에 두 손을 마주잡았다.

“고맙습니다. 석탈해장군. 석장군이 할마마마를 살리셨네요!”
“아닙니다. 공주님!”

손을 잡힌 석탈해가 어찌할 바를 모르고 곤란해할 때 선도산 도인들이 암자로 들어왔다.

“어허! 우리를 잊으시면 안됩니다. 여긴 우리 터전이니 우리가 지켜야지요.”

때마침 들이닥친 선도산 삼 도인이 즐거운 표정을 지었고 그중 제일도인이 조금 상기된 표정으로 말했다

“선도산성의 도인과 제자 일백 여명은 모두 무공이 특출납니다. 최도인께서 가르치신 고수급들이지요.”
“에이! 내가 뭘 가르쳐? 지가 다 가르쳐놓고!”
“하하하.”
“잠깐! 원군이 더 필요하외다!”

화기애애한 분위기가 무르익자 용마도인이 한 마디 했다.

“모두 이천삼백 명 정도의 군사로 어찌 가막미르의 오천 병사를 맞서서 이긴단 말이오! 우리에게는 선인들도 안계시고 여신들도 오지 못하시니 뾰족한 수가 없지 않습니까? 게다가 저들에게는 지하명부의 귀왕들도 합

세를 했습니다."

"우리는 저들을 이기자는 게 아니요! 일단 버텨야지요. 시간을 끌어 신라의 민심을 돌리고 점차 세력을 얻어야지요."

차차웅이 용마도인의 말을 잘라 반박했다.

"용마도인님! 중요한 건 저들을 물러나게 하고 우리가 살아남으면 되는 일이외다."

하지만 용마도인도 지지 않고 차차웅의 말에 맞섰다.

"아니지요! 차차웅! 싸움에서 이겨야 금성으로 입궁을 할 거 아닙니까?"

"거서간님의 오룡이 올 터이니 큰 힘이 될 거외다. 또 이성산성과 백제군 그리고 고구려에도 청군을 해두었으니 일단 기다려 보십시다."

"이성국은 국상중인데 어찌 군사를 보낸단 말이오. 그리고 고구려는 너무 멀고 백제는 신라의 약점을 호시탐탐 노리고 있는 나라요. 절대 도와줄 리가 없소이다!"

"용마도인! 진정하시게! 내 팔 도인을 전부 소집하여 의논을 하겠네."

최도인이 나서서 만류하자 용마도인과 차차웅의 설전이 끝났다. 죄인의 입장이라 시종 침묵을 지키던 석탈해가 조심스럽게 입을 열었다. 그는 아진 사부의 속가제자들이 생각났기 때문이었다.

"감히 말씀 여쭙겠습니다. 제가 무술이 뛰어난 친구들을 백명 이상 데려올 수 있습니다. 토함산 아진공 사부님의 속가제자가 한 백여 명됩니다. 그들을 불러보겠습니다."

"그렇게 안봤는데 쓸모 있는 생각을 다하는군! 속히 가보게!"

용마도인이 웬일인지 석탈해에게 칭찬을 했다.

"예! 그럼."

석탈해는 답답한 선도산 암자에서 여러 도인들에 눌려 쭈그리고 있다가 하늘을 활공하니 살맛이 났다. 무엇보다도 차차웅과의 오해가 풀어져 날아갈 것 같았다. 그는 한 마리 매처럼 창공을 가로질러 토함산으로 향했다.

어느덧 석양이 뉘엿뉘엿 기울고 있었다. 아진공의 암자는 복원되었고 주변이 말끔하게 정리되어 있었다. 그리고 언제나 그랬듯이 정다운 동문들의 기합소리가 들렸다. '누굴까?' 탈해는 마음이 급했다. 산정상의 연무관에 다다른 탈해는 깜짝 놀랐다. 마치 열흘 전 제자들이 수련하던 그 모습 그대로였다. 비록 사부께서 돌아가시고 신라의 금성도 가막미르에게 넘어갔건만 토함산 수련처는 옛제자들이 그대로 남아 수련을 하고 있었다. 수련생들의 기합소리도 그대로였다.

"이얍! 핫! 합!"

아진사부가 돌아가실 때 문하생들 여럿이 죽었지만 속가제자들은 모두 건재했다. 속가제자들을 지도하고 있는 친구는 바로 설우혁의 동생인 설시혁이었다. 탈해가 나타나자 옛 동료들과 사제들의 표정이 밝지 않았다. 하지만 탈해는 곧바로 시혁에게 달려갔다.

"시혁아!"

"탈해 형님!"

"속가제자들과 수련중이었냐?"

"예! 그런데… 소문이…"

"무슨 소문?"

"탈해사형께서 차차웅을 암살하고 산적이 되었다고…"

"뭐야? 그거 다 거짓이다! 지금 나 차차웅님과 함께 있다가 오는 길이다. 우리 힘을 합쳐 차차웅님을 도와야 해. 금성은 이미 가막미르라는 놈의 손아귀에 넘어갔어. 선도산에 왕비님과 차차웅님 그리고 노례왕자와 아니공주가 모두 계신다."

"그렇죠? 어쩐지. 제가 사형을 아는데… 그럴 분이 아니라고 믿고는 있었죠…"

"너 설마? 좀 의심하기는 했구나?"

"아니 뭐… 그렇다기 보다…"

"시혁아! 니가 전 제자들을 모아서 선도산으로 서둘러 가라. 나는 그 가짜놈을 잡고 곧 따라가마!"

"저어, 사형, 그런데 우리 형님은요?"

"우혁이는 용성국에 있어. 바로 올 거야. 긴 이야기는 나중에 하자."

"예. 알았어요."

탈해는 우혁과 일행들이 떠올라 마음이 답답했다. 하지만 안타까운 마음을 떨쳐버리기 위해 최대한으로 경공을 사용해 하늘을 날았다. 그는 막연하게 남산을 찾았다가 물여워 사부가 계시지 않다는 것을 깨닫고는 도림으로 갔다. 함미중서를 만나 지난 소식을 듣기 위함이었다. 도림에 다다르자 대나무 숲에 부는 바람소리에 스산함이 느껴졌다. 탈해는 댓숲 가운데 깊숙한 곳으로 들어가서 함미중서를 불렀다.

"함미중서야! 나는 석탈해다. 너를 보러 왔다."

댓숲에는 바람소리만 가득하고 정작 함미중서의 소리는 들리지 않았다. 그런데 바람소리가 희한하게도 인위적으로 누군가 입으로 내는 소리 같았다. 그리고 가끔 바람 소리가 휘파람소리 같이 꺾이는 소리가 났다.

"까불지 말고 빨리 나와라!"
"사람들은 모르는데 넌 어떻게 알았어? 석탈해?"
"함미중서! 오랜만이군!"

대나무잎이 유독 수북한 대나무 가지 위에 나타난 함미중서는 영락없는 다람쥐였다. 그런데 목소리는 사람과 진배없었다.

"그나저나 사부님소식을 들었나?"

"금강산에 계시다던데…"

"내가 급해서 그러는데 너는 금성에서 내 흉내를 내고 다니는 가짜놈을 알지?"

"가짜놈이 아니야."

"뭐? 그게 무슨 소리야. 너도 나를 못 믿냐? 난 용궁에 갔다가 용성국에 다녀오느라고 며칠 동안 금성에는 오지도 않았어!"

"가짜는 한 놈이 아니라 놈들이지. 모두 세 놈이란 말이야."

"뭐? 세 놈이나? 근데 함미중서야. 너는 그놈들 어디 있는지 알지?"

"따라와! 아니 나를 니 소매에 넣어라. 안내해줄게."

"그래."

"근데 사형한테 이렇게 반말을 해도 되나?"

"야! 지난번에 우리 사부님이, 아니 사형님이 나를 사제로 승급시켜주셨으니까 너는 내 사질이야. 인마!"

"그런 게 어딨어?"

"허어! 사질이 버릇이 없네? 사숙님! 하고 불러봐!"

"피이! 그럼 가짜들 있는데 안 가르쳐준다?"

"그래 그래! 알았다. 그냥 친구먹자. 에이!"

"에이? 왜? 기분 안 좋아? 석탈해?"

"아냐, 아냐!"

"치이. 내가 더 손해야! 내 나이가 얼만데… 알기나 하냐?"

"됐고! 빨리 가보자. 함미중서! 이 친구야!"

"여기서 멀지 않아. 그들은 저잣거리에 있지만 모두 한 패거리기 때문에 저녁에는 한데 모이지. 원래 진한을 떠돌던 조무래기들이야. 지금 쯤 시장통에서 술들이나 처먹고 있을 걸?"

함미중서의 말대로 저잣거리의 시장통 선술집에 그들이 모여있었다. 십여 명의 불한당들이 모여 마시고 먹고 떠드는 그야말로 왁자지껄한 가운데 특히 두목으로 보이는 자가 으스대며 말했다

"얘들아! 내가 그동안 가장 석탈해 역할을 많이 했으니 나으리들을 만나면 내가 일단 수고비의 반을 먹어야겠다!"

그러자 나머지 두놈이 반대했다.

"반이나요? 하지만 약탈한 물건의 반은 우리를 주셔야지요! 두목!"
"뭐야? 그게 얼만데 인마?"
"수고비 반을 가지려면 그래야하는 거 아니유?"
"그런가?"

제 70화 – 16. 선도산성 일차 공성전(2)

그들이 옥신각신하는 동안 석탈해는 한적한 집 뒤에 숨어 호흡을 멈춘 뒤 이운하로 변하기 위해 집중을 했다.

"잠깐!"

이운하로 변한 탈해가 나타나 그들에게 외쳤다. 그러자 이운하를 알아본 자들이 금세 굽신거리며 연거푸 인사를 했다.

"아니? 나으리 아니슈?"
"이놈들! 누가 너희들 마음대로 작당하여 수고비를 나누어먹으라 했느냐?"
"아이구! 죄송합니다요. 나으리!"
"모두 모여봐라! 이리 가까이!"
"수고비를 주실려구요?"
"이얍!"
"아이쿠쿠! 왜 이러십니까요? 으윽!"

석탈해는 순식간에 세놈의 손을 잡아 준비한 끈으로 팔 세개를 동시에 묶어버렸다. 그리고는 그들의 팔을 한 바퀴 돌려 모두 그 자리에서 부러뜨리고 말았다.

"으악!"

"나쁜 놈들, 휴우!"

탈해가 숨을 쉬자 이운하의 모습은 어느덧 석탈해로 변했다.

"아이고! 나죽네! 으윽!"

세명의 팔이 묶인 채 골절의 고통을 호소하자 그 소리를 듣고 열댓 명의 부하들이 나타났다. 그들은 모두 칼을 뽑아들고 어정쩡하게 서있었다. 자신들의 두목이 잡혀있어서 쉽사리 공격을 하지도 못하였고 그리고 고수에게 덤벼들 엄두도 나지 않았기 때문이었다. 석탈해는 자신도 모르게 분기를 참지 못하고 그들을 모두 다 쓰러뜨렸다.

"얏!"
"퍽퍼벅!"
"우당탕쿵탕!"

술집의 집기가 부서지고 담벼락이 무너져버렸다. 그 소란한 소리를 듣고 관군이 왔다. 탈해는 자초지종을 말하고 자신이 석장군임을 밝혔다. 그 동안의 오해를 설명하자 관군은 십여 명의 불한당을 잡아가기로 했다. 탈해는 아직도 금성에 정의가 살아있음을 느끼고 차차웅의 재기 가능성을 확신했다.

탈해는 가짜 석탈해를 잡고 사람들에게 자신을 가장한 자들의 행패가 모두 가짜임을 밝히고나자 쌓였던 분노감이 어느 정도 사라졌다.

한편 선도산성에 지원군들이 속속 도착하자 산 정상이 분주하게 돌아갔다. 마침내 투옥되었던 알령도인과 계룡족 제자들이 도착했다. 알령도인은 독에 중독되어 자신이 지하뇌옥에 갇힌 것도 모르고 있었던 모양이었다. 그는 자신의 여동생인 왕비를 구하기 위해 허겁지겁 제자들을 데리고 왔다. 그는 선도산 제일도인에게 자신들의 상황을 설명하였다.

"송구한 말씀이오만 계룡족 제자들은 도를 닦는 수행자들이라 모두들 봉만을 들고와서 활과 화살이 없소이다."

계룡족 도인들이 무기가 없어 불안해하자 선도산 제일도인이 그들을 안심시켰다.

"걱정 없습니다. 활과 화살을 여기서 만들면 됩니다. 편석이 산 정상에 수두룩하니 그 돌을 갈아 화살촉을 만들고 대나무로 활을 만들면 됩니다. 선도산 마룡족 제자들과 알천(閼川)의 계룡족 수행자들이 함께 활과 화살을 만들면 한 사람이 다섯 개씩 만 만들어도 천개가 되지 않습니까?"

"그렇군요. 제일도인님! 제가 산정상과 암자주변에는 결계를 쳐놓겠습니다"

"고맙습니다. 알령도인님!"

이번에는 토함산 아진공의 제자들이 선도산에 당도했다. 아진사부의 일백 속가 제자들이 차차웅 진영에 합류한 것이었다. 설시혁이 이끌고 온 백십 명의 무사들은 대부분 궁수들이어서 성벽의 방어에 상당한 힘이 되었다. 그들은 왕년에 은동에게 궁술을 배운 속가제자가 대부분이었다. 군사들이 방어를 하기 위한 정비 시간을 갖고 도인들도 운기조식에 들어가자 암자 안이 조용해졌다. 잠시 후 차차웅이 구성련 곁으로 와서 말을 걸었다.

"참으로 고맙소. 구낭자 덕분에 거서간의 용을 불러드릴 수 있었소이다. 또한 거북피를 드시고 어마마마께서 쾌차하신 것도 감사드리오."

"아닙니다. 저보다는 석탈해님 덕분이지요."

"그런가요?"

오히려 겸손하게 차차웅에게 목례를 한 구성련은 조심스럽게 질문을 했다.

"헌데 차차웅님!"

"말하시오."

"제 할아버님에게 대해 알고 싶습니다."

"하긴 구낭자, 아니 공주는 진한 최고의 왕가 출신인 태기왕의 손녀이니 당연히 근본을 알아야겠지요. 내가 어떻게 불러야 할지 모르겠군…"

"그냥 구낭자라고 부르세요."

"좋소, 하지만 구낭자의 할아버지를 돌아가시게 하신 분이 내 아버님인데 괜찮겠소?"

"예, 실은 저도 어제서야 들은 이야기이기 때문에 아직은 실감이 나지 않습니다."

"이야기해주겠소. 한 육십년 전의 이야기요. 진한의 열두 나라는 모두 강한 왕을 원했지요. 그러나 도를 닦던 그대 할아버지 태기왕은 소국과민의 정책을 펴셨지요. 그래서 마한연맹이나 변한연맹에 비해 상대적으로 국력이 약했소. 그 때문에 진한의 열두 나라는 끊임없이 인접국들과 왜구들의 침입을 받아야했지요."

"그런데 왜 할아버님께서는 약한 나라를 원하셨나요?"

"약한 나라를 원했다기보다 전쟁을 피하고 평화롭게 살고자했겠지요. 아마도 스승인 정견모주님의 영향을 받지 않았을까 생각합니다."

"정견모주요?"

"그분은 가야산 여산신인데 세 왕자의 스승이었지요. 변한, 진한, 맥국의 왕자들을 한때 가르치셨지요."

"맥국이요?"

"말하자면 아주 긴 얘기요."

"그래도 해주세요."

"아주 오래전에 맥이라는 나라가 있었지요. 내륙의 소양강변 덕고산을 국경으로 정하고 있었는데 맥나라 왕은 진한의 맹주인 태기왕과는 막역한 사이었지요. 변한의 청예왕자. 진한의 태기왕자 그리고 맥국의 개명왕자는 정견모주에게서 무공과 학문을 사사받은 동기들이었습니다. 더구나 청예왕자의 부친인 아비가지는 천하최고수였지요."

"청예왕자라면 지금의 수로왕이요?"

"그렇지요. 아비가지는 큰 아들인 뇌질주일에게는 검술을 그리고 작은 아들에게는 기문둔갑을 가르쳤다고 하더군요."

"그래서 수로왕이 둔갑술을 하는군요."

"후에 진한과 신라간의 전쟁이 난 후에 태기왕은 신라 거서간과의 전투에서 계속 밀리다가 삼랑진(三浪津)전투에서 대패하게 되었지요. 나도 그 때 거기에 있었소. 박혁거세거서간께서 마지막 진한의 영토였던 주신국까지 점령하자, 삼랑진 전투에서 대패하고 국토를 빼앗긴 태기왕은 패잔병들을 이끌고 맥국의 덕고산에 와서 재기하고자 노력을 했지요. 그 당시 태기왕의 동문었던 개명왕이 병이 깊어 서거한 후에 태기왕은 자신이 맥국의 왕이 되어 다시 한 번 거서간과 전쟁을 했으나 덕고산에서 패하고 숨을 거두었습니다. 구낭자의 입장에서 보면 불행한 역사지요. 하지만 신라는 진한의 열두 나라 중 다섯 나라를 통일하여 비교적 강국이 되었고, 왜적이나 해적 들이 출몰은 하고 있어도 인근나라에서는 더 이상 대규모 침범을 하지는 못하는 실정이지요."

"그렇군요."

"과거 진한의 백성들 입장에서 보면 태기왕 통치기 보다도 거서간의 시절이 더 편안했다고 할 수 있지요."

그때 암자의 문이 급하게 열리면서 사람들이 들어왔다.

"이성국의 도인들이 오셨습니다."

선도산 제삼선인이 도인 둘을 안내하여 암자로 들어왔다. 제삼선인은 그들을 차차웅에게 소개해주었다.

"이성국의 용주도인과 단일건 도인입니다. 최도인의 부름을 받고 달려왔지요."

"잘 오셨습니다. 이렇게 와주시니 천군만마를 만난 것 같소이다."

"긴히 드릴 말씀이 있습니다. 사실 본국은 국상중이라 파병이 불가한 상황이었습니다. 그러나 아직 즉위하지 않은 소성주가 파병을 결정했습니다."

"아니 국상중이신데 어째서요?"

"성주님이 가막미르에 의해 독으로 서거하셨다는 말을 듣고…"

"예? 누가 그러던가요?"

"만어산 소도의 천녀이옵니다. 그녀가 오늘 이성국에 조문을 왔는데 어제 소도에서 천제를 지냈다고 합니다. 그때 천상의 전령이 그렇게 말했답니다. 천녀가 그래서 문상 중에 위로의 말로 가막미르에게 당하셔서 얼마나 애통하냐고 했답니다."

"그래요?"

"이성국에서는 새 성주가 어머니 복수를 위해 가막미르를 치기위한 파병을 결정했지요."

"이렇게 고마울 데가… 하여튼 가막미르가 공동의 적이 되었으니 힘을 합쳐봅시다. 군사를 보내주신다니 더없이 든든합니다."

"군사를 보내는 정도가 아니고 소성주가 직접 군사 이천을 이끌고 올 거외다."

한편 석탈해는 선도산으로 복귀하면서 가막미르 군사들의 동태를 먼 발치에서 살펴보았다. 군사는 그리 많아 보이지 않지만 먹구름이 희한하게 움직이는 것으로 보아 용들이 출정한 것을 알 수 있었다. 내토 칠룡의 출정을 확인한 탈해는 전속력으로 경공을 펼쳐 암자로 향했다.

그는 암자에 다다르자 장난기가 발동되었다. 장난삼아 물여위로 변신하여 용마도인에게 다가갔다.

"아니? 사부님께서 어쩐 일로? 풍백께서 활동을 금하셨다고 들었습니다만…"

처음에 용마도인이 속는 듯했으나 그는 고개를 갸우뚱했다. 그러더니 지팡이를 들어올렸다.

"이놈! 너 가막미르냐? 감히 내 사부님으로 변신을 해?"

"휴우! 아닙니다. 접니다."

"아니? 석탈해? 니가 기문둔갑을?"

"죄송합니다."

"이놈! 하는 짓 마다 미운 짓만 골라 하네? 사부님은 왜 하필 요런 놈을 제자를 삼으셨을까? 이놈아! 둔갑술이란 자신보다 공력이 낮은 자들에게 사용하는 것이다. 어느 정도의 고수들에게는 본연의 모습이 드러난다. 이놈아! 에라이! 요놈!"

용마도인이 석탈해에게 꿀밤을 때렸으나 석탈해는 가볍게 피했다. 물여위 사부에게 하도 맞아서 반사적으로 피한 것이었다. 그런데 용마도인이 무척이나 황당해했다.

"어라? 요놈이 피해? 어떻게 피했지?"

"그게 아니구요. 저는 죄송!"

"어딜 도망가냐?"

석탈해는 일단 자리를 피하고 암자 안에 들어가 내토칠룡이 나타난 것을 즉각 차차웅에게 보고했다. 도인들이 밖을 보니 과연 내토칠룡이 구름을 몰고와 하늘을 어둡게 만드는 것이 보였다.

제 71화-16. 선도산성 일차 공성전(3)

한편 가막미르가 부른 내토의 용들은 이미 선도산을 일곱 등분하여 혹시 발생할지 모를 차차웅의 탈출을 철저하게 감시하기 시작했다. 그리고 선도산 북쪽 기슭에는 가막미르의 본진 군사들이 진을 치고 있었다. 북에서 오는 길목이었다. 막사 안에서는 가막미르와 궁표가 여유롭게 담소를 나누고 있었다.

"궁표야, 천하를 정복하려면 반드시 힘이 필요하다고 보나?"

"예? 힘이야 당연히 있어야죠."

"꼭 그렇지만은 않다. 나도 한때 천상천하를 통틀어 가장 강력한 것이 실재하는 힘이라고 생각했던 때가 있었다."

"그런데 지금은 아니옵니까?"

"사실 중요한 건 감정이었다. 옥황상제의 감정, 그 느낌 때문에 이 모든 사단이 났다고 해도 과언이 아니다."

"속하는 무슨 말씀이신지…"

"너는 마음이 어디에 있다고 보느냐?"

"그거야 심장에…"

"아니다. 네 가슴 속에 빗장을 걸고있는 갈빗대 창살에 갇혀있는 건 니 마음이 아니다!"

"예?"

"니 마음은 발에 있다. 어디든 자유롭게 갈 수 있는 게 바로 마음이다."

"속하는 아직도 무슨 의미인지 잘…"

"니 발이 너를 이기는 길로 안내할 것이다."
"예?"
"이긴다는 마음을, 바로 그 느낌을 가지라 이말이다."
"그거야 당연히…"
"그래? 당연? 후후후."

궁표검객을 바라보는 가막미르는 재미있다는 표정이었지만 궁표검객으로서는 갈피를 잡을 수가 없었다. 순간 전령이 막사 밖에서 부복하여 외쳤다.

"주군! 숙신국에서 출발한 군사들이 당도하였습니다!"

가막미르의 전령이 매우 상기되어 있었다.

"선봉부대의 인솔 장군은?"
"마군탁 장군입니다."
"마장군을 데려오라!"
"예!"
"이틀간 걸었으니 전 군사는 휴식을 충분히 취하고 삼경이 되면 진격한다."
"존명!"

선봉대 군사 일천명 중 수백의 기마병들이 앞서서 진영에 도착하자 흙먼지가 구름처럼 일어났다. 마군탁이 거대한 언월도를 들고 막사 앞에 와서 무릎을 꿇었다. 거구의 마군탁 장군 부복 때문에 흙바람이 일었다. 그가 무릎을 꿇자 전령이 큰 소리로 고하였다.

"마군탁 장군이 왔습니다!"

"속하! 삼가 주군을 뵈옵니다!"

"고생이 많다! 군탁!"

"황송합니다!"

"들어오라."

"예!"

마군탁은 대단한 거구였다. 그의 등장으로 막사가 비좁을 지경이었다.

"주군! 다시 뵈오니 감격스럽습니다. 부활을 경하드립니다!"

"오랜만이다! 이리 와!"

가막미르는 마군탁 장군을 한번 안아주었다.

"주군! 혹시 몰라서 충차와 사다리를 선봉대에 편입하여 행군하느라 다소 지체하였나이다."

"산성은 길이 가파르고 성문이 작으니 충차나 용차는 필요 없다! 갈고리를 던지고 날랜 자들을 선발하여 성벽을 타넘으면 속전속결로 끝이 난다."

"적병은 얼마나 됩니까?"

"잘해야 일이천일 게다."

"그 정도면 지금 밀어버려도 괜찮겠습니다만."

"군졸들이 지쳐있다. 저 군사들이 다 니 자식이라 생각하고 아껴 싸우라."

"예."

"쉬어라! 마장군! 사대장군이 다 집결하면 간단한 회의 후 바로 진군한다."

"명을 받자옵니다!"

가막미르의 정예군 오천 명을 이끄는 사대장군들은 선봉장 마군탁, 좌군대장 고창운, 우군대장 해무인 그리고 후방 본대와 보급대를 맡은 장대완 장군이 그들이었다. 그들은 본시 숙신국의 대장군들이었지만 가막미르에게 충성을 맹세하고 그 휘하로 들어간 백전노장들이었다. 고창운 장군과 해무인 장군도 각각 군사 일천 명을 이끌고 왔다. 그들은 가막미르에게 절을 하고 오년 만의 회포를 풀었다. 가막미르는 오십이 넘은 장군들을 모두 안아주었다.

반 시진 후에야 보급부대와 주력부대인 장대완 장군의 본대가 도착하였다. 이미 날은 어두웠고 가막미르는 예정대로 장군회의를 소집했다. 가막미르는 사랑스러운 눈빛으로 노장군들을 바라보았다.

"그대들도 잘 알다시피 무릇 공성전(攻城戰)이라 함은 성이라는 전략적 요충지에 기대는 적을 공격하는 것이다. 당연히 포위된 적을 공격하는 것은 우리 같은 강한 군에게는 쉬운 일이다. 기본적으로 적의 보급을 차단하는 것이 우선이나 작금의 저들에게는 보급로가 없다. 싸움은 거의 끝났다고 봐야지. 이제 적의 방어선에 파상공세를 가하여 약한 부분을 부수고 돌입하면 끝이다. 투석기나 충차도 필요 없는 간단한 싸움이 될 것이다.

이상! 각자 맡은 장소에서 파상공세를 펼친다. 제장들! 질문 있나?"

"없습니다."

"가라! 가서 적들을 죽여라!"

회의는 시작하자마자 끝이 났다. 방금 도착한 본대가 북쪽에 남고 나머지 세 부대가 동, 서, 남으로 흩어져 선도산성을 완전하게 포위하는 것으로 작전이 시작되었다.

선도산 북쪽 가막미르의 진영이 날개를 펴기 직전에 선도산 정상에는 이심 장군의 이천 군사가 남쪽에서 오고 동시에 이성국의 일천 병사가 남문을 통해 성으로 들어왔다. 산성은 성벽이 생긴 이래 이토록 많은 군사들이 모인 적이 없었다. 이성국 소성주인 소일연이 오자 차차웅이 몸소 나아가 맞이했다.

"어서 오시오! 소성주. 국상중인데 이렇게 신속히 오시다니 너무나도 고맙소이다."

"제 어머님의 원수를 갚는 일인데 어찌 지체하겠습니까? 가막미르의 처단은 제게 맡겨주십시오!"

"여부가 있겠소! 그렇게 하리다."

소일연은 노례왕자와 아니공주에게도 인사를 했다. 아니공주는 지난번 만난 적이 있어서 소일연과는 격이 없게 다가가 손을 맞잡았다. 뒤에 서있던 석탈해가 앞으로 나와 인사를 할 때 자신도 모르게 구성련을 데리고 나가 소성주에게 인사를 시켰다. 두 여인이 목례를 하고 어색한 표정을 짓자 난처한 표정의 석탈해가 다시 소일연에게 인사를 건넸다.

"지난번에는 결례가 많았습니다. 소성주님!"

"아닙니다. 제가 도둑으로 오인해서 오히려 송구한 걸요!"

"아니면 됐지요. 뭐. 하하하."

소일연과 석탈해가 이미 안면이 있고 더욱이 친밀한 대화를 나누는 것을 본 아니공주와 구성련은 다소 심기가 불편한 기색을 보였다. 석탈해는 두 여인의 눈치를 보면서 무언가 해명의 말을 하려했지만 차차웅이 제장들을 긴급 소집했다.

"이제 전투가 임박한 상황이요. 총력을 기울여주시오!"

"예!"

"군사들의 방어위치와 작전을 간단하게 설명하겠소이다. 내 명에 따라 일사불란한 방어태세에 만전을 기해주시오!"

"예. 차차웅!"

차차웅의 명을 받은 각 지휘관들은 신속하게 움직였다. 선도산 제자들은 암자 아래쪽을 맡고 토함산 제자들은 동문을 맡았다. 금성수비군은 차차웅 신병을 보호하여 암자부근에서 수비하기로 했다. 남문과 서문을 맡은 남해용왕군과 정북방과 동북방을 맡게 된 이성국의 군사들이 방어위치에 배정되고 나자 성벽은 군사들로 가득 메워졌다. 산성 위 하늘에는 먹구름이 몰려오고 바람이 세차게 부는 가운데 홀연 구름을 뚫고 봉황새들이 줄지어 날아왔다. 정견모주, 춘장시모 그리고 금흘영모가 봉황새에서 내렸다. 마지막 봉황에서는 아진의선과 아진도파도 뛰어내려 합류하였다.

“바야흐로 공성전이 시작되는군요.”

정견모주가 가장 먼저 도착하여 최도인에게 인사를 했다.

“잘 지내셨는지요?”
“다 늙어 잘 지낼 게 뭐 있습니까? 하여간 이렇게 와주셔서 고맙소이다.”

오년 전에 가막미르를 잡았던 소위 팔도인들의 등장은 선도산성 진영의 사기를 북돋아주는 데 충분했다. 아진의선이 탈해를 만나 회포를 풀었고, 다른 도인과 산신들은 탈해에 대한 소문의 진상을 듣고 오해를 풀었다. 모두 모인 자리가 이루어지자 최백호 도인이 좌장격으로 나머지 여덟 도인들에게 당부의 말을 했다.

“혹시 가막미르나 궁표검객이 차차웅을 노리고 단신으로 침입할 수도 있소. 우린 그걸 대비해야하오.”
“알겠소이다.”

도인들은 최도인을 봉래선인 대신으로 여기고 그에 합당하게 대접하는 것 같았다. 산 아래 적들이 포진하자 산성에서는 차차웅의 진두지휘로 방어망이 구축되었다. 차차웅은 석탈해를 가장 신임하였다.

"석탈해 장군이 유격대장을 맡아 성 전체를 다니면서 적군의 침입을 막으라! 또한 내가 직접 진두지휘를 할 터이니 모두 나의 명을 따르시오."

"예!"

차차웅은 오초석 중 푸른색의 오초석을 지난번 부인을 구해올 때 사용했기 때문에 이번에는 붉은 색 오초석 하나를 들고 북쪽 성문 망루 위로 올라가 거서간의 오룡을 불렀다. 그리고 얼마 되지 않아 북쪽 하늘에서 구름이 일어나는 게 보였다. 용들이 감응을 한 것이었다.

한편 가막미르는 궁표, 이운하 그리고 장대완을 거느리고 차차웅의 반대편에 서서 외쳤다.

"선도산성은 그리 높지 않은 성이다! 전력을 다해 올라가면 오늘 밤 안에 끝낼 수 있다! 전원 공격 대기하라!"

"예!"

"일단 내토칠룡을 전진 배치시켜라!"

"존명!"

선도산성에 내토칠룡이 구름 사이에서 빛을 발하며 성벽 위를 날아다니자 선도산성을 수비하는 궁수들의 기가 죽었다. 그러나 잠시후 차차웅이 부른 천룡들이 선도산으로 다가왔다. 거대한 천룡 네 마리와 작은 용 일곱 마리가 일촉즉발의 순간에 선도산성 바로 위의 구름 속에서 대치하고 있었다.

전투의 서막은 그렇게 열렸다. 지상에서는 잘 보이지 않았지만 용들의 싸움은 구름 속에서 대단히 거칠게 벌어졌다. 내토칠룡이 분산하여 천룡들을 에워쌌지만 그 크기에서 상대가 되지 않았다. 하지만 일곱 마리가 거서간의 적룡 한 마리를 집중적으로 공격하지 황룡이 차차웅에게 왔다.

"차차웅이여. 황색 오초석을 주시오. 내가 적룡과 합세하여 저 이무기 일곱 마리를 몰아내겠소이다!"

"알겠도다."

차차웅에게 오초석을 받은 황룡은 무서운 속도로 적룡과 내토칠룡 일곱 마리가 싸우는 쪽으로 날아갔다. 싸움이 금세 역전되었다. 거서간의 용들은 포뢰용들이었다. 그들이 포효하면 인간들은 물론이고 용들까지도 겁을 먹었다. 우레와 같은 용들의 포효와 함께 뜨거운 수증기가 뿜어져나왔다. 내토칠룡은 반격하려했지만 천룡들의 공격에 너무나 거셌다. 뿔뿔이 흩어진 내토칠룡은 파상공세를 펼쳤다. 그들은 이빨을 드러내어 포뢰용들을 물려고 했으나 몸집이 두 배나 큰 용들에게는 공격이 쉽지 않았다. 포뢰용들은 크기도 훨씬 클 뿐만 아니라 빠르기까지 했기 때문이었다. 용들끼리의 싸움 때문에 용들이 인간들에게 별 영향력을 끼치지 못하자 차차웅은 지상전에 매진할 수 있게 되었다. 그리고 천룡들이 내토칠룡을 물리치고나면 지상전을 도우러올 것을 차차웅은 익히 알고 있었다.

가막미르는 차차웅이 용을 부를 것을 예상치 못했기 때문에 허를 찔렸지만 두세 배 많은 군사를 동원하여 치열한 공성전으로 성을 초토화시키고자했다. 그는 선봉장에게 공격을 명했다.

"공격하라!"

제 72화 - 16. 선도산성 일차 공성전 (4)

이운하의 명이 떨어지자 그리 크지 않은 산성은 가막미르 오천 병사들에 의해 완전히 포위되어 망망대해의 섬처럼 변해버렸다. 성은 달려드는 적군에 둘러싸여 숨 쉴 구멍 하나 없는 형국이었다. 차차웅 쪽이 다소 유리한 점이 있다면 고지를 점령하고 있다는 것뿐이었다.

가막미르의 군사들은 일천 명씩 나뉘어 재편성되었다. 다섯 부대에서 동시에 이루어지는 선봉대의 돌격을 통해 산성의 전력이 어느 정도인지를 알아보고 차차웅이 다른 곳으로 파천하는 것을 차단하는 후방부대가 그 뒤를 감시했다. 속전속결로 선도산성을 공격했지만 차차웅의 군사들은 차분하게 대응했다.

가막미르의 군사들은 상당히 큰 방패를 들고 몰려왔다. 커다란 방패 밑에 숨은 채로 일단 성벽에 붙어서서 성문 쪽으로 이동을 하기 시작했다. 성벽에 바투 붙은 병사들이 성벽 위로 줄이 달린 갈고리를 던지기 시작했다. 그러나 방어군들은 성벽 위에서 돌멩이 투척만으로 적들을 모두 맞출 수는 없었다. 그리 높지 않은 성벽은 갈고리를 걸어 타고 넘어오는 적들을 퇴치하기 위해 갈고리에 걸린 밧줄을 끊는 일이 시급했다. 게다가 이미 성벽 위에 걸린 갈고리는 줄을 타고 올라오는 적병사들의 무게 때문에 다시 빼내기가 쉽지 않았다.

가장 많은 군사들이 몰려오고 있는 북쪽을 맡은 이성국 궁수들은 정확한 궁술을 자랑하는 병사들이었다. 소일연과 소충천장군이 일사분란하게 지휘했고 궁수들은 지휘관의 명에 따라 마치 한 사람처럼 움직였다. 소충천의 명령은 신속하고 정확했다.

"전위 궁수 발사! 뒤로!"

"중위 전진 발사! 뒤로!"

"후위 전진 발사! 뒤로!"

이성국의 군은 순식간에 삼백 삼십 명의 궁수들이 삼열 횡대로 쉬지 않고 활을 쏘는 일사분란함을 보였다. 궁수들은 적들의 방패 전후를 노려 숨이 있는 적들을 요령있게 쏘아 맞추었다. 또한 적들이 움직일 방향에 미리 화살을 쏘아 적들이 방패를 들고 집단으로 움직이는 것을 효율적으로 제재하는 것에서 그들의 훈련량을 짐작할 수 있었다. 그들은 이성산성의 방어훈련을 고강도로 받은 정예병들이었다. 그렇기 때문에 선도산성의 방어에 최적화된 궁수들이었다.

장대완 장군이 직접 선두에 나서서 가막미르의 군사들을 독려했고 장궁으로 성벽 위의 이성국 궁수들을 쏘기 시작했다. 징대완의 장궁은 자못 위력적이고 정확했다. 이성국 궁수들이 하나 둘 당하자 소일연은 적장을 노려보았다.

"안되겠군! 적장을 제거해야겠다."

소일연이 혈혈단신으로 성벽에서 내려와 장대완 장군 쪽으로 적들을 베며 나아가자 장대완 장군도 소일연을 향해 다가왔다. 근접거리가 되자 누가 먼저랄 것도 없이 두 사람은 격렬하게 맞붙었다.

"적장은 내 칼을 받아라! 이얍!"

장대완의 육중한 검이 먼저 거센 바람소리를 내면서 소일연을 향했고 그녀 역시 쌍검을 들고 장대완의 검을 맞받아치고는 다른 검으로 장대완을 공격했다. 장대완은 과연 백전노장이었다. 소일연의 쌍검 공격을 미리 예상한 듯이 검을 슬쩍 돌려 받아내고는 검공격과 동시에 장풍까지 쏘았다. 소일연이 다소 밀리자 이번에는 이성국의 소충천장군이 성벽위에서 뛰어내려 소일연을 도우러 갔다.

"이놈! 목을 내놓아라! 나는 이성국 소충천이다!"

그러나 장대완 뒤에서 나타난 이운하가 소충천의 뒤를 급습하였고 소충천은 등에 부상을 입었다.

"으윽! 으으!"

갑옷을 입어 중상은 면했지만 통증을 호소하는 그의 움직임이 현저하게 둔해지자 소일연이 그를 부축하여 경공술을 펼쳐 성벽 위로 날아올랐다. 소충천 장군의 부상은 궁수방어진에 막대한 영향을 미쳤다. 지휘관이 없어진 궁수들은 저마다 명령 없이 활을 쏘기 시작했고 적군들은 그제서야 성벽 가까이로 접근하게 되었다.

성곽을 돌며 전투를 독려하던 석탈해가 갑옷을 입고 소일연의 곁으로 왔다. 적병들의 갈고리가 지속적으로 던져지자 탈해는 성벽 위에서 마치 날다람쥐처럼 성벽 위를 날며 갈고리에 묶인 밧줄들을 끊어냈다.

"자! 궁수들 중에 한명은 수시로 성벽에 걸린 갈고리 밧줄을 끊어주시오!"

"예! 장군!"

석탈해는 단 한번의 경공술로 무려 십여 개의 밧줄을 없앤 것이다.

부상당한 소장군을 대신하여 탈해가 궁수들을 이끌자 방어체계가 다시 복구되었다. 그러나 가막미르 진영에서는 고수들이 성벽으로 투입되기 시작했다. 그들은 화살을 쉽게 피하는 정도의 경공술을 구사하는 고수들이었다. 그리고 마지막으로 장대완과 마군탁이 성벽 가까이로 접근했다. 그들은 대개 한두 번의 경공으로 성벽 위로 오를 수 있는 자들이었다. 저들이 모두 성벽 위로 올라와 성문을 연다면 북문이 함락되는 건 시간문제였다. 탈해가 생각이 거기에 미치자 마음에 급해져 자신의 칠보검을 뽑아들고 성벽 아래로 날아갔다.

"야! 내게 맞서는 자는 모두 죽게되리라!"

탈해의 활약은 눈부셨다. 이십여 명의 고수급 무사들이 십여 합만에 모두 쓰러졌다. 그러나 가막미르의 진영에 그런 고수들은 많았다. 베고 또 베어도 끝이 없었다. 갑자기 적들이 여기저기서 마구 쓰러지는 것이 아닌가? 탈해가 놀라 살펴보니 소일연이 내려와 적들을 베고 있었다. 탈해와 일연은 마치 경쟁하듯 적들을 쓰러트렸다. 그녀는 살이 잘리고 피가 튀는 성벽전투에서 마군탁과 조우하였다.

"전장터는 계집이 나설 데가 아니니라! 핫!"

마장군은 무거운 언월도를 마치 젓가락 돌리듯 가볍게 다루며 소일연을 거세게 몰아붙였다. 그러나 그녀 역시 밀리지 않았다. 소일연의 놀라운 무공은 마군탁을 쓰러트리면서 빛을 발하였다. 탈해는 자신의 싸움은 대충하면서 소일연의 싸움을 구경하고 있었다. 웬일인지 그녀에게서 눈을 떼지 못했다. 그러던 차에 장대완과 이운하가 동시에 소일연을 공격했고 그것을 목도한 탈해가 아진사부의 예리한 자법 초식으로 장대완의 허벅지를 찔렀다.

"이얍!"
"헉!"
"펑! 펑!"

그리고 동시에 이운하에게 장풍을 쏘았다. 급하게 장풍을 피한 이운하는 패배를 인정하고 마군탁과 장대완을 부축하여 자신의 진영으로 물러났다. 적장들이 물러가자 성벽 위에서는 환호성이 울려났다.

"만세! 성주님 만세! 성주님 만세!"

성주 만세를 연이어 환호하는 병사들에게 소일연은 계면쩍은 표정으로 손을 흔들어주었다. 승리의 감격이 벅차올라 탈해는 자신도 모르게 소일연을 안아주었고 그녀도 예사롭게 안겼으나 묘하게도 다른 감정이 일어나 둘은 다시 떨어졌다.

선도산성 전투의 일차전 승리는 가막미르 군의 사기를 저하시켰다. 마군탁의 부상과 장대완의 중상으로 전력에 상당량 손실이 간 것도 사실이었다.

북쪽 성문에서 대대적인 일차 공격이 실패로 돌아가자 장대완 장군에게 일단 휴식을 명령한 가막미르는 궁표검객을 불렀다.

"궁표야."

"예. 주군."

"저 산위에는 봉래선인이 빠진 팔 신선이 있다. 우리 둘이 그자들을 감당해야한다. 해보겠는가?"

"물론입니다."

"만일의 경우를 위해 주식귀왕을 불러놓았다. 삼경이 지나면 그가 올 것이다. 그러나 그자에게 모든 걸 해결하게하면 우리 체면이 떨어진다. 그렇게 되면 앞으로도 그들과의 일에서 우리가 약세를 보이게 되고 결국 상당히 뭔가 일이 불편하게 되지. 지하 귀신들에게 끌려다니는 느낌은 웬지 좋지가 않아."

"그렇겠군요."

"일단 우리가 부딪쳐보자."

"예. 주군."

한편 소일연 곁에 있기가 거북했던 탈해는 차차웅에게 가서 상황을 보고하였다. 그런데 뜬금없이 용마도인이 기발한 제안을 했다.

"탈해야, 너 말이지 둔갑술이 좀 되지 않냐?"
"아직 약소한 수준이지요. 뭐."
"그래서 말인데 니가 봉래선인의 모습으로 변신해서 성문 위에 서있으면 어떨까?"
"예?"
"적들이 그냥 겁먹고 도망가지 않을까?"
"그거 웃기는 이야기지만 말은 되네? 흐음…"

최도인도 거들고 나섰다. 두 도인의 말을 들은 탈해는 장난기가 발동되어 남문으로 가서 봉래선인의 모습으로 화한 후 기다란 나무지팡이로 십여 명의 적 병사들을 때려눕혔다.

"이놈들!"
"으악! 아이쿠!"
"아니? 봉래선인이다! 봉래선인이 나타났다!"

잠시 휴전중이던 적들은 그야말로 혼비백산하였다. 숙신국과 같은 북쪽의 군사들은 봉래도인의 엄청난 무공을 익히 알고 있기 때문이었다. 잠시후 고창운 장군이 가막미르에게 왔다.

"주군! 변고올습니다."

"무언가?"

"봉래선인이 나타나 우리군 수십 명을 일시에 쓸어버렸습니다."

"봉래선인이? 확실한가?"

"예!"

"그럴 리가 없는데? 봉래선인은 풍백으로부터 활동금지령을 받았을텐데…"

탈해의 둔갑술에 속은 적군의 진영은 상당량 술렁거렸다. 이미 명부에서 승균선인, 물여위선인 그리고 봉래선인, 이 세 선인들이 인간사에 관여하지 않는다는 이야기를 명부귀왕으로부터 들은 가막미르로서는 당황스럽기 그지없는 상황이었다. 그런데 이번에는 허무인 장군의 전령이 왔다.

"보고드립니다. 물여위 선인이라는 자가 성 아래로 내려와서 군사들 사이를 휘젓고 다니며 고수급 중장군 열 명을 죽였습니다!"

"물여위 선인? 그가 나타났다고? 확실한가?"

"예! 허무인 장군께서 그 선인의 모습을 알고 있다고 하셨습니다."

"봉래 선인과 물여위 선인이 약속을 깨고…흐음, 궁표야!"

가막미르는 다급한 목소리로 궁표를 불렀다

"예! 주군!"

"종석철로 만든 화살촉은 준비되었느냐?"

"아직 녹이지 못하고 있습니다. 강한 불에도 잘 녹지를 않아서 아직도 작업 중입니다."

"숯을 열 가마 이상 준비해라! 멈추지 말고 작업하라. 다 녹거든 화살촉 이십 개를 속히 만들거라."

"예. 다 녹으려면 시간이 하루 이상 걸릴 것입니다."

"최대한 빨리 만들거라!"

"명을 받드옵니다!"

궁표가 부하에게 종석철을 녹이라고 재촉하는 사이 다시 전령이 뛰어왔다.

"주군! 명부의 야차전령이 왔다가 서간을 주고 갔습니다."

"왜?"

"주식귀왕이 못 오신답니다."

"이런… 무언가 크게 잘못되었군. 봉래와 물여위가 나타났기 때문에 주식귀왕이 안온다면? 누가 일을 틀어버린 것인가? 흐음…"

가막미르는 잠시 생각에 잠겼다. 그리고는 하늘을 한번 쳐다보았다. 내토칠룡이 거서간의 수호오룡에게 쫓겨 모두 달아나고 보이지 않았다. 하늘 위에는 천룡들이 구름 속에 머물고 있었다. 그는 한 동안 말이 없었다. 그리고는 궁표를 불러 귀엣말을 했다. 그러자 궁표검객이 제장들에게 명령을 하달했다.

"일단 공격을 멈추고 진영을 재정비한다. 모두 산성성벽에서 철수하라!"

가막미르의 철수명령이 떨어지자 가마미르의 군사들은 일제히 성벽에서 거리를 두고 진을 쳤고 새벽이 오기 전에 휴식에 들어갔다.

제 73화 – 17. 창해신도와의 조우 – 십사일째(1)

가막미르군을 물리친 선도산성은 그야말로 축제 분위기였다. 별 피해 없이 선도산성의 방어에 성공했기 때문이었다. 사대성문 중 단 하나의 성문도 파괴되지 않았고 성벽 위의 망루도 적들에게 빼앗기지 않은 것은 적은 군사로 효율적인 싸움을 한 덕분이었다. 천여 명의 이성국 궁수들 덕을 많이 보았다고 할 수 있었다. 또한 신라왕비와 차차웅의 신변이 무사한 것도 큰 의미가 있었다. 도인들은 한결같이 소일연 성주와 석탈해에게 공을 돌렸다.

"잘 지키고 또 잘 싸웠도다!"

최도인은 소일연과 석탈해를 나란히 세워놓고 덕담을 했다.

"그대들이 눈부시게 활약한 덕분에 적들이 일단 물러갔으니 그 공을 치하하지 않을 수 없구나. 장하다! 둘이 아주 잘 어울리는구먼!"
"송구스럽습니다."
"예끼! 이 사람아! 뭐가 송구해? 그럼 소성주는 뭐가 되나?"

탈해가 머리를 긁적이며 겸손의 말을 하자 용마도인이 끼어들었다.

"너는 송구할지 몰라도 소성주는 자랑스럽다 이말이다. 껄껄껄껄."
"하하하하, 호호호."

모두들 왁자하게 웃으며 승리의 기분을 만끽할 때 차차웅이 방어진 재정비를 명했고 군사들은 경비병과 화살을 만드는 작업병사들을 제외하고는 식사 이후 재우도록 조치했다. 밤새 시끄럽게 싸우던 선도산성은 군사들이 모두 잠들자 모처럼 평화로운 고요함이 찾아왔다.

대개 군사들은 잠이 들고 도인들도 조용하게 앉아 선경(仙境)에 들어갔다. 차차웅이 쉬지 않고 성 아래 적진영의 동태를 살피는 것을 보고 탈해가 다가와 말했다.

"차차웅님!"

"무언가?"

"사실 용성국에 구성련 낭자의 양부인 구정동 거수와 제 동기들이 잡혀있습니다. 또한 아진공의 친손녀인 은동이도 잡혀있구요."

"그래?"

"예! 우리 진영에는 수호오룡도 있고 도인들께서 도와주시니, 차차웅께서 윤허해주시면 제가 내일 안에 용성국에 가서 그들을 구해올까 합니다."

"하지만 가막미르의 군대가 완전히 물러간 것도 아니고…으음…"

"허락을 해주시지 않으면 응당 가지 않겠사오나 보내주시면 내일 아침까지 돌아오겠나이다."

차차웅은 애써 석탈해의 눈을 피해 다른 곳을 보다가 구성련과 눈이 마주쳤다. 그녀는 간절한 눈빛으로 호소했다. 어쩌면 묵언의 호소가 말보다 더 강한지도 몰랐다.

"알겠네! 하지만 만일 여의치 않으면 당장 돌아와야하네."

"예! 차차웅님! 성은이 망극하옵니다!"

탈해는 차차웅에게 절을 올리고 구성련과도 인사를 나누었다. 그녀는 구정동을 꼭 구해오라고 부탁했지만 탈해로서는 아무런 소식을 몰라 답답한 마음으로 출발을 했다. 출발 전에 소매 안의 함미중서에게 물었다.

"함미중서야, 너는 여기서 구낭자를 좀 지켜다오."

"무슨 소리! 나도 남자라구! 나도 이참에 용성국 구경이나 해야겠다."

"같이 갈래?"

"물론!"

"좋아, 가자!"

석탈해는 밤새워 싸운 피곤함도 잊고 전속력으로 경공을 펼쳤다. 그리고는 익숙하게 금성의 전령마를 한 마리 훔쳐타고 달리기 시작했다. 석탈해가 탄 말은 과거 이성국에 갈 때 탔던 비천마의 후예인 바로 그 준마였다.

석탈해는 한나절 말을 달려 용성국 결계에 도착하자 준마를 나무 그루터기에 잘 묶어놓고 물과 풀을 주었다. 그리고는 비상하는 새처럼 결계를 뛰어넘어 용성국 왕궁으로 향했다.

한편 용성국의 궁중옥사는 태평한 옥졸들이 여기저기서 졸고 있었다. 용성국 감옥은 격자 통나무가 연결되어 벽이 없이 옥사 칸은 나무로 나뉘어 전체가 뚫린 구조였다. 구정동이 창에 찔려 상처가 깊었고 다른 사람들은 큰 상처가 없었다. 은동이 구정동을 보살피느라 애를 썼지만 감옥 안이라 약도 없고 달리 손을 쓸 방도가 없었다. 돌아가며 용성국 신녀를 납치해간 이유를 물었지만 아무도 대답을 하지 않자 일단 국문이 중단된 상태였다. 은동이 구정동의 땀을 닦아주다가 소매에서 주먹밥을 꺼냈다.

"거수님, 이거 좀 드세요. 기운을 차리셔야죠."

"아니? 왜 자신의 것을 먹지 않았어요?"

"저야 젊은 데요 뭐,"

"아니요, 나는 피를 많이 흘려서 가망이 없소. 낭자가 먹고 기운을 차리는 게 더 현명한 일이요."

"아니에요. 억지로라도 좀 드세요."

두 사람은 서로 양보하다가 겨우 주먹밥 하나를 나누어 우물우물 먹었다. 한 칸마다 십여 명씩 죄수들이 들어가 있는 옥사는 전체적으로는 대단히 컸지만 통나무로 칸을 나누어 마굿간이나 외양간 같았다. 하루에 주먹밥 하나씩만 주기 때문에 죄수들은 배고픔을 호소했다. 여기저기서 밥을 달라고 소리를 지르는 자가 많았고 옥사를 지키는 군졸들은 애써 못 들은 척하느라고 자는 척하기 일쑤였다. 실제로 대부분의 옥졸들이 졸고 있었다.

탈해는 옥사로 보이는 건물 뒤편의 수풀에 숨어 함미중서에게 부탁했다.

"함미중서야, 무슨 묘책이 없겠냐?"

"있지 왜 없어?"

함미중서가 다람쥐와 시궁쥐들을 불러모아 감옥의 배치와 잡혀온 신라국 사람들에 대해 물어보았다. 의외로 시궁쥐들이 옥사에 대해서는 훤했고 유일한 여자가 옥사에 있다고 탈해에게 알려주었다. 그녀는 바로 은동이었다.

탈해는 살금살금 옥사 쪽으로 은둔술을 펼쳐 접근했다. 먼저 모기로 변신하여 안을 살필까하고 집중을 하려는데 중년의 옥졸 한명이 황급히 나오더니 건물 뒤에서 소변을 보았다. 그가 다시 옥사 반대쪽으로 가는데 누군가 옥사장님이라고 그를 불렀다. 탈해는 그가 멀어진 것을 확인하고는 호흡을 멈추고 둔갑술을 시전했다. 탈해는 눈 깜짝할 사이에 영락없는 옥사장으로 둔갑이 되었다.

"우와! 제법인데?"

함미중서도 탈해의 변신술에 놀란 모양이었다. 옥사로 들어가면서 탈해는 어깨를 당당히 펴고 친구들을 찾느라고 좌우를 살피며 빠르게 이동했다. 탈해는 둔갑술을 펼치는 시간 동안의 호흡이 꽤 길어졌다. 이제는 제법 호흡을 참고 한참 동안을 있을 수 있게 된 것이었다. 옥사장으로 둔갑하여 옥졸들의 인사를 받으며 한참을 찾은 후에야 탈해는 친구들을 발견하였다. 그는 무척이나 반가웠지만 내색하지 않고 일행에게 접근했다.

탈해의 둔갑술을 알아보지 못하는 친구들이 옥사장이 오자 누가 먼저랄 것도 없이 일제히 고개를 숙였다. 우혁과 천종은 머리를 아예 무릎 속에 파묻을 지경이었다. 아마도 국문을 하려고 부르러온 것으로 아는 모양이었다.

"얘들아! 나야 탈해! 쉿! 조용히 해, 모두 무사한가?"

"진짜 탈해야?"

"그렇다니까?"

"속임수일지 몰라! 확인을 해봐야해!"

천종이 은동을 가리키며 말했다,

"얘 할아버지는 누구시냐?"

"이런 바보들! 의심은? 아진공 사부이님이시다! 인마!"

"오! 맞구나! 탈해!"

"모두 무사하구나!"

"응, 아니! 거수님이 창에 찔리셔서 피를 많이 흘리셨어."

"거수님, 움직이실 만하세요?"

"왕자님? 저는 그냥 놔두고 친구들을 데려가십시오."

"아니에요. 옥사를 열테니 조심해서 따라나오세요."

"역시 탈해가 최고야! 우리를 구하러 올 줄 알았다구! 헤헤."

변신한 탈해를 알아본 은동이가 신이 났다. 탈해는 그녀에게 조용히 하라고 입에 검지 손가락을 댔다. 그리고 그는 건너편 옥문 앞에 서서 졸던 옥졸의 머리통을 쥐어박고는 옥사의 문을 열게 했다.

"빨리 열어라. 이자들을 다시 국문을 할 것이다."

"예! 나으리!"

"죄수들은 썩 나오거라! 자! 가자!"

상길이 구정동을 업고 우혁과 천정이 뒤쪽을 감시하며 옥사를 탈출하는데 성공했다. 탈해는 기진맥진한 친구들이 경공을 펼치기에 무리가 있고 구정동 거수가 부상이 심해서 일단 담을 타넘지 않고 문으로 나가기로 했다.

"누구냐!"

옥사를 나가려는데 우연히 맞닥뜨린 경비군사가 창을 들이대며 외쳤다.

"누구냐고? 나 옥사장이다 이놈아!"
"옥사장님?"

탈해는 말하는 동안 호흡을 해버려서 자신이 이미 탈해의 모습으로 변한 것을 깜빡한 것이었다.

"이 죄수놈이 어디서 사기를 쳐? 네놈들은 죄수들? 여기! 탈옥이다!"
"이런!"

탈해는 순간적으로 병졸의 목을 쳐서 기절을 시켰다.

"저기 성문 뒤로 도망치자. 자 나를 따라와! 서둘러!"

일행은 전속력으로 뛰어 무사히 성문을 하나 통하여 드넓은 광장에 도착했다. 그곳은 수백 명의 군사들이 모여 연무를 하는 중이었고 연무장 중앙 한가운데에 한미르왕까지 참석하고 있는 엄청난 광경이 석탈해의 눈에 들어왔다.

"그야말로 호랑이 아가리에 들어왔군!"

연무장으로 뒤따라온 군사 십여 명이 죄수를 잡으라고 외쳤고 탈해 일행은 그야말로 진퇴양난이었다.

"저놈들 잡아라! 탈옥범이다!"

경비대장이 한미르 왕에게 보고하자 왕이 죄수들을 중앙 단상 앞으로 데려오게 했다. 탈해는 탈출 직전에 잡힌 것이 아쉬웠지만 정예군 오백 명과 싸우다가는 이쪽이 결코 무사하지 못할 것임을 너무나도 잘 알고 있었다. 일행이 단상 앞으로 끌려가자 군졸들이 그들을 모두 무릎을 꿇리었다.

"네놈은 신녀를 납치해간 그 흉악범이 아니냐? 겁도 없이 이번에는 동료들을 데리러오다니 정령 의리 하나는 가상하구나. 그래 신녀는 어디에 있느냐?"
"폐하! 소상히 말씀드리겠나이다."

탈해는 예를 갖추고 최대한 정중하게 왕에게 말을 했다.

"저는 십여년 전 용성국에서 버려진 함달바 왕의 아들 석탈해라 하옵니다."

"무엇이? 니가 함달바 왕의 아들이라고?"

"그러나 저는 기억을 잃고 신라에서 살고있습니다."

"기억을 잃은 자가 어찌 자신의 출신을 안단 말인가?"

"그것은 아진의선 도인께서 저를 키웠는데 그분이 말해주었습니다."

"아진의선이? 정령 추호도 거짓이 아니렸다?"

"그러하옵니다."

"짐은 과거 가막미르가 본국을 망치려는 것을 볼 수 없어 그를 축출하고 왕이 되었으니 전왕인 함달바 왕의 후손을 잘 대접해야 마땅하나, 너의 말을 전적으로 믿을 수는 없다! 또한 본국의 성소를 지키는 신녀를 납치하였으니 너를 잡아 죄를 묻고 그에 합당한 처벌을 할 것이다. 적어도 니가 함달바 왕의 아들이라는 것이 밝혀질 때가지는 말이다! 여봐라! 저 자들을 당장 추포하라!"

"예!"

한미르의 체포령이 떨어지자 군사들이 탈해 쪽으로 다가왔다. 그때 연무를 참관하러 용성국에 초청되어 온 노파가 나섰다.

"폐하! 저 아이가 혹 함달바 폐하의 후손이라면 어찌하시겠습니까?"

"그렇다면 용화인들이 사는 귀족마을에 집을 주고 용성국에서 편안하게 살게 하겠소이다. 허나 저자의 말을 어떻게 믿습니까?"

"그렇다면 본 창해신도가 확인을 해봐도 좋겠습니까?"

"허허 참! 창해가문 장문인의 말을 내 어찌 안된다고 할 수 있겠소!"

"성은이 망극하옵니다."

순간 석탈해는 자신에게 다가오는 노파의 걸음걸이에서 엄청난 기도를 느꼈다. 한미르왕이 그녀를 부르는 호칭에 아연실색했다.

"창해신도?"

백의와 설우혁이 동시에 외쳤다.

제 74화 - 17. 창해신도와의 조우 - 십사일째(2)

팔십 세가 넘은 창해신도 조세연은 석탈해에게 다가오더니 여기저기 골격을 살펴보고는 고개를 조금 갸웃해보였다.

"근골은 흡사하나 외탁을 한 것 같군. 움직이는 모양을 보아야하니… 제가 폐하께 제안을 하나 하겠습니다."

"말하시오."

"제가 비무를 해서 저 아이가 나의 검초 세수를 받고도 살아난다면 저 아이를 놓아주시면 어떻겠습니까?"

"아니 창해신도! 저런 무명소졸이 어찌 천하최고수이며 도성(刀聖)인 창해신도의 검초를 받고 살아남는단 말이오?"

"글쎄올습니다. 일단 저 아이에게 싸울 의향이 있는지 물어보시죠?"

"그거 좋은 생각이군! 석탈해, 너도 창해신도의 말씀을 들었으니 니 생각을 말하라! 감옥에서 국문을 받겠느냐? 아니면 창해신도의 칼에 죽음을 맞겠느냐?"

탈해는 머리 속이 하얘지면서 아무 생각이 없었다. 다만 전설의 고수 창해신도가 여자였다는 사실을 자신의 두 눈으로 목격하고 있다는 것이 무슨 비밀을 알아낸 것처럼 흥분되고 감격스럽기도 했다. 탈해는 뭐라고 대답을 했는지조차 기억이 없었지만 군졸들이 연무장을 비우고 비무 준비를 하는 것으로 보아 창해신도와 대결을 하겠다고 말한 모양이었다. 탈해가 순간 일행을 보니 구정동과 백의가 참담한 얼굴로 울기 직전의 표정이었다. 탈해는 소매에 넣었던 함미중서를 은동에게 맡기고 비무장으로 향했다. 함미중서도 울었다.

“흐윽! 내 유일한 인간 친구 석탈해가 이렇게 죽는구나! 창해신도가 왜 여기 있는 거야? 엉엉!”

창해신도는 다시 한번 한미르 왕에게 공수하여 인사를 했다.

“제가 무패무인이라 불리지만 개인적으로 함달바 왕에게 유일하게 진 적이 있습니다. 오늘 자칭 함달바 왕의 아들이라는 저 아이에게 도(刀), 풍(風), 권(拳)으로 세 번 초식을 쓰겠습니다.”

“그래요? 좋소! 그럼 오늘 그 아들에게 설욕할 기회를 드리리다. 자! 석탈해! 네가 창해신도와 겨루어 살아남으면 네놈 일행을 모두 놓아준다! 비무를 시작하라!”

탈해는 그야말로 북방 최고수 창해신도의 공격 세 번을 막아내야 했다. 만에 하나 칼을 피하고 장풍도 피한다면 주먹으로 때려잡겠다는 의도였는지 그녀는 도, 풍, 권을 쓴다고 했다. 당대 최고수의 삼합을 받는다는 것은 그야말로 살아남기가 거의 불가능한 비무였다.

그런데 말도 안되는 비무에 임하자 이상하게도 탈해는 마음이 편안했다. 천하최고수와 겨루어 죽는 것도 영광이라는 생각이 들기도 했다. 창해신도는 소위 전설의 병장기인 창해도를 발검하였다.

"스르르룽"

매우 느리게 그리고 상상할 수 없을 정도로 우아하게 그 창해도가 발검되자 칼날에서 찬란한 빛이 쏟아져나왔다. 발검동작이 마치 환상적인 춤을 추는 것 같았다면 발검 이후 정중동의 자세는 큰 바위산이 서있는 것 같았다. 그녀는 칼을 높이 들지도 않았고 그렇다고 낮게 들지도 않았는데 몸 정 중앙에 있는 창해도가 혼연일체가 되어 몸의 일부였다는 착각이 들 정도였다.

탈해는 그녀의 자세를 보고 갑자기 혼란스러웠다. '아니 저것은 방어자세? 그 어디에도 빈틈이 없군! 그런데 공격을 한다는 창해신도가 방어자세를 취하다니?' 탈해는 자신도 모르게 일검만파를 시전할 준비를 하고는 창해신도의 공격에 맞서서 자신도 공격을 하기로 마음먹었다. 탈해는 이리저리 몸을 움직여 빠르게 피한다는 암시를 그녀에게 주자 이윽고 창해신도가 서서히 움직였다. 그리고 그녀가 칼을 치켜드는 순간 탈해는 최대한의 공력으로 일검만파를 시전하였다.

"일검만파! 콰쾅!"

일검만파를 발사하는 순간 탈해의 몸은 무언가에 튕겨 십여 장 하늘 위로 솟아올랐다가 이십여 장 뒤로 날아가 떨어졌다. 그는 창해신도의 방어막에 부딪쳐 그 반탄강기에 당해 나가떨어진 것이었다. 울컥하면서 가슴에 통증이 느껴졌고 입을 닦자 각혈을 했는지 피가 묻어나왔다. 그런데 놀라운 일이 벌어졌다. 그가 공력이 부족해 뒤로 이십 여장을 밀려 날아갈 때, 무서운 속도로 따라오던 창해도가 허공중에 멈추어선 것이었다. 그것은 이기어검술이었다. 마치 정지비행을 하는 황조롱이처럼 허공에 붕 떠서 창해도는 석탈해를 정조준했다. 그리고 공중에서 멈추어선 상태에서 창해도로부터 엄청난 검강이 발사되었다.

"피융! 콰광!"

엄청난 검강은 웬일인지 석탈해의 바로 옆에 떨어졌다. 석탈해는 검강을 피했지만 워낙 강력한 검강의 위력에 탈해의 옷이 찢어졌고 그는 또다시 피를 토했다.

"으으!"

연거푸 피를 토한 석탈해는 처음으로 죽음의 공포를 느꼈다. 창해신도의 이기어검술은 가히 상상을 불허하는 수준이었다. 창해신도는 흡인대법으로 창해도를 회수하였다. 창해도는 매우 부드럽게 날아가 창해신도의 검집 안으로 빨려들어갔다. 그 광경을 본 사람 치고 감탄을 하지 않는 사람이 없었다.

"우와! 과연 귀신의 솜씨로다!"
"정말! 신의 경지야!"

그러나 창해도와 그 검강에 맞지 않으려고 피하면서 바닥에 내동댕이

쳐진 석탈해는 몹시 괴로워했다.

"으윽!"
"아니? 저러고도 죽지 않다니?"

한미르 왕이 짐짓 놀라 자신의 눈을 의심하였다. 그리고는 냉정하게 말했다.

"창해신도께서 창해도를 회수하지 않으셨으면 즉사했겠지만 그래도 저 정도면 갈비뼈가 죄다 부스러졌고 내장이 다 파열되었을 테니 저자는 머지않아 죽을 것이다."
"아, 아닙니다. 두 번 더 받아보겠습니다."

탈해는 억지로 몸을 추스르고 일어섰다. 백의는 이미 눈물을 흘렸고 은동은 비무장으로 들어가려다가 병사들에게 붙잡혀 끌려나오면서 고래고래 악을 썼다.

"놔라! 이놈들아! 날 잡지 말란 말이야!"

그러데 이상한 일은 창해신도가 놀란 토끼 눈을 하고 다시 일어선 탈해를 보고 서있다는 것이었다. 그녀는 뭔가 이상하다는 표정이었다.

"으음…"

창해신도와의 싸움은 애당초 상대가 되지 않는 일이었다. 비유하자면 호랑이와 토끼와의 싸움이라 해도 무방했다. 하지만 그녀가 싸움에 호기심을 느끼면서 두 번째 공격을 준비했다. 창해신도는 창해도를 칼집에 넣고 장풍을 준비하는 모양이었다. 내상을 입은 석탈해는 본능적으로 위기감을 느꼈다.

"휘이익 휘이잉"

그녀가 기를 모으기 위해 양팔을 돌려 풍차처럼 휘젓는 순간 비무장 일대에 폭풍과도 같은 바람이 일어났고 비무장에 흙먼지가 일었다. 탈해는 놀라움을 금할 길이 없었다. 아직 공격을 한 것도 아니고 기를 모으는 데 저 정도면 저 장풍에 맞았다가는 뼈도 추리지 못할 게 뻔했다. 바로 그때 탈해는 최도인이 알려준 만엽귀근이 생각났다.

창해신도의 세련된 검초와 막강한 내공에 비하면 턱없이 내공이 부족한 탈해였지만 최도인의 절기를 한번 써보기로 했다. 이미 기가 충만해진 창해신도의 몸에서는 지지직하면서 가공할 기운이 들끓는 것 같았다. 탈해는 겁이 났지만 두려운 마음을 진정시키고 일검만파의 호기초식과는 역순으로 공기를 빨아들이는 흡기초식을 가다듬어 만엽귀근으로 창해신도의 장풍을 받아들일 준비를 했다.

창해신도는 역시나 방어자세를 취했다. 탈해는 그제서야 깨달았다. 공격자세와 방어자세가 같은 것이었다. 공격을 하면서도 동시에 방어가 이루어지는 초절정 고수다웠다. 드디어 그녀의 자세가 바뀌면서 무겁고도 강력한 장풍이 구사되었다.

"펑! 퍼펑 펑!"

탈해는 뒤로 물러나면서 장풍을 끌어안았다. 그런데 창해신도의 장풍은 다른 사람의 기법과 아주 달랐다. 그녀의 장풍은 폭발하듯이 터지는 것이 아니고 지속적으로 밀고들어오는 희한한 장풍이었다. 창해신도는 장풍을 쏘고 나서 계속 장심을 움직였다. 그녀는 상대방에게 공력이 연속적으로 적용되어 결국 장풍에 적중되도록하는 신비한 장풍술을 구사하였다. 그 덕분에 탈해는 창해신도 손의 움직임을 보면서 여유있게 만엽귀근을 펼칠 수 있었다. 창해신도의 장풍 공격을 구할 이상 받아냈을 때쯤 탈해는 받은 기운을 다시 역공을 전환하여 순간적으로 창해신도에게 역공으로 장풍을 쏘았다. 그것을 실로 가공할 장풍이었다.

"쿠르릉 쾅!"

"아니?"

창해신도는 탈해의 역공격 장풍을 여유있게 피했지만 비무장에 열명이 들어갈 정도의 구덩이가 움푹 패일정도였다.

창해신도는 자신의 장풍을 받아쳤다는 사실에 적지 않게 당황하여 장풍을 피하면서 탈해에게 날아가 순식간에 손을 뻗어 그의 가슴을 쳤다.

"퍽!"

"읍!"

순식간에 탈해는 가슴에 강타를 당하여 이십여 장 뒤로 날아가 비무장 바닥에 나뒹굴었다. 탈해는 일어설 수 있을 것 같았다. 그러나 그것은 마음뿐이었다. 온몸이 터져버릴 것 같은 고통으로 사지가 뒤틀렸다.

"으윽! 으으…"

"저자가 아직도 살아있다!"

누군가 탈해가 신음하는 것을 보고 소리를 질렀다. 온 몸이 만신창이가 되고 피범벅이 되어도 살아있는 탈해를 보고 사람들은 믿을 수 없다는 표정으로 바라보았고 여기저기서 가엾다는 말까지 나왔다. 비무장은 그야말로 일방적인 난타질에 맞아 죽어가는 자의 비극적인 현장이 되고 말았다.

"석탈해! 살아 있는가? 실로 대단히 자로다!"

한미르 왕이 탈해를 불렀다. 탈해는 대답을 하려했지만 신음소리만 낼 뿐이었다.

"으으…"

창해신도가 왕 앞으로 나와 말했다.

"제가 또 졌습니다. 그 아버지에 그 아들이군요."

"아니 창해신도? 그게 무슨 소리요? 아직 한 번의 공격이 남아있지를 않소?"

"아닙니다. 폐하 저는 세 번의 공격을 다 썼습니다."

창해신도의 장풍을 만엽귀근으로 받아내고 역공을 감행한 석탈해에게 창해신도가 권법을 썼으니 그녀로서는 약속한 대로 세 번의 공격을 모두 시전한 것이었다. 권격을 맞은 석탈해가 죽지 않았기 때문에 창해신도가 패배를 인정하며 석탈해가 함달바 왕의 아들이 맞다고 선언해주자 은동을 비롯한 친구들은 울면서 환호성을 질렀다

"이야! 우와! 석탈해가 살았다!"

한미르왕은 즉각 의원을 불러 탈해를 치료해주었고, 그를 용화인 귀족가문의 하나로 인정했다. 한미르왕은 정의로운 왕이었다. 잠시 후 탈해의 의식이 돌아오자 창해신도가 찾아왔다.

"견딜 만한가?"
"예! 창해신도님. 봐주셔서 이렇게 목숨을 부지할 수 있었나이다."
"아닐쎄, 어린 나이에 어떻게 그토록 심오한 내공을 지니게 되었나?"
"다 아진공 사부님 덕분입니다. 그 동안 쉬지 않고 내공수련을 했거든요."
"그것만으로는 대답이 될 수 없네. 그런데 그대는 어떻게 본가의 전 장문인이신 창해신궁의 비기를 알고 있는가?"
"그의 제자인 최백호도인에게서 전수받았습니다."
"신라국의 최백호! 으음 그랬군. 인연이란 참 돌고 도는군. 좋은 무공으로 천하를 바로 잡으시게. 뼈마디는 좀 쑤셔도, 이제는 가슴이 뻥 뚫려서

운기하는 데 도움이 되고 기가 이젠 더 잘 운용될 걸세. 자 이걸 받게."

"예? 무슨 말씀이신지? 그리고 이건 무엇인지요?"

창해신도는 탈해에게 양피지를 한 장 건네고는 질문에 대답을 하지 않고 가버렸다. 그녀는 걸음걸이에서도 엄청난 기도를 보였다. 거의 땅을 밟지 않고 가는 것 같았다. 탈해는 아픈 몸을 일으켜 그녀의 뒤에 절을 했다. 주변이 정리되자 탈해와 친구들은 신라로 돌아갈 채비를 했다. 왕명으로 탈해 일행에게 말과 마차를 주어 풀어주게되자 경비대장이 강력하게 막고 나섰다.

"아니되옵니다. 폐하! 성소 신녀를 납치한 죄가 막중하옵고 또한 저자는 함달바 미르의 아들입니다. 언제 또 역모를 꾸밀지 알 수 없습니다."

"그건 안될 말! 내가 내 약속을 저 자에게 주었도다! 어명이다!"

제 75화 - 17. 창해신도와의 조우 - 십사일째(3)

그러나 예상외로 용성국 신하들이 탈해의 방면을 반대하고 나섰다.

"폐하! 천부당만부당하옵니다! 어명을 거두어주옵소서! 저자는 위험한 인물로 온 천하에 팔신선의 체포령이 내려진 자입니다!"

특히 용성국 경비대장이 강력하게 한미르왕에게 엎드려 간청했다.

"폐하! 저자를 풀어주시면 봉래선인과도 척을 지게 되옵니다!"

"으음. 경비대장의 말에도 일리가 있도다. 그러나 나는 한 나라를 다스리는 왕이다. 일국의 왕이 어찌 한번 결정하고 명령한 내용을 뒤집을 수 있단 말인가! 그렇게 되면 나라의 위엄과 질서가 혼란해진다. 봉래선인과도 내가 말을 잘 해보겠도다! 당장 석탈해와 그 일행을 풀어주거라!"

"예! 폐하!"

용성국 대신들의 반대가 있었지만 왕은 석탈해 일행에게 마차까지 주고 석방했다. 마차는 가마를 방처럼 개조하여 만든 커다란 크기였다. 왕족이나 귀족들이 타는 것이었다. 마차를 얻어타고 선도산으로 향한 탈해 일행은 출발하면서도 초조하고 불안했다. 혹시 경비장군이 병사들을 보내 공격을 할지 몰라서였다. 때문에 천종이 말을 몰고 가는 동안 백의와 상길이 후방을 주시했고 전방에는 우혁이 예리한 눈으로 적이 나타나는

지를 살폈다. 제일 다급한 사람은 구정동을 간호하던 은동이었다. 그녀는 시종 재촉을 했다.

"야! 천종아! 말을 더 빨리 몰아!"

"지금 이게 최선이거든!"

"그래도 더 최선으로 달려!"

"은동아! 정신 사나워! 조용히 좀 해!"

그렇게 미친 듯이 마차를 달려 그들은 겨우 용성국을 벗어났다. 안정된 길에 접에 들자 백의가 마차 안으로 들어왔다.

"주군! 대단하십니다! 창해신도의 공격을 다 막아내시다니 이게 다 귀수산의 내단 덕인 것 같습니다."

"귀수산의 내단? 그러고 보니 가슴이 갑갑한 증세가 없어졌네? 아! 창해신도의 말이 바로 이거였구나!"

탈해는 운기조식을 해보았다.

"으으윽!"

통증은 있었지만 과연 소주천이 곧바로 되면서 기운이 되살아나는 것이 아닌가! '창해신도께서 막힌 가슴의 혈도를 풀어주셨구나! 나와 일부러 비무를 하자고한 것도 다 내 막힌 혈도를 풀어주기 위함이셨군! 아! 어찌 이 은혜를 다 갚는단 말인가?' 탈해는 순간 창해신도에게 고마운 마음이 복받쳤다.

"상처뿐인 영광이로군, 후후후. 하여튼 대단하기는 하군, 석탈해! 과연 내 친구야! 그나저나 양피지에 뭐가 써있는 거야?"

은동의 소매에서 나온 함미중서가 다시 탈해의 소매로 들어가면서 한마디 했다. 탈해와 백의 그리고 은동이 말하는 다람쥐를 보고는 모두 웃었다. 탈해는 양피지를 펴보았다. 칼에 정신을 집중하고, 집중한 정신으로 칼을 따라 다닐 때의 호흡법이 적혀 있었다.

"이, 이건! 어검술의 비전이 아닌가!"

탈해는 이기어검술의 초식과 호흡법을 읽어내려갔다. 그리고 맨 마지막에 이런 말이 있었다. – 御劍術(어검술) 知者爲高手(지자위고수) 知之不用者爲神仙(지지불용자위신선) 어검술을 아는자는 고수이다. 어검술을 알고도 사용하지 않는 자는 신선이다. –

석탈해는 창해신도가 왜 자신에게 어검술을 전수해주었을까 하고 한참을 생각했다. 그리고 그것을 사용하지 않으면 신선이라는 말의 의미에 다시 골몰했다. 그러다가 이윽고 잠이 들고 말았다.

한편 선도산에는 전운이 감돌았지만 실제로 가막미르 군사들의 공격 감행은 없었다. 암자 안에서는 가지산 여신이 좌정을 한 상태로 전음을 수신하고 있었다. 그녀는 즉각 최도인에게 자신이 들은 전음을 알렸다.

"최도인님, 영남칠선과 명부의 귀왕이 함께 이리로 오신다는군요."

"명부의 귀왕이 선도산에를요?"

최도인은 무척 긴장하는 눈치였다. 지난번 이성산성에서 겨루어본 적이 있어서 더욱 신경이 쓰이는 모양이었다.

"저어 명부의 귀왕이라면 어느 분인지요?"

"무독귀왕이라고 하는군요."

"무독귀왕이요? 그게 누구요? 뭐 대단한 치인가?"

용마도인이 거칠게 물었다.

"용마, 자넨 처음 들어보지? 무독귀왕(無毒鬼王)은 명부에서 독립적으로 행동하며 가끔 지상에 나타나기도 한다네. 지상에서는 아픈 사람을 고쳐주고 악독한 사람의 마음을 순하게 돌려놓는다는 소문도 있지만, 사실 그런 걸 본적은 없네."

"아! 형님도 참! 그런 소문은 다 믿을 게 못돼요!"

"하지만 그는 지옥시왕의 명을 받지 않는 유일한 귀왕이라네. 다른 귀왕들과 구별되는 명부의 특별한 귀왕이지. 이 무독귀왕은 그 이름처럼 사람들의 악한 마음을 없애준다고 한다면 그가 왜 온다는 거지?"

"그럼, 형님, 그가 가막미르의 마음을 착하게 돌리러 오는 겐가?"

"글쎄, 그게 될까? 아무튼 만나보세."

잠시 후 봉황새 여섯 마리와 저승말인 장미흑마(長尾黑馬)가 날아들었다. 장미흑마는 저승의 차사나 귀왕들이 타고 다니는 말로서 몸체가 거의 투명하고 기나긴 꼬리가 특징이었다. 그 꼬리에 죽은 자의 영혼을 수십 개씩 달고 다니기도 했다. 또한 장시상천마나 비천마처럼 날개가 없어도 공중을 자유자재로 날아다녔다. 장미흑마에서 내린 무독귀왕은 대단히 겸손한 자세로 도인들에게 인사를 건넸다.

"잘들 계십니까? 여러 도인들을 뵈니 반갑군요."

무독귀왕의 등장은 한마디로 의외였다. 그는 승균선인을 닮은 그냥 할아버지였다. 무시무시하다거나 시커먼 마귀도 아니고 악취가 나지도 않았다. 그는 명부에서 왔다기보다는 천상에서 온 천상선관의 모습에 가까웠다. 최도인이 일행을 맞이했다.

"어서 오시지요! 무독귀왕님과 도인님들을 뵈옵니다."

"사실 제가 이렇게 오게 된 것은 명부귀왕들이 영남칠선들에게 접근한다는 정보가 있어서였습니다."

"그래요? 사실 내토의 점말도인께서도 명부에 가신 게 아닌가하고 의심을 하고 있었습니다."

"그랬군요. 그런데 최도인께서 변성대왕궁의 아나타귀왕과 겨루셨다는 말을 듣고 이렇게 오게 되었습니다."

"예. 이성국에서 그랬지요. 여기 계신 모든 도인들이 다 증인이십니다. 그건 왜 물어보시는지요?"

"명부귀왕들의 지상출입이 확인되면 풍백께 고해야지요. 그게 내 임무올시다."

"왜 지옥시왕의 으뜸이신 염제께 고하지 않으시구요?"

"본왕은 명부에 속해 있으나 염제의 명을 받지 않고 천상대부이신 풍백님의 명을 받고있소이다."

"그렇군요."

"잠깐만요!"

용마도인이 둘 사이의 대화에 끼어들었다.

"나는 한단산에서 도를 닦는 용마라 하오이다. 나는 엊그제 신라에서 주화귀왕과 주식귀왕도 보았소이다."

"으음 역시 변성대왕궁 소속이군요. 여러 가지로 귀한 정보 고맙습니다. 다른 분들도 지옥귀왕을 목도하셨으면 또 말씀을 해주시지요."

도인들이 서로 얼굴을 보고 아무도 대답이 없자 무독귀왕은 들창을 열어 하늘을 살폈다. 하늘을 올려다보더니 아무 말 없이 한쪽 구석에 앉아 명상에 잠겼다. 운기조식을 하는 것처럼 보였으나 약간씩 입술을 움직이는 것으로 보아 어디론가 전음을 보내고 있는지도 몰랐다.

한편 선도산 아래 막사에서 가막미르는 어제 낮부터 식음을 전폐한 채

아침을 맞았다. 밤새 물 한 모금 마시지 않았다. 평소에 고기를 먹어야한다고 노래를 부르더니 하루아침에 분위기가 반전된 것이었다. 그는 날이 밝자 궁표검객을 불렀다.

"오늘 나는 궁표, 너에게 나의 최고비기인 극음투영(極陰透靈)을 전수하고자한다. 이것을 습득하면 너도 천하최고수 반열에 오를 것이다. 요체는 음기를 극강으로 모아 투척하면 귀신과도 같은 기운이 상대를 제압하는 것이다. 이것은 너의 영혼을 악마에게 빌려주고 그로 하여금 대신 상대와 싸우게 한다고 볼 수 있다. 정신을 일도하면 네가 보낸 기가 네 마음대로 운용될 것이다. 마치 네가 멀찌감치 떨어진 거리에 있으면서 무엇이라도 할 수 있는 게지. 알아듣겠냐?"

"예! 주군!"

"먼저 내 기운을 받거라! 정좌하고 운기조식을 하거라."

가막미르는 궁표의 등에 있는 명문혈에 자신의 기운을 불어넣어주었다. 순간 궁표검객의 얼굴이 환하게 밝아졌다.

"이제 되었구나. 소주천을 한번 해보거라!"

"뜨거운 기운이 돕니다. 주군! 감사합니다."

"자. 초식을 잘 보고 따라하거라."

가막미르는 호흡을 고른 후에 춤을 추듯 팔과 다리를 움직여갔다. 그의 싸늘한 얼굴에는 아무런 표정도 없었다. 그리고 강한 음기가 모이자 가막미르는 양손에 그 음기를 담아 마침 풀숲을 지나가는 고라니에게 장풍을 쏘듯이 극음투영을 시전했다. 눈에는 보이지 않지만 어떤 투명한 존재가 고라니를 순식간에 해쳐버리는 것 같았다. 고라니는 꼼짝없이 투명한 기운에 의해 죽고 말았다.

궁표검객은 모든 면에서 뛰어났지만 특히 암기에 탁월한 재주가 있었는데, 그것은 한번 본 무공을 그대로 따라할 수 있는 특기였다. 호흡이 조금 달랐지만 가막미르와 거의 비슷한 성과를 보였다. 그도 역시 무형의 기운을 보내 움직이게 만든 것이었다.

"궁표야."

"예!"

"잘 되었다. 부단히 연마를 하거라. 만일 내가 잘못되면 네가 살아남아 나의 꿈을 대신 이루어다오."

"주군! 왜 그런 말씀을 하십니까?"

"후후, 농담이다. 좌우간 이제 니가 이제 최고가 되었구나."

"예?"

"당금 천하에는 너를 이길 자가 거의 없다. 혹시 봉래선인이나 물여위선인이 나타난다면 그때는 우리 둘이 힘을 합쳐야겠지… 나가서 익숙하게 될 때까지 백번 이상 수련을 하거라!"

"예, 주군!"

"으음…"

가막미르는 궁표가 나가자 표정이 별안간 어두워졌다. 그리고는 혼잣

말을 했다. '으음, 명부귀왕들이 내게 거짓말을 했을 리 없고, 봉래와 물여위가 함부로 돌아다닌다면 천상의 체계에 문제가 생긴 것인데…' 가막미르는 오랜 침묵 끝에 궁표검객을 다시 불렀다.

"숙신국과 동옥저 그리고 동예, 동부여 등에 흩어져있는 자객들은 모두 몇이나 되지?"

"지난번 이성국 전투에서 이백 명 정도를 잃어서 이제 한 팔백여 명 정도가 됩니다."

"그래? 악행을 처벌하고 병자를 치료한다는 봉래선인을 한번 불러볼까?"

"예?"

"그 아이들에게 당장 돈 많은 왕족 귀족들의 놈들 돈을 다 빼앗고 집에 불을 지른 다음 사람들을 죽이지 말고 다치게만 하라고 해라!"

"예!"

"당장 전서구를 있는 대로 다 보내거라!"

"존명!"

북방의 수많은 나라와 무림세력들은 과거 부여의 통치하에 있었지만 고구려가 강대해지면서 부여가 위축되었고 그 틈을 타 숙신국과 동옥저, 동예, 예맥 그리고 동부여 등에 자객집단들이 우후죽순처럼 봉기하였다. 그들은 대개 가막미르의 명을 따랐다.

숙신국 자객단에 가막미르의 전서구가 날아들자 숙신국과 인근의 나라 여기저기서 도적들의 약탈과 방화가 마구잡이로 일어나기 시작했다. 무차별적인 싸움과 살인사건들이 연속되자 하루만에 숙신국 인근의 인심이 술렁였다.

제 76화 – 18. 무독귀왕과 물여위 – 십오일째(1)

선도산으로 향하는 마차 안에서 탈해는 급속하게 회복되고 있었다. 참으로 신기한 일이었다. 창해신도의 권격술이 오히려 탈해의 막힌 경맥을 타통시켜준 덕분이었다. 어느 정도 회복되자 피를 많이 흘린 구정동에게 기를 방사하여 주었다. 구정동은 탈해를 보고 살짝 웃었지만 말은 하지 못했다. 선도산성 아래에 돌아온 석탈해 일행은 말과 마차를 버리고 경공으로 가막미르의 포위망을 뚫고 넘어가기로 했다. 탈해는 아직 회복이 다 되지는 않았지만 구거수를 부축하여 업으려고 했다.

"내가 구정동 거수님을 업을게."

"안됩니다. 주군 제가 업겠습니다."

"그래. 탈해야. 너는 죽었다가 살아난 몸이야. 아직은 무리야!"

은동과 상길이 만류하여 탈해는 구거수를 업는 대신 앞장서서 경공을 펼치기로 했다. 백의가 구정동을 업고 탈해의 뒤를 따랐다.

"참, 어이가 없군!"

"뭐가?"

"통상 포위망을 뚫고 간다는 것은 포위를 탈출하여 도망가는 것인데. 우리는 오히려 안으로 들어가려고 하잖아."

"잔소리 말고 제일 넘어가기 쉬운 곳이나 잘 찾아!"

은동에게 퉁박을 맞은 탈해는 나무 위로 올라가 진영을 살폈다. 그리고는 자신을 빨리 따라오라는 손짓을 했다. 큰 소나무들이 즐비한 숲에서 잠시 정신집중을 하고 호흡을 멈추었다. 이번에는 순식간에 봉래선인으로 모습이 화하였다. 점차 둔갑술 실력이 증진되는 것에 대해 탈해는 흐뭇한 마음을 숨길 수가 없었다.

"얘들아, 잘들어, 내가 봉래선인으로 둔갑하여 이목을 끌테니까 그때 재빨리 산으로 올라가. 알았지?"

"알았어!"

긴 소나무가지를 하나 주워든 탈해는 짐짓 봉래선인 흉내를 내면서 천막을 치고 쉬고 있는 가막미르의 군사들을 향해 가더니 마구 때리기 시작했다.

"야! 이놈들!"

"휭휭! 딱! 따따딱"

"윽! 으윽!"

그런데 공력이 크게 증가하여 탈해의 나뭇가지 휘두는 휭휭 소리만으로 웬만한 사람은 겁을 먹고 달아났고 병사들이 나뭇가지에 맞고 쓰러지자 주위의 다른 병사들이 모두 메뚜기떼처럼 도망가기 시작했다. 그 사이에 일행은 무사히 산성으로 들어갔다. 탈해는 한참을 싸우고도 호흡이 남아 있었다. 그래서 적 진영을 좀 더 살펴보려는데 누군가 무서운 속도로 탈해를 향해 날아왔다. 탈해는 순간 자신도 모르게 그쪽으로 일검만파를 발사하였다. 그 자는 황급히 아름드리 소나무 뒤로 재빨리 숨었다. 그러나 그 커다란 소나무가 탈해의 장풍을 맞고 부러지고 말았다. 그러자 그 자는 신속하게 그 옆의 바위 뒤로 숨었다.

"아니? 이럴 수가?"

그는 궁표검객이었다. 그는 바위 뒤에서 큰 소리로 외쳤다.

"고명하신 봉래선인께서 어찌 저 같은 무명소졸에게 이토록 살벌한 장풍을 쏘는 겁니까? 좋소이다!"

그런데 이상한 것은 궁표검객이 감히 봉래선인 앞에서 피하지를 않고 공격초식을 준비하는 것이었다. 궁표는 이른바 극음투영(極陰透靈)을 시전하려했다. 탈해는 혹시 둔갑술이 해제되어 들킨 것인가 하고 자신의 얼굴을 만져보았다. 하지만 수염이 느껴졌고 둔갑술은 이상이 없었다. 탈해는 호흡이 얼마 남지 않아 궁표를 뒤로하고 경공술을 펼쳤다. 그런데 궁표검객이 봉래선인을 따라오는 것이 아닌가. 그것도 엄청난 경공의 속력으로 계속 탈해를 따라왔다. 탈해는 마지막 호흡을 이용해 창해신도의 연속추적 장풍을 시전했다. 예상대로 궁표는 장풍을 가볍게 피하는 경공술을 썼다. 그러나 장풍은 궁표검객을 따라가면서 계속 작동되었다. 당황한 궁표검객은 장풍을 급작스럽게 피하다가 살짝 비껴맞으면서 땅에 쓰러졌다. 그리고는 곧바로 일어나 황급히 도망갔다.

"휴우. 후후, 이젠 궁표도 별거 아니네! 후후후."

궁표를 무찌르고 기분이 좋아진 탈해도 비로소 호흡을 내뱉고 본 모습으로 화하여 산성으로 향했다.

석탈해가 일행을 구해 돌아오자 산성은 잔치분위기가 되어버렸다. 특히 구성련이 구정동을 부여안고 한참 동안 감격의 눈물을 흘렸다.

"아버님! 흐윽, 정신 차리세요!"

그녀는 구정동의 병세가 위중함을 알고 천년거북피를 끓여 원기회복을 하고자했다. 그때 은동이 창해신도에게 죽을 뻔한 석탈해에게도 거북피를 먹이라고 강권하여 탈해는 억지로 거북피 보약국물을 마시게 되었다.

"젊은이, 나를 혹시 아는가?"

화기애애한 분위기 속에서 들떠있는 탈해에게 무독귀왕이 다가왔다. 탈해는 그가 마음씨 좋은 할아버지처럼 보여서 영남 칠선 중의 한명이겠거니 하고 대충 인사를 하고 말았다. 하지만 그는 탈해를 유심히 살펴보았다.

"건실한 청년이로군!"
"아닙니다. 그냥 그렇습니다."
"아닐쎄, 자네 얼굴에 다 씌여있네. 잘 살고 잘못 살고는 다 자네가 자초해서 생겨나는 일일세. 매우 착실하게 살고있구만."

"저야 뭐, 아무튼 감사합니다."

무독귀왕은 탈해의 뺨을 만지려고 했다 그 순간 탈해는 반사적으로 무독귀왕의 손을 잡았고 그 빠른 속도에 무독귀왕이 당황한 나머지 더 빠르게 탈해의 손을 다시 반대로 잡아 쥐었다.

"헛!"

"아니?"

순식간에 탈해는 손목이 꺾여 저항을 할 수가 없었다. '세상에 이토록 빠른 손놀림을 하는 사람이 있다니? 그것도 백세가 넘어보이는 노인이!' 탈해가 항복을 한다는 의미로 자신의 어깨를 반대 손으로 탁탁 쳤다. 그런데 무독귀왕이 탈해의 손바닥을 보고는 적지 않게 놀라는 것이 아닌가?

"아니 칠성점?"

무독귀왕이 살펴본 탈해의 손바닥에는 일곱 개의 점이 있었다. 꺾인 손목을 치료하기 위해 기를 방사하던 무독귀왕이 또 한 번 소스라치게 놀랐다.

"평소에는 보이지 않으나 기가 충만하면 칠성점이 나타난다? 그대는 칠성신의 현현이 아니신가?"

"무슨 말씀하시는 거에요?"

"아, 아닐세."

하지만 탈해와 다른 사람은 그 칠성점을 볼 수가 없었다. 기 방사가 끝나자 점은 이미 없어졌기 때문이었다.

"내가 엉겁결에 자네 얼굴을 만지려한 건 미안하게 되었네. 그리고 내가 치료를 했으니 손목은 괜찮을 걸세."

"아닙니다. 제가 감히 어르신의 손을 먼저 잡았으니 결례를 용서하십시오."

"용서라니? 천만에!"

무독귀왕은 다시 들창을 열어 하늘을 올려다보고는 사람들을 향해 공수를 했다.

"저는 이만 물러가겠습니다. 이제 귀왕들은 나타나지 않을 겝니다. 혹시 명부의 귀왕들이나 저승차사들이 나타나면 바로 연락을 주세요. 최도인이나 영남칠현들을 통해서 연락을 주시면 됩니다. 그럼 저는 이만. 아! 그리고 석탈해공도 잘 계시고, 오늘 다시 만나보니 한결 마음이 놓이는구먼…"

무독귀왕은 별안간 탈해에게 반말도 아니고 존칭도 아닌 말투를 썼다. 그는 다소 서두는 걸음걸이로 바람처럼 암자 문을 열고 나가서 기다리고 있던 장미흑마를 타고 밤하늘로 홀연히 사라졌다. 그도 역시 귀왕이어서 그런지 사라지는 모습이 으스스한 분위기였다. 석탈해는 저승말을 처음 보았거니와 그렇게 내공이 높은 사람도 처음 만나보아서 그만 혼을 빼앗긴 사람처럼 그가 날아간 하늘을 하염없이 바라보았다.

잠시 후 석탈해가 암자로 돌아오자 영남칠현 중 운문산 산신이 그를 알아보았다.

"오랜만이군. 석탈해."

"저를 아십니까? 송구하오나 제가 기억을 잃어서요."

"그래. 대충 이야기는 들었네. 또 좌우간 자네가 개과천선을 하고 훌륭하게 자라주어 마음이 든든하고 참 좋구먼."

"개관천선이요? 과거의 저에 대해 잘 아십니까?"

"잘 안다기보다 몇몇 사건만 좀 아는 거지 뭐. 이야기를 해주어야 하나?"

"예, 부탁드립니다! 산신님!"

운문산 산신은 가지산 여산신을 한번 힐끔 보고는 석탈해를 데리고 지하 토굴로 데리고 내려갔다.

"석탈해. 자네는 누구와 싸워 부상을 당하고 기억을 잃었는지, 전혀 기억이 없나?"

"예, 전혀요."

"으음, 자네 뺨이 조금 이상하지 않나?"

"별로 모르겠는데요."

"아마 자네 어금니 하나가 없을 걸세."

"그걸 어떻게 아세요?"

"그게 바로 무독귀왕의 흔적이네?"

"무독귀왕이요?"

"자네는 재작년인가 동해용궁에서 무독귀왕과 싸움을 하다가 그에게 뺨을 맞고 어금니가 빠지면서 기억을 잃었다고 봐야지."

"제가 어떻게요? 자세히 좀 말씀해주세요."

"그래. 이야기해줌세. 동해용왕은 비무대회를 좋아하지. 나는 그 당시 남해용왕과 사이가 좋지 않았는데 역시 남해용왕과 사이가 좋지 않은 동해용왕이 나를 용궁으로 초대했지. 용궁에 도착하니 천하의 고수들 수십 명이 모여 자웅을 겨루는 비무대회가 벌어지고 있더군. 거기에 나와 무독귀왕은 심판관 자격으로 참여했지."

"저는요? 저도 싸우러갔었나요?"

"물론이지 아마 강력한 우승 후보였을 거야. 용왕은 이기는 자에게는 황금 열관을 준다고 했지 아마? 서른 두명 중 마지막 네명이 남았을 때였어. 자네가 숙신국의 흑검귀와 싸우고 용성국의 무장군이라는 자와 창해가문의 신창이라는 자가 싸우기로 되어 있었지. 먼저 신창과 무장군의 대결이 진행되고 다음으로 자네와 흑검귀가 싸움을 기다리고 있었어. 그런데 신창이라는 자가 대결에서 일방적으로 밀리자 무장군에게 독무를 사용하여 제압하려했는데 그만 너무 많은 독을 뿌린 게야."

"제가 그 독에 당했나요?"

"아니, 자넨 재빨리 피했지."

"다행이네요."

"그 때문에 용궁 안에 독이 차서 무독귀왕이 독을 없애느라고 무지하게 애를 먹었지. 이틀 동안이나 독을 제거해야했기 때문에 비무대회는 결국 무산되고 말았지. 진노한 동해용왕이 신창을 잡아 스스로 그가 사용한 독을 써서 그를 죽였고 독에 당한 무장군도 이틀을 버티지 못하고 죽고 말았네."

"그, 그런데요?"

제 77화 – 18. 무독귀왕과 물여위 – 십오일째(2)

이야기가 흥미진진해지자 탈해는 자신도 모르게 침을 삼켰다. 그리고 그는 점점 그 이야기 속으로 빨려 들어갔다.

"헌데 승부욕이 지나친 자네와 흑검귀는 황금에 관계없이 개인적으로 비무를 벌였지. 둘은 용궁에서 치열하게 싸웠지만 승부가 나지 않자 용궁을 벗어나서도 싸움은 계속되었지. 그날 밤 동해 바닷가까지 와서 계속 싸우다가 흑검귀가 야비하게 이무기들을 불렀지. 자네는 흑검귀와 이무기들 두 마리의 협공을 받았지만 가까스로 그들을 패퇴시켰네."

"그럼 삼대일로 싸워서 이긴 거네요?"

"그렇지! 그런데 흑검귀의 만행을 보고 그를 저지하러온 무독귀왕이 그의 악한 기억을 없애려고 하는 것을 본 자네가 무독귀왕이 흑검귀와 한패로서 그를 치료하는 것으로 여겼던 모양이야. 자네는 무독귀왕에게 공격을 감행했지."

"예? 제가요?"

"한마디로 겁이 없었다네! 무독귀왕과 접전 끝에 자네가 크게 얼굴에 가격을 당하여 부상을 입었는데 무독귀왕은 자네의 나쁜 정신 상태와 잘못된 습관 등 악한 부분을 모두 무화시켜버렸지. 이건 내 추측인데 무독귀왕에게 따귀를 맞고 이가 하나 빠지면서 자네가 기억을 잃은 모양이야… 그런데 날이 점점 밝아오고 있어서 무독귀왕은 명부로의 귀환을 서둘렀고 그 와중에 흑검귀의 무독화는 시행하지 못한 것이었네."

"그게 다에요?"

"그래! 그게 다야."

"또 다른 이야기는 없나요. 제 아버님이나 어머님에 대한 이야기라도…"

"자네에 대해서는 더 아는 바가 없네! 나는 그날 자네를 처음 보고 오늘 다시 보는 걸쎄! 궁금증이 좀 풀렸나?"

"예! 아무튼 감사합니다. 산신님!"

운문산 산신 덕분에 탈해는 궁금증이 다소 해소되었다. 그러나 자신에 대해 알면 알수록 부모에 대한 그리움이 더해져만 갔다. 탈해는 괜스레 짜증이 나서 백의에게 따졌다.

"백의! 왜 자네는 내가 동해용궁에 가서 무독귀왕을 만난 걸 말해주지 않았어?"

"무독귀왕이요? 저는 작년에 주군을 십오 년 만에 뵈었지요. 그 이전의 일을 자세히 모릅니다."

"미안하게 되었네. 내가 무독귀왕에게 따귀를 맞고 어금니가 빠지면서 기억을 잃다니. 참, 옛날엔 내가 겁이 없었구만. 명부 귀왕한테까지 다 덤비고…"

"무슨 말씀이세요?"

"아무것도 아니야."

"그런데 주군, 구정동 거수가 많이 안 좋습니다. 얼른 가보셔야겠어요."

탈해는 자리를 보전하고 있는 구정동 거수에게 갔다. 하지만 이미 구성련이 설움에 복받쳐 울고 있었다.

"거수님! 접니다. 석탈해입니다."
"으으…왕자님, 고, 공주님을 부탁…"
"구거수님! 정신 차리세요!"

탈해가 구거수를 흔들자 선도산 제일도인이 탈해를 밀어내고 구정동의 맥을 짚다가 고개를 가로로 저으며 일어섰다.

"구정동 대인은 과다 출혈이 있었지만 워낙에 지병이 있었네. 방금 운명했네."
"거수님!"
"아버님!"

구정동이 죽자 구성련은 절규했다. 탈해도 미안함과 죄스러움이 밀려왔다.

"내 잘못이요. 구낭자. 내가 처음부터 모시고 왔어야했는데. 정말 송구합니다."
"흑흑."

구낭자는 말을 잇지 못하고 계속 울뿐이었다. 탈해는 구성련을 달래주었지만, 평생을 아버지로 알고 있었던 분을 잃은 슬픔을 잊게할 수는 없었다. 선도산성이 전쟁 중이라 성 한 구석에 가묘를 쓰고 차차웅이 주관하여 약식으로 장례를 치렀다.

구성련은 이제 오갈 데 없는 신세가 되었다고 하자 탈해가 자신을 믿으라며 달래주었다. 그 둘을 바라보는 은동이 뾰루퉁한 표정을 지었지만 질투를 부릴 상황이 아니었다. 장례가 끝나자 차차웅이 탈해를 불렀다. 차차웅은 어느때보다 진중한 표정이었다.

"석장군, 그 동안 고생이 많았네. 그리고 구거수의 일은 매우 유감일세."

"저도 여러 가지로 차차웅께 송구하옵니다."

"가막미르를 몰아내고 금성에 복귀하면 신라귀족을 완전히 재편성할 걸세. 그때 힘이 되어주게."

"물론입니다. 차차웅님!"

"일단 나를 선택했다면 절대 다른 생각을 해서는 아니되네."

"예, 명심하겠습니다."

"이제 나 외에는 아무도 자네 편이 아니고 자네 외에는 그 누구도 내편이 아닌 거라고 우리 생각하세! 내 자네를 가장 신임하고 내 후계자로 공포할 것이네."

"예? 노례왕자님이 계신데요? 만부당하신 말씀이옵니다."

"자네가 그 아이를 가르쳐서 후계로 삼게."

"그건 곤란합니다."

"내 명일세! 그 얘기는 더 말하지 말게!"

"네."

“추호도 믿음을 저버리지 않는다는 약속을 반드시 명심해야할 것일쎄!”

“예!”

차차웅은 어느때보다 차가운 어조로 말하고는 석탈해의 양손을 부여잡았다. 탈해도 왠지 차차웅이 아버지처럼 여겨져서 진심으로 그와 손을 마주잡았다.

한편 산 아래 진영에서는 궁표검객이 흥분하여 자신의 일을 가막미르에게 설명하였다.

“주군! 제가 지금 봉래선인과 만났습니다. 주군의 극음투영을 시전하려는데 그 늙은이가 이상야릇한 장풍을 쏘는 바람에 실패하였습니다.”

“그게 무슨 말이냐? 네가 봉래선인과 맞섰단 말이냐?“

“주군의 초식을 한번 시전해보고 싶었습니다.”

“그래서?”

“그런데 그자의 장풍이 살아움직이듯이 계속 저를 따라와서 애를 먹었습니다.”

“추신장풍술(追身掌風術)? 그것은 예전에 사라진 창해가문의 비전술법인데?”

“그렇습니까?”

“어찌 봉래선인이 속세의 무술가문에서 사용하던 장풍을 쓴단 말인가? 그리고 북쪽에서 자객들이 노략질을 하고 있는데 거기에는 가지 않았다? 그러면서 선도산에 남아 있다? 그게 풍백이 인간 일에 관여하지 말라는 엄명을 지키는 것인가? 으음… 니가 본 그 봉래선인은 위장을 한 가짜일 것이다."

"예? 그게 무슨 말씀이십니까? 경공술로 보나 장풍으로 보아선 봉래선인이 맞는 것 같습니다. 제 아무리 초고수가 변장을 한 것이라 하여도 그 정도일 수는 없습니다."

"정녕 신선급 무공이 맞더냐?"

"예! 주군!"

"그런데 너는 어떻게 빠져나왔느냐?"

"그가 황급히 산성으로 돌아가는 중이었는데 제가 쫓아가다가 장풍에 맞았고, 그는 다시 산성으로 서둘러 올라가는 것으로 보였습니다."

"이상한 일이로군. 봉래가 서둘러갔다면 산성에 무슨 급한 일이 생겼다는 것인데… 선도산에 심어놓은 간세에게서는 연락이 없느냐?"

"예, 더 이상 지원군이 왔다는 소식이 없습니다."

"이제 슬슬 화살과 식량과 물도 떨어져갈테고 내일 모레 거서간 국장일도 다가오고 똥줄이 타겠구만."

그때 전령이 화살에 묶인 서간 쪽지를 들고왔다.

"주군! 새 소식입니다."

"어디서 온 것이냐?"

"예! 산성의 간세에게서 왔습니다."

"그래? 으음 오늘 명부에서 무독귀왕이 다녀갔다는구나."

"아니? 명부의 귀왕이 왜 차차웅 진영에 나타난 거죠?"

"이자는 우리 쪽이 아니다. 풍백의 똘마니지."

"명부귀왕인데 풍백의 부하라구요?"

"주로 명부귀왕이나 저승차사들을 감시하고 지상에 왔다가 악독한 자들을 선하게 만든다는 자인데, 으음 그러니까, 주식귀왕은 무독귀왕과의 조우가 두려워 명부로 되돌아간 것이로군. 오호라! 이제 슬슬 이해가 되는구나. 그렇다면 풍백의 명을 받은 무독귀왕이 오니까 너와 싸우던 봉래가 급하게 산성으로 되돌아갔다 이거지? 보나마나 봉래선인은 풍백에게 혼이 날 것이고, 으음… 물여위와 봉래는 금세 사라지겠군. 흐흐흐, 이제 쳐들어가면 손쉽게 끝날 것 같구나. 으하하하하!"

"예?"

"다시 전투를 시작하자! 궁표야!"

"예!"

숙신국과 남쪽의 백민국 그리고 그 남쪽의 동예와 동옥저, 또한 보로국과 흑수국의 자객들을 모두 부른다. 계약조건은 각각 금 열 돈과 약탈한 물건과 계집을 모두 준다고 알려라. 당장 전서구를 띄워라. 지금 바로 출발하라고 하라!"

"존명!"

산성에서는 차차웅과 도인들이 가막미르의 재공격 방비에 대해 두런두런 대화를 나누고 있었다. 탈해도 불현듯 부모님이 생각나서 백의와 이야기 중이었다.

"백의. 자넨 적녀국에 있었다고 했지?"

"예"

"그럼 내 어머님에 대한 이야기는 더 들은 것이 없나? 어떻게 돌아가셨나?"

"저도 잘은 모릅니다. 다만 돌아가시지 않고 행방불명이 되었다는 이야기를 들은 적이 있습니다."

"자세히 좀 이야기해주게."

"함달바 폐하께서 가막미르와의 전쟁에서 패퇴하시고 산속으로 은거하신 이후의 일이지요. 함달바 폐하께서 부재하시니 가막미르가 용성국을 차지하고 몇몇 귀족과 폐하의 식솔들을 학살하기에 이르자 용성국은 일대 혼란에 휩싸였습니다. 스스로 왕이라 칭했지만 함달바 폐하의 후임은 한미르님이었습니다. 이십팔 명의 전 용왕 가문들은 두 세력으로 나뉘어 서로 가막미르와 한미르 편을 들어 대립하여 논쟁이 끊이질 않았습니다."

"백의! 용성국에서는 왜 가막미르를 치지 않은 거지?"

"글쎄요. 그렇게 이십팔 왕 가문에서 미적거리니까 그때 적녀국 여왕께서는 왕자님의 어머님이신 해보공주님에게 병사 이천을 주어 가막미르를 정벌토록하였습니다. 그리하여 공주님께서는 함달바 폐하와 왕자님 그리고 용성국 백성을 위해 공주님의 모든 보석을 챙겨 군선 백척과 바다에서 싸울 군사와 무기를 구입했습니다. 공주님은 바다를 건너 가막미르와 지옥의 사악한 귀왕들을 무찌르기 위해 용성국으로 바다를 건너갔습니다. 용성국에 접안하기까지 무려 군사 천여 명을 잃었고 상륙 후에 죽을 힘을 다해 싸웠고 마침내 용성국 동쪽 땅을 차지했습니다."

"그럼 어머님이 승리하셨나?"

"유감스럽습니다만 그렇지는 못했습니다. 적녀국 군사들은 일곱 달을 싸웠고 저 유명한 용성국 화골전투에서 가막미르의 정예군 삼천 명을 물리쳤으며 공주님은 개마산에서 용맹하게 싸우셨지만, 부관과 고위급 장군들도 거의 몰살당했습니다. 그 전투에서 적녀국을 돕던 예국과 맥국 그리고 옥저에서 온 용병 장군들이 대부분 죽었습니다. 물론 가막미르의 군사들은 수천 명이 죽었습니다. 애당초 출정한 적녀국 이천 명의 군사 중 살아남은 자가 백여 명이었다고 합니다. 그런데 전쟁 직후 공주님은 행방이 묘연해졌습니다."

"돌아가셨단 말인가? 백의!"

"돌아가셨는지 아닌지는 알 수는 없으나 시신을 찾지 못했습니다. 결국 적녀국의 백여 명의 병사는 치열했던 전투가 끝나고 지리한 휴전 상태가 길어지자 모두 적녀국으로 귀환해버렸습니다."

"그랬군. 그런데 아버님의 승천은 어떻게 세상에 알려지게 된 것인가?"

"예, 가막미르를 몰아낸 한미르 왕이 자신을 도와준 하백신에게서 직접 들었다고 했습니다."

"그래? 잘 알았네. 혹시 자넨 적녀국의 위치를 알고 있는가?"

"잘은 모르나 과거 제 친구가 적녀국 부근까지 다녀온 자가 있습니다. 그는 봉황을 타고 나다니기 때문에 다시 찾아갈 수 있을 것입니다"

"그럼 자네가 그 봉황을 타고 적녀국에 가서 내 이야기를 전하고 원군을 요청할 수 있겠나?"

"예! 주군! 목숨을 바쳐 명을 받들겠나이다."

"그래. 수고 좀 해주게."

"존명"

탈해가 백의를 떠나보내고 다소 심란하여 하늘을 올려다보고 있을 때 누군가 다가왔다. 탈해가 순간적으로 방어자세를 펼치다가 이내 다가온 사람에게 고개를 숙였다. 용마도인이었다.

"탈해야, 내가 전음을 들었다."

"예? 무슨 전음이요?"

"사부님이 남산 명당자리에 다시 돌아오셨다는구나. 우리를 보자고 하신다."

"지금 가막미르하고 전쟁 중인데요? 도인님만 다녀오세요."

"너를 꼭 데려오라고 하시는구나."

최도인과 알령도인도 암자 밖에 나와서 봉황새를 세워놓고 이동할 준비를 하고 있었다. 그들은 한때 물여위 선인에게 가르침을 받은 적이 있는 도인들이었다. 물여위의 전음은 선도산성의 도인들에게 어떤 희망의 소리와도 같은 것이었다. 네 사람이 출발하려 하자, 나머지 도인들도 다 나와 배웅을 했다. 봉황새가 날아오르자 적진영이 한눈에 들어왔다. 그들은 아직 이렇다 할 움직임이 없었다. 봉황은 창공으로 솟아오르는가 싶더니 날갯짓 몇 번으로 선도산을 벗어나 남산 상공에 다다랐다.

제 78화 - 18. 무독귀왕과 물여위 - 십오일째(3)

과연 물여위는 금강산에서 돌아와 남산 명당의 무덤자리 풀밭에 앉아 있었다. 그는 평소와 다르게 정갈한 흰색 도포를 입고있었다. 그의 얼굴에서는 은은한 광채가 났고 자세히 보니 온몸에서도 신비한 빛이 발하고 있었다.

"오오! 승천광채로군!"

"경하드립니다. 선인님!"

함께 온 최도인이 물여위 선인의 광채를 알아보았다. 대부분의 도인들이 그에게 예의를 다해서 인사를 했고 용마와 탈해 그리고 최도인과 알령도인도 절을 올렸다.

"모두들 고맙소이다. 그동안 내가 지상에서 여러분들께 큰 신세를 졌소이다. 헐헐헐."

두루두루 인사를 마친 물여위는 용마도인과 탈해를 곁으로 불렀다.

"용마야, 그리고 탈해야. 시간이 별로 없구나. 너희들에게 내 지상의 찌꺼기들을 주고 가마."

"예?"

"잘 받거라. 이백년 동안 내가 쌓아놓은 쓰레기 더미니라. 흘흘흘."

"뭘요? 스승님?"

"별거 아니다만 그래도 이게 내 비기이니라. 용마야, 탈해야."

"예."

"바람을 잡으면 무공은 끝인 것이다."

"무슨 말씀이신지요?"

"저 바람을 가지고 놀아야하느니라. 바람이 바로 너희들의 무기이니라. 자, 내가 너희들을 밀어보마."

"어어?"

용마도인과 탈해는 물여위가 서너 장 떨어진 곳에서 양손바닥을 슥 밀었는데 마치 두 사람의 몸에 손을 대고 민 것처럼 뒤로 밀려나자 놀라움을 금치 못했다.

"보았느냐? 으음."

물여위는 하늘을 한번 올려다보고는 말이 빨라졌다.

"잘 듣거라. 이거 아주 쉽다. 공기가 하나의 덩어리라고 깨닫기만 하면 되는 거야! 알았지? 나와 상대 가운데 놓인 바람, 즉 공기를 물이라 여기고 찰싹 때려보거라. 출렁할 것이다. 히히히."

"안되는데요?"

용마도인이 고개를 갸웃하며 말했다.

"연습하면 된다. 이번에는 그 사이의 공기를 바위라 생각하고 밀어보거라. 상대가 돌처럼 여겨지면서 밀릴 것이다. 구태에 진기를 끌어모아 장심에서 기를 발사하는 그런 무지몽매한 장풍을 써서는 오래 못산다. 또한 신선이 될 수 없고, 결국 승천을 할 수 없게 되느니라. 명심하거라."

"…"

"대답 안해? 이것들이!"

"예, 아, 예!"

그때 누군가 엄청난 공력을 내뿜으며 하늘에서 지상으로 급강하했다.

"쉬이이익!"

비행체로서 하늘을 날아올 때에는 그것이 사람인지 아니면 큰 독수리 같은 새인지 알 수 없었으나 지상에 매우 단아하게 내려앉는 모습은 두건으로 얼굴을 반쯤 가린 노파였다.

"도대체 그 누가 저토록 가공할 경공술을 쓸 수 있단 말인가?"

탈해는 지금껏 듣도 보도 못한 경공술에 눈이 휘둥그레져서 그 노파를 살폈으나 그녀는 고개를 깊숙이 숙여 물여위 선인에게 반절을 했다.

"삼가 물여위 선배님을 뵈옵니다!"

"오! 자네 왔나? 뭘 왔어? 바쁠텐데."

"사실은 조의선사님이 가보라고 하셔서…"

"그 친구가 샘이 나서 직접 안 오고 자넬 보냈구먼?"

"호호호호. 그러신 모양이신가 봅니다."

"뻔하지 뭐 흐흐흐흐."

"하여튼 경하드리옵니다."

"아닐세, 자네도 뭐 머지않아 이리 될테지… 자네도 내게 뭐 할 말이 있나?"

그녀는 잠시 머뭇거렸다. 그리고는 어렵사리 입을 열었다.

"창해문 전 장문인이신 창해신궁을 만나뵈시겠지요?"

"그분이 먼저 승천하셨으니 그럴 수도 있겠지…"

"만나뵈오시면… 아닙니다."

"내가 어떻게든 그분을 만나보겠네. 허나 안부를 전해 무엇하겠나? 허허허허"

"예… 그럼 다른 분들과 인사를 나누십시오. 저는 이만…"

노파는 다시 한 번 물여위에게 반절을 올리고는 뒤돌아서 승천처 아래에 사람들이 서있는 곳으로 내려가려했다. 그 순간 탈해는 화들짝 놀랐다. 그 노파는 다름아닌 창해신도였다. 탈해는 그녀에게 깍듯하게 목례를 했다.

"창해신도님!"

"아니? 자네가 어찌 여기 있는가?"

"사실 저는 물여위 선인님의 제자입니다."

"그래? 이런 인연이 있나? 함달바 폐하의 자제분이 기연을 얻으셨군!"

창해신도는 물여위 선인을 한 번 더 바라보고는 나지막한 소리로 말했다.

"선인께서는 훌륭한 제자를 두셨네요. 홍복이십니다."

"허어! 과찬의 말씀! 이놈 아주 개구장이야."

"후에 크게 되려면 좀 개구져야겠지요. 그럼…"

"잠깐!"

"예? 왜요"

"창해신도, 자네는 속세의 끈을 다 끊고 수련하시게! 내말 알아듣겠나?"

"예. 선인님, 다시 한 번 경하드립니다"

창해신도가 물러가자 물여위는 용마도인과 탈해를 곁에 앉히고는 환한 미소와 함께 언제나처럼 농을 하기 시작했다.

"헤헤헤, 용마야, 그리고 탈해야. 내가 신선이 되는 법을 알려주마. 다섯 가지 원칙을 지키면 되느니라.

첫째. 시종 누군가의 제자로 계속 남아 있다고 생각하거라. 누군가에게 무언가를 배우는 자세는 선행을 쌓는 것과 같다. 배우는 자는 겸허하고 선하다. 삶을 배우고 겸손하게 선행을 베풀면서 무언가를 배우는 자세는 너의 힘을 샘솟게하지… 배움을 포기하는 순간 공력이 약해지느니라.

둘째. 다른 사람과 경쟁하지 마라. 경쟁은 부질없는 욕망을 키워줄 뿐

실질적인 기력을 주지는 못한다. 그 대신 경쟁하려는 자들의 능력을 인정하고 그들에게 용기를 주고 함께 의미 있는 삶을 추구하도록 해라. 함께 기뻐하면 함께 공력이 증진되느니라.

셋째. 쓸데없이 기연이나 타인의 내공흡수와 같은 신속한 내공증진을 바라지 말라. 그런 망상은 너의 공부를 더디게 만들 뿐이다.

넷째. 초식이나 신념 혹은 왕들의 신조에 얽매이지 말라. 설사 너희들이 득도하더라도 끝까지 너희 주장을 하지 말거라. 인간의 하찮은 뜻은 신선이 되는 데에 방해가 될 뿐이다.

다섯째. 후일에 너희들이 승천을 앞두고 초조할 때에 대해 말해주겠다. 굳이 말한다면 죽음에 대해 초조해하거나 앞당겨 승천하려고하지 말거라. 또 죽음에 대해 자주 말하지 마라. 승천의 길은 죽음보다 확실한 것은 없다. 그 어떤 예외도 없었다. 그리고 확실히 오는 것을 일부러 맞으러 갈 필요는 없다. 저절로 그렇게 되는 것처럼 좋은 것은 없단다. 알겠지? 용마야!"

"예."

"나중에 보자꾸나. 수련에 정진하여 승천하도록 해라."

"예, 스승님."

"그리고 탈해야"

"예."

"너는 틀림없이 산신이 될 테니 아무 걱정 말거라. 용성국 동편의 동악산 산신 자리 하나는 거뜬할 거다. 산신이 되거들랑 그 누구에게도 굴하지 않는 진정한 이 땅의 수호신 역할을 하거라! 잘 있거라! 동악산신이여! 히히히히히히히."

말을 마친 물여위는 정좌한 채 눈을 감았다. 그리고는 이내 그의 주위에 빛이 쏟아지기 시작했다. 하늘의 구름 사이에 큰 구멍이 뚫려 그 사이로 빛이 내려오는 것이었다. 저 하늘 높은 곳에서 집중적으로 발사된 빛이 물여위를 점점 감쌌다. 물여위를 감싼 빛은 스스로 움직여 마치 살아있는 생명체와도 같았다. 과연 천상의 빛은 지상의 빛과는 판이하게 달랐다. 그 광경을 보던 모든 사람이 감탄했지만 특히 최도인이 입을 다물지 못했다.

"아! 주위의 승천한 분들에 대해 소문만 들었지, 선인이 승천하는 장면을 직접 대하니 가슴이 뛰는구나. 대낮에! 그것도 수많은 사람들 가운데에서 승천하는 것은 처음 보는 일이로다!"

물여위는 그야말로 욱일승천하는 장면을 보여주었다. 승천의식은 천상음악과 함께 시작되었다. 귀와 머리를 흔들 정도로 엄청난 나팔소리가 하늘 위로부터 들렸고 천상선관과 선녀들이 각각 열 명씩 용과 봉을 타고 위엄 있게 서로 마주보고 있으므로 그 밑에 늘어선 백 마리의 봉황새들이 준엄한 전열 속에서 감히 함부로 행동하지 못하였다.

마침 남산에는 삼월이 되어 온갖 새싹들이 나뭇가지와 언덕마다 돋아나고 산수유와 이름 모를 들꽃들로 봄경치가 아름답고 황홀한 가운데, 창공에서는 오색구름이 피어오르면서 구름 속에서 청학을 필두로 큰 새떼가 나타났다. 큰 고니들이 중저음을 내면서 내려왔고 청학이 높은 소리로 울고, 난새와 백곡(白鵠)이 섞여 날며 저마다 화려한 소리를 내는데 그야말로 황홀한 천상의 음악연주 소리로 들려 듣는 이들이 모두 저마다 감탄했다.

"우와! 최고의 광경이로다!"

"야! 정말 믿을 수가 없구먼!"

"대단하고 또 대단하다!"

그리고 잠시 후 천상악사들이 금현과 은현으로 장식된 악기를 연주하여 그 아름다운 음악이 화려하게 울렸고, 옥피리소리, 금석의 풍악이 함께 울리면서 구름길이 열렸다. 엄청난 크기의 청룡 세 마리가 천천히 하늘에서 아래로 점점 내려왔다. 그 뒤에는 봉황새 깃털로 화려하게 장식한 지붕과 몸체 전부가 휘황찬란한 경옥으로 만든 수레에 용들이 말처럼 묶여있었다. 이른바 청룡이 끄는 천상마차였다. 열두 가지 색깔의 깃발이 하늘에 가득 차서 신선들이 환영하는 가운데 옥수레가 천천히 남산 물여위의 거처로 내려왔다. 물여위는 지금까지 보지 못했던 근엄하고 점잖은 표정을 지으며 수레를 타고 하늘로 올라갈 준비를 했다.

물여위는 천상 용수레에 오르기 전 한껏 웃었다.

"허허허허허허허!"

그의 목소리는 쩌렁쩌렁하게 울려났고 물여위가 바로 용수레에 오르자 용들은 무서운 속도로 상승했다. 그 화려한 승천행사에 도열해있던 모든 천상선관, 선녀, 천상악사, 용과 봉황들이 눈 깜짝할 사이에 없어졌고, 거짓말처럼 하늘에는 구름 한점 없었다. 마치 여름날 한바탕 소나기가 내리고 난 것처럼 딴판이 되었다.

이때 물여위의 기명제자인 용마도인와 석탈해가 엎드려 하직의 절을 세 번올렸다. 물여위 선인의 승천을 지켜보던 산신과 도인들과 구경하던 사람들이 이 기이한 현상을 보고 감탄하여 절하지 않는 자가 없었다.

제 79화-19. 선도산성 이차 공성전(1)

숙신국 인근의 자객들에게 가막미르의 통보가 간지 불과 반나절 만에 수백 명의 자객들이 선도산성으로 모여들었다. 개중에는 돈에 눈이 멀어 달려온 자들도 있었지만 가막미르와의 약속을 지키고 또한 그의 염원이 이루어지는 것을 보고 싶어서 온 충성스러운 자들도 많았다. 가막미르는 도열한 군사와 자객들 앞에 서서 일장 연설을 하기 시작했다.

"잘 들어라. 나는 너희들의 주인이 아니고 또한 왕도 아니다. 너희들이 잘 살기를 바라는 아버지나 형 같은 사람이다. 나는 진정으로 너희들이 잘 되기를 바란다. 너희가 잘 되면 내가 저절로 잘 되는 것이기 때문이다. 바꾸어 말하면 내가 잘되면 너희들도 잘 된다. 만일 너희들을 괴롭히는 놈들이 있으면 내가 죽여주마! 나는 그것을 지금까지 보장해주었고 앞으로도 그렇게 할 것이다. 이것을 보아라!"

가막미르는 들고 있던 황금 검을 손아귀에서 내공만으로 가루로 만들어버렸다.

"지지직! 투두둑!"

순식간에 부셔져버린 그 검은 과거 숙신국의 왕이 사용했던 상징적인 황금 검이었다. 그러자 군사들이 환호했다.

"와와! 와와! 와!"

"우리가 함께 잘 사는 것을 가로막는 자는 그 누구를 막론하고 없앨 것이다! 그게 왕이라면 왕도 죽인다! 그게 산신이나 도인이라면 그들도 죽인다! 그리고 왕과 같은 자리는 아무나 올라갈 수 있는 나라를 만드는 것! 너희들 중 그 누구라도 왕이 될 수도 있고 또 나와 같이 될 수 있다는 것! 이것이 바로 내가 진정으로 원하는 것이다!"

"우와 와와!"

자객들의 환호성이 하늘을 찔렀다. 가막미르는 늘 그런 식이었다. 선동을 하고 전쟁을 시작했다. 그는 열기가 치솟은 군사들의 흥분이 가시기 전에 또다시 연설을 했다.

"너희들은 지금까지 살인, 약탈, 방화 같은 일을 하며 먹고살았다. 그렇게 칼을 써왔다. 더러 고단하고 괴로워했다. 그러나 칼을 잘 쓰는 것은 아주 어렵거나 새로운 것이 아니다. 칼 잘 쓰는 다른 놈들 방법을 이리저리 섞어서 연결하는 능력만 있으면 된다. 즉 나를 따라하면 된다! 너희는 나를 따르겠느냐?"

"예! 주군!"

"좋다! 너희들이 나에게 왜 그렇게 칼을 잘 쓰냐고 물어본다면 나는 검법을 창시한 게 아니라 다른 놈들 것을 보고 연습한 거라고 말할 수밖에 없다. 우리는 뭔가 만드는 게 아니다. 다른 뭔가를 보고 빼앗는 것이다. 오늘 저 산위에 금은보화가 있다. 저들을 제거하면 저들의 것은 우리 것이 된다! 그리고 금성의 수백 배 더 많은 금은보화가 저절로 다 우리의 것이 된다. 너희들은 나와 똑같은 양의 금은보화를 나누어받을 것이다. 내가 금 한관을 가지면 너희 모두 똑같이 금 한관씩을 갖게 될 것이다! 알겠느냐?"

"와와! 가막미르님 만세! 만세!"

"자! 우리 오천의 무적 군사들이여! 지금 진격한다! 또한 나의 충성스런 고수 자객들이여! 군사들이 성을 치기 시작하면 그때 출발한다. 알겠나?"

"예!"

하루를 쉬고 가막미르의 사천 명 이상의 군사들이 다시 선도산을 향해 진군했다. 휴식도 충분했거니와 가막미르가 약탈한 것을 똑같이 나누어 준다고 하여 군사들은 사기가 충천해 있었다. 그만큼 재공격이 더 강력해 보였다. 또한 무공이 높은 팔백여 명의 자객들의 습격은 선도산성 측에는 일반군사들에 비해 더한 부담이 될 터였다. 가막미르는 궁표에게 자신의 검과 갑옷을 준비시켰다.

"아! 궁표야! 그리고 종석철로 만든 화살촉과 금흘영모의 변한명궁 그리고 거서간의 천사옥대가 다 준비되었다고 했지?"

"예! 주군!"

"화살촉은 모두 몇 개이더냐?"

"모두 열 개이옵니다?"

"주먹만한 종석철이면 서른 개는 너끈히 만들 수 있지 않느냐?"

"종석철은 열을 가하면 자꾸 줄어드는 성질이 있더군요."

"그래? 그래도 팔괘도인들을 다 잡을 수 있겠구나. 이걸 맞으면 제아무리 신선이라 해도 공력이 거의 사라지게 된다. 도로 삼십년 이상 도를 닦아야 될 것이다. 하하하하하."

금흘영모의 명궁과 천사옥대를 들여다보던 가막미르는 고개를 갸웃했다.

"여자의 궁이라 그런가? 좀 작구나?"
"진품이옵니다. 금흘영모의 침실에서 직접 가져온 것입니다."
"그래?"

활시위를 당겨보던 가막미르는 입가에 미소가 보였다.

"좋구나! 탄탄해! 과연 명궁이야! 그런데 아니, 이건?"

천사옥대를 허리에 두르려고 옥대를 쥐는 순간 옥이 깨지면서 허리띠가 끊어지고 말았다.

"궁표야! 이놈아! 이건 가짜로구나?"
"그럴 리가 없습니다. 죽은 거서간의 허리에서 풀러온 것이라 했습니다."
"두 번 세 번 확인을 했어야지! 이놈아! 죽은 놈 허리에서 풀러오면 다 진짜냐? 만져보고 가짜 같으면 주위를 둘러보고 진품 같은 걸 찾아와야지. 에이!"
"송구합니다! 주군!"
"으음, 괜찮다. 혁거세보다는 내가 내공이 높으니 그자가 힘을 얻었던 옥대는 나에게는 별로 도움이 안될지도 모른다. 사실 저 종석철로 만든 화살촉이면 충분하다. 너는 가서 자객들을 이끌거라!"

"존명!"

당황한 궁표는 미리 언질을 준 고수급 자객들을 집합하라고 명해 다섯 개의 차차웅 척살조를 편성했다. 궁표가 제일조로 날랜 자객 열명을 이끌고 이운하, 약마인, 아즈미 배와 사가 겐지가 각각 열명씩 최고수 자객들로 모두 오십 오명이 오로지 차차웅만을 죽이기 위한 특별 자객조였다.

어둠이 내리고 정예군사들이 성벽에 도착하자 기다리고 있는 산성 측 병사들이 활을 장전하여 적들이 다가오기를 기다리고 있었다. 가막미르의 병사들은 방패를 모아 지붕처럼 들고 그 아래 숨어서 조금씩 전진했고 수십 개가 하나로 합쳐진 방패는 고슴도치처럼 화살이 날아와 박혀도 사람은 맞출 수가 없을 정도였다.

가막미르의 정예군 오천 명중 부상당한 병사들을 제외하고 무려 사천 명이 넘는 군사들이 성을 에워싸자 제일차 공성전과 규모면에서는 차이가 별로 없었다. 다만 사대장군들 중에 선봉장 마군탁과 본부대의 장대완이 부상을 당하여, 좌군대장 고창운이 선봉을 맡고, 우군대장 해무인이 본대를 맡아 공격하였다. 이틀 동안 새로 만든 화살을 보충한 양측 진영은 궁수들이 마치 비오듯 화살을 서로에게 쏘아댔다.

이윽고 북쪽 성벽 아래에 자객단이 도착하자 고창운 부대의 화살공격은 두 배로 증가되었다. 그리고 갈고리를 걸어 줄을 타고 오르려는 자들이 선도산성 수비병에 의해 저지당하자 뒤에 나타난 해무인 장군 부대의 제 이차 공격이 성벽 아래에서 이루어지는 동안 궁표검객이 이끄는 고수 자객들이 두어번 도약을 하여 성벽을 넘기 시작했다. 이운하가 인솔하는 제 일조부터 약마인이 이끄는 제 사조까지 검은 옷을 입은 자객들은 어둠 속에서 짐승의 무리처럼 담을 타고 성안으로 넘어들어갔다. 궁표가 마지막 제 오조를 인솔해 성채의 북쪽 담을 월장하여 오십오 명의 자객단이 성벽을 무사히 넘어갔다.

척살조는 그 누구보다도 강하고 빠른 자객들이기 때문에 먼동이 트기 전에 차차웅을 척살할 수 있다고 궁표는 굳게 믿고 있었다. 그들은 모두 일당백의 고수들이었다. 과거에 비해 강하고 실수가 없는 자들로 선발했기 때문에 궁표로서는 내심 마음이 놓였다. 하지만 자객들이 성벽을 넘자 군사들이 몰려오기 시작했다.

"적이다! 적이 성벽을 넘어 들어왔다!"

허깨비 같은 산성의 군사들은 궁표에게 애당초 상대가 되지 않았다. 볏짚단처럼 베면 그냥 쓰러지는 하찮은 존재들이었다. 진짜 목표는 차차웅과 도인들이었다.

궁표가 성벽을 넘어 암자가 있는 담벽 아래로 경공술을 펼치어 벽에 붙어서 은둔술을 펼치려는 순간, 가시덤불 속에서 재빠르게 솟아오르는 누군가의 눈과 마주쳤다. 벽에 덩굴처럼 박혀있던 검푸른 두건을 두른 자의 발검은 월광을 받아 눈부시기 이를 데 없었다. 산수유 꽃 향이 그의 후각을 다소 누그러트렸으나 그는 월장을 위해 허공중에 경공술을 펼칠 때부터 쇠냄새를 맡고 있었다. 자객들을 향해 청의인의 옷 앞섶이 열리며 수없이 많은 표창들이 사방으로 튕겨 나오자 순식간에 여러 명이 쓰러졌다.

"피육! 핑핑핑!"

순간 성벽 속에 숨어있던 무사들이 일제히 감았던 덩굴을 잘라내며 날아올랐다. 궁표가 다급히 소리쳤다.

"암기다! 모두 엎드려!"

온몸을 둥글게 말아 땅바닥으로 데구르르 구르며 자객단은 괴무사들과 맞섰다. 자객들은 한결같은 고수들이었기에 암기에 맞아 쓰러진 자가 몇명 되지는 않았다. 가시가 무척이나 날카롭고도 거칠게 돋아난 덩굴 위로 표창을 난사하던 청의인은 성벽 위에서 이번에는 활을 꺼내 살을 먹였다. 강력한 화살이 발사될 때마다 자객들은 하나둘 제거되었다. 실로 엄청난 궁술이었다. 청의인이 화살통을 새것으로 바꾸려는 순간 궁표의 손에 들렸던 단검이 전광석화처럼 없어졌고 바로 그 순간 청의인이 고꾸라졌다.

"으윽!"

그때 벼락같이 날아간 석탈해에 의해 활을 쏘던 청의인이 안겨내려왔지만 궁표의 단검에 의해 그 청의인의 몸이 바로 검붉게 변해버렸다. 선혈이 낭자한 청의인은 바로 은동이었다.

"은동아! 으아!"

탈해가 울부짖었고 그 사자후에 일대가 웅웅 울렸다. 궁표는 순간 예감이 좋지를 않았다. 하지만 애써 태연한 척했다. 정천종과 배상길 그리고 우혁이 은동을 옹위하여 지혈을 했고 암자에서 선도산 삼선인이 급히 나와 자객들 쪽으로 달려왔다.

"총공격하라!"

궁표검객이 일제공격을 명하자 이미 성벽 구석구석에 은폐하고 있던 나머지 자객들 수십 명이 일제히 발검하여 총공격을 감행했다. 대접전이 벌어지자 노례왕자, 아니공주 그리고 영남칠현까지 암자 밖으로 나왔다. 하지만 팔괘도인들은 암자 안에서 차차웅을 지키는 모양이었다. 제아무리 강한 자객들이라 해도 도인들과 석탈해를 동시에 당할 수는 없었다. 여기저기서 자객들이 밀리기 시작했다. 그러자 궁표가 자객들 뒤에 숨어서 필살기를 준비하느라고 기를 모았다. 이른바 가막미르의 최고비기인 극음투영을 시전하려는 것이었다. 그리고 기가 충만해지자 선도산 삼도인을 향해 공력을 발사하였다.

"휘익"
"으앗!"

세 도인은 순간 자신에게 달려드는 정체모를 기운에 기겁을 하고 경공을 써서 물러났지만 기운은 끝까지 달려들어 제이도인이 가격을 당해 중상을 입고 말았다.

"으헉!"

선도산 제이도인이 속절없이 쓰러지자 이번에는 영남칠현이 궁표 쪽으로 날아왔다.

"이놈! 어디서 그런 악독한 사술을 쓰는고?"

운문산 도인이 먼저 지팡이로 검강을 발사했지만 궁표는 검강을 가볍게 막고는 다시 운문산 산신에게 극음투영을 쏘았다. 운문산 산신은 대여섯 합을 겨루다가 결국 다리를 강타당하여 역시 쓰러지고 말았다.

"헉!"

도인들이 연이어 쓰러지자 자객들이 점점 암자 쪽으로 몰려오면서 포위망을 좁혀갔고 석탈해 일행은 약간씩 암자 쪽으로 밀렸다. 도인들도 언제 궁표가 또 그 술법을 쓸까 염려되어 조금씩 계속해서 뒷걸음질을 쳤다. 그때 누군가 소리쳤다.

"용이다!"

제 80화 - 19. 선도산성 이차 공성전(2)

이미 어두워진 하늘에 구름이 몰려오면서 거서간의 용들이 차차웅에 의해 호출되었다. 궁표가 하늘을 올려다보더니 속도를 내서 극음투영을 한 번 더 도인들에게 쏘았다. 이번에는 선도산 제삼도인이 맞고 쓰러졌다. 고수와 도인들이 맥을 못쓰자 석탈해 일행의 방어진이 순식간에 무너지고 말았다. 이제 몇걸음만 뒤로 가면 암자의 담이고, 그 뒤가 바로 암자의 문이었다.

"잠깐! 내가 상대하마."

석탈해가 나섰다.

"가소로운 놈! 흥!"

궁표는 탈해를 알아보고 코웃음을 치더니 가볍게 장풍을 쏘았다.

"쉬이익! 펑!"

탈해는 경공으로 장풍을 피하는 척하다가 만엽귀근으로 궁표의 장풍을 받은 상태로 몸을 돌려서 더 강한 장풍을 만들어 궁표에게 쏘았다.

"펑펑펑!"

"으윽! 으악!"

궁표는 양팔을 엇갈려 가슴에 모아 급하게 호신강기로 막았지만 부근에 있던 자객들이 그 장풍에 적중당해 여러 명이 쓰러지고 말았다.

"이런?"

당황한 궁표는 기를 모아 극음투영을 준비했다. 탈해는 궁표의 공력을 주시하다가 그가 기를 발사할 때 자신도 추신장풍술을 동시에 쏘았다. 극음투영술은 강기인 반면 탈해의 추신장풍술법은 장풍이었다. 모두 시전한 자의 기운을 받아 지속적으로 움직였지만 공력이 집중된 강기가 바람을 헤쳐버리는 형국이어서 탈해의 추신장풍술이 상대적으로 밀렸다. 상황을 빨리 간파한 탈해는 궁표의 손 움직임이 바빠지는 순간 추신장풍술법에서 손을 떼고 일검만파로 궁표를 정조준했다.

"이야!"
"펑"

극음투영을 계속 조종하고 있던 궁표는 석탈해의 소나기 같은 강기를 피하여 이십여 장을 날아 옆으로 피했다. 피하는 와중에 탈해에게 암기를 날렸고 탈해도 불빛이 번득이는 칠보검으로 암기들을 모두 막아내었다.

"채챙챙챙!"

석탈해와 궁표의 접전은 그야말로 용호상박이었다. 그런데 서너 합을 겨룬 후 탈해는 얼굴에 여유가 있어보였고, 궁표가 오히려 상당히 놀란 표정이었다. 탈해는 득의만면한 표정을 지었다. 그러나 그때 이운하, 약마인, 아즈미 배와 사가 겐지가 연합하여 공격해왔다. 숫적으로 열세인 석탈해 밀리기 시작하자 상길과 천종이 합세하려는데 뒤에 있던 우혁이 소리쳤다.

"은동아!"
"왜 그래? 우혁아!"
"얘가 숨을 안쉬네?"
"뭐? 은동이 죽었어? 정말이야?"
"응! 그런가 봐! 은동아!"
"으아! 다 죽인다! 이 개자식들!"

석탈해가 너무 흥분한 나머지 이성을 잃고 적진영 가운데로 들어가 전광석화와 같이 검을 휘두르며 궁표 일행을 마구잡이로 공격했다. 그러나 왜나라 무사들의 경공술은 석탈해와 거의 같은 수준이었다. 오히려 그들이 흥분한 석탈해를 공격하면서 약삭빠르게 도망다녔고 석탈해가 과도하게 기운을 쓴 나머지 지치고 말았다. 석탈해가 다소 지치자 궁표가 모든 자객들에게 암기공격을 명했다.

"모두 함께 저자를 척살하라!"

그때까지 살아남은 자객 삼십 여명이 동시에 석탈해를 향해 단검과 표창 같은 암기를 던졌다. 탈해가 칠보검 한 자루를 돌려가며 그 암기들을 다 막기란 불가능했다. 탈해는 일단 암자 담 뒤로 숨어서 변신을 하기로 마음을 먹었다. 그러나 마음이 급하고 너무 지쳐 있는 상황이라 호흡이 멈추어지지 않고 결국 둔갑술이 시전되지 못했다. 아무리 호흡을 고르고 변신술을 쓰려해도 은동의 죽음 때문에 호흡조절이 되지 않는 것이었다.

담 앞을 막고 있던 도인들도 뿔뿔이 흩어져 제각각 자객들과 싸움을 벌이고 있었다. 탈해가 다시 암자 담 밖으로 나가려는 순간 궁표와 이운하, 약마인, 사가겐지 그리고 아즈미배가 동시에 공격을 해왔다. 탈해는 닥치는 대로 검을 휘둘러 그들의 공격을 겨우 막았지만 운기조식이 되지 않아 기가 충분하게 모이지 않았다. 다시금 이차공격을 해오자 탈해는 위기감에 일단 도망을 가려고 했다.

"이놈들! 모두 없애주마!"

그런데 그 찰나에 강력한 기운이 탈해 앞을 가로막으며 다섯 명의 공격을 방어했다. 아진도파와 알령도인의 합세하여 그들의 공격을 막은 것이었다. 다시 전세가 역전되었다. 밀리는 궁표일행은 흩어졌다. 그리고는 궁표가 조장들에게 외쳤다.

"진법으로 맞서라! 나는 암자로 들어가겠다. 이운하가 진법을 이끌어라! 나머지 조장은 나와 함께 간다! 나를 따르라!"

"예!"

알령도인과 아진도파에게 독을 뿌리려던 약마인은 독을 뿌리지 못하고 탈해가 멀리서 던진 단검에 적중되어 쓰러졌다. 그러나 아즈미배가 알령도인을 그리고 사가겐지가 아진도파를 맡아 시간을 끌었고 궁표검객이 암자 문으로 행했다. 탈해는 여유가 없었다. 그 순간 탈해는 물여위사부의 두 물체 간의 공기를 밀도있게 느끼라는 말이 생각났고 탈해는 궁표의 등 뒤로부터 자신까지의 사이에 있는 공기덩어리를 느껴보았다. 탈해는 그 공기덩어리가 사람의 살처럼 느껴졌다. 아니 궁표의 등의 촉감이 느껴지는 것이었다. 탈해는 자신의 앞에 있는 공기를 탁탁하고 두어번 치는 권술을 시전했다.

"타닥! 퍽"
"으윽!"

그런데 이십여 장 밖의 궁표가 넘어지는 것이 아닌가? 탈해는 저절로 힘이 솟아났다. 궁표검객이 넘어진 사이에 암자 문으로 신영을 날렸고 다시 일어선 궁표와 마주서서 서로 빈틈을 노렸다. 궁표는 석탈해의 놀라운 성장에 당황하였고 탈해는 스스로도 알 수 없는 자신의 공력이 어느 정도인지 몰라서 당황한 채로 서로 검을 겨누었다. 둘은 누구도 먼저 공격하지 않고 상대를 탐색하였다. 선공을 펼치지 못할 정도로 둘은 긴장해있었다. 하지만 탈해는 자신감이 넘쳤고 궁표는 당황한 기색이 역력했다. 결국 궁표는 암자 안으로 들어가지 못하고 서서히 뒤로 밀리기 시작했다.

한편 암자 안에서는 최도인이 팔괘진을 운용하기 시작했다.

"아직 회복이 안되었지만 아진의선이 참여하면 팔괘진법이 운용됩니다. 그럼 아진의선께서 손괘를 맡아주십시오. 위로 두 번의 양기를 주고 아래로 한번의 음기를 주시면서 제 자리를 지키시면 됩니다. 제가 삼양기를 시전하는 건괘를 맡고 다른 분들은 예전에 맡은 자리를 지켜주세요. 자 좌정하셨으면 시작합니다."

팔괘는 건곤진간이감태손으로 기운이 돌았다. 누구든지 그 기운 안에 들어가면 나올 수 없는 것이 바로 팔괘진법이었다. 건삼련(乾三連), 곤육단(坤六斷), 진앙우(震仰盂), 간복완(艮覆碗), 이중허(離中虛), 감중만(坎中滿), 태상결(兌上缺), 손하단(巽下斷)의 순서로 기가 운용되어 출구가 없기 때문이었다.

이 진법은 삼중으로 차단된 진법이다. 가장 강한 정면은 삼겹 전체가 다 양기로 막혀있고 후면은 위의 두겹이 양기로 막혀있으며 아래는 음기로 막혀있는 방식이다. 그리고 여덟 개의 기운이 삼중으로 돌고돌아 출구를 찾을 수 없는 것이 가장 큰 특색이었다. 오년 전에도 봉래도인이 중심이 되어 가막미르를 잡을 때 사용한 진법이 바로 이것이었다.

최도인을 중심으로 금흘영모. 정견모주, 춘장시모, 용마도인, 단일건도인, 용주도인 그리고 아진의선이 팔괘의 힘을 돌려 운용하였다. 이내 빛이 발하면서 팔괘진이 설치되었다. 팔괘 중에서 곤육단을 맡은 단일건 도인이 다소 약했지만 진법은 그런대로 운용되었다.

팔괘진법이 성공한 것을 본 차차웅이 다소 만족스러운 표정을 지었다. 그러나 잠시후 암자 안에서는 밖에서의 전투소리를 듣고 흥분한 차차웅이 검을 들고 일어섰지만 용마도인과 최도인이 만류했다.

"내가 실질적인 지휘관이요. 장수가 숨어있으면 어느 병졸들이 싸우겠소이까?"

"이번에는 참으시지요. 가막미르가 곧 옵니다. 차차웅은 개인의 몸이 아니라 신라국 그 자체입니다. 차차웅을 지키고 있어야 우리가 가막미르를 잡을 수 있고, 그래야 신라가 온전해집니다. 가막미르를 잡고 난 이후에 진두지휘하셔도 늦지 않습니다."

"내가 명색이 이 나라 세자요! 그리고 내일 모레면 즉위할 왕이요! 그런 내가 가막미르나 잡는 미끼가 되란 말입니까?"

그때 강한 반대의 목소리가 들려왔다.

"그런 뜻이 아닙니다. 차차웅!"

제 81화-19. 선도산성 이차 공성전(3)

왕비는 과감하게 암자 문을 열고 밖으로 나왔다. 알영왕비가 알령도인 뒤에 서서 기를 운용하자 알령도인과 아진도파의 공력이 배가되었다. 사실 왕비는 계룡족 도인 정도의 내공을 지니고 있었다.

왕비를 본 궁표검객이 극음투영을 시전하려고 기를 모으자 암자 안에서 뛰어나온 차차웅이 왕비의 앞으로 나와 막아섰다. 차차웅이 별안간 나가는 바람에 팔괘도인들이 서둘러 뛰어나왔다. 그러나 그 순간 이미 궁표의 극음투영술이 발사되고 말았다. 그야말로 살아있는 기운덩어리인 강기가 무형의 귀신처럼 도인을 마구 공격하기 시작했다. 공력이 높은 최도인과 금흘영모 정견모주가 차차웅을 막아주었고, 용마도인과 아진의선과 춘장시모가 왕비 앞에 서서 강기를 막았다. 그러자 강기가 이번에는 단일건도인을 덮쳤다.

"핫! 합, 얏! 으윽!"

그는 서너 합을 버티다가 극음투영의 공격에 복부를 강타당하면서 쓰러졌다. 그러나 석탈해가 궁표에게 장풍을 쏘면서 극음투영 공격이 중단되었다.

"저자는 나에게 맡겨주시오!"

용마도인이 호기롭게 앞으로 나오자 궁표검객은 기다리고 있었다는 듯이 장풍을 쏘았다. 하지만 용마도인이 장풍을 피하면서 다섯 손가락으로 동시에 탄지신공을 쏘았다. 지풍이라면 장풍에 비해 파괴력이 상당히 약한 것이 보통이지만 용마도인의 지풍은 웬만한 장풍 보다 정확하고 강력했다. 실제로 다섯 자루의 단검보다 강한 지공이 초고속으로 날아드는 것은 대단한 위협이었다.

"노인네가 무리하는구만. 후후."

하지만 탄지신공을 가볍게 피한 궁표가 용마도인을 비아냥거렸다. 탈해는 용마도인이 궁표에게 놀림을 받자 자신도 모르게 분기가 치솟았다. 그는 용마도인 앞으로 나서며 궁표검객에게 맞섰다. 그러자 용마도인이 다시 석탈해를 밀치고 앞으로 나왔고 그러는 와중에 또다시 궁표의 극음투영이 발사되었다. 용마도인과 탈해가 가까스로 피하다가 궁표를 역공격하면서 극음투영이 일단 중단되었으나 궁표는 계속 양손에 기를 모으고 있었다. 언제든지 발사를 하겠다는 의미였다. 때문에 새로운 방법을 모색하고 있는 석탈해와 용마도인은 궁표에게 선공을 펼치지 못했다.

"도인님"
"왜?"

탈해가 용마도인에게 작게 말했다.

"도인님! 물여위 사부님이 알려주신 공기 때리기를 한번 시전해보세요."

"야! 이 녀석아! 그걸 할 수 있으면 내가 왜 여기 있겠냐? 벌써 승천했지!"

"아니 해보시라니까요. 된다니까요!"

"조심해!"

"쉬이익!"

또 다시 극음투영이 발사되었다. 그러나 이번에는 모든 도인들이 잽싸게 피하여 아무도 당하지는 않았다. 궁표는 자객조장들을 방패삼아 그들 뒤에 숨은 상태로 비밀리에 움직여가며 극음투영술을 시전하였다.

"안되겠군! 저자를 먼저 제압합시다."

알령도인이 주위의 도인들과 합세하여 경공으로 날아가서는 궁표에게 달려들었다. 선도산 제일도인, 아진도파, 운문산 도인을 제외한 영남칠현이 모두 합세하여 궁표를 포위하여 공격을 시도하였다. 궁표검객이 당황하여 주위의 도인들에게 장풍을 쏘다가 밀리자 도망가기 시작했다. 제아무리 궁표라 해도 도인 여섯을 동시에 상대할 수는 없었다. 그가 암자 마당에서 성벽 쪽으로 도망갈 때, 일단의 자객들이 올라오고 있었다. 알령도인이 한 사람을 알아보았다.

"저자는 가막미르다!"

자객들 가운데에 눈부시게 화려한 복장을 한 가막미르가 능공답보 경신술로 허공을 밟으며 날아왔다. 궁표검객은 쫓기다말고 공수를 하여 가막미르에게 예를 올렸다.

"속하! 주군을 뵈옵니다!"

"나를 따르라!"

"예! 주군!"

가막미르의 등장은 분위기를 일순간에 바꾸어버렸다. 그는 대단히 우아한 동작으로 활을 꺼내 순식간에 아진도파와 영남칠현을 쏘아맞추었다.

"피잉, 피잉!"

"윽! 으윽!"

그는 바로 종석철로 만든 화살촉으로 도인들을 일거에 제압한 것이었다. 가히 상상을 불허할 정도로 빠른 화살공격이었다. 다행히 알령도인만 가까스로 화살을 피했다.

"화살에 맞은 너희들은 이제 더 이상 도인이 아니다. 하하하하하하."

종석철로 만든 화살에 맞은 도인들은 내상을 치료하게 위해 화살촉을 뽑은 즉시 좌정하여 기를 모았으나 누구도 기가 모이지 않았다.

"아니? 이럴 수가? 공력이 사라져버렸어!"

아진도파와 영남칠현은 기겁을 했다.

"한 삼십년 더 고생들해야 할 거다! 하하하하하."

가막미르는 무척 여유있는 목소리로 다시 말했다.

"왕비와 차차웅은 무고한 사람들 죽이지 말고 나에게 오라! 편안하게 죽여주겠다."

"저런 무례한 놈! 마귀 같은 놈!"

도인들이 욕을 했지만 가막미르는 태연한 표정으로 느긋하게 말했다.

"어이! 만백성의 어버이라면 자식들을 위해 대신 죽어줄 줄도 알아야지. 안그래? 차차웅?"

무척이나 긴장한 차차웅은 양손에 흑백 오초석을 들고 속으로 외쳤다.

'흑룡과 백룡이여! 거서간의 오초석을 받고 저 가막미르를 죽여다오!'

잠시 후 차차웅의 손에 있던 오초석 두 개가 사라지고 커다란 구름이 어느틈엔가 낮게 내려왔다. 그리고는 투명한 용이 암자 바로 위까지 내려왔다. 암자 일대가 안개에 휩싸였고 용들의 엄청난 기운이 선도산 정상을 뒤덮었다. 그리고는 그 거대한 몸이 드러나는 동시에 흑룡과 백룡이 가막미르를 에워싸고는 뜨거운 수증기를 강력하게 뿜어내어 그를 그 자리에서 죽여버렸다.

"후아아아악!"

"아악!"

졸지에 용의 입에서 나온 가공할 만한 열기에 가막미르는 피부가 익은 채 땅바닥에 내동댕이쳐졌다. 그리고 용들은 약속을 지켰다는 의미로 선도산성 위를 한번 선회비행을 하고는 승천해버렸다.

"어…"

그 순간 궁표검객은 아연실색했다. 소리조차 지르지 못했다. 그때 노례 왕자가 어린 아이처럼 뛰면서 소리쳤다.

"가막미르가 죽었다! 가막미르가 죽었어! 만세! 우리가 이겼다!"

암자를 둘러싸고 있던 팔백여 명의 가막미르 부하들은 궁표검객을 바라보았다. 궁표는 잠시 망설이다가 가막미르의 시신 곁으로 갔다. 죽음을 확인하려고 시신을 만지려는데 뜨거워서 만질 수가 없었다.

"아! 주, 주군…"

궁표는 자신도 모르게 탄식이 흘러나왔다. 며칠 전 가막미르의 말이 생각났다. 자신이 없으면 대신 자신의 꿈을 이루어달라는 것이었다.

"자객들이여! 잘 들어라. 주군께서는 돌아가신 게 아니다. 우리가 주군의 나라를 세우는 것을 보시려고 잠시 승천한 것이다. 이제 우리가 왕이 없는 나라! 누구나 왕이 되는 나라를 한번 만들어보자. 모두 전열을 정비하라!"

그러나 자객들은 궁표의 말을 듣지 않았다. 싸울 의지를 잃은 것 같았다. 여기저기서 수군대면서 혼란스러워할 뿐이었다. 지도자를 잃고 어찌할 바를 모르는 자객단은 그저 한 무리의 칼잡이들에 불과했다. 성벽 아래에서 정상의 암자로 올라오기 시작한 선도산 경비부대가 멀리 보이기 시작했고, 남해용궁의 이심 장군이 이끄는 군사 수백 명도 암자로 올라오고 있었다.

궁표는 산 아래에서 오고 있는 군사들이 오기 전에 차차웅을 없애려고 조장들을 불러모았다.

"모두 내말 잘들어라! 이제 도인들은 반밖에 없다. 아직도 종석철 화살이 서너 개 있으니까 한번 해보자!"

"예!"

"척살조만 가지고도 충분하다! 일단 차차웅을 죽이면 적들도 붕괴된다! 적장을 죽이자!"

궁표가 조장들과 머리를 맞대고 차차웅만을 없앨 전략을 짜고 있을 때, 자객들이 일제히 환호성을 질렀다.

"우와! 와와!"

영문을 몰라하던 궁표가 깜짝 놀랐다. 궁표검객은 자신의 눈을 스스로 믿을 수가 없었다. 온몸에서 무럭무럭 김이 솟아나는 가막미르가 다시 일어선 것이었다. 그가 온몸이 익어버린 상태에서 살아나 일어서자 자객들은 환호를 연호했다.

"와와! 와와! 가막미르님 만세! 와와!"

그의 머리카락이며 얼굴과 옷에서는 계속 김이 났지만 웃으면서 자객들을 향해 손을 흔들었다.

"보았느냐? 나는 불사신이다. 용 따위는 나를 죽일 수 없다! 아니, 그 누구도 나를 죽일 수 없다!"
"주군!"

궁표가 가막미르 앞에 달려와 무릎을 꿇고 흐느끼면서 말했다.

"흐윽! 감사합니다. 주군! 다시 살아나셔서…"
"궁표야. 잘했다! 내가 죽거든 진짜로 내꿈을 이루어다오. 하하하하하. 이얍! 엇!"

가막미르는 암자 마당 한쪽에 홀로 서있던 왕비를 장풍으로 공격하다가 알령도인의 결계에 부딪쳤다. 그러자 가막미르는 종석철 화살로 결계를 깨트렸다.

제 82화 - 19. 선도산성 이차 공성전(4)

"에익!"

"콰광! 콰과과광!"

금흘영모의 명궁에서 발사된 종석철 화살은 과연 대단했다. 알령도인의 무형강기인 결계가 종석철 화살촉에 부딪치자 일순간에 폭발하듯 무너져내렸다. 그러자 알령도인과 왕비가 그 충격파로 비틀거렸다. 차차웅이 왕비를 부축하는 사이 최도인이 팔괘도인을 소집했다.

"자! 서둘러 팔괘의 기운을 돌립시다!"

그런데 팔괘진이 운용되려는 찰나 진법의 기운이 한쪽으로 쏠리면서 무너지고 말았다.

"우르릉"

"으으..."

팔괘도인들이 팔괘진법을 돌려 가막미르를 가두려고했으나 단일건 도인의 부상으로 팔괘진은 운용이 불가능해진 것이었다. 별다른 방도가 없게 된 그들은 합심해서 가막미르를 제압하기로 했다. 그때 금흘영모가 몹시 불쾌해했다

"아니? 저런 몰염치한 도둑이 다 있나? 내 활을 훔쳐간 자가 바로 너였느냐? 가막미르?"

"모두 오랜만이로군. 그런데 선수가 많이 바뀌었네! 금흘영모는 아직 은퇴 안하셨나?"

"말이 많다! 가막미르! 어서 죽을 준비나 해라!"

용주도인이 외치자 가막미르가 파안대소했다.

"하하하하하, 뭐? 어디서 저런 애송이들을 데려왔는가? 이제는 마고여신과 선도성모 그리고 봉래선인이 와도 안될 판에 저런 덜 된 것들을 데려와서 나를 잡겠다고? 으하하하하하!"

그의 웃음소리에 주위의 병사들과 가막미르의 자객들까지 괴로워서 귀를 막을 지경이었다.

"자! 신라국 차차웅은 이리로 와서 목을 길게 늘이거라! 아프지 않게 죽여주마!"

"죽어랏! 가막미르!"

가막미르가 주춤하는 사이 그 곁에 서 있던 이운하가 돌연 비수를 꺼내 가막미르의 복부를 찔렀다. 그러나 단검이 옆구리에 박힌 채 가막미르는 이운하의 목을 한 손으로 잡아 들어올려 그 손으로 목을 졸랐고 이운하는 즉사하였다. 가막미르는 겉옷 속에 갑옷을 입고 있었다. 때문에 치명상을 당하지는 않았다.

"아! 이장군…"

이운하는 차차웅의 첩자였다. 차차웅은 마지막 보루가 무너진 심정으로 탄식했다.

"이운하! 저놈이 첩자였다니?"

궁표는 분기탱천했다. 무엇보다도 자신이 키운 이운하가 첩자라는 사실에 가막미르를 똑바로 볼 수가 없었다. 그는 너무도 두려워하여 차마 고개를 들지 못했다.

"주군! 속하를 죽여주십시오!"
"나는 괜찮다. 이제 때가 되었다. 궁표야, 나와 힘을 합치자."
"예! 주군!"

가막미르와 궁표와의 연합공격은 실로 가공할 만했다. 진법을 쓰지 않고서는 상대하기 버거웠다. 도인들은 단일건 도인을 제외시키고 칠괘로 진을 쳐서 가막미르를 잡으려했다. 그러나 궁표와 합세한 가막미르의 극음투영은 소위 칠괘진을 깨트리고 일곱 명의 도인들에게 오히려 중상을 입혔다. 하지만 최도인은 생각보다 공력이 높았다. 지옥귀왕들과 겨룰 정도로 내공이 극강했던 최도인이 십이성의 공력을 끌어올렸다. 그가 칠괘진의 중앙에서 여섯도인의 기운을 받아서 가막미르에게 초강력한 기력을 발사했다. 가막미르 역시 기운을 맞받아치며 기를 발사하였다.

"콰콰콰! 콰광!"

"이얍! 지잉! 징!"

"으아아악!"

"콰과과과광!"

그 순간 가막미르와 일곱 도인은 서로에게 치명적인 부상을 입히고 말았다. 그 때문에 가막미르도 동귀어진의 필살수로 맞서다가 내상을 입어 각혈을 했다. 도인들의 내상만큼 가막미르도 심각한 내상을 입은 듯했다. 일곱 도인들은 흐트러진 자세로 비틀거렸고, 누구도 바로 서지를 못했다. 또한 혼신의 힘을 다해 공격하다가 내상을 입은 궁표 역시 쓰러져 일어나지를 못했다. 그러나 잠시후 가막미르는 언제 그랬느냐는 듯이 일어서서 검을 빼어들고는 여유만만하게 말했다. 거짓말처럼 회복이 된 것이었다.

"자! 이제 나의 상대는 없다. 차차웅은 이리로 오라!"

"덤벼라! 가막미르! 이 석탈해가 상대해주마!"

"오호라! 니가 함달바의 아들인가? 이젠 고아로군. 헌데 지 애비를 안 닮았네? 후후후."

차차웅의 곁에는 석탈해와 노례왕자 그리고 아니공주가 검을 빼어들고 버티고 서있었지만 석탈해를 제외하면 모두 부상당한 상태였다. 석탈해는 어떻게해서든 가막미르를 막아야만했다. 같이 죽더라도 꼭 가막미르를 죽여야겠다는 생각에 골몰하자 자신도 모르게 힘이 나는 것 같았다. 가막미르는 귀찮다는 표정으로 자객조장들에게 턱짓을 했다. 차차웅을 데려오란 의미였다. 가막미르로서는 이제 신경을 쓸 만한 고수급 상대가 없다고 보는 것 같았다. 탈해가 가막미르에게 어떤 공격을 하면 좋을까하고 고민하고 있는 중에 왜적 자객 조장들이 차차웅에게 다가왔다. 그들은 가막미르의 힘을 믿고 오만방자하게 차차웅을 끌고가려고 다가 왔으나 차차웅이 발검하고 접근을 허락하지 않았다. 그러나 그 누구하나 그들에게 저항하는 자가 없었다. 차차웅은 검을 잡고 매우 긴장한 표정이었다.

"우하하하! 겁먹은 강아지 꼴이군! 차차웅?"

그 광경을 보던 가막미르는 엄청난 파안대소를 터뜨리며 웃었다. 탈해는 가막미르가 빈틈을 보이는 순간 가막미르의 얼굴 그것도 눈을 정조준하며 물여위가 일러준 비기로 공기를 강하게 때렸다.

"윽!"

석탈해의 예상대로 공기 때리기가 적중되었다. 가막미르는 무척 놀란 모양이었다. 주위를 둘러보며 한쪽 눈을 비볐다. 가막미르는 워낙 내공이 막강하여 큰 충격을 주지는 못한 모양이었으나, 한쪽 눈을 감고 있었다. 탈해는 다른 쪽 눈을 조준하여 다시 한번 공기를 때리려고 손에 기를 모았다. 그 순간 하늘 위에서 고함소리와 함께 비수가 쏟아졌다.

"가막미르는 내 검을 받아랏!"

봉황을 타고 나타난 소일연의 등장은 탈해가 노렸던 절호의 기회를 무산시켰다. 그러나 가막미르 주위의 자객들 여러 명이 단검에 맞고 쓰러졌다. 가막미르는 짜증을 냈다.

"에이! 저건 또 뭐냐?"
"나는 이성산성의 성주다! 어머님의 원수! 가막미르는 죽을 준비를 해라!"

하늘을 쏜살같이 날아다니는 봉황새 등에 앉아 소일연이 표창을 쉴 새 없이 마구 날렸다. 작은 표창이지만 빠르고 강력했다. 또다시 자객 십여 명이 순식간에 당하고 말았다. 불같이 화가 난 가막미르가 궁수들에게 명했다.

"저 봉황을 죽여라."

봉황들은 보통 화살은 튕겨냈지만 종석철 화살에 맞은 봉황이 맥없이 땅으로 떨어져버렸다. 그 와중에 날렵하게 지상으로 내려온 소일연은 석탈해 곁으로 와서 연검을 뽑아들었다.

"괜찮아요? 석탈해님?"
"예! 성주님! 조심해요. 저자는 너무 강해요!"
석탈해와 소일연이 합공을 펼치려고 가막미르 쪽으로 다가서는데 군사들의 외침소리가 들렸다.

"북문이 함락되었다! 북문으로 군사들을 이동시켜라!"

가막미르의 자객들이 벽을 타넘고 들어와 북성문을 열었고 뒤이어 정규군이 밀물처럼 몰려들어오자 결국 선도산성 북문이 함락되었다. 그러나 성안에서의 백병전이 계속되었다. 훈련을 잘 받은 이성국 군사들의 성 전투는 눈부셨다.

암자로 가는 길에는 이심 장군의 남해용궁 군사들이 길을 막고 아래에서는 이성국 군사들이 양쪽에서 적들을 몰아붙였다. 가막미르의 병사 이천 명이 남해용궁 군사들과 이성국 군사 사이에서 움직이지를 못하고 계속 당하고 있었다. 그러나 자객단은 대다수가 고수들이었다. 그들은 선도산성 군사들과 대치하면서 전진했고 그중 뛰어난 고수들은 포위망을 뚫고 점점 산위로 올라오고 있었다.

가막미르는 쓰러진 궁표에게 약간의 기를 방사해주었지만 궁표는 쉽게 회복하지 못했다. 가막미르는 석탈해와 소일연, 노례왕자 그리고 아니공주가 막고선 차차웅 쪽으로 스르르 미끄러지듯 날아왔다. 그가 오른 손을 한번 휘젓자 왕자와 공주가 뒤로 밀리더니 순식간에 십여 장 이상을 날아가버렸다.

"으아아아!"

그리고는 왼손을 들어서 소일연과 석탈해를 날려버리려고 할 때, 석탈해가 가막미르의 손을 향해 공기 치기를 시전했다. 그러자 가막미르의 손이 뒤로 젖혀지면서 장풍이 발사되어 뒤에 있던 자신의 졸개들 십 여명이 그 장풍에 맞고 날아갔다.

"요놈 봐라? 이얏!"

가막미르는 양 소매를 걷어붙이더니 양손으로 공력을 모아 연발로 장풍을 쏘아댔다. 그의 손에서는 지속적으로 장풍이 발사되는 것이었다. 미처 피할 사이도 없이 소일연이 장풍에 적중되어 쓰러졌고 석탈해는 그 장풍을 겨우겨우 피해 쓰러지며 빙글 도는 낙법을 구사했다.

"요런 쥐새끼 같은 놈!"

가막미르가 석탈해에게 장풍을 쏘려고 장심에 기를 모았다. 차차웅이 그틈을 노려 가막미르의 등을 찔렀다. 그러나 차차웅이 검을 놓쳤고 가막미르가 차차웅의 머리를 가격하여 차차웅도 쓰러지고 말았다. 가막미르는 용의 끓는 입김에 당하였고 이운하에게 옆구리를 찔렸으며 또 차차웅에게 등을 찔렸지만 여전히 건재했다.

탈해는 간신히 기운을 차렸다. 그러나 바로 옆에 쓰러져있는 소일연은 죽지는 않았으나 아직 의식이 돌아오지 않았다. 탈해는 자신도 모르게 그 뒤에 쓰러져있는 봉황새에게 눈이 갔다. 봉황새의 목에 종석철 화살이 꽂혀있었다. 그는 생각했다. '그래! 봉황도 죽일 수 있는 저 화살촉이면 혹시…' 탈해가 봉황의 목에서 화살을 뽑아 가막미르에게 살금 살금 다가갈 때 누군가 탈해의 발목을 잡았다. 땅에 쓰러져있던 궁표검객이었다. 탈해는 재빨리 종석철 화살촉으로 궁표의 가슴을 찔렀다. 그는 가슴을 찔리면서 탈해의 목을 졸랐다. 그러나 탈해가 더 강하게 찌르자 그는 더 이상 움직이지 못했다.

"흐읍!"

그는 비명도 지르지 못하고 숨을 거뒀다. 궁표의 최후는 비참했다. 칠도인들의 진법에 의해 내장이 파열된 상태로 다시 종석철 화살에 찔렸기 때문에 즉사한 모양이었다. 잠시 목을 졸렸던 석탈해가 다소 현기증이 나서 비틀거릴 때 천정과 상길 그리고 우혁이 성벽으로부터 와서 탈해를 부축했다. 엄청나게 활을 쏘며 성문을 지켰던 은동이 죽고 나자 성문이 함락되면서 그들은 숙신국 허무인 장군과 싸우다가 소강상태가 되자 암자로 올라온 모양이었다.

"탈해야! 괜찮아?"

상길이 탈해의 어깨를 감싸안으며 말했다.

제 83화 - 19. 선도산성 이차 공성전(5)

"우리 아진진법으로 가막미르에게 한번 맞서보자. 저놈은 사부님의 원수잖아!"

"아냐! 저놈에게 진법으로 맞서면 우린 다 죽어! 팔도인도 다 쓰러졌어!"

"그럼 어떻게 하냐?"

"내게 맡겨!"

탈해는 가막미르를 살폈다. 가막미르는 이미 차차웅을 잡아다 참수를 하려했다. 그는 자객들 앞에서 무릎을 꿇지 않고 버티고 있던 차차웅의 목을 베려는 모양이었다.

"차차웅! 어서 무릎을 꿇어라!"

"이놈! 가막미르! 나는 신라의 왕이다!"

"그래 니가 왕이라고 치자! 그런데 왕이 없어지면 백성이 편안해진다! 알아들어?"

가막미르가 차차웅에게 큰 소리로 외칠 때 석탈해가 몸을 날렸다. 그는 공중으로 날아올라 가막미르의 바로 머리 위에서 공기 때리기로 가막미르를 찍어눌렀다. 비록 서너 장이지만 두 사람 사이의 공간은 그대로 무거운 바위처럼 굳어버리고 말았다.

"으으읏!"

가막미르가 벗어나려고 몸을 움직여보았지만 무게에 눌려 그 자리에서 움직이지 못하고 석탈해의 압력을 버텨냈다. 두 사람은 수직으로 대치하면서 서로 움직이지 못했다. 석탈해는 공기를 무거운 바위로 바꾸어 눌렀고 가막미르도 공력을 끌어올려 바위와 같은 공기를 위로 들어올렸기 때문에 압력이 서로에게 작용되어 엄청난 긴장이 유지되었다. 그러데 갑자기 탈해는 공기 때리기를 멈추고 옆으로 비껴 내려갔다. 가막미르가 그동안 압축해두었던 강한 압력의 장풍이 일시에 방사되어 강력한 폭발음과 함께 하늘 위로 커다란 장풍이 방사되었다.

"펑!"

그런데 너무 큰 기운을 쏟아낸 가막미르가 중심을 잃고 비틀거렸고, 바로 그때 석탈해가 미리 챙겨두었던 종석철 화살촉으로 가막미르의 목을 찔렀다.

"윽!"
"아니? 에잇!"

하지만 가막미르는 석탈해의 손을 뿌리치고 오히려 권술로 가격을 한 후 도망치듯 날아올랐다. 순간 석탈해는 화살촉을 집어던지려했다. 그런데 별안간 창해신도의 말이 떠올랐다. 이기어검술! 아니 이기어검술을 알고도 쓰지 않는 자가 신선이란 말이 뇌리에 쟁쟁 울렸다.

탈해는 화살촉을 손에 쥐고 집중하여 이기어검술처럼 기운만을 가막미르에게 던졌다. 그런데 놀라운 일이 벌어졌다. 무형의 화살촉 기운이 경공술로 도망치는 가막미르를 따라가는 것이 아닌가. 탈해는 그 찰라에 손에 쥐고있던 화살촉을 보았는데 그것이 감쪽같이 사라져서는 저절로 날아다니고 있었다. 그야말로 이기어검술의 상승무공이 펼쳐진 것이었다. 그리고 그 화살촉은 도망치던 가막미르의 목에 적중하였다.

"윽!"

종석철 화살촉에 목을 찔린 가막미르는 다급하게 화살촉을 뽑아 던져버렸다. 그러나 가막미르는 죽지 않고 자객들 뒤로 숨었다. 그만큼 가막미르의 내공은 상상을 초월했다. 탈해는 가막미르를 추격하며 강하게 공격했다.

"일검만파!"

가막미르 대신 석탈해와 맞선 자객 십여 명은 석탈해가 급하게 쏜 일검만파에 의해 모두 절명했다. 가막미르는 기운을 모으는 모양이었다. 그러나 그 당황한 얼굴표정에서 무언가 뜻 대로 되지 않는다는 것을 알 수 있었다. 그는 당황했지만 손에는 어느 정도 기가 모여있었다. 그는 잠시 무언가를 생각하다가 허무인 장군을 불렀다.

"허장군! 일단 후퇴하여 훗날을 도모하라!"
"예! 주군!"

가막미르는 그의 어깨를 감싸안았다. 그는 왜적 조장들을 부르더니 아즈미배를 꼭 껴안았다. 바로 가막미르의 몸이 서서히 녹아내리기 시작했다. 아니 가막미르의 몸이 녹아서 아즈미배의 몸으로 스며든다고 해야 정확한 표현이었다. 사가겐지가 경악을 했지만 곁에 있던 아즈미배의 얼굴에서 별안간 광채가 났다. 가막미르의 혼령이 아즈미배의 몸속으로 들어간 모양이었다. 벌써 가막미르의 몸은 다 녹아 갑옷만 남았고 우리말을 잘하지 못했던 아즈미배의 목소리는 가막미르의 목소리로 변했다.

"석탈해! 이놈!"

그는 양손에 표창을 들고 차차웅과 석탈해를 향해 던지고는 동시에 장풍을 쏘았다.

"퍼퍼펑!"
"으윽!"

탈해는 단검은 피했지만 장풍에 또 빗겨 맞고 말았다. 그런데 차차웅에게 장풍을 쏜 것을 왕비가 급히 가로막으며 대신 맞고 말았다. 알영왕비가 쓰러지는 바람에 모두들 왕비에게 신경을 쓰는 사이 가막미르가 경공술로 땅을 박차고 하늘로 치솟았고 사가겐지도 그를 따랐다.

"잠깐!"

석탈해가 몸을 날려 경공으로 도망가려는 두 사람의 등에 장풍을 쏘아 맞추었다

"어억! 윽!"

공중에서 두 사람은 탈해의 장풍을 맞고 거센 바람에 날리는 천조각처럼 땅으로 무참하게 떨어졌다. 석탈해가 아즈미배의 몸을 빌린 가막미르에게 소리 높여 물었다.

"가막미르! 천하최고수가 도망을 가시나?"

가막미르는 급한 손짓을 해가며 외쳤다.

"이놈! 석타르해! 사르려주르려했는데… 아안되이겠구느은!"

탈해는 가막미르가 무척 이상하다고 느껴졌다. 그의 말이 중간에서 다음 말로 이어지면서 발음이 되어 무슨 말인지 잘 알아들을 수가 없었다. 그만큼 가막미르는 아직 아즈미배의 몸에 완전한 적응이 되지 않은 것이었다.

"가막미르! 나와 싸울 수는 있겠나? 말도 제대로 못하는데?"

가막미르는 분기탱천한 표정으로 아무 대꾸 없이 육중한 바위를 탈해에게 강하게 던졌다. 완력만큼은 가막미르의 힘 그대로였다. 바위는 대단히 빠르고 강력하게 날아왔다. 그러나 탈해는 재빨리 바위를 피했다.

"으악!"

그런데 그 바위가 탈해의 뒤쪽에 있던 허무인 장군의 머리 위에 떨어져 얼굴전체가 피투성이가 되었다. 무척이나 괴로워했지만 그 자리에서 숨지지 않고 고통을 호소했다.

"으으으으으!"
"아아니이? 허…자앙아군! 으으!"

화가 있는 대로 난 가막미르가 탈해에게 장풍을 쏘고 그 사이에 허장군에게 다가가려했다.

"펑!"

그러나 탈해는 만엽귀근법으로 장풍을 얼싸안고 빙글 돌아서 다시금 가막미르에게 돌려주었다.

"퍼펑!"

커다란 무형의 기운 덩어리가 정확히 쓰러진 허무인 장군의 몸에 또다시 적중되었다. 허장군의 몸이 걸레처럼 너덜너덜해지자 가막미르는 사가겐지에게 눈짓을 했다. 둘이 동시에 석탈해를 공격하자는 의미였다. 둘은 무언의 약속대로 탈해를 향해 다리와 하복부를 겨냥해 암기를 날렸다. 탈해는 생각할 겨를도 없이 초상비 경공술법으로 최대한 치솟았다.

"핫! 초상비법!"

그의 몸이 가장 높이 치솟아 오른 순간에 가막미르가 아까 던진 바위를 탈해의 정면으로 다시 날렸다. 이 일격은 실로 급속했고 또한 악랄했다. 바위가 날아오는 바로 그때가 탈해의 몸이 경공술의 정상에서 떨어지는 순간이었다. 다시 말해 더 이상 허공에서 진기를 끌어올려 새로운 경신술법으로 피할 수가 없는 상황이었다. 그는 속으로 '아차'하며 가막미르의 바위와 정면으로 충돌할 수밖에 없었다.

"퍽!"

"아악!"

탈해는 바위가 자신의 정면에 부딪치자 가슴팍이 깨지는 듯한 엄청난 충격으로 땅에 떨어지고 말았다. 그는 눈앞이 캄캄했고 정신을 차릴 수가 없었다.

"탈해야! 괜찮아?"

천종과 우혁이 달려오며 소리쳤다. 소일연과 상길이 발검을 한 상태로 동시에 공격을 하려하자 가막미르와 사가겐지도 주춤했다. 사실 그들은 지칠 대로 지쳤고 가막미르는 아즈미배의 육신을 빌려 제대로 기가 운용되지 않는 상태였기 때문에 무리할 필요가 없었다.

"꺼억!"

"이게 무슨 소리야?"

소일연이 깜짝 놀라 외쳤다. 괴상한 소리가 나는 쪽에서 석탈해가 커다란 트림을 하고는 아무렇지도 않게 자리를 툴툴 털고 일어섰다.

"아! 이제야 동행용궁에서 먹은 귀수산의 내단이 소화가 다 된 느낌이야! 아! 살 것 같다. 하하하!"

탈해가 운기를 하고 두팔을 돌릴 때마다 가공할 정도로 웅웅거리는 소리가 났다. 그 모습에 가막미르와 사가겐지가 바짝 긴장했다. 그리고는 사가겐지가 약마인의 독병을 깨서 재빨리 탈해 일행에게 집어던졌다.

"이거나 먹어라!"

"독이다! 피해!"

탈해가 순간적으로 그 깨진 병의 액체향을 맡고 독임을 직감하고 외쳤다.

"호흡을 하지마!"

급하게 도망가는 아즈미배로 변신한 가막미르와 그를 뒤따르는 사가겐지를 쫓으려했지만 탈해는 몸이 말을 듣지 않았다. 그는 친구들에게 말을 하면서 약마인의 독을 살짝 들이마신 모양이었다. 그는 그대로 쓰러지고 말았다. 곁에서 얼떨결에 탈해를 부축한 소일연이 탈해를 안아서 들어 올렸다. 그녀가 탈해를 어디에 뉘려고 적당한 장소를 찾고 있을 때, 일연의 죽은 줄 알았던 봉황새가 깨어나고 있었다. 소일연은 옆에서 따라다니던 정천종에게 탈해를 넘기고 급하게 봉황에게 갔다.

"오! 봉황! 안죽었구나! 다행이야!"

봉황은 죽지 않고 기절했던 모양이었다. 소일연은 커다란 봉황의 목을 껴안아주었다. 봉황이 깨어나자 일연은 탈해를 다시 바라보았다. 탈해는 암자 안으로 실려가 뉘여졌고 소일연은 한참 동안 암자 문을 바라보았다. 그리고는 다시 기운을 차린 봉황을 어루만지다가 이성국 군사들에게 돌아갔다.

제 84화-20. 거서간의 국장(1)

영원히 오지 않을 것처럼 어둡고 지루했던 밤이 지나고 마침내 동쪽 하늘이 밝아왔다. 전쟁이 끝났고 언제 그랬냐는 듯이 삼월달의 청신한 수풀향이 이른 새벽의 선도산성에 그득했다. 차차웅은 밤을 새웠지만 거뜬해 보였다. 그는 기지개를 키고 만면에 미소를 띄고는 주위의 군사들에게 다가가 노고를 치하했다. 비록 전투로 심신이 무척 지쳤지만 군사들은 차차웅을 환호했다.

"이번 전쟁의 승리는 우리군사들의 것이다. 그대들에게 영광이 있을 것이다!"

"차차웅 만세! 신라국 만세!"

제이차 선도산성 공성전의 승전은 결국 차차웅의 입지를 보장해주었다. 차차웅은 전열을 재정비하고 상태가 위중한 왕비를 금성궁으로 모셔갈 준비를 했다. 가막미르가 도망을 갔지만 아직 전쟁이 완전히 끝난 것이 아니었다. 전투가 가능한 이천 명 이상의 숙신국 군사들이 남아 있었고 유일하게 살아남은 장대완 장군이 패장으로서 숙신국으로 그 군사들을 인솔해갈 수 있도록 화친을 해왔다. 차차웅은 회의를 소집했다.

부상당한 도인들을 제외하고 기절했다가 정신을 차린 석탈해와 알령도인 노례왕자와 아니공주 그리고 금성에 온 장군들이 회의에 소집되었다. 회의는 선도산 암자 옆의 커다란 천막에서 진행되었다.

"지금 저들과 다시금 전쟁을 할 필요는 없습니다."

노례왕자가 고민 끝에 말했다.

"그렇다고 아무일 없었던 것처럼 그냥 보낼 수는 없습니다."

아니공주가 남자인 노례왕자 보다 오히려 더 적극적이었다. 차차웅은 공주를 바라보면서 흐뭇한 미소를 지었다. 그리고는 결심을 굳혔다.

"좋다. 적장에게 삼천 군사가 사용하던 모든 병장기를 다 버리고 빈 몸으로 돌아가라고 명하라!"
"예!"

그때 시종이 회의장에 들었다.

"금성에서 전령이 왔습니다."
"무언가?"
"급한 전갈이온데, 동해용왕군 삼천 명이 금성으로 진군해왔답니다."
"무엇이?"
"금성을 접수하겠다고 협박을 하고 있나이다!"
"이런! 고얀 놈들!"

차차웅이 노기를 숨기지 않았다.

"아! 결국!"

그리고 차차웅의 곁에서 석탈해가 안타까운 표정을 지었다.

"석장군은 무얼 좀 알고 있는가?"

"예, 기실 제가 동해용궁에 갔을 때 용왕이 신라와 가막미르가 싸우고 양측이 다 지쳐있을 때 쳐들어가서 어부지리를 취하겠다는 말을 들었습니다. 동해용왕이 저에게 명하기를 전쟁이 막바지일 때 군사를 보내달라고 하면 그들이 와서 우리와 가막미르를 동시에 물리치고 신라를 장악하겠다고 했습니다."

"그렇다면 자네가 연락을 안했는데도 그들이 왔단 말인가?"

"예, 신라와 가막미르가 전쟁 중인 것은 천하가 다 아는 사실입니다. 동해용왕이 돌아가는 판세를 보다가 이때다 싶어 군사를 보낸 모양입니다. 당금 신라에는 동해용궁의 간세들이 많이 있습니다."

차차웅은 잠시 생각에 잠겼다. 그리고는 금성에서 온 장군들을 불렀다.

"그대들은 변방의 지원군을 최대한 모아 금성으로 오게. 또한 호족들의 군사들도 가능한 만큼 빌려오도록 하게. 나는 여기 있는 병력을 이끌고 금성으로 가겠네."

"예! 삼가 차차웅의 명을 받드나이다!"

장군들이 지방호족들을 얼마나 설득할지는 모르나 차차웅은 일단 병력이 모일 것으로 보고있었다. 삼천 명의 동해용궁 군사를 억누르려면 최소한 그 이상의 병력이 필요했다. 그래서 차차웅은 선도산성에서 싸우던 군사들을 모두 이끌고 가려했다. 차차웅은 우선 석탈해에게 이성국 군사를 빌리도록 명했다.

"석공! 자네는 이성국과 친밀하니 그쪽을 맡게, 내가 남해용궁 군사들에게 지원을 요청할테니, 이심 장군의 이천 병사와 이성국의 일천 군사가 도와준다면 동해용궁군사들이 섣불리 침공할 수는 없을 게다."

"예, 제가 이성국을 설득해보겠나이다."

"그래, 남해용궁의 이심 장군은 내가 만나보지!"

차차웅은 승전의 대한 감사의 표시로 응당 남해의 이심 장군에게 보답을 하려했다. 그 때문에 담판은 순조로웠다. 이심 장군은 부상자를 제외한 일천오백 명의 군사를 금성 외곽에 집결시키기로 했다. 그러나 이성국의 소일연 성주는 상중이라 복귀가 급했다. 석탈해의 부탁을 저버릴 수 없어서 소충원 장군에게 일천 병사의 지휘를 맡기고 서둘러 이성국으로 되돌아갔다. 차차웅은 승전을 하고도 뒷맛이 좋지 않았다. '패배한 가막미르가 왜나라로 탈출하여 모든 게 끝나는가했더니 이번에는 동해용왕이라?' 그가 혼잣말을 하는 동안 아니공주가 와서 간언을 했다.

"아바마마. 일단 진군하여 금성에서 대치하시면 온천하의 신라백성이 들고 일어설 것입니다."

"그래! 좋다. 일단 진군한다."

선도산에서 금성은 지척의 거리였다. 아침에 출발하면 점심 전에 당도할 수 있었다. 이천 여명을 거느리고 금성으로 들어온 차차웅은 급히 왕비를 내의원들에게 맡기고 동해용왕의 동태를 살폈다. 동해용왕군은 금성에서 동쪽으로 오리 정도 떨어진 곳에 진을 치고 있었다. 동해용왕군이 쳐들어오지 않는 것은 요구하는 바가 있을 거라 예상하고 차차웅은 전령을 보냈다.

그런데 위중한 왕비가 혼절하여 내의원들이 총동원되어 진맥을 하였으나 상황이 좋지 않았다. 차차웅은 왕비 걱정에 정신이 없었는데 동해용궁 군사 측에서 친히 만나자는 전갈이 왔다. 차차웅은 오후 늦게 만나기로 시간을 늦추었다. 겉으로는 초조한 기색이 없이 기품 있어보이는 자세를 유지했다.

궁으로 복귀한 후로 차차웅은 어느새 왕의 풍모를 보이고 있었다. 차차웅은 먼저 육부족의 배신자들을 모두 하옥하고 자신을 따르다가 이태충에게 투옥되었던 충신 최종석공과 손의섭공을 중심으로 새로운 육부의 수장들을 구성했다. 선도산 도인들과 갈문귀인 알령공의 제자들에게도 합당한 포상이 이루어졌고 특히 토함산의 석탈해와 아진공 제자들에게도 공로에 넘치는 상과 녹읍이 주어지게 되었다.

한편 복귀한 군사들에 의해 추포된 이태충 대보의 처형이 속전속결로 이루어졌다. 한때 아버지처럼 의지했던 사람이었기에 차차웅은 마음 한구석이 허전했다. 그때 알령도인이 차차웅을 찾아왔다.

"차차웅께서 무척 고단하겠지만 오늘로써 거서간 붕어 십육일째요. 원래 계획대로하면 어제 국장을 엄수했어야만 하오이다."

"물론 그랬어야지요. 헌데 아버님 시신은요?"

"내가 잘 숨겨두었소이다."

"갈문귀인께서요? 고맙습니다. 정말 거듭 고맙다는 말씀을 드립니다."

"자, 나를 따라오시지요!"

알령도인은 대전 지붕 위로 올라가 결계를 풀기 시작했다. 얼마전 그가 가막미르가 금성에 오기 전에 그 결계를 쳐서 거서간 시신이 사람들의 눈에 보이지 않게 했던 것이다. 결계를 풀고 관을 안아 내려와서 조심스럽게 시신을 수습하였다. 마침내 거서간을 모셔두었던 관이 본 모습을 드러내었다. 관은 대전의 지붕 위 알령도인의 결계 속에 숨겨져있었다는 사실을 그 누구도 몰랐던 것이다. 그러나 선친의 시신을 되찾은 기쁨도 잠시, 내관이 달려와 왕비의 서거를 알렸다. 차차웅은 그야말로 망연자실하여 아무말도 하지를 못했다.

"아! 어마마마! 어찌 우리를 저버리시고 그렇게 가신단 말입니까? 으으…"

국상중에 또 국상이 났기 때문에 만조백관이 소집되었다. 선도산성 전투에서 아침에 회궁한 차차웅은 피곤한 기색이 역력했지만 대신들이 거서간과 왕비의 합장문제로 논쟁이 길어지자 두통이 밀려왔다. 의견은 대체로 최공과 손공 그리고 이공 등이 왕비의 당일 국장시의 합장을 반대했고 나머지 대신들은 합장 후 장례를 치르자고 서로 논쟁을 벌였다.

"국장중에 왕비님의 서거는 국가의 대사이니 일단 합장을 하고 이레 후에 다시 왕비님의 국장을 따로 지내십시다!"

"그게 무슨 말씀입니까? 어찌 빈 관으로 국장을 지내시자는 말씀이요?"

"아니, 그럼 지금 거서간의 시신을 묻고 이레 후에 다시 꺼낸단 말씀이요. 그런 불충이 어디 있소이까?"

"으레 합장을 하려면 그렇게 하는 것이지요!"

양측의 의견이 대립하여 논쟁이 끝나지를 않았다. 합장과 국장거행으로 대신들의 갑론을박이 진행되는 동안 차차웅이 보낸 전령이 돌아왔다. 그는 긴급하게 차차웅에게 고하였다.

"차차웅이시여! 동해용왕의 친서이오이다."

"그래? 동해용왕이 서찰만을 보냈단 말인가?"

"예!"

"으음…"

그런데 차차웅은 서찰을 친히 읽지 않고 석탈해에게 낭독하라고 명했다.

"신라국 남해왕자에게 고한다. 당장 전면전을 하여 신라국을 점령할 수도 있다. 그러나 국상중이고 밤새 전투로 몹시 고단한 차차웅에게 전쟁을 하지 않는 대신, 우리의 요구조건을 말하겠다. 감포에서 남쪽으로 사방

오십 리를 동해용궁의 영토로 인정해달라."

석탈해가 낭독을 마치자 차차웅이 호통을 쳤다.

"이런 건방진 자가 있나! 국상중인줄 알면서 쳐들어온 놈이 뭐? 우리가 고단하여 봐준단 말인가? 에이! 당장 이심 장군과 소충원 장군에게 연락하여 동해용궁 군사들과 대치시키라 명하라!"

"차차웅이시여! 하지만 현재로서 전면전은 불가하옵니다."

"그럼 석장군은 묘안이 있는가?"

"제가 동해용궁을 만나 협상을 해보겠나이다. 그들이 요구하는 땅을 최소화하면서 전쟁은 막아보겠나이다."

"좋다! 속히 가 담판을 짓고오라!"

"예. 명을 받드나이다."

석탈해는 상길과 천종, 우혁을 대동하고 동해용왕군의 진영으로 달려갔다. 그들의 진영은 궁성에서 보이는 정도의 거리였다. 단숨에 달려간 탈해는 위풍당당하게 적진으로 들어갔다. 동해용궁 진영의 초소막사에 용궁군사들이 석탈해 일행을 제지했지만 석탈해는 태연하게 동행용궁의 중장군패를 보여주었다.

"삐이익! 이자를 추포하라!"

중장군패 보여주자마자 한 군사가 호각을 불었고 석탈해를 잡으라고 외치자 진영으로부터 왕자들과 용왕의 호위무사들이 뛰어나왔다. 석탈해 일행은 저항을 할 수 있는 형편이 아니었고 순순히 대전으로 꾸며놓은 대형 막사 앞으로 끌려갔다.

"네 이놈! 석탈해! 네죄를 네가 알렸다! 이 배신자!"

용왕의 분노는 실로 대단했다. 석달해는 차분하게 대화를 하려했지만 용왕은 분기를 가라앉히지 않았다.

"잠깐만! 일을 크게 만들지 맙시다. 일단 요구한 땅을 줄 터이니 논의를 해봅시다."

"닥쳐라. 석탈해 이놈!"

분기탱천한 용왕은 석탈해에게 다짜고짜 장풍을 쏘았다.

"펑!"

제 85화 - 20. 거서간의 국장(2)

용왕의 급작스런 공격을 가까스로 피한 석탈해는 대화로 풀려고 했지만 용왕은 공격을 멈추지 않았다. 동해용왕이 이번에는 흡인공력으로 석탈해를 잡아당겼다.

"네 이놈! 석탈해! 후우우우웁!"

"어어?"

그러자 우혁과 상길 그리고 천종이 용왕에게 끌려가는 석탈해를 잡았다. 동해용왕의 뒤에는 이른바 절대고수인 동해용궁의 칠 왕자들이 버티고 있었다. 탈해는 동해용왕과 그의 일곱 명의 왕자들 전체를 상대로 싸울 수는 없었다. 그리고 그들의 입장에서 보면 자신은 배반자에 불과했다. 석탈해 일행이 용왕과 칠왕자를 상대로 버티는 것은 무리였다. 용왕과 일곱 왕자가 동시에 흡인공력을 쓰자 석탈해와 친구들은 점점 빨려들어가고 있었다.

"동해 용왕은 공격을 멈추고 잠시 기다리시오!"

왕궁에서 기다리고 있던 남해차차웅이 안심이 되지 않았던지 도인들과 아니공주 그리고 이심장군을 대동하고 들이닥쳤다. 사실 궁과 동해 용궁군의 주둔지와는 지척거리인지라 남해차차웅은 멀리서 상황을 보고 여의치 않자 출정을 한 것이었다. 동해용왕은 순간 당황한 기색이 있었지만 차분하게 명을 내렸다.

"여봐라! 당장 용을 준비하라!"

"용왕! 지금 본 차차웅을 협박하는 것이오?"

"그렇소이다. 말로 할 때 순순히 요구에 응하는 게 좋을 것이요!"

"어림없는 소리!"

"안되겠구나! 용들을 출격시켜라!"

차차웅이 요구를 거부하자 용왕은 기다렸다는 듯이 동해용 출동 명을 내렸다.

하늘에 날아오른 용들은 자못 위협적이었다. 남해차차웅과 석탈해는 낙심했고 하는 수 없이 이심 장군에게 남해용궁의 용을 불러달라고 부탁을 했다. 그러나 이심장군은 선뜻 응하지 않았고 오히려 괴상한 표정을 지으며 아무말이 없었다. 차차웅은 순간 적지 않게 당황했다.

"아니? 왜 그러시오? 이심 장군?"

"나도 입장을 바꾸겠소이다. 차차웅."

"무엇이? 이심 장군! 그게 무슨 소리인가?"

이심 장군의 변심은 실로 아무도 예상치 못한 것이었다.

“우리 남해용궁도 차차웅께 요구할 바가 있소이다. 우리도 동해용궁과 같은 땅을 내어주시오. 저들과 같은 규모로 남해용궁의 육지 포구를 만들 것이외다.”

“그럼, 네놈도 처음부터?”

“그렇소이다. 남해용궁도 동해용궁처럼 육지에 기반이 있어야겠소이다. 우리도 가지산 해변에 사방 오십 리의 땅을 주시오!”

“이런…”

차차웅이 분기를 감추지 못하고 석탈해가 망연자실하여 실의에 빠져 있을 때 흙먼지와 함께 천명 정도의 군사들이 말을 타고 몰려왔다. 군사들 의복이나 말의 장식으로 보아 삼국은 물론이거니와 북방의 어느나라에서도 보지 못한 모습들이었다.

“멈추어라!”

뜻밖의 적녀국 지원군이 들이닥쳤다. 백의가 적녀국 군사들과 함께 돌아온 것이었다. 백의의 귀환은 그야말로 극적이었다. 적녀국 칠백 명의 궁수단이 그와 함께 왔다. 적녀국의 궁수단은 단일 군사부대로는 천하제일이라 해도 과언이 아니었다. 그녀들의 길고 굵은 화살은 최고의 위력을 발휘한다고 정평이 나있었다. 특히 장궁은 용들을 잡는데 효과적이었다. 적녀국의 군사 틈에서 백의가 탈해에게 달려나왔다.

“주군! 속하 백의이옵니다!”

"오! 백의! 과연 백의답다. 해냈구나! 고맙다!"

백의는 궁수단의 단장을 탈해에게 모셔왔다. 그녀는 오십이 넘은 초로의 여인으로 대단한 미모의 소유자였다. 그녀는 무척이나 반가운 표정으로 탈해에게 다가왔다.

"나는 적녀국 공주이다! 그대가 석탈해인가?"
"예!"
"나는 돌아가신 해보공주님의 사촌여동생 해인공주이다. 네 이모가 된다."
"아! 그렇군요!"

탈해는 자신도 모르게 어머니를 대하는 감격에 복받쳤다. 그는 큰절을 올렸고 이모는 탈해를 마치 엄마처럼 다정하게 안아주었다. 석탈해는 이모를 보고는 그동안 잊고살았던 어머니에 대한 그리움이 복받쳐오르며 울음이 터져나왔다.

"이모님!"
"이제 걱정하지 말아라. 우리가 너를 지켜주마. 동해용궁의 군사들을 우리가 목숨을 걸고 물리칠 것이다."

한편 동해용왕과 남해용궁의 이심장군은 적지 않게 당황하였다. 상황이 역전되었다 해도 과언이 아니었다.

"이런! 적녀국 궁사들이 하필 이때에 나타나다니…에이!"

특히 동해용왕은 분기를 노골적으로 드러냈다. 그리고는 석탈해를 향해 공격을 감행하려했다.

"석탈해 저놈은 확실하게 죽여야겠군! 이얍!"

검을 뽑아 검강으로 탈해를 다시 공격했다. 동해용왕의 석탈해 공격은 총력을 기울인 검강이었다. 그런데 탈해가 검강을 피하자 용왕은 검을 던져 어검술로 탈해를 공격했다. 너무나도 빠른 어검술이었다. 검강과 어검술을 거의 동시에 시전한 모양이었다.

"이얍! 초상비 경공!"

탈해는 몸을 솟구쳐 급하게 검강을 피하고는 겨우 착지하여 아직 자세가 불안한 상태였다. 탈해가 중심을 잃은 그 찰나에 어검술의 검이 다시 날아들었다.

"주군!"

탈해가 미처 피할 틈이 없는 것을 알고 백의가 몸을 날렸다.

"으윽!"

백의가 석탈해 대신 용왕의 칼을 맞고 쓰러졌다. 십성의 공력을 실은 용왕의 강력한 칼은 백의의 배를 관통하여버렸다.

"안돼!"

백의의 죽음에 석탈해는 정신을 잃을 정도로 흥분하였다.

"백의! 정신차려! 백의!"

그런데 백의는 아직 목숨이 붙어있었다.

"주… 주군! 아니 왕자님! 부디 용성국으로 가셔서 보위를 이으소서…"
"안돼! 죽지 마! 백의!"
"이제 저는 해보공주님을 뵈러갑니다."
"이렇게 너를 보낼 수는 없네! 백의! 백의!"

탈해가 백의를 안고 절규하는 동안 동해용궁의 제일왕자가 다시금 비수를 던졌다. 죽어가던 백의가 몸을 일으켜 또한 그 비수를 몸으로 막아내었다.

"윽!"

곁에 있던 최도인과 알령도인이 백의를 구하려고 맥을 짚었지만 허사였다. 도인들이 일어서서 왕자를 준엄한 표정으로 바라보자 동해 제일왕자가 탈해에게 연이어 단검을 던졌다.

"이얍!"

"에잇!"

"챙!"

탈해가 백의를 안고 절규하는 동안 아니공주가 탈해 앞으로 나와 동해용궁왕자가 던진 단검을 자신의 검으로 쳐내어 탈해를 구했다. 백의는 왕자가 던진 비수에 맞아 숨졌지만 얼굴은 평안해보였다.

"나쁜 놈들! 다 죽일 것이다!"

분기탱천한 석탈해는 피가 거꾸로 흐르는 것만 같았다. 발검하여 돌진하려는 순간 동해용궁의 왕자들과 용이 그의 앞을 막아서서 단숨에 탈해를 칠 기세였다. 하지만 적녀국의 칠백궁사가 공주의 명에 맞추어 일시에 동해용왕을 향하여 화살을 쏘았고 용왕은 황급히 용 뒤로 숨었다. 용은 마치 고슴도치처럼 되어 즉사하였다.

탈해는 발검하고 용왕에게 다가가기 시작했다. 차차웅이 말렸으나 막무가내였다.

"차차웅이시여! 소신 백의의 복수를 할 것입니다!"

"하하하하! 배신자 석탈해! 너도 저놈을 따라가고 싶은가? 본 왕에 대한 두려움을 잊었는가?"

동해용왕도 자리에서 일어서 일전을 불사할 기세였다. 그는 새롭게 용을 한 마리 더 불렀다. 대치중인 적녀국의 칠백 궁사들은 화살을 재장전하였다. 동해용왕의 용 옆으로 남해용궁의 용이 지상으로 내려와 대기중이었다. 그리고 이번에는 용앞에 수백 명의 군사들이 도열하여 적녀국 궁사들에게 역시 활로 맞설 기세였다. 그야말로 일촉즉발의 상황이었다.

차차웅은 참으로 난감했다. 세 군사 측이 모두 고슴도치가 되어 죽어나갈 판이라 해도 과언이 아니었다. 동해용왕과 남해용궁의 이심 장군이 양쪽에서 차차웅을 압박하려고 점점 다가올 때 하늘에서 커다란 소리가 들렸다. 구름을 뚫고 나타난 것은 또 다른 용이었다. 그리고 그 용이 땅위로 내려앉자 용주도인이 내려왔다. 그는 오래된 나무궤를 들고와서 소리쳤다.

"보시오. 나도 서거하신 거서간에게 받을 빚이 있소이다."

"아니 그대는 용주도인?"

"나는 본시 사로국 대사촌 출신의 김씨로서 나 역시 용족이외다. 본명은 김자룡이라 하외다. 우리집 안은 박혁거세 거서간이 신라로 오기 전부터 거서간을 도운 집안으로 사로국의 초기 철제무기를 제작하여준 가문이요. 그런데 거서간은 의리를 저버리고 육부족의 압력에 밀려 김씨촌을 몰살시켰소이다. 나는 오늘 내 가문의 빚을 받아내야겠소이다."

"그건 또 무슨 소린가?"

오래된 목궤를 열어본 차차웅은 경악을 금치못했다. 거서간의 수인이 찍힌 왕족 인정서였다. 대사촌 김씨를 개국동지로 인정하여 왕족으로 받아들인다는 내용이었다.

"용주도인이 대사촌 출신이었다니?"

제 86화 - 20. 거서간의 국장(3)

석탈해도 뒤통수를 한 대 얻어맞은 기분이었다.

"자자, 이러지들 말고 대화로 문제를 풉시다."

마룡족을 대표하는 최도인과 계룡족을 대표하는 알령도인이 중재하고 나섰다. 최도인이 먼저 의견을 제시했다.

"일단 오늘밤에 혁거세 거서간님의 장례를 치르고 모든 조문이 끝난 후에 누구도 섭섭하지 않은 범위에서 영토분할과 위상복원 등을 마무리하도록 하십시다. 어떻소이까?"

최도인의 말에 차차웅이 먼저 그 뜻에 따르기로 결정을 했다. 그러자 동해용왕, 남해용궁 이심장군 그리고 대사촌 김자룡 도인도 동의를 했다. 비로소 열엿새만의 거서간 장례식을 제대로 치루게 되었다.

그러나 그들은 용들을 대기시킨 가운데 장례를 진행하고자했다. 말하자면 용들이 각축을 벌이는 상황에서도 연로한 도인들이 나서자 혁거세의 국장은 무난하게 이루어지게 되었다. 비록 전쟁 중이었지만 보름 동안의 국장 기간 동안에 대부분의 인근국가 조문사절단이 이미 다녀갔고 막상 거서간의 시신을 무덤으로 모시는 일만을 남겨놓은 상태에서 남해용왕과 동해용왕 그리고 대사촌 단일건 도인의 대립은 점점 첨예하게 대두되었다. 그러더니 급기야 동해용왕이 판을 깨겠다는 말까지 했다.

"거서간의 시신은 왕비와의 이인 합장을 할 수는 없소이다! 그건 절대 안되오!"

"그게 무슨 소리요? 동해용왕?"

"이미 서거하신 후궁 손씨의 부친이 엄연히 동행 용궁출신이니 우리도 거서간 시신에 대한 지분이 있소이다."

차차웅이 깜짝 놀라 물었다

"시신에 대한 지분이라니요?"

"거서간의 시신을 분골하여 후궁 손씨의 관에도 넣어달란 말이외다."

"맙소사! 용왕님! 그런 무례한 말이 어디 있소이까?"

"불경하다니? 진한 땅의 모든 왕들과 귀족들은 다 그렇게 합니다. 신라는 본시 진한의 열두 나라 중 하나였으니 그 풍습을 따른다고 해서 이상할 것은 없소이다."

동해용왕이 거서간을 따라죽은 후궁 손씨의 넋을 위로해야 한다면서 거서간의 분골장을 주장하자 남해용궁의 이심 장군도 그말을 지지하고 나섰다. 가장 먼저 죽은 후궁 이씨의 가족들도 분골장에 합세하였다.

"으음, 일이 점점 곤란해지는구먼."

쉽게 국장이 이루어지는가 싶었는데 또다시 상황이 안개 속으로 들어가버린 것이다. 차차웅은 대신들을 불러 의견을 물으려해도 최종석공과 손의섭공은 함구무언이었다. 한편 알령도인은 계속 왕과 왕비의 합장을 주장했고 그에 맞서는 용왕들과 용주 도인이 무력시위를 감행하기에 이르렀다. 금성의 하늘위로 동해용궁의 용과 남해용궁의 용들이 날아다니다가 마침내 궁으로 내려와 거대한 위용을 자랑하며 차차웅을 협박하듯이 시위를 했다. 그리고 용주도인도 지상 가까이에 자신의 용을 대기시켰다.

"휘이이익!"

용주도인의 용까지 가세하자 용 세 마리가 장례식장을 휘감고 다니면서 저마다 그들의 요구를 주장하고 분위기가 어수선해졌다. 일이 커지자 실력행사에서 밀릴 것 같은 계룡족에서도 용을 불러왔다. 알령도인도 다른 용들의 위세에 밀릴 수가 없었던 모양이었다. 상황이 급박해지자 알령도인이 앞장서서 용을 조종하여 결국 네 마리 용이 혁거세의 몸을 요구하는 형국이었다. 차차웅은 마음이 급했다. 그러자 선도산 제일도인이 다가와 차차웅에게 물었다.

"차차웅이시여. 어서 거서간님의 용을 부르소서. 이러다가 거서간님의 시신을 빼앗기게 생겼나이다."

"나도 그러고 싶소이다. 하지만 이번 전쟁 통에 거서간님의 오룡을 모두 썼고 그들은 이미 승천했소이다."

"저런! 이거 정말 큰일 아닙니까? 이러다가 저 용 네 마리에게 거서간님을 빼앗기게 생겼습니다. 참! 용마도인이 용호출이 가능합니다만, 아…"

석탈해가 말하다가 이내 고개를 숙였다. 용마도인이 거서간님의 장례식에 참석하지 않고 떠나 버렸기 때문이었다. 게다가 용마도인이 호출하는 용은 이무기에 불과했다, 네 마리의 용은 점점 차차웅을 몰아붙였고 마치 거서간의 시신을 사등분할 기세였다. 네 마리의 용들이 차차웅을 점점 압박해오자 차차웅은 실의에 빠졌다.

"이것 참! 낭패로군! 용 하나를 남겨두는 것인데…"

용들이 차차웅에게 압박을 가하는 것을 보던 석탈해는 더 이상 참을 수 없었다. 자신의 궁정 안에서 객들이 주인을 압제하고 호령하는 장면에 분기가 탱천한 것이었다. 탈해는 심호흡을 한 후 둔갑술을 위한 정신 집중의 기합을 외쳤다.

"에잇!"

순식간에 커다란 용의 기운이 구름도 없이 나타났다. 투명하고 거대한 덩어리가 점차 형체를 갖추기 시작했다. 그것은 적룡이었다. 지금까지의 변신 중 가장 화려한 모습으로 변한 것이었다. 용으로 둔갑술을 펼치는 석탈해는 호흡이 수증기가 되고 그 김이 무럭무럭 자라나 거대한 용으로 몸이 탈바꿈했다. 불과 수초만에 검붉은 비늘이 출렁이는 어마어마한 크기의 적룡이 되었다. 마침내 석탈해는 다섯 용 중에 가장 크고 강한 용으로 변신하여 차차웅의 앞에 나타났다.

"차차웅이시여! 거서간의 용이 돌아왔나이다! 하명하소서!"

가장 큰 용이 나타나자 다른 용들은 모두 기가 죽었다. 차차웅은 비로소 자신감 있는 자세로 서서 나머지 네 세력에 밀리지 않게 되었다.

석탈해는 처음으로 용으로 변신해보았는데 이상한 것은 그 어느때보다 강렬한 기운이 온몸에 느껴지는 것이었다. 언젠가 창해신도가 어느 정도 뚫어주었던 가슴의 혈맥이 비로소 모두다 타통되었고 공력이 무한히 증폭되는 것 같은 느낌을 받았다. 마치 천상에서 청신하고도 신비한 기운이 마구 쏟아져내리고 탈해는 그 기운을 저절로 흡수하는 듯한 좋은 느낌이었다. 적룡으로 변신한 석탈해는 자신의 입을 통해 일검만파의 초식을 펼쳐 강한 수증기를 네 마리 용들을 향해 발사하였다.

"쉬시시시익!"

차차웅을 협박하던 네 마리의 용은 가장 큰 크기의 적룡이 나타나자 두려워하는 기색이 역력했었다. 그런데 적룡의 입김에서 나오는 강력한 공력을 알아보고는 다른 용들이 이내 고개를 조아렸다. 나머지 용들이 사대일로 적룡과 싸워도 승산이 없을 정도였다. 비로소 대결은 협상으로 바뀌었다. 이제 그들은 석탈해가 요구하는 대로 협상을 할 수밖에 없었다.

석탈해는 알령도인이 말한 것과 같이 가장 많은 사람이 만족하는 범위에서 차차웅이 정하는 것을 따르라는 것이었다. 그러나 그 누구도 혜택이 없지는 않도록 신라가 배려할 것이라는 것이 요지였다. 그리고 네 마리의 용은 차차웅의 제안을 받아들였다. 차차웅은 감격했다.

"석탈해! 내가 그대에게 또 한번의 신세를 졌도다. 석탈해 공! 내가 자네를 저 김씨족과 더불어 신라 최고의 왕족가문으로 인정할 것이고. 내가 유고시에 자네를 신라의 왕으로 지명할 것이다."

"차차웅이시여! 아니 대왕이시여! 그런 말씀을 천부당만부당하옵니다."

"일단 그 이야기는 차후에 하기로 하고 장례식을 거행하기로 하자."

결국 거서간의 얼굴과 몸을 지키고 사지는 등분하여 각각 분골장으로 장례식을 지내기로 합의하였다. 그리고 남해용왕의 요구사항인 가지산 해변의 출입을 허락해주었고 동해용궁 요구는 감포 아래 쪽의 동해용궁 포구와 일대의 사유지를 만들어주기로 하였으며 용주 도인이 주장했던 대사촌 김씨녀인 그의 고모에 대한 예우로서 후궁의 무덤을 만들어 주기로 했다. 그리고 남은 김씨 후손들을 육부족 반열 이상의 왕족으로 인정했다. 마지막으로 후궁 이씨의 무덤에서 분골을 하기로 하였다. 그리하여 다섯 개의 무덤 즉 오릉이 탄생하게 되었다. 그리고 알령도인이 갈문귀인의 자격으로 장례식과 즉위식에 대해 알렸다.

"남해 차차웅의 즉위식이 내일 거행될 예정이었으나 왕비께서 서거하셨기 때문에 이레 후 왕비의 국장을 치르고 사흘 후 대왕 즉위식을 거행하기로 했소이다."

차차웅은 만감이 교차했다. 보름 동안의 도피와 탈출 그리고 왕자의 복귀, 왕비의 서거 그리고 왕위 즉위식까지 이어지는 일련의 사태가 주마등처럼 지나갔다.

"보름이 마치 십오 년 같구나."

보름 만에 제자리를 찾아온 차차웅과 석탈해는 무사히 혁거세 거서간의 국장을 지내게 되어 서로에게 눈빛으로 고마움을 표시했다. 장례식 후에 차차웅이 석탈해를 불렀다. 그리고 아무말없이 단검을 하사했다. 대단히 화려한 단검이었다.

석탈해는 예를 갖추어 부복하고 황금빛 보자기에 싸인 하사검을 받들었다. 그런데 석탈해가 단검에 손을 대자 일순간 전율을 느꼈고 몸이 잠시 부르르 떨렸다. 그리고 정신이 혼미해지는가 싶더니 칼에 대한 역사가 눈앞에 실제로 일어나는 일처럼 지나가기 시작했다. 수많은 칼을 주인들, 이 칼의 사용해 죽인 자객들과 죽어간 사람들 그리고 그 칼을 만든 장본인…그는 바로 박혁거세 거서간…이었다. 신라의 왕 박혁거세 거서간이 친히 만든 칼이란 말인가? 탈해는 무척 혼란스러웠다. 그는 다시 한번 정신일도하여 칼에 집중하는 순간 거서간의 보검인 금제가장보검(金製嵌裝寶劍) 손잡이가 뜨거워지면서 움직임이 느껴지는 것이 아닌가. 석탈해가 손을 대면 칼 손잡이에 문자가 아로새겨지는 것이었다. 그러나 손을 놓으면 다시금 문자가 사라졌다. 차차웅도 놀랐다.

"웬 글자인가? 어찌된 영문인가?"

"소신도 모르겠나이다. 후계자라 쓰여있습니다."

"그럼 자네도 거서간의 후계자란 말인가?"

"아니옵니다! 천부당만부당하신 말씀이옵니다."

"후후후. 괜찮다. 나는 처음부터 자네를 내 후계자로 삼았느니라."

"그런 말씀은 거두어주십시오!"

이레 후 차차웅이 왕으로 즉위하는 성대한 대관식에서 공식적인 신라국 왕의 첫 번째 왕명은 다음과 같았다.

"경들은 들으라!"

"예!"

"짐은 알령공을 신라국 대보로 삼아 국정을 펼칠 것이다. 또한 석탈해 대장군을 신라국 갈문귀인으로 삼고 동시에 아니공주의 부마로 결정하였느니라!"

"성은이 만극하나이다!"

만조백관들이 합창하듯 왕명을 받들었고 왕은 석탈해를 흐뭇한 미소 어린 눈빛으로 바라보았다. 그리고 왕족의 반열에 오른 갈문으로서 왕에게 예를 올리는 석탈해 뒤에는 아니공주가 역시 환한 웃음을 지으며 서있었다.

제 87화 – 21. 은공 답방(1)

마침내 차차웅이 회궁하여 즉위하자 신라는 군사적으로 또 정치적으로 신속하게 안정을 되찾았다. 석탈해는 차차웅이 백성의 어버이로 등극한 것이 무척이나 흐뭇하고 기쁜 마음이 들었다. 평생 처음으로 남의 좋은 일에 스스로 기분이 좋아진다는 것에 대해 적지 않게 놀랐다. 문득 자신에게 도움을 준 많은 사람들이 떠올랐다. 탈해는 차차웅에게 어렵사리 휴가를 달라는 말을 했다.

"차차웅이시여, 다시 한 번 경하드리옵니다."

"고맙구나. 석탈해공의 덕이 무척이다 크다."

"부끄럽사옵니다. 헌데 아뢰옵기 황공하오나 소신에게 청이 있사옵니다."

"말하라."

"제가 그동안 살아오면서… 특히 이번 이성산성 전투와 선도산성 전투에서 많은 분들에게 크나큰 빚을 졌사옵니다."

"우리 또한 자네에게 빚이 있지를 않느냐? 누구나 살다보면 서로에게 도움을 주고 또 도움을 받는 것이 아닌가! 그것이 인생의 이치인 게지."

"그러하오나 저는 그 동안 너무 이기적으로 살아왔습니다. 그래서 은공들에게 감사의 인사를 드리고자 합니다."

"누구에게 갈 것이고, 시일은 얼마나 필요한가?"

"먼저 사부님과 은동의 장사를 제대로 모시고 싶습니다."

"그리하라!"

"그리고 최백호 도인님과 아진의선님은 지척에 계시니 하루면 충분하오나, 용마도인님, 춘장시모님, 창해신도님은 워낙 멀리 계셔서 열흘 정도 말미를 주시옵소서."

"알았도다. 열흘을 넘기지 말라."

"이처럼 윤허하여주시니 황공할 따름입니다"

"자네는 이제 중책을 맡았으니 신변 안전에 특히 신경을 쓰라. 호위무사를 붙여줄 터이니 그리 알라!"

"아니옵니다. 호위무사가 저에게는 더 짐이 되옵니다."

"그래? 그렇겠군, 조심히 다녀오라."

"예. 명을 받드옵니다."

휴가는 그로서는 매우 소중한 시간이었다. 먼저 토함산 아진공의 암자를 다시 찾은 석탈해는 아진공의 무덤을 제대로 복원하기 위해 가묘를 헐고 새롭게 제대로 된 묘를 완성했다. 은동의 무덤도 그옆에 만들었다. 은동의 묘비석을 매만질 때 탈해는 자신도 모르게 눈물이 복받쳤다. 그는 오열하며 흐느꼈다. 함께 온 용주도인과 아진의선이 먼저 절을 올리자 탈해가 제자 대표로 묘 앞에 섰다.

"스승님! 제자가 용렬하여 스승님을 지키지 못하고 마지막 혈육 은동이마저 저승으로 먼저 보냈습니다. 오늘 상길, 우혁, 천종 그리고 제가 신라의 크나큰 봉록을 받았습니다만 스승님과 은동이 앞에서 부끄러울 따름입니다. 최선을 다해 제사를 모시는 저희들의 정성을 받아주십시오. 흐흑…"

탈해가 말을 잇지 못하자 천종이 곁에서 탈해를 달래주었다. 탈해는 잠시 후 다시 옛 스승께 고하였다.

"스승님! 스승님의 뜻을 이어 설우혁의 동생인 설시혁이 이 암자에서 머물며 제자들을 가르치고 이 문하의 명맥을 잇기로 했습니다. 우리 넷이 물심양면으로 시혁이를 돕겠습니다. 자! 시혁아, 너도 스승님께 술을 올리고 절을 드리거라."

"예!"

일행은 사부의 명에 절을 하고 은동의 묘로 자리를 옮겼다. 탈해가 다시금 은동의 묘에도 술을 올리려고 할 때 또다시 울먹거렸다.

"은동아! 미안하다. 우리가 너를 지키지 못했구나… 나는…"

석탈해가 슬픔에 겨워 또 말을 잇지 못하자 이번에는 상길이 나섰다.

"탈해야, 내가 말 할께. 그동안 잘해주지 못해서 미안해. 살아있을 때 잘해주지 못해서… 은동아! 저승에서나마 밝고 즐겁게 살길 바란다."

탈해의 동기들은 상길이 마저 울먹거리자 급기야 모두 눈물을 보이고 말았다. 간단하게 장례의 예식을 마치고 나자 잠시 후 아진의선이 탈해에게 다가와 말했다.

"탈해야, 이제 너는 무엇이 하고프냐?"

"할머니, 저는 진실로 이 무덤 곁에서 스승님과 은동이를 보살피고 싶습니다. 이 토함산의 산신이 되어 이들과 신라를 지키고 싶어요."

"그래. 그리운 사람을 그리워하는 거야 누가 막을 수 있겠느냐? 모쪼록 최선을 다하고 천명을 기다려야지…"

아진의선이 용주도인에게 눈짓을 하여 자리를 피해주자고 하자 그는 잠깐의 말미를 달라는 시늉으로 두 손을 들어 그녀에게 기다려달라는 표시를 했다. 용주도인이 탈해에게 나지막하게 물었다.

"석탈해. 자네가 언젠가 일인지하 만인지상의 자리인 대보가 될 터이니 신라가 크게 발전을 하겠군."

"당치않으십니다. 과찬이십니다. 도인님."

"이젠 사숙이라고 부르지 않나?"

"아이코! 송구합니다. 사숙님, 그런데 김자룡 도인이라고 불러야할지 용주도인이라고 불러야할지 잘 모르겠습니다."

"아무렴 어떤가? 호칭은 중요한 문제가 아닐세. 그런데 뭐 좀 하나 부탁을 할까하네."

"말씀하시지요."

"내 숙부님의 손자가 있네, 사내아이지"

"그런데요."

"차차웅께서 말씀하시길 박씨와 자네 석씨 우리 김씨를 육부족 위의 왕족의 반열에 올린다했으니 내 조카아이를 자네가 돌보아주길 바라네."

"네. 그러지요."

"그럼 이제 마음이 놓이는구먼. 나는 속세와 이제 연을 끊고 용맹정진 하고자 하네."

"예, 알겠습니다. 사숙님!"

용주도인에게 목례를 하여 예를 갖추고 아진의선에게는 큰절을 올려 조문에 답례의 인사를 했다. 두 도인이 떠나고 암자에서 한가한 시간을 보내면서 동기들과 옛이야기를 하려는데 탈해가 별안간 깜짝 놀라는 표정을 지었다.

"으음. 전음이 들어오는데?"

"누구에게서 온 것인가?"

"이 목소리는 함미중서?"

탈해는 함미중서의 연락을 받고 암자 아래쪽의 바위계곡으로 달려갔다. 과연 함미중서가 토함산 깊은 계곡의 바위 위에 앉아 있었다. 그도 반가웠는지 얼굴이 웃는 상이었다. 탈해는 생전 처음으로 다람쥐의 웃음을 보았다. 그 귀여운 모습에 탈해는 함미중서를 안아 볼에 부볐다.

"야! 함미중서! 오래만이다. 너 원래 남산 도림에 있잖아. 여긴 웬일이야? 하여간 반갑구나! 여기서 보니 더 귀엽네?"

"야야! 징그럽게 이거 왜이래!"

"귀여우니까 그러지 인마!"

"자자, 진정하라구! 사실 내가 오늘 널 부른 것은 니 목소리가 토함산에 울려퍼진 것이 반갑기도 했지만 여기 동악산자락에 사실은 명부 귀신들이 드나드는 구멍이 있어. 요 얼마전 몇몇 지옥 귀신들이 지상출입을 하고 있다니까?"

"그래? 니가 봤어?"

"그럼! 그러니까 너를 불렀지?"

"그래? 토함산에 난 명부의 비밀통로라…."

"이번에 명부귀신들이 드나드는 동굴을 막아야해! 예전에는 왜적들이 숨어드는 삼림 속의 토굴이 있다고 했는데 그놈들이 파놓은 것을 이제는 지옥귀신들이 이용하나봐? 이게 바로 이 토함산의 맹점이라니까!"

"맹점? 하하하. 약점이라는 말이냐? 산에 무슨 약점이 있냐? 이 조그만 다람쥐야!"

"아냐! 아냐! 이건 심각한 문제야! 하늘의 엄청난 천상 신이 오셔서 지켜주지 않으면 이 토함산은 문제가 생길거야. 내가 장담하지!"

탈해는 함미중서의 예언을 듣는 순간 머리카락이 쭈뼛 섰다. 그리고는 한동안 멍한 상태로 정신을 차릴 수가 없었다. 그러는 가운데 상길이 동상처럼 서있는 탈해를 툭 쳤고 탈해는 비로소 정신이 돌아왔다. 그러데 함미중서는 아직도 중얼거리고 있었다.

"그러니까 말이야! 지금까지 한 내말을 명심해라! 잘 들었지?"

"으응? 응…"

"야! 석탈해! 건성건성 듣지 말고 정신 차려! 자주 보게 될테니! 그때 마다 내 충고를 잘 들어라!"

"알았어."

"우리는 아마 오랫동안 같이 살 거야."

"후훗. 니가 오래살기만 한다면…"

"글쎄? 과연 누가 더 오래 살까? 나는 말이다. 니가 태어나기 백년 전에도 물여워 사부님과 농담을 주고받던 사이야! 이거 왜이래?"

"다람쥐 주제에 뻥치시네!"

"야. 석탈해 너 맨날 속고만 살았냐? 이게 어르신 말을 안믿어? 어라?"

"왜 그래?"

"어? 그럼 나는 이만. 바빠서 말이야…"

함미중서는 별안간 이야기를 하다말고 자취를 감추어버렸다.

"함미중서야! 어디가?"

석탈해가 함미중서가 사라진 바윗골로 향하다가 별안간 악취를 맡았다. 언젠가 맡아보았던 지옥귀왕들의 악취와 비슷했다. 탈해는 몸을 숨겼고 앞쪽의 소나무 숲으로 가려진 동굴에서 흉측하게 생긴 지옥나찰 둘이 나타났다.

"아니? 저들은 지옥귀왕인가?"

"아니야. 흔들흔들 움직이는 모양으로 보아서는 졸개들이야?"

탈해와 우혁이 그들을 면밀하게 살폈다. 그들은 보기만해도 두려움에 치를 떨게할 정도로 살벌하게 생겼다. 봉두난발을 하고 벌겋게 충혈된 눈에서는 피고름 같은 것이 맺혀있었고 툭 튀어난 광대뼈에도 피가 흘러나오고 있었다. 그들은 좌우를 살피더니 어디선가 들리는 소리를 감지하고 그쪽으로 향했다.

탈해는 상길과 우혁에게 각각 좌우로 가게하고 천종에게는 화살을 준비시켰다. 은동이 죽은 후에 천종이 그녀의 활과 화살을 물려받았는데 한동안 각고의 수련을 한 지금은 천종도 은동의 궁술에 버금갈 정도였다.

지옥나찰들을 뒤따르던 석탈해는 자세를 낮추고 좌우의 친구들에게도 멈추라는 신호를 했다.

"이야!"

"얍!"

지나가던 사람들을 덮쳤으나 두 사람은 의외로 고수급이었다. 지옥나찰과 두 사람의 싸움은 한동안 호각세로 계속되었다. 기합소리로 봐서 한 사람은 남자고 다른 사람은 여자였다. 삿갓을 깊숙이 눌러쓴 두 남녀의 무공은 대단했는데 처음에는 거의 동수를 이루었다. 그러나 이내 밀리기 시작했다. 결국 남자가 부상을 당해 쓰러졌고 여자 무사 혼자서 상대하기 시작했다.

"피익!"

여자가 밀리면서 그녀는 품에서 옥피리 같은 것을 불었다. 누군가에게 도움을 요청하는 모양이었다. 그 모습은 마치 이성산성의 소일연이 봉황새를 부르는 모습과 흡사했다. 지옥나찰들이 사정없이 공격하여 점점 여검객이 밀려갈 즈음 그녀는 뒤로 밀리면서 넘어졌고 바로 그 순간 석탈해가 나섰다.

"멈추어라!"

제 88화 - 21. 은공 답방(2)

탈해가 발검을 하고 지옥나찰들에게 달려들었다.

"지옥귀신들아! 여기가 어딘 줄 알고 함부로 날뛰는 것인가?"

"크르르르! 넌 또 뭐냐?"

지옥나찰들은 한명씩 나뉘어 여검객에게 쇠몽둥이를 휘둘렀고, 다른 한명은 석탈해에게 달려들었다. 그 순간 삿갓을 쓴 여검객이 소리쳤다.

"석탈해님!"

그녀는 바로 이성산성의 성주 소일연이었다.

"아니? 소성주가 어떻게 여기에?"

"으으… 석장군을 뵈러 오다가 그만…"

소충천 장군이 부상 중에 반갑게 인사를 했다.

"석탈해공! 저도 왔습니다!"

"일단 이놈들을 처리하고 이야기를 나눕시다. 이놈들!"

석탈해는 지옥나찰에게 공격을 가하려했지만 오히려 그들이 먼저 급습을 감행했다. 그러나 석탈해의 강력한 방어와 눈부신 반격에 무척이나 당황했다. 엄청난 공력을 소유한 지옥나찰 둘이 합심하여 동시에 내리친 쇠망방이를 탈해가 칠보검으로 가볍게 막아내자 둘은 보기좋게 튕겨나가 엉덩방아를 찧었다.

"얍!"
"티잉!"
"으아아악! 어이쿠!"

지옥나찰들 뿐만아니라 소일연과 소장군 그리고 심지어 탈해의 동기들도 그의 무공증진에 새삼 놀라고 말았다. 검강을 쓸 뿐만아니라 입김을 사용하여 나찰들의 얼굴을 끓는 물로 익혀버릴 듯이 공력을 쏟아내었다. 보통사람이라면 끓는 물에 맞은 것처럼 쓰러지고 말았을 텐데 탈해의 공격을 강하게 버텨냈다.

과거에는 용으로 변신하여 뿜어내던 적룡의 입김을 평상시에 인간의 모습으로도 발휘하게 된 석탈해는 어마어마한 공력을 쏟아내었다. 지옥나찰들은 그야말로 끓는 물속에서 싸우는 것과 마찬가지이어서 점점 승산이 없어지고 있었다. 탈해의 심후한 내공에 합공으로 맞섰지만 결국 이렇다할 공격 한번 못해보고 방어하느라고 쩔쩔매다가 최후의 수단으로 자신들의 몸에서 명부의 독을 뿜어내었다.

"후루루루룩!"

그러자 일대가 독무에 휩싸이기 시작했다. 석탈해가 독무를 피해 주춤하는 사이에 굉음과 함께 지하의 괴물체가 출현했다.

"쿠르르르룽!"

그런데 그들은 한명이 아니었다. 순간 탈해는 아연실색을 했다. 명부에서 지옥귀신들이 여러 명 나왔다고 생각했기 때문이었다.

그러나 상황은 정반대로 전개되었다. 독을 뿜어내던 두 지옥나찰은 얼어붙은 듯이 움직이지 않았다. 독무를 거두어내며 웬 노인이 나타났다. 탈해는 처음에 그가 봉래선인줄 알았다. 그러나 무독귀왕이었다.

"저들을 잡아라!"

"예이!"

무독귀왕의 체포령이 떨어지자 지옥나찰들이 고개를 조아리며 땅바닥에 엎드렸고 무독귀왕이 명부에서 데리고 온 수하들은 두 나찰을 신속하게 덮쳤다. 무독귀왕은 명하여 그들을 명부로 압송시키도록 했다. 그야말로 연기가 사라지듯 쓰러진 두 나찰을 데리고 땅속으로 거짓말처럼 사라졌다.

"이제 안심들 하세요."

무독귀왕은 석탈해에게 다가왔다.

"오랜만이군! 석탈해공. 몰라보게 성장했군!"

"그간 잘 계셨습니까? 무독귀왕님!"

무독귀왕과의 조우는 반가웠지만 탈해는 소일연의 부상이 신경이 쓰여 마음이 편치가 않았다. 그녀와 소장군은 명부의 독에 중독되었기 때문이었다. 무독귀왕은 소일연성주와 소충원장군의 상처를 살폈다. 그리고는 자신의 기를 방사하여주었다.

"내가 일단 응급조치는 취했으나, 두 분은 이성국에 속히 돌아가 치료를 받으세요. 독에 중독되었으니 가능한 빨리 해독을 해야할 것이요."

"예! 감사합니다."

곧바로 봉황이 도착했고 봉황은 소일연과 소장군을 태웠다. 그런데 소일연이 다시 내려 탈해에게 다가왔다.

"실은 석공께 드릴 말씀이 있사온데, 조만간 이성국에 한번 들러주시겠어요?"

"그렇게 하시지요. 일단 신속히 해독을 하셔야겠소이다."

"예. 또 구명지은을 입었습니다. 그럼…"

봉황이 날아오르자 소성주는 매우 슬픈 표정을 지었고 순식간에 그녀는 창공으로 사라졌다. 탈해는 그 찰나 소일연의 얼굴이 뇌리에 와 박혔다. 망연자실 하늘을 바라보던 탈해의 곁에 무독귀왕이 바짝 다가섰다.

"석탈해! 이야기를 좀 하세."

"예. 그러시지요."

"저들은 변성대왕궁의 나찰들일세."

"그렇군요. 지난번에도 지옥의 귀왕이 지상 출입을 하더니만…"

"자네가 혹 증언을 해주시겠나?"

"예? 제가 명부에 가서요?"

"아니, 나는 풍백의 휘하에 있는 몸일세!"

"그럼 천상에 가란 말씀인가요?"

"풍백의 전령이 지상으로 찾아올 걸세."

"아! 그렇군요. 그렇게하겠습니다."

"그리되면 앞으로 지옥귀왕들은 나타나지 않을 걸세."

"알겠습니다. 귀왕님! 감사드립니다! 이 동악산을 잘 지켜주셔서요."

"별말씀을… 후후후…"

탈해는 동기들과 함께 무독귀왕에게 목례를 하여 인사를 했다. 그런데 무독귀왕이 탈해 일행에게도 가볍게 목례를 했다.

"여기 토함산은 신라의 오악 중 하나로 동해를 지키는 관문이 아닌가. 동해용궁군이나 왜구들이 호시탐탐 노리고 있으니 신라에서는 방비를 단단히 해야할 것일세. 내가 동악산의 저승문은 지상과 지하 양쪽에서 일단 막아놓았으니 지옥나찰이나 명부의 어떤 귀신들도 이리로는 나오지 못할 게야."

"하지만 귀왕정도라면 쉽게 나오지 않을까요?"

"그 문제는 지옥시왕들께 간곡하게 부탁드려 귀왕들을 관리하시도록 해야겠지."

"그 말씀을 들으니 저로서는 안심이 되는군요."

"이것은 삼라만상의 질서와 관계된 대단히 중요한 문제일쎄. 자네도 신경을 쓰게!"

"하긴 저 같은 조무래기가 뭔 힘을 쓰겠습니까…"

"아닐쎄, 자네는 하여간 크게 될 인물이야."

석탈해는 무독귀왕의 표정을 살폈다. 그리고 예리한 표정으로 물었다.

"귀왕님께서는 제 앞날에 대해 무언가 알고 계시는군요?"

"옥황상제님께서 하시는 일을 미천한 내가 어찌 알겠나?"

"그런데 귀왕님 표정에서 뭘 숨기고 계시는 것 같은데요…"

"숨기긴! 다 자네가 알아서 할 일이지 않겠나?"

"그럼 저는 앞으로 어찌해야합니까? 저는 무엇을 원하는지 또 제가 누구인지도 잘 모르겠습니다. 귀왕님. 옛날 제 빰을 때리셔서 기억을 잃게 하셨으니 귀왕님께서는 저에 대해 전혀 책임이 없다고 하실 수는 없으시겠지요?"

"으음…"

과거 무독귀왕이 석탈해의 빰을 때려 어금니가 빠졌고 그로 인해 기억을 잃은 사건을 석탈해가 들추어내자 무독귀왕은 다소 난처한 표정을 지어보였다. 그리고는 다시 차분하게 말을 이었다.

"이보시게. 깊은 밤 고요한 때에 자신의 마음을 잘 살피시게. 그러면 정신일도가 되어 진실이 나타날 것이야."

"귀왕님! 제가 벌써 이년 째 그러고 있습니다. 매일 단전호흡을 하면서 제 기억을 되살리려고 무진 애를 쓰고 있다고요! 하지만 답이 나오지를 않습니다. 누군가는 저의 답답함을 듣고 시원하게 이야기해줄 것 같은 분이 있을 것 같습니다"

"그런 질문이라면 나보다 그대 나라의 신녀에게 가보시게."

"신녀라 하심은… 그 신녀가 뉘신지? 그리고 어디로 가야합니까?"

"그대가 잘 아는 처녀일세. 신라에서는 천녀라고 하더군. 삼척동자도 천녀의 소도는 다 알 것일세. 그럼 나는 이만…"

"아니? 귀왕님!"

무독귀왕은 평소와는 다르게 총총걸음으로 서둘러 자리를 떴다. 석탈해는 하는 수 없이 죄인을 용서해주고 천제를 모신다는 천녀의 소도를 찾아야만했다. 신라에서는 천녀라는 제도가 있었다. 본시 박혁거세의 모친이신 성도선모를 일컬어 천녀라 했는데 그때부터 신성한 여인을 천녀로 부르게 되었다. 차차웅대에 이르러서는 신성한 천제를 모시는 일을 차차웅이 해오다가 차차웅이 즉위 후 왕정을 보살피면서 천제는 천녀가 맡아서 봉제사하게 되었다.

왕으로 즉위한 차차웅의 첫 번째 과업은 천제에 관한 일이었다. 거서간의 왕릉이 오릉으로 나뉘게되어 선왕에 대한 예의가 말이 아니게 된 까닭이었다. 차차웅은 과거 그의 조모가 그러했듯이 하늘에 제사를 지내는 천녀를 소도에 두기로 결정했다. 그리고 그 자리에 구성련을 위임하였다.

차차웅은 만족백관이 모인 어전회의에서 천녀의 위임을 명하였다.

"짐은 천제를 격상하고 천녀제도를 시행하고자 하오! 그리고 구성련 낭자를 천녀로 임명하기로 했소이다."

하지만 이번에 차차웅의 편이 되어 나라를 구한 인물 중 한명인 손의섭 공이 매우 강하게 반대하고 나섰다.

"그것은 아니되옵니다. 태기왕의 손녀를 어찌 신라국의 천신녀로 쓰신다는 말입니까?"

"무엇이? 이보시오! 손공! 신라는 본시 진한에서 나왔소. 그 뿌리를 인정하는 것이 무엇이 안된다는 게요."

"천부당만부당하옵니다. 그 뿌리를 인정하지 않고 근원을 뽑기 위해서 거서간께서는 진한의 나라들을 쳐서 통일하시고 신라를 새롭게 하신 것이지 결단코 진한을 잇고자함이 아니옵니다."

"허어! 손공! 내말은 정치적으로 잇자는 것이 아니고 신녀를 쓰는데 진한 사람, 신라 사람을 따지지 말고 하나로 잇자는 말이외다."

"하지만 폐하! 진한 태기왕의 잔존세력이 아직도 존재하고 그 세력을 업고 가막미르가 언제 또다시 공격을 해올지 모르는 상황에서 그 핑계거리를 만들 필요가 없다는 말씀입니다."

"걱정마시오. 손공! 나는 태기왕 세력을 발본색원할 것이며, 오히려 스스로 항복하고 나서는 자들에게는 녹읍과 지위를 내릴 것이오! 가막미르는 이제 세력을 잃고 왜나라로 도망을 쳤소이다. 걱정할 것이 없어요. 그리고 이미 천녀의 소도를 만들어놓았소. 이일은 다시는 입에 올리지 마시오. 손공! 아시겠소이까?"

"…"

"대답을 하시오!"

"예! 알겠나이다."

제 89화 – 21. 은공 답방(3)

탈해는 저잣거리에서 너무나도 손쉽게 소도의 위치를 알아냈다. 나정 부근에 커다란 집이 두 채 있었고 주위에는 성스러운 소도의 경계를 알리는 소나무와 박달나무들이 즐비하게 심어져 있었다. 그곳이 바로 삼척동자로 알고 있는 소도였다.

소도는 매우 신성한 곳으로서 그 안에 들어와 제사에 참석하는 자는 죄인이라도 처벌하지 않았다. 이 소도 정문에는 큰 소나무를 세우고 신악기(神樂器)의 구실을 하는 방울과 북을 달아서 신역(神域)의 표식을 해놓다. 탈해는 신비한 기운을 감지할 수 있었다. 탈해는 소도에 담도 울도 없지만 쉽사리 들어가지 못하고 커다란 소나무 아래에서 잠시 서성거렸다.

그러다가 오른쪽에 돌탑 옆에 있는 다소 작은 건물로 향했다. 그곳은 경당이었다. 옛날 조선의 전통대로 신라에도 소도의 옆에 경당이라는 집을 세워 아직 결혼하지 않은 젊은이들을 교육했다. 경당 문 좌우에는 세로로 현판이 걸려있었고 각각 화를 당하면 이웃을 위하여 함께 힘을 쓴다는 뜻의 책화선린(責禍善隣)과 있는 자와 없는 자가 서로 돕는다는 유무상자(有無相資)라는 글자가 쓰여 있었다. 그런데 경당으로 들어서자마마 탈해는 구성련과 마주쳤다.

"오! 신라의 천녀가 바로 구낭자였구려!"

"예. 차차웅님의 명으로 임명되었습니다. 어제부터 소임을 맡았습니다. 그런데 어떻게 알고 오셨습니까? 석공께서는 정말 신통력이 있으시군요?"

"아니, 나는 그냥 지나가는 길에 이쁜 천녀가 새로 왔다길래…"

"후후. 농담도 여전하시구요?"

"사실 무독귀왕께서 제가 이리로 오면 천녀가 내 운명을 말해줄 거라고 하시더군요."

"무독귀왕님이요? 저는 그분과 아무런 인연이 없는데…이상한 일이로군요?"

"그분은 풍백 휘하의 신으로 천상과 명부를 자유자재로 다니시는 분인데 뭔들 모르겠소?"

"그렇군요. 그런데 무불통지하신 귀왕께서 직접 말씀을 해주지 않으시고….

"그러게? 듣고보니 그렇긴 한데… 이왕 내가 이리 왔으니 천녀께서 봐주시지요."

"예, 그럼 제가 석공의 관상을 봐드리지요."

"참 빨리도 봐주시는군요! 우리가 만난 지가 언제인데."

"그때는 석공께서 이렇듯 청을 하시지 않아서…"

"좋소! 관상에 대해 말씀해주시지요."

"제가 용성국에서 배운 바와 어릴 적부터 배운 재주가 조금 있사온데 부끄러운 수준입니다. 석공께서는 하늘에서 날아 내려와 우리를 비춰주는 커다란 거울 같습니다. 그러데 그 큰 거울 속에 본인의 자취가 없으니 거울의 모습 혼자 쓸쓸하군요. 제아무리 구름집을 천상의 구중궁궐처럼 지어 본들 본인이 없으니 그 모든 게 초라하군요. 별들도 궁금하여 눈을 깜박거리며 그대를 찾는 모양이요. 천상의 뛰어난 분이시나 천상에서 자취를 감추셨군요. 다만 지상의 인연이 그대를 목놓아 부릅니다."

"지상의 인연이라? 그게 누구요?"

"누군지는 모르겠사오나 그 목소리가 이렇게 들리는군요. – 그대를 모셔올 커다란 배를 하늘위로 떠나보내니 내 배를 보거든 마다말고 타고 오시오. 여기서 내가 기다리겠나이다."

탈해는 구성련이 점괘를 풀어 이야기를 하는 동안 그녀를 한번 바라다보고 하늘의 구름을 한번 바라보면서 마치 시간이 멈추어진 것 같은 착각에 빠졌다. 새로 생긴 길고 뾰죽한 구름을 한참 바라보다 문득 구성련을 불러보았다.

"낭자! 아니 천녀님."

"예."

"마침 저 하늘에 배처럼 생긴 구름이 있소. 내가 저걸 타고 가면 누군가 나를 기다린다는 건가요?"

"농담하지 마시고. 제게 할말이 있으시면 하세요."

"그게 그러니까…"

탈해는 무언가 말을 하려했지만 입이 말을 듣지 않았다. 다만 자신도 모르게 속으로 뇌까리는 말은 다음과 같았다. '망망대해에 떠있는 배라… 그 배를 타고 그녀가 내게 올 수 있다면 좋으련만…'

"석공께서는 말씀을 하시지요. 왜 저를 불러놓고 묵묵부답이신지요?"

"그러니까…."

"제 부모님에 대해서는 말씀이 없으셔서… "

"선왕께서는 일찍이 승천하셨고 왕비님께서는 명부에서 회한의 세월을 보내고 계신줄 압니다만 그것은 다들 알고 있는 내용이라…"

"아니? 제 어머님께서 어찌 명부에 드셨단 말이요?"

"왕비께서 당시 대왕을 구하실 때 가막미르와 싸우시느라 수백 명의 용성국 군사들을 물리치시고 그 한을 간직한 채 하직하셔서 그리 되었지만 언젠가 승천하실 줄 압니다."

"그렇군요…."

"그런데 저에게 하시려던 말씀이 혹시 아진공 사부님과 은동낭자의 제례에 대한 부탁이 아니었나요?"

"예? 아, 예… 맞소!"

탈해는 조금 당황했지만 그냥 얼버무렸다.

"구성련 낭자께서 올리는 천제를 통해 아진공 사부와 은동의 넋을 위로해준다면 소원이 없겠소이다."

"그렇게 하지요."

"고맙소."

"천제는 국가의 중대사를 위해 올리는 것이니 천제는 불가하고 망자들을 위해서 이번은 제가 사사롭게 올리겠습니다."

"잘 알겠습니다."

구성련은 천녀가 되고나서 과거의 애틋한 눈빛이 사라졌다. 그녀의 눈빛은 서늘했다. 인간적인 따사로움보다는 신을 모시는 충성스런 천녀의 모습만 그 눈빛에 남아 있는 것 같았다. 때문에 그녀는 마치 영혼을 천상에 두고 육체만 지상에 있는 사람 같았다. 탈해는 그녀가 과연 제대로 된 천녀라는 사실에 안도의 느낌과 일종의 안타까운 기분이 들었다. 그러나 구성련 천녀에게 사부님과 은동의 제를 맡기고나자 탈해는 안심이 되었다. 이별 인사도 서운하거나 안타까운 마음이 들지 않았고 천녀도 탈해의 마음을 다 알고 있다는 표정으로 환하게 웃어주었다.

"그럼 천녀님! 두분의 제사를 부탁드리오."

"아무 염려마세요. 석탈해님! 잘 지내시기를 기원합니다."

모처럼 자유로운 기분이 든 탈해는 아진의선에게 가볼까 하다가 문득 소일연 생각이 났다. 석탈해는 어제 헤어지던 그녀의 모습을 잊을 수가 없었다. '그 슬픈 표정으로 무슨 말을 하려했을까?' 탈해는 자신도 모르게 상승기법으로 경공을 쓰고 있는 자신을 발견했다. 여지껏 달린 경공술 중 가장 빠른 속도였다.

석탈해는 십 이성의 공력을 내뿜으며 언젠가 창해신도가 시전했던 독수리 비상법을 운용해보았다. 그 경공술을 단한번 보았을 뿐인데 공중을 초고속으로 날아가는 것이 아닌가?

"쉬이이이이익!"

그는 스스로도 놀라 속도를 조금 줄였다. 그런데 이미 이성산성에 그야말로 순식간에 도착해버린 것이었다. 성문을 통과하기가 좀 어색해서 그는 성주의 거처가 있는 대전의 지붕 위로 날아들었다.

막상 소일연 성주와 재회를 한다고 생각하자 탈해의 가슴이 조금 빠르게 뛰었다. 그러나 처마 위에서 내려다 본 성주의 모습은 안쓰러워보였다. 시름에 잠긴 소일연은 무슨 생각에 골몰하고 있는 모습이었다.

탈해가 처소에 들어가 한참을 서 있었지만 소일연은 눈치채지 못할 정도로 깊은 생각에 잠겨 있었다.

"성주님."

"어머나?"

"접니다."

"석탈해님! 아니? 언제 오셨어요?"

"방금 전에요. 누가 업어가도 모르겠습니다. 무슨 생각을 그렇게 깊게 하시나요? 나라에 무슨 걱정 거리가 있습니까?"

"아, 예…"

소일연은 옷매무시를 고치고 귀밑머리를 쓸어올리고는 목례를 했다. 성주로 즉위했지만 아직도 소녀티가 났다.

"사실은 커다란 근심거리가 있습니다. 우리 산성에 도인님들이 모두 떠나실 모양입니다."

"예? 세분이 모두 동시에요? 그래서 저를 보자고 하셨군요!"

"그게…그러니까 며칠 전 춘장시모께서 수련하고 계실 때 춘장시모님의 사부님이 되시는 조의선사께서 조만간 승천하신다고 연락이 왔다는군요."

"조의선사님이 승천하신다구요? 누가 그래요?"

"시모님께 전음이 왔나봐요."

"그래서요?"

"사부님을 찾아뵙지는 못하지만 시모께서도 승천을 준비하려는지 이 성산성을 떠나시겠다고 하셨어요."

"그렇군요."

"그리고 공교롭게도 그날 아사달에서 연통이 왔는데 삼지연 지역의 단씨 부족이 지도자가 없어서 단일건 도인을 모셔가기로 했구요."

단일건 도인의 삼지연 행과 용주도인의 폐관수련 결심, 그리고 춘장시모의 조의선사 방문이 공교롭게도 겹친 것이었다. 결국 세 도인이 모두 떠나게 되면서 이성산성에는 도인이 한명도 남지 않게 되었다. 석탈해로서는 소일연 성주가 딱했지만 위로의 말밖에는 해줄게 없었다.

"뛰어난 도인이 세분이나 계셔서 비록 작지만 주변국들이 이성국을 쉽게 넘보지 못했는데, 다들 떠나신다니 저도 퍽 걱정이 되는군요."

"그래서 어제 답답한 마음에 석탈해님을 찾아갔던 거에요."

"그랬군요. 참! 그나저나 지옥나찰에게 당하신 독공의 해독은 잘되었는지요?"

"예, 시모님께서 치료해주셨지요…그러고 보니 앞으로 또 이런 일이 생기면 누가 치료해줄지도 막막하고…"

수심에 잠긴 소일연의 표정은 곧 울음이 터질 것 같이 서글펴보였다.

두 사람은 한동안 말이 없었다. 석탈해는 그녀를 물끄러미 바라보다가 분위기를 바꾸려고 무술이야기를 꺼냈다.

"성주님, 내가 상승무공을 하나 가르쳐드릴까요?"

"예? 어떤 무공이요?"

"만종귀일을 응용한 것인데 일종의 탄지신공이지요. 다섯 손가락의 끝에 기를 각기 방출하여 상대방 앞에서 다시금 하나로 모이게하는 지공법인데 제법 쓸 만합니다."

"저는 지풍술 말고 둔갑술을 좀 배우고 싶은데요?"

"둔갑술은 안돼요. 승천하신 물여위 사부님께서 둔갑술은 타고나지 않으면 안된다고 하셨거든요. 제 아버님과 저와 가막미르 같은 사람들 외에는 배워도 시전이 안된다고 하셨지요."

"피이! 가르쳐주고 싶지 않으신 거로군요. 제가 변신술이 될지 안 될지 어떻게 알아요?"

"저는 변신술법을 할 수 있는 사람을 알아볼 수 있는데 성주님은 아닙니다."

"알겠어요. 그냥 포기할 테니 제 소원을 하나 들어주세요."

"예?"

순간 석탈해는 무척 긴장했다. 자신도 모르게 가슴이 떨렸다.

제 90화 – 21. 은공 답방(4)

"무슨… 소원이요?"

"너무 겁먹을 거 없어요. 간단한 것이에요."

"말씀하시죠!"

"혹 차후에 제가 위험에 처하면 와주실 거죠? 둔갑술을 배우지 않는 대신 저를 도와주시겠다고 약조해주세요. 후후."

소일연이 웃어보이자 석탈해는 짐짓 강하게 나가고 싶었다.

"그럽시다! 그거야 뭐…"

"반드시 오셔야해요! 그럼 손가락 걸어요."

"예? 아, 예."

석탈해는 그녀와 손가락을 걸면서 난생처음으로 설레는 감정을 느꼈다.처음 만나 경공술을 펼치다가 그녀를 껴안았을 때에도 느껴보지 못한 감정이었다. 심호흡을 한 뒤 얼른 화제를 돌렸다.

"으흠! 저어, 성주님!"

"예?"

"성주께서는 평소 걱정이 생기면 어떻게 대처를 하세요?"

"걱정이라니요?"

"가령 마음이 심란하다거나 불안할 때 어떻게 하세요?"

"그야 물을 바라보지요."

"예? 마음이 심란하면 물을 본다고요? 아니 어떻게요?"

"항아리에 물을 떠놓고 바라보면 마음이 진정이 된답니다. 이것 역시 시모님께 배웠지요. 처음에는 수면에 비추인 하늘의 구름이나 달을 보면서 수련했었지요. 이제는 물속에 손을 넣어도 그 움직임이 거의 없어 쉽게 마음 진정이 된답니다."

"그래요?"

"석탈해님도 저랑 달 만지기를 해볼까요?"

소일연이 아까와 다르게 다소 상기되어 웃는 표정이 되돌아왔다. 성주의 미소를 본 탈해는 비로소 안심이 되었다

"달을 만지려면 물이 있어야 해요. 두 가지 방법이 있습니다. 먼저 세련된 달 만지기를 보여드리지요. 양손을 종지그릇처럼 오목하게 모아 물을 부으면 그 물에 비친 달을 이리저리 보내면서 손 전체로 달을 만지는 것이지요. 손가락을 움직이지 않고 그릇이 된 손 전체로 달을 만지니 오히려 손안의 달이 강아지처럼 나를 만져주는 것 같아 기분이 좋아져요."

그녀는 조금 신이 나서 말하면서 저절로 얼굴 가득 웃음기가 번졌다.

"두번째는 큰 항아리에 달을 담지요. 그리고 달이 비춰진 항아리 위에 손을 천천히 넣어요. 이때 수면이 흔들리지 않게 조심해야 해요. 그리고 살살 달을 만져보는 거에요. 그러면 달이 간지럽다고 야단이 나지요."

"헤헤. 엉터리 달 만지기이군요."

"어머? 엉터리라니요? 집중하면 실제로 달이 손에 느껴진다니까요? 해보세요."

탈해는 성주가 시키는 대로 항아리에 손을 최대한 천천히 넣어 달을 만져보았다. 눈을 감고 손에 집중하자 놀라움을 금치 못했다.

"어어?"

석탈해는 눈을 동그랗게 뜨고는 소일연을 바라보았다. 그녀는 환하게 웃으며 말했다.

"거짓말이 아니죠?"

"그렇군요! 어떻게 이런 느낌이 나지? 희한하네요. 항아리가 특수한 건가? 좌우간 앞으로는 성주님의 말을 다 믿을 게요."

"후후."

소일연은 대단히 만족스런 표정으로 한동안 탈해를 바라보다가 입을 열였다.

"그리고 저어…"

"말해보세요."

"저는요…"

"예."

소일연은 한참을 망설이다가 이내 고개를 돌렸다.

"아니에요."

"뭐가 아니란 말이요?"

"그냥요."

"말을 해야 알지요. 그럼 안할 말을 왜 하려고 했어요?"

"그런 게 아니고…"

소일연이 돌아서버리자 석탈해는 무슨 말이라도 해야 할 것 같아서 돌아서 있는 소일연의 등을 향해 나지막하게 말했다.

"저어. 성주께서 돌아서 계시니 기분이 이상하네요. 그냥 아무 말이라도 하시지요."

그러나 성주는 전혀 말이 없었다. 잠시후 그녀는 뒤돌아 선채로 석탈해에게 서글픈 목소리로 말했다.

"신라국 아니공주님과 혼사가 결정되셨다고 들었어요…"

"예. 사실은 차차웅께서 그리 발표는 하셨는데, 아직 왕비님도 그렇고 아니공주님도…저에게는 별 말씀이 없었어요."

탈해의 말을 들은 소일연은 억지로 뒤돌아서더니 매우 서글픈 표정으로 이야기를 했다. 탈해는 당황하여 죄인처럼 대답했다.

"그래도 왕명인데 그 누가 거역하겠어요. 경하드려요!"

"경하는 무슨…"

"사실 저도 청혼을 받았어요"

"예? 그래요? 누, 누구하고요?"

탈해는 별안간 말을 더듬으며 화들짝 놀랐다.

"왜 그렇게 놀라세요? 저는 처녀귀신으로 그냥 늙어죽을 줄 아셨나요?"

"아니요! 무슨 그런 말씀을… 난 그 행운아가 누군지 궁금해서요."

"행운아인지는 모르겠지만 그분은 백제의 왕자 중 한명이지요. 개로왕자님의 사촌 동생인가봐요."

"그렇군요. 그래서 답을 주셨나요?"

"사실 청혼이 아니라 강제적인 정략결혼이지요. 단일건 도인님과 춘장시모께서는 과거 소서노님께 무공을 사사받은 적이 있어서 백제에 빚이 있지요. 그래서 두분이 떠나신다고 며칠 전 백제왕실에 알렸는데, 바로 그 다음날 제게 청혼이 왔어요."

"으음. 이성국을 합병하겠다는 뜻이로군요."

"그렇다고 봐야지요."

"성주께서는 내키지 않으시는군요."

"저는 어려서부터 춘장시모님의 지도를 받으며 이 궁색한 이성산성에서 거친 밥과 사내 같은 옷을 입고 자라나서 검소한 것이 몸에 익숙합니다. 백제 왕실에 들어가 좋은 옷을 입고 기름진 음식을 먹으면 당장 편하고 좋겠지요. 하지만 그건 이 소일연이가 아닐지도 모르겠습니다. 그렇다고 청혼을 거부한다면 이성산성이 무사할까요? 저는 어떤 선택을 해야할까요?"

"그거야… 본인의 마음이 가장 중요하지요."

"석탈해님께서는 저를 어떻게 생각하세요?"

"예?"

"석탈해님께서는 아니공주님을 진정으로 마음에 두셨나요?"

순간 탈해는 가슴이 먹먹해지면서 아무 말도 할 수가 없었다.

"이건 말이 안 되는 일이지만. 만일, 만일이에요? 만일, 만일에, 우리 둘이 도망을 친다면 어떻겠어요?"

"도, 도망이요?"

소일연의 급작스런 말에 탈해는 그녀를 아무 말 없이 바라보았다. 그런데 별안간 그녀의 눈에 눈물이 맺혔다. 그리고 그 눈물방울이 점점 커지더니 뚝 하고 뺨으로 떨어졌다.

"저는 이만!"

"성주님!"

소일연은 내전의 뒤켠 문을 열고는 부리나케 방안으로 들어가 버렸다. 그리고는 방문이 순식간에 닫혀버렸다. 탈해는 잠시 망설이다가 방문 앞으로 다가갔다. 그는 잠시 기다렸다. 문고리를 잡아당기려하다가 긴 한숨과 함께 문고리를 그냥 놓고 말았다.

석탈해는 무슨 생각을 하는지 모르는 어수선한 마음으로 이성산성에서 신라 쪽으로 마구 내달렸다. 자신도 모르게 경공 중에 소리를 질렀다.

"아아아!"

한바탕 소리를 지르고 나니 가슴이 조금 후련해졌다. 다시금 선도산성으로 향했다. 선도산에 오니 바로 며칠 전 피흘리며 싸우던 전투가 아득한 옛일처럼 느껴졌다. 탈해는 순간 인간사가 참으로 덧없다는 생각이 들었다. 최백호 도인이 차를 끓여놓고 탈해를 기다리고 있었다. 그는 탈해가 올 줄 이미 알고 있었다. 탈해는 다짜고짜 최도인에게 절을 올렸다.

"이 사람아! 내가 죽은 것도 아닌데 왜 이래? 제사를 지내는 것도 아니고 별안간 절은 왜 하고 난리야?"

"도인님! 아니 스승님! 일검만파와 만엽귀근에 대해 어떻게 은혜를 갚아야할지 모르겠나이다."

"무슨 귀신 신나락 까먹는 소리야?"

"늘 도인님의 은혜에 감사드리고 있어요."

"그거라면 벌써 니가 갚았지 않느냐?"

"예?"

"니가 그 엄청난 재주로 신라를 구하지 않았더냐?"

"아이고! 제가 무슨…"

"그래, 찾아온 용건이 무엇인고?"

"은혜에 감사드리려고 온 것이지요. 뭐."

"감사라… 그렇다면 감사 선물로 무엇을 가지고 왔는고?"

"예? 아이쿠! 죄송합니다. 원하시는 게 있으시면 말씀하십시오. 제가 얼른 구해오겠습니다."

"됐다! 빈손으로 와놓고 말만 번지르르하면 대수냐?"

"정말 죄송합니다! 도인님!"

"아까는 감사하다면서 이번에는 죄송이냐? 어느 것이 진실인고?"

"예? 에이 참! 드릴 말씀이 없습니다."

"솔직히 말하거라!"

"예?"

"감사하다느니 죄송하다느니 하지말고 묻고 싶은 것이 있으면 물어보거라."

"예, 그럼…히히."

"싱겁게 웃지말고!"

"예… 그런데 왜로 도망친 가막미르는 어찌 되었을까요?"

"또다시 누군가로 변신해서 새롭게 세력을 규합하고 있을 게다."

"앞으로 그놈을 어떻게 막지요?"

"지금 니 실력이면 백번이면 백번 다 막느니라."

"그래요? 그런데 가막미르는 어떻게 절대고수가 되었나요?"

"운이 좋은 놈이지. 또한 무골을 타고났지. 이무기 주제에 용화인이 되어 상승무공을 얻은 게지. 너처럼!"

"예? 저처럼이라니요?"

제 91화 – 21. 은공 답방(5)

최도인은 그윽한 눈빛으로 탈해를 바라보았다. 그리고는 다시 말을 이었다.

"가막미르도 따지고 보면 불쌍한 놈이야. 그놈도 둔갑술을 할 줄 알았지. 그는 일찍이 서생이었기 때문에 무공이 상대적으로 약한 사람으로 용성국의 지극히 평범한 사람이었지. 일개 서생으로 궁중 장서각에서 아주 모범적으로 일했고 학문적인 이론에 두루 밝아 선왕이신 무적미르의 총애도 받은 적이 있었다네."

"도인님, 무적미르가 누구에요?"

"네 선친인 함달바 미르의 전왕이시지."

"그렇군요."

"그런데 가막미르는 귀족이 아니라서 높은 벼슬에 이르지는 못했지. 그는 도덕적이었으며 옥황상제에 대한 신앙심도 깊은 사람이었네. 자네 선친인 함달바 미르 시절에 용성국에 토론의 자유가 생기자 그는 많은 사람과 논쟁을 벌였지. 선과 악에 대한 구별보다는 집단 속에 자기를 맡기는 자유로운 태도를 견지했었지. 그리고 그렇게 모인 부류들이 대부분 그를 따랐고 그는 백성들을 선동하다가 자연스럽게 나타나는 폭력성을 경험하면서 서서히 변하기 시작했는데 그러한 일상들이 모여서 거대한 악이 된 것이 아닌가 싶네."

"그렇군요."

"그걸 물어보려고 온 게 아닐텐데?"

"예, 사실 용마도인님이 어디 계신지 아시는지요? 어디에 가야 뵈올 수 있을까요?"

"글쎄 그 용마도인이 주로 있는 데가 한단산 북쪽 동굴 아니면 관악산 서쪽 동굴일텐데 한번 둘 다 가보거라."

"감사합니다. 도인님! 아니 스승님!"

"오냐."

"절 받으세요."

"이놈아! 왜 자꾸 절은 하고 난리야! 나는 죽기 싫다!"

최도인이 극구 말렸지만 탈해는 한번 더 최도인에게 큰 절을 올렸다. 그리고 돌아가는 탈해의 뒤통수에 대해 최도인이 뭐라고 야단을 쳤지만, 그 말은 듣지도 않고 상승경공술로 선도산을 빠져나와 한단산으로 내달렸다.

아리수를 넘자마자 한단산이 나왔다. 그런데 한때 한단산 산신으로 불리던 용마도인이 거처를 옮긴 모양이었다. 동굴은 깨끗하게 치워져있었다. 한단산에서 아리수를 다시 건너 남으로 삼십리를 더 가면 관악산이 나오는데 그 바위산 정상 부근의 서쪽 경사면 암혈(巖穴)에 선정처가 있었다.

사월이 되자 관악산에는 진달래꽃이 피기 시작했고 새봄을 알리는 산새들이 여기저기서 지저귀고 있었다. 오전에 잠시 빗발이 날려서인지 오후가 되자 비가 지나간 소나무가 더더욱 푸르고 청신하게 보였다.

바위동굴 앞에 산대 가지를 엮어 만든 문이 닫혀있는 것으로 보아 출타중인 것 같았다.

"도인님! 도인님. 저 탈해입니다."

동굴에서는 아무런 소리가 없었다. 탈해는 주위도 둘러볼 겸 동굴 근처를 배회했다. 여기저기 다녀보다가 아주 작은 골짜기에 물이 흘러가는 것을 보았다. 탈해는 물이 희한하게도 산정상에서부터 흐르는 게 이상하여 물을 따라 올라가보았다. 과연 정상부근에 샘이 있었다. 더 이상 오를 곳이 없는 정상이건만 샘이 거기로부터 솟아나오는 게 신기했지만, 그는 더 이상 그 신비한 샘물을 쳐다보지 않았다. 바로 그 물가에 용마도인이 좌정하고 있었기 때문이었다.

"도인님! 여기 계셨군요! 탈해가 인사올립니다!"

탈해가 먼저 반절을 하여 용마도인에게 예의를 올렸다. 그는 더없이 편안해보였다. 웬일인지 수염도 가지런하게 다듬었고 이전에는 결코 볼 수 없었던 온화한 미소가 얼굴 전체에 퍼져있었다. 탈해는 그 무섭기가 호랑이 같던 용마도인이 저토록 평화스럽고 선한 표정을 지을 줄은 예전에 미처 몰랐다. 그리고 자세히 그의 얼굴을 살펴보니 인물이 훤한 미남자였다. 그 얼굴에 매료되어 용마도인을 한참 동안 바라보았다.

용마도인과 마주선 탈해는 아무런 생각이 없었고 그저 그의 얼굴을 바라보고 있으면 편안하고 좋았다. 꽤 시간이 지나자 용마도인이 눈을 뜨고는 빙그레 웃어주었다. 용마도인은 표정뿐만 아니라 목소리도 예전과 완연히 달랐다. 이제는 과거의 불같은 도인이 아니라 도를 깨달은 도인의 모습이었다. 이윽고 그가 입을 열었다.

"무슨 바람이 불어 예까지 왔는고?"

"용마도인님, 이제 사형이라고 불러도 괜찮으시겠습니까?"

"사형이면 어떻고 사제면 어떤가?"

"예? 그게 무슨…"

"어제의 태양과 어제의 바람이 이제 내게 무슨 소용인가?"

"도인님 저는 무슨 말씀인지 통…"

"하하하하."

용마도인은 호탕하게 웃고는 다시 알쏭달쏭한 말을 계속했다.

"또 설령 자네가 내 말을 알아듣는다손 그게 뭐 대수겠는가? 허허허허허허. 내가 하늘의 뜻을 알려고 무진 애를 썼으나 알 수 없는 것을 알려고 한 무지의 소치였다네. 하늘의 뜻! 그게 그리 중요한 게 아니더구먼."

"예…"

"물여위 스승님도 늘 그러셨지. 뭐가 대수냐고. 난 그걸 몰라 팔십 년을 허비한 거야."

"대수요?"

"대수가 없다는 걸! 그걸 아는데 이토록 오랜 세월이 걸리다니. 허허허허허"

"저어 도인님! 그런데 대수가 뭡니까?"

"대수란 대사(大事)이니라. 큰일이라는 게지. 헌데 세상에 대수는 없다. 대수가 없다면, 그럼 소수는? 그거도 없다 이말이지! 큰 게 없으면 작은 것도 없는 거야. 결국 천하에는 아무것도 없다는 거야! 허허허허."

그는 처음으로 탈해의 얼굴을 다정하고 애틋하게 바라보았다. 그러다가 두손으로 탈해의 양볼을 감싸쥐었다.

"탈해야."

"예?"

"우리는 그동안 입으로만 공부를 해온 것 같구나."

"무슨 말씀이시온지?"

"사실 내가 팔십 년 동안 해온 공부가 참으로 세월을 낭비하는 공부였구나. 정기신을 갈고 닦아 양의 기운으로 탁한 넋을 태운다고 맹렬하게 단전호흡을 하지 않았더냐? 안그래?"

"그렇지요."

"눈을 내리깔고 단전으로 그 기운을 보낸다고 우리가 얼마나 소주천이다, 대주천이다, 하고 발광을 해왔던고? 눈의 빛을 하단전으로 보내 거기서 빛을 보려고 또 얼마나 애를 썼던고? 나는 팔십년을 면벽 정좌하여 눈에 모이는 빛을 여의고 빛을 돌리고 또 돌려서 내공을 쌓았다. 그런데 그게 다 장난질이고 일장춘몽이 아니겠느냐?"

"그것이 어찌 장난이겠습니까? 물여위 사부님께서 이백 년 동안…"

"잠깐!"

"예?"

"탈해야. 마음이 있는 곳에 기가 간다. 마음이 숨에 있으면 마음이 숨에 간다! 그렇지?"

"예!"

"그런데 숨이 없는 듯한 상태가 지속되면 숨은 절로 더욱 깊어지고 시간이 지남에 따라 더욱 더 내가 고요해지느니라. 그와 같이 고요함을 오래 지속하면 숨이 없는 상태가 되느니라. 숨이 없으니 마음이 없고 마음이 없으니 내가 없게 되더라 이말이다. 그러고나니 문득 천상의 부귀영화가 다 우습게 여겨지더라 이말이다. 하하하하하!"

"도인님께서 득도하셨군요! 경하드립니다."

"득도? 웃기지 마라! 내 마음은 천상에 가지를 않는구나. 승천이 뭐 대수냐?"

석탈해는 아무런 말을 할 수가 없었다. 다만 용마도인이 어떤 경지에 다다른 것만은 틀림없었는데 탈해로서는 알 길이 없었다.

용마도인은 훌훌 털고 일어섰다. 그가 그렇게 아끼던 호리병도 팽개치고 휘휘 걸어나갔다. 호리병에는 먼지가 끼어있었다. 이제 술을 마시지 않는 모양이었다.

"내 몸에 날개 없으나 내 마음에 용이 있으니 나는 이제 훨훨 날아가려네. 숲속을 지나는 바람소리가 나에게는 흡사 종소리 같구나. 어서 공부하라고 재촉을 하는구나. 석탈해 신선님! 잘 지내시게."

"예?"

용마도인은 무뚝뚝한 인사를 마지막으로 관악산 석굴에 들어갔다. 그러고 보니 용마도인은 일부러 탈해가 오기를 기다리고 있었던 모양이었다. 자신에게 신선이라고 호칭한 것이 어리둥절했으나 탈해는 물여위 사부에게 몇십 년 전 먼저 사사한 사형이기에 그의 뒷모습에 큰 절을 올렸다.

탈해는 용마도인이 앉아있던 신비한 샘물가에 앉았다. 그 자리는 희한하게도 기운이 대단히 강한 자리였다. 그 자리에 앉자마자 강력한 기운이 탈해의 하단전을 묵직하게 잡아당기는 것이었다. 탈해는 더럭 겁이 났다.

"이이런! 이런 게 명당인가? 아닌가?"

탈해는 두려워 일어섰다가 다시금 그 자리에 앉아서 운기조식을 해보았다. 생각보다 빨리 하단전에 열감이 오면서 묵직한 기운덩어리가 임독맥을 타고 흐르기 시작했다. 소주천이 이루어지자 탈해는 온몸에 기운이 샘솟는 것을 강하게 느껴졌다. 그리고는 잠시 후 과연 온 세상이 고요해졌다. 호흡이 점점 사라지고 맥박도 없어지면서 더없이 편안한 평화가 찾아왔다.

그리고 누군가 아니 어떤 목소리가 들렸다. 그 목소리는 탈해에게 질문을 던지기 시작했다.

"그대는 영원한 생을 원하는가?"

"…"

"그대는 천상에서 살고 싶은가?"

"…"

"그대는 아직 못 다한 전생의 빚이 있도다. 그걸 다 갚으면 원하는 바를 얻으리라!"

"빚을 갚아야한다니요? 그게 뭐죠?"

"전생을 되돌아보라!"

"어떻게요?"

"그거야 그대가 알아서 해야지!"

탈해는 소스라치게 놀라 명상에서 깨어 앉아 있던 그 자리에서 벌떡 일어섰다. 문득 용마도인이 자신에게 말한 천상에 가지 않겠다는 말의 의미를 어렴풋이나마 알 것도 같았다. 다시 한번 더 용마도인을 생각하며 그가 사라진 방향을 향해 절을 올렸다. 탈해는 어쩌면 용마도인이 물여위 선인이나 봉래 선인보다도 더 위대한 인물이 아닐까하는 생각이 들었다. 훨훨 현실을 털고 떠나간 그가 그렇게 멋져 보일 수가 없었다.

그 후 어떤 이는 그가 광인이 되었다고 하고 혹 어떤 이는 득도하여 승천했다고 했다.

제 92화 – 22. 조의선사의 승천(1)

용마도인과 헤어진 이후 탈해는 이틀이나 연속으로 승천하는 꿈을 꾸었다. 꿈의 의미를 생각하다가 문득 춘장시모의 사부이신 조의선인이 승천한다는 이야기가 떠올랐다. 그리고 무독귀왕이 풍백의 사자를 만나게 될 거라는 말도 생각이 났다.

'이게 우연일까?'

탈해는 조의선사의 거처를 잘 알고 있다고 소문이 난 부여의 창해신도에게 가기로 했다. 자신에게 내공을 나누어주고 임독맥을 타통시켜준 창해신도에게 인사를 드리는 것이 예의라고 생각했다. 하지만 창해신도를 만나기 전에 마땅히 창해가문의 대사조인 창해역사의 묘를 한번 가보고 싶었다. 그는 주저없이 창해역사의 옛고향으로 향했다.

하슬라 지역의 북쪽 끝자락 바닷가에 창해역사의 무덤이 폐허가 되어 쓸쓸하게 방치되어 있었다. 창해역사의 묘를 찾아 헤매다가 우연히 반각 전에 지나쳐버린 버려진 무덤이 창해역사의 무덤이라는 걸 알았다. 그는 기가 막혔다.

"아니! 여기가 삼한땅 최고수였던 창해역사의 무덤이란 말인가?"

천하를 호령하고 산만한 바위를 조약돌처럼 가지고 놀았다던 최고의 호걸이 이렇게 초라하게 묻혀있다는 것이 그를 허무한 생각에 잠기게 했다.

"하! 과연 인생이란 무상하구나!"

창해국은 과거 단군이 다스리던 조선의 부속국가였으나 조선이 멸망하고 예국, 옥저국, 맥국 등이 그 땅을 나누어 그 존재감이 유명무실해졌다. 그에 따라 창해가문도 인근의 가장 강한 나라인 부여국으로 옮겼다. 부여의 천랑대왕이 창해가문을 어여삐 여겨 명맥을 유지시켜주었고 창해역사의 수제자인 창해도인이 가문을 일천 명의 무사가 수련하는 대단위 무림가로 키웠다. 아직도 창해가문이 존재하지만 시조인 창해역사의 무덤을 이토록 관리하지 않은 것은 자신도 무림인의 한 사람으로서 부끄럽기까지 했다. 혹자는 이것이 창해역사의 무덤이 아니라는 설이 있지만 당금 천하제일인이라는 창해신도가 무너진 묘역을 보수하지 않은 것이 참으로 의아했다.

탈해는 말없이 다 허물어져버린 묘에 절을 올렸다.

"말학 후배 석탈해가 삼가 영웅을 뵙고 예를 올립니다!"

그는 흙부스러기들을 다시 쌓아올리고 무덤 부근을 말끔히 정리했다. 무덤위에 어지럽게 돋아난 잡풀들도 뽑아버렸다.

그리고 다시 말위에 올라 부여로 향했다. 길을 재촉하려는데 인근의 다른 버려진 무덤들에도 누구 하나 와본 흔적은 없었다. 봄바람이 흙먼지를 일으키고 흙바람은 성근 구름 위로 하늘 높이 날아갔다.

말을 얼마 달리지 않아 수평선의 바다와 건너편이 보이지 않을 정도로 큰 강이 만나는 두만강 하구에 다다랐다. 바닷가에 이르니 따뜻한 봄바람이 산과 바다 그리고 하늘까지도 연한 녹색을 만들어놓은 듯했다. 탈해는 한층 기분이 좋아졌다. 바다의 짠 내음이 느껴지고 어느집에선가 밥을 짓는 지 구수한 내음이 났다. 탈해는 적녀국으로 떠나는 배가 머문다는 항구에 왔으나 예국과 맥국의 오랜 전쟁으로 항구는 이미 폐허가 되어 있었다. 불과 자신이 태어난 이십년 전에도 성황리에 배들이 들고나던 항구가 저처럼 폐허가 되다니, 하고 마음이 착잡했다.

두만강에서 백두산으로 향하는 길목에서 탈해는 선도산 최도인의 전음을 들었다. 바위 위에 정좌하고 정신일도를 하였다. 그때 별안간 전음이 커지면서 탈해의 귀에 쟁쟁하게 울렸다. 천리나 떨어진 곳에서 최도인은 다소 급하게 말했다.

"탈해야 듣거라! 조의선사가 내일 승천할 모양이구나. 승천하기 전에 조의선사를 찾아가 승천의 비밀을 물어라."

"그런데 조의선사님은 어떻게 만나뵙지요?"

"조의선사는 춘장시모의 스승이시다. 춘장시모는 이성산성을 떠나기 전 나에게 전음을 보냈다. 창해가문에서 조의선사의 거처를 아는 모양이니 거기서 물어보길 바란다."

"감사합니다. 그렇지 않아도 그리 가려고했어요. 참! 도인님! 창해신도, 그분 그렇게 안보았는데 사조 장문인의 시묘 관리를 통 안하시더군요."

"그게 무슨 소리인가? 시묘라면 창해역사님의 묘인데, 북부여 사문에 버젓이 있지 않은가?"

"예? 그럼 하슬라 북쪽의 묘는요?"

"그건 허묘야. 원래의 무덤은 그곳에 버려졌지만 과거 백년 전 창해신검이 유골을 수습하여 북부여로 이장한 이후 그곳 주민들이 한동안 그를 기려 그 무덤을 다시 복원하여 제사를 지내왔기 때문에 무덤의 흔적이 남아 있는 거지."

"그렇군요. 소생이 오해를 했었습니다. 송구합니다."

"나에게 송구할 게 무엔가. 그럼."

최도인과의 전음을 통해 탈해는 의문이 풀렸다. 하루 종일 말을 몰아 탈해는 드디어 부여국 창해가문의 대문 앞에 섰다. 웬일이지 가슴이 벅찼다. 고령임에도 창해신도는 꿋꿋한 모습으로 후학을 가르치고 있었다. 부여의 창해가문 연무관에서 다시 보게된 창해신도는 사뭇 다른 모습이었다. 본문에서 후학들을 지도하는 창해신도는 그 누구보다도 기품이 있어 보였다. 백세를 바라보는 노인이 꼬장꼬장한 모습으로 몸소 연무장에서 후학을 가르친다는 것이 탈해로서는 믿기지 않았다. 그녀는 한 사람의 노파라기보다는 인간의 경지를 넘어선 신 같은 존재로 보였다. 탈해를 먼저 알아보고 탈해 쪽으로 날아 왔다. 물흐르는 듯한 경공술은 그녀가 얼마나 심후한 내공의 소유자인지 가늠을 할 수도 없을 정도였다.

"오랜만이군. 석탈해!"

"이렇게 늦게 찾아뵈어 송구합니다. 강령하신지요?"

"보다시피 나는 잘 지내고 있네. 흐음, 자네가 몰라보게 내공이 증진되었다는 게 확연히 보이는군."

"과찬이십니다. 지난날 저에게 베풀어주신 은혜 덕분에 임독맥이 타통되어 내력이 상당량 증진되었습니다."

"빈말이 아닐쎄. 이제 신라는 가막미르에게서 완전히 벗어났네."

"예? 무슨 말씀이시온지요?"

“그자가 이제는 자네의 상대가 되지 못할 것이야!”
“에이! 농이 지나치십니다.”

창해신도 장문인은 탈해의 말에 대꾸하지 않고 빤히 바라보다가 입을 열었다.

“할 말이 있어 왔겠지? 공치사는 치우고 본론을 이야기해보게.”
“사실은 은공을 뵙고 감사의 말씀을 꼭 드리고 싶었고, 여쭈어볼 또 다른 말씀은…그러니까…”
“편하게 말하게.”
“예, 그럼 염치없지만…저어…조의선사님을 뵙고 싶습니다.”
“조의선사님이라? 아마도 지금 쯤 승천하시지 않았을까?”
“혹시 어디에 계신지 아시는지요?”
“글쎄, 예전에는 백산 적료암자에 계셨는데, 선사님과 대결을 원하는 뜨내기 무사들이 자꾸 찾아오자 암자를 버리시고 거처를 옮기신 줄 아네만은…그래도 거기가 명당이기 때문에 쉽게 떠나시지는 않으실 게야. 내 예감으로는 아직 승천하지 않으셨으면 거기 계실 거로 보네.”
“그럼 그 적료암자의 위치를 제게 알려주시겠습니까?”
“알려주는 거야 어렵지 않지, 나도 가보았네만 가봐야 헛걸음이 아닐까?”
“그래도 한번 가 보겠습니다.”

탈해는 창해신도가 알려준 백산의 적료암을 찾아갔다. 백산은 탈해가 가본 산중에 가장 장대하고 높았으며 무엇보다도 험준하기가 짝이 없었다. 산을 오를수록 구름이 안개가 되어 길을 막았고 깎아지른 듯한 절벽이 곳곳에 나타나 걸어서 산을 오르기가 어려웠다. 그렇다고 안개가 짙은 산비탈에서 밑도 안보고 경공술로 날아오르는 것도 무리였다. 탈해는 일단 최대한의 경공으로 제자리에서 하늘로 솟구쳐올라보았다.

"핫! 얍!"

"펑!"

대충 길의 방향을 잡은 뒤에 그쪽으로 장풍을 쏘았다. 그러자 그 주위에 안개가 걷히면서 길이 드러났다. 그러나 그런 식으로 길을 가는 것도 한계가 있었다. 언제까지나 경공과 장풍을 번갈아가면서 나아갈 수가 없기 때문이었다. 그런 식의 진행은 지나치게 공력을 소모할 뿐이었다.

다행히 열 번 정도의 장풍을 쏘며 안개길을 나아가자 울창한 고목과 낭떠러지길이 끝나고 마침내 관목들이 나타났다. 그만큼 고산지대에 온 것을 의미했다. 탈해는 구름이 점점 엷어지자 경공으로 달리기 시작했다. 오름새는 가팔랐지만 구름안개가 걷히면서 오히려 속도는 더 났다.

어느샌가 사람이 다니는 길이 끊어지고 산을 오를수록 기암괴석들이 나타났다. 그리고는 어디선가 바위에 부딪치는 샘물소리가 들렸다. 탈해는 샘을 찾아 목을 축이고 산 아래를 굽어보는데 창해신도가 알려준 초간모옥이 눈에 들어왔다. 사람들은 바로 위의 산정상에 거대한 호수가 있어서 그곳에 집중하여 산을 오르기 때문에 정상 아래의 기암괴석 사이의 샘터 뒤에 작은 띠집을 찾기 힘들었다. 그도 그럴 것이 그 띠집은 숲에 가려 웬만해서는 지나는 사람의 눈에 보이지 않는 위치에 있었다. 탈해는 자신도 모르게 감탄이 나왔다.

"기가 막힌 곳에 계시는구나!"

조의선사의 거처는 비록 풀과 관목을 엮어 만들었지만 열명이 들어갈 정도로 실내가 넓었다. 바닥에는 굵은 아름드리 소나무를 촘촘히 잇대어 만들어서 꽤 튼튼했다. 주위를 천천히 살펴보았지만 최근에 사람이 산 흔적은 없었다. 그렇다고 먼지가 켜켜이 쌓여있지도 않았다. 탈해는 조의선사가 도를 닦던 곳이어서 감개가 무량했다. 춘장시모의 스승이라면 일대 종사가 아닌가! 그분이 수련했던 곳이라면 명당이나 기가 잘 통하는 곳이 아닐까? 탈해는 자신도 모르게 북쪽으로 난 들창을 향해 앉아 운기조식을 했다. 생각 보다 몸이 먼저 움직인 셈이었다. 호흡을 가다듬고 단전에 기운을 모으자 희한하게도 기운이 대단히 잘 모이는 것이었다. 과연 명당 수련처였다.

"와! 굉장하군! 자리 자체에 기가 움직이다니!"

제 93화 – 22. 조의선사의 승천(2)

석탈해는 놀라움을 금치 못했지만 더 놀라운 것은 불과 얼마 되지 않아 단전에 뜨끈한 기운이 모이는 것이다. 운기조식을 하자마자 이내 펄펄 끓는 물처럼 단전이 뜨거워졌고 소주천이 이루어지는 것도 이처럼 급속하게 된 적이 없었다. 잠시 후 마음이 편안해지면서 몸이 허공중으로 붕 뜨는 느낌이 들었다. 탈해는 그냥 그 기운에 몸을 맡겼다. 그리고 점점 더 기운이 자신의 몸속에서 용솟음치는 것을 즐겼다. 그는 하나의 기운덩어리가 되며 신비감에 감탄해마지 않았다.

"하아!"

탈해는 자신을 잊어버리고 마치 한 마리 새처럼 하늘을 난다고 생각했다. 그런데 점점 자신이 한 마리 새가 아니라 용이 되어 있다는 느낌을 떨칠 수가 없었다. 탈해는 순간 정신이 번쩍 들었고 자신의 팔다리가 이미 용으로 변신한 것 같아서 부지불식간에 눈을 떴다. 그는 순식간에 중심을 잃고 말았다.

"쿵!"
"아이쿠!"

석탈해는 실제로 몸이 공중에 떠있었던 것이었으나 호흡이 흐트러지자 방바닥으로 떨어지고 만 것이었다. 그가 어깨와 엉덩이를 만지며 통증을 가라앉히는데 문득 누군가의 목소리가 들렸다. 탈해가 알아차리지 못할 정도로 조용하고 빠르게 방안에 누군가 들어와 있었다.

"너는 누구냐?"

"아니? 누, 누구세요?"

"내가 먼저 물었다. 누구냐! 넌?"

탈해는 소스라쳤다. 사람은 없는데 목소리가 들리다니? 탈해는 좌우를 아무리 둘러봐도 분명 사람은 없는데 목소리는 방안에서 들려왔다.

"소인은 석탈해라 하옵니다."

"여기는 왜 왔는고?"

"저는 조의선사님을 뵙고자 왔습니다."

"그러니까 왜 만나려고?"

"혹시 조의선사님이십니까?"

"내가 먼저 물었다. 왜 만나려고 하는가?"

탈해는 매우 긴장했으나 상대가 보이지 않자 오히려 마음이 편해졌다.

"말씀드리기 무척 송구하오나 제가 천상에 가서 아버님을 만나야하는데 승천하실 때 저를 데리고 가시면 안될까해서요."

"뭐? 으하하하하하하! 오랜만에 나를 웃기는 놈이 나타나다니! 우하하하하하하하!"

탈해는 목소리에 자못 기가 눌려 단전에 힘을 주고 버텼지만 그 심후한 내공을 당할 수는 없었다. 탈해가 기운을 모아 웃음소리에 대항하려해도 감당이 되지 않았다.

"으으…"

"내가 이백년을 넘게 살면서 숱하게 희한한 놈들을 만나보았지만 너처럼 승천을 하는 데에 묻어가겠다는 괴상망측한 놈은 처음 보겠구나! 으하하하하하! 아이고 배야! 히히히히!"

"그만 웃어주세요. 선사님!"

"뭐라고? 나보고 그만 웃으라고? 적반하장도 유분수지, 도적놈이 나에게 명령을 해? 아이고! 이히히히히히! 뭐 이런 웃기는 놈이 다 있나? 아하하하하하하! 니가 먼저 나를 웃겼잖아! 이놈아! 지가 웃겨놓고 나보고 그만 웃으라고? 으하하하하하하!"

"선사님! 저는 진지합니다!"

"너 지금 제정신이라고? 그래?"

"예!"

"니가 거기가 어디인줄 알고 가겠다는 게냐? 니 껍데기를 버릴 정도의 내공이 있어야만 승천을 하게되느니라. 이놈아! 스스로 육신의 기운을 버리려면 내공이 적어도…어? 이놈 봐라?"

말하면서 슬쩍 탈해의 손목을 쥐었던 조의선사가 깜짝 놀랐다.

"넌 누구냐?"

"아까 석탈해라고 말씀드렸잖습니까?"

"아니 그 잘난 이름 말고, 니놈 정체가 뭐냐 이말이다!"

"소인은 용성국 함달바왕의 아들이옵고 물여위 선인의 제자이옵니다."

"그래? 물여위?"

"예."

"그 친구 올라갈 때 같이 안 가구 왜 나한테 붙어가겠다는 게냐? 별난 놈이 다 왔군! 에이 귀찮게시리…으음!"

조의선사는 과거 물여위가 그랬듯이 매우 단출한 옷을 입고 있었다. 그는 뒤를 돌아보지도 않고 옷매무시를 고치면서 움막 밖으로 나갔다.

"선사님!"

석탈해는 막무가내로 그를 따라나가면서 매달렸다.

"이거 놔라! 이놈아!"

"선사님! 제말을 들어보십시오!"

"니 말은 들어볼 거 없고. 결정은 내가 하는 것이니, 니가 내말을 들어야하느니라."

"예…"

"나도 이번 승천이 참으로 괴이하다고 생각했다. 아직 때가 무르익지 않았고 풍백의 사자께서 오늘 오신다고 하는 것도 뭔가 이상하다고 여겼지. 으음…"

조의선사는 하늘을 물끄러미 바라보다가 바위 아래에 기묘하게 자라난 소나무 밑으로 가서 절을 하듯이 엎드리고는 탈해에게 옆으로 오라는 시늉을 했다. 저절로 그의 몸이 움직여져서는 조의선사와 비슷한 자세로 엎드려있었다.

이윽고 맑고 청아한 바람이 불면서 탈해는 태어나서 한번도 맡아보지 못한 신선한 향기를 맡았다. 그 바람의 향기는 향기롭기만한 것이 아니고 엄청난 기운이 서려있었다. 탈해는 황홀한 기분에 이끌려 하마터면 정신을 놓을 뻔했다. 그리고 누군가 하늘 위에서부터 지면으로 다가오는 것 같았지만 고개를 들 수가 없었다. 잠시후 조의선사가 대단히 예의바른 어투로 말했다.

"지상의 조의선사가 삼가 천상삼사 중 으뜸이신 풍백님의 전령신을 뵈옵니다."

잠시 후 신비롭고도 영롱한 목소리가 들려왔다. 탈해는 목소리의 위치는 커녕 방향조차도 알아차릴 수 없었다. 목소리는 사방에서 동시에 들렸다.

"조의선사는 들으라!"
"예. 하명하소서!"
"오늘밤 자시에 양신을 몸속으로 넣고 축시가 되면 승천준비를 마치고 대기하라."
"예. 알겠나이다."
"풍백부에서 내려보낸 천상 가마가 강천하면 즉시 가마에 오르라."

"예! 명을 받자옵니다. 옥황상제님께 삼가 감사의 말씀을 드리옵니다."

"시각을 잘 맞추어 준비하시라!"

"예. 승천의 명을 받자옵니다."

조의선사가 절을 하는 동안 다시 한번 찬 바람이 일어나더니 향기로운 내음이 더욱 강하게 느껴졌다. 천상 전령신이 두 사람에게 다가오는 모양이었다. 그런데 이번에는 그가 석탈해를 부르는 것이 아닌가?

"석탈해! 그대는 명부의 귀왕들과 나찰들을 겪어보았는가?"

"예? 예, 그러하옵니다."

"명부의 지옥나찰들이 지상 인간들을 해쳤다는데 꽤 심각했는가?"

"예! 그렇습니다."

"그러면 무독귀왕은 임무에 충실하던가?"

"소인이 귀왕님의 임무는 잘 모르겠사오나 지옥나찰들을 지상에서 명부로 데리고 가셨고 출입구를 봉쇄하셨습니다."

"잘 알았도다. 지금 이말을 풍백께도 그대로 고할 수 있겠는가?"

"예, 물론입니다"

"잘 알았도다."

그가 말을 마치자 탈해는 고개가 좀 자연스러워졌다. 용기를 내어 고개를 들어 천상의 풍백 전령신의 모습을 보고싶었지만 웬일인지 몸이 움직이지 않았다. 한번 더 바람이 일어나더니 청신한 향기가 또 다시 퍼져나왔다.

"석탈해는 들으라."

"예!"

"칠성궁의 칠성대제 전령신을 모셔오기를 바라는가?"

"예? 무슨 말씀이온지 모르겠으나 감히 칠성신을 모셔오다니요? 제가 직접 가서 뵙고 싶습니다."

"하하하하하. 잘 알겠도다."

그의 웃음소리에 탈해는 숨이 막힐 지경이었다. 도대체 얼마나 내공이 심후하면 웃음소리만으로 상대방의 기운을 꼼짝도 못하게 한단 말인가? 탈해는 심지어 정신이 혼미해졌다. 얼마가지 않아 정신을 거의 놓고 말았다. 이대로 죽는 것은 너무나도 억울하다고 생각을 했지만 어찌할 도리가 없었다. 손가락 하나도 까딱할 수 없었다. 그리고는 마지막으로 숨을 내쉬고는 쓰러지고 말았다.

"정신 차리거라!"

조의선사가 탈해에게 물 한 바가지를 뿌려 정신이 들었을 때에는 서너 각이 지난 시각이었다. 탈해가 해질 무렵 조의선사의 초막에 왔는데 이미 한밤중이 되어 있었다.

"도인님! 아니 선사님! 감사합니다. 선사님께서 저를 살리셨군요. 구명지은을 입었습니다."

"뭐 이놈아? 놀구있네! 북치고 장구치고 혼자 다하는구만!"

"예?"

"그 입 다물고 좌정하거라. 자시가 다가오고 있다!"

탈해는 영문도 모른 채 조의선사가 하라는 대로 좌정하고 운기조식에 들어갔다. 조의선사는 뒤에 앉아 역시 조식을 하기 시작했다. 일다경이 지날 무렵 조의선사가 양손을 석탈해의 등 뒤에 있는 명문혈에 갖다 대었다.

"이얍!"

"으윽!"

조의선사의 머리 위와 석탈해의 머리 위에 연기처럼 김이 모락모락 피어났다. 그리고는 조의선사의 몸에서 환한 광채가 났다. 잠시 후 그 광채는 조금씩 석탈해의 몸으로 번져갔다. 마침내 두 사람은 하얀 빛속에 들어가 마치 한 사람인양 하나의 빛 덩어리가 되었다.

일다경 후 석탈해는 몰라볼 정도로 얼굴이 말쑥해졌다. 얼굴 전체에서 밝은 빛이 났고 몸이 이전보다 훨씬 가벼워졌다. 탈해가 아직도 영문을 몰라하며 조의선사 옆으로 다가가 목례를 했다. 조의선사가 아무 표정없이 입을 열었다.

"지금부터 내가 하는 말을 잘 듣거라!"

"예."

조의선사는 자못 진지하게 말했다.

"우리가 승천하게 되면 운사의 휘하에 있는 운집대장군 천상 출입성에 들 것이다. 거기서 너는 아무 생각을 하지 말거라. 다만 착하고 고운 마음을 시종 생각하거라. 절대로 너의 생각이 밖으로 드러나지 않게 하거라. 너는 내공이 깊은 티를 내서도 안되고 무공을 조금 할 줄 안다고 함부로 움직여서도 아니된다. 지상의 무공은 천상에서는 다 장난 같은 것이다. 알겠느냐? 몸가짐을 단정히 하고 준비하거라!"

"예."

제 94화 - 22. 조의선사의 승천(3)

삼경이 가까운 시각이었지만 하늘에서 점점 밝은 빛이 백산의 정상으로 내려오고 있었다. 이른바 승천의 시각이 다가온 것이었다. 탈해는 이미 물여위 사부의 승천장면을 본 적이 있어서 그다지 놀라지 않았지만 조의선사는 약간 긴장하는 표정이었다.

"휘리리리링!"

천상에서 옥가마가 내려오는 소리가 바람이 마치 아름다운 곡을 연주하듯 신비롭고도 아득한 선율이 울려났다. 칠흑 같은 어둠 속에서도 풍백부에서 보낸 천상 옥마가는 구름처럼 고운 빛 속에 투명하게 보였다. 마차의 형상이지만 바퀴없이 날아가는 옥가마를 흰빛을 내뿜는 천상 백마 두 마리가 끌었고 그 양옆을 옹위하는 커다란 물체는 아마도 용인 것 같았는데 어둠 속이라 거대한 공기 덩어리가 움직이는 것 같았다. 탈해는 물여위 사부의 승천 때보다 신비롭지는 않았지만 막상 자신이 천상으로 올라간다는 생각에 가슴이 뛰는 것을 주체할 수가 없었다.

탈해는 천상옥거의 문이 열리자 조의선사를 따라 경공으로 그 수레에 탔다. 황홀한 기분이 들어 좌우를 보려는데 엄청난 속도로 옥거가 하늘을 향해 날아오르기 시작했다. 불과 얼마 날아가지 않았는데 어둠 속에서 구름을 헤치고 나오자 다시금 밝은 빛이 나타났다. 그리고 엄청난 크기의 성채가 구름 속에 그 웅대한 자태를 드러냈다.

성문에는 천상출입성(天上出入城)이라는 현판이 붙어있었다. 운집대장군이 지휘하는 천상출입성에 들어가자 가마의 문이 저절로 열렸고, 두 사람은 성문 앞에 내렸다. 그리고 양옆을 옹위하던 커다란 백룡이 차례로 사라졌다. 구름으로 지어진 성채는 실로 그 크기가 어마어마했다. 지평선을 이룰 정도의 성벽과 고체처럼 견고해보이는 구름 벽돌이 희한했다. 또한 성의 상하 그리고 전후에 신비롭게 싸여진 성뜰 역시 그 끝을 가늠할 수가 없었다.

그때 조의선사가 탈해에게 조용히 말했다.

"애야. 예의를 갖추거라!"

조의선사가 별안간 허리를 숙였고 성문이 열리자 희고 긴 수염의 노인이 스르르르 날아왔다. 조의선사는 고개를 들더니 그를 향해 다시 한번 절을 했다.

"후배 말학이 삼가 승균 천사자님을 뵈오이다."

"마침내 승천하셨구려. 조의선사! 반갑소이다."

탈해도 허리를 깊숙하게 숙여 절을 했다. 말로만 듣던 승균선인을 뵙고는 무척이나 영광스러운 마음이 들어 흥분을 감추지 못했다. 승균선인은 탈해를 보고 온화한 미소를 지어보였다.

"어서 오시게! 함달바의 아들 석탈해!"

"소인 신라국의 석탈해, 삼가 인사드리옵니다. 천상에서 승균선인을 만나뵈오니 더없는 영광이옵니다."

"니가 영광으로 알아모실 분은 끝없이 많다. 그 숫자는 너의 상상을 초월하느니라."

"아무튼 저로서는 너무나도 큰 홍복이옵니다."

"그건 니 생각이구. 후후."

승균선인의 말투는 마치 물여워 사부와 흡사했다. 탈해는 선인들이 다 저렇게 농도 잘 하고 괴팍한가보다 하고 속으로 생각했다. 그리고 승천을 해도 사람의 성격은 별로 달라지지 않는다는 생각이 들었다. 승균선인은 조의선사를 운집대장군성의 입문관으로 들게하고는 탈해와 이별의 인사를 나누게했다. 탈해가 절을 올렸고 조의선사는 아무말 없이 탈해의 머리를 쓰다듬어주고는 옥문관으로 들어갔다. 승균선인은 탈해를 데리고 백룡거에 올랐다. 비늘과 갈기가 모두 희디흰 백룡은 부드럽고도 신속하게 날아올랐다. 탈해는 다소 당황하여 조심스레 물었다.

"선인님! 어디를 가시옵니까?"

"칠성궁으로 간다."

"예? 왜 거기로? 혹시 제 아버님께서 거기에 계시옵니까?"

"아니다. 이번에 너는 선친을 볼 수가 없다."

"예? 제가 승천한 이유는 선친을 뵙고자함이옵니다."

"세상 모든 일을 다 네 마음대로 할 수는 없지!"

탈해는 낙담하여 한숨이 나왔다.

"아! 아버님! 선친이신 함달바왕을 뵈러왔건만!"

"탈해야 잘 듣거라. 연하대군 휘하에 있는 네 부친 함달바왕은 천상에서는 운암(雲巖)을 짓는 일을 하신다. 운암이라 함은 구름을 바위로 만들어 성벽을 쌓거나 지상의 기암괴석처럼 천상에 만들어 늘어놓는 일이다. 그리고 연하대군이 주제하는 운암 바위에는 저녁 노을을 피어나게하는 중차대한 임무가 있다. 이른바 무채색의 천상에 색을 만들어내는 것도 연하운암에서 비롯되는 것이다. 당분간 그는 아무도 만날 수가 없다. 네가 언젠가 인연이 닿는다면 부친을 만나볼 수 있을 것이다!"

석탈해가 용거에서 실망한 채 고개를 숙이고 있는데 별안간 눈부신 광채와 함께 용이 하강하기 시작했다. 석탈해는 구름 속에 위용이 드러난 칠성대궁을 보고 놀라움을 금할 수 없었다. 북두칠성이 있는 자미원과 북두칠성을 호위하는 이십팔수(宿) 별자리의 끝도 없는 거대한 성채가 한눈에 들어올 수 없을 정도로 어마어마했다.

자미궁이라는 자미원의 중심에 옥황상제가 계신 궁궐 외곽에는 구품천룡 도철용이 성 전체를 떠 받드는 기운을 뿜어냈고 천상해치(해태)는 그 남쪽 하늘을 지키는 상서로운 천상신수인데 얼핏 보아도 천여 마리가 넘어 보였다. 자미궁의 내전 안에 거대한 도철용 두 마리가 각 이십팔 개의 발가락과 발톱으로 자미궁을 호위하고 있다. 천상의 신들조차 겨루어 이길 수 없다는 도철룡이 모두 세 마리가 있으니 천상천하를 모두 통틀어 용의 우두머리인 도철용은 이 세 마리가 전부였다.

자미원의 옥황상제궁 외곽에 태미원이 있고, 이곳을 관장하는 천신은 환웅천왕이고 태미원의 환웅천왕궁 외곽에 천상삼부원이 자리잡고 있었으며 중앙에 그 으뜸인 풍백부가 있었다. 용거는 풍백부의 성문 앞에 내렸다. 승균선인은 탈해를 데리고 성문 옆에 난 쪽문으로 들어갔다. 그리고는 매우 낮은 목소리로 고하였다.

"천상삼사 중 으뜸이신 풍백님을 삼가 뵈오이다."

잠시 후 청신한 바람이 한 차례 불고 그 바람 속에 너무나도 그윽한 목소리가 들렸다.

"먼 길 오느라 수고했구나. 승균천신도 노고가 많소."
"황공하나이다."
"석탈해는 듣거라!"
"예."

탈해는 풍백의 목소리에 어쩐지 거역하거나 명을 따르지 않을 수 없는 신비한 공력이 있다는 걸 직감했다.

"지상에서 신선이 된 이들은 원래 천상신인 경우가 대부분이다. 천상의 요구나 혹은 처벌을 받아 지상계에 내려갔다가 되돌아오는 경우가 많은데 칠성궁의 자네가 바로 그 경우이니라."
"예?"
"어떤가? 천상에 다시 오니 백년 전의 기억이 되돌아오는가?"
"예? 저는 아직 아무것도 기억이 없습니다. 다만 천상신의 위력을 얻어

지상으로 되돌아가 신라국을 지키고 싶나이다."

"그래? 기억이 없다고? 그럴 리가 있나?"

풍백은 잠시 생각에 잠겼다. 그리고 좌우를 살폈다. 풍백의 투명한 기운이 좌우로 출렁거렸고, 공기덩어리가 물컹거리듯 움직이더니 이내 우사와 운사가 그들의 모습을 드러냈다. 수만 년의 세월 동안 하늘에 계속 존재하고 있었건만 그들은 마치 초로의 노인들 같았다. 그러나 여전히 풍백은 모습을 나타내지 않았다. 하지만 그 순간에 천상삼사가 한 자리에 모인 것이었다. 그리고는 운사가 풍백에게 나지막하게 말했다.

"천상사부의 으뜸이신 풍백이시여. 저기 칠성신은 공완조천(功完朝天)을 하기에 시기가 무르익지 않았다고 사료되옵니다."

"그런가? 지금 이렇듯 승천을 한 것을 보면 공완조천, 다시말해 주어진 사명을 완수하고 하늘로 올라오는 단계에 이른 것이 아닌가?"

"풍백이시여! 본 우사가 삼가 고하겠습니다. 칠성신이 천상의 기억을 못한다는 것은 시기가 맞지 않거나 지상의 미련이 너무 강해서 그런 줄 아나이다."

"그럴 수도 있겠군. 으음…"

풍백은 고개를 끄덕여보이더니 다시 말했다

"탈해에게 묻노라. 너는 지상으로 돌아가 신라를 지키고 싶다고 하였는데 그 연유가 무엇인고?"

"예! 저는 아직 지상에서 못다한 일이 있사옵니다. 저를 돌봐주신 분들에게 은혜를 갚고자하옵니다."

"그래? 그렇다면 하늘의 은혜는 모른 체하겠다는 말인가?"

"아닙니다! 그것이 아니오라…"

탈해가 당황하여 말을 잇지 못하자 물렁한 공기덩어리 속에서 풍백의 모습이 점차 나타났다. 그는 입가에 미소를 띄고 더 없이 인자한 모습으로 탈해에게 물었다.

"탈해! 그대는 하늘을 섬기는가?"

"하늘을 섬기는 일이야 마땅하고 또 마땅한 일입니다. 하오나 소인은 하늘은 잘 모르겠고 사람에 대해서는 그나마 아는 바가 있사오니 먼저 훌륭한 사람을 섬기겠나이다."

"그래? 사람은 본시 권력과 부를 가지고 행세를 한다. 그런 인간의 모습은 덧없다 할 것이다. 그런데 그대는 어찌 그런 부평초 같은 인간을 섬기겠다고 하는가?"

"풍백이시여! 인간이 특이한 점은 그 성정이 저마다 다른 데 있다고 할 수 있나이다. 천상신들은 다 위대하시고 뛰어나시지만 지상의 인간은 모두 다 다르옵니다. 부와 권력으로 행세를 하는 천박한 자도 있사옵고 인과 의로써 훌륭한 삶을 살아가는 사람도 적지 않사옵니다."

"그런가? 그럼 그 천박한 자들의 기질이 바뀔 수도 있다고 보는가?"

"물론입니다. 많은 사람들의 뜻과 의지를 가지고 모두 밝은 길로 나아간다면 천박한 자들의 성정도 분명 바뀔 것입니다."

"그것은 옥황상제님의 뜻과 어긋나는 부분이 있도다!"

"예? 소인이 상제님의 그 뜻을 잘 알지 못하오니 부디 제게 일러주시지요."

"세상의 사람들은 저마다 다른 성정을 타고나 저마다 다른 삶을 살다가기 때문에 천하의 균형이 있는 것이고 그렇기 때문에 천부와 명부 그리고 지상의 균형이 맞는 것이라고 상제께서 말씀하셨다."

"하지만 변화는 언제나 있는 것이고 많은 사람들의 힘이 모아지면 상제님도 뜻을 바꾸시기도 하지 않으실까요?"

"허어! 당돌하구나! 감히 상제님을 이기려 드는 겐가?"

제 95화 - 22. 조의선사의 승천(4) - 마지막 회

풍백은 분명 호통을 쳤지만, 탈해가 고개를 조아렸다가 살짝 풍백을 바라보니 미소 짓고 있었다.

"이자는 옥황상제의 틀에 갇히지 않는 자로다. 대단하군! 허허허허허!"

풍백은 분노할 상황에서 매우 흡족한 표정으로 호탕하게 웃는 것이 아닌가. 탈해는 당황했지만 그렇다고 자신의 말을 취소할 수도 자신의 말이 맞다고 의기양양해할 수도 없는 매우 난처한 지경에 이르렀다.

"네가 원하는 것이 구체적으로 무엇이냐?"

"아직은 잘 모르겠사오나, 신라의 백성들을 다 지켜주고 싶습니다."

"허어. 뜻은 가상하나 고집 세고 머리가 나쁜 아이로다! 신이 아니고서야 인간의 몸으로 너 혼자 수만 명에 이르는 그 많은 사람을 어찌 다 지키겠는가?"

"그럼 제가 천상신이 되지 않아도 좋으니 지상의 산신이 되도록 해주십시오!"

"후후후, 기특하다만 삼라만상의 모든 이치와 결과가 어찌 네 뜻대로 되겠느냐. 하하하하!"

탈해가 조아렸던 고개를 들자 풍백부의 전각에 있던 천상삼사가 순식간에 사라진 것이 아닌가. 탈해는 마치 꿈을 꾸고 있는 것 같았다. 풍백부를 나와 천상 삼사원 성문 앞에서 탈해는 승균선인과 작별을 고하기 위해 마주섰다.

"자네 섭섭한가?"

"…예…"

"선친은 잘 계시다네. 자네에게 지상으로 잘 다녀오라고 하시더군! 언젠가 뵐 수 있을테지."

"그렇게 되길 빌겠나이다."

"옥황상제께 빌고 또 빌면 소원이 이루어질 터이니 돌아가거든 그렇게 살게나!"

"예. 명심하겠나이다."

"천상계 일대 주신이신 옥황상제께서는 자네를 기억하실 게야. 지상 신선의 궁극적인 지향인, 성통공완(性通功完)하면 승천하시게. 정성을 다한다면 소원이 이루어질 걸세."

"아무튼 감사하옵니다."

"한 가지 이야기를 더 해주지. 명부를 다스리시는 염라대왕은 본시 천상신이 될 수 있었지만 명부를 택하셨네. 염라대왕은 죽은 후 명부에서 천상세계로 가는 길을 가장 먼저 발견한 존재로, 생전의 공덕으로 인해 죽은 자들의 통치자가 되었지. 천상신 보다는 명부의 신이 되시기로 본인이 선택을 한 것이지."

"그런데 옥황상제께서 왜 그런 허락을 하셨지요?"

"내가 알 수 있나. 다 뜻이 있으신 게지."

"그렇군요."

"자. 이제 내려가시게. 자네의 후손들이 왕이 되기 위해 기다리는 저 지상세계로!"

"예? 그게 무슨 말씀이신지요? 제 후손들이라니요? 승균선인님! 소상히 알려주십시오."

"말을 많이 하게 되면 후회만 늘 뿐일세. 가서 겪어보시게나!"

"예? 송구하오나 어디를 간다는 말씀이시온지요?"

탈해가 승균선인에게 질문을 하고 고개를 들자 갑자기 사방에 아무것도 보이지가 않았다.

"선인님! 승균선인님!"

다시금 그를 불러보았지만 석탈해는 상하좌우에서 아무것도 발견할 수가 없었다. 덜컥 겁이 났다. 그의 몸이 허공중에 붕 떠있고 천상천하 그 어디를 보아도 완전한 무의 세상이 그 앞에 있을 뿐이었다. 그리고는 그의 몸이 아래로 추락하기 시작했다. 간이 철렁하는 느낌이 들어 자신도 모르는 사이 비명을 질렀고 탈해는 가장 깊은 공포의 핵심으로 들어간다는 느낌에 사지가 오그라들었다.

"아아아아아아아아!"

탈해가 꿈에서 깬 것은 해가 이미 중천에 오른 다음이었다. 탈해는 백산 암자 주위에서 조의선사를 찾아헤맸지만 그 어디에도 찾을 길이 없었다. 조의선사가 승천을 했고 자신이 분명이 천상에 다녀온 것이라면 무슨 증거가 있을 터인데 그 어디를 찾아봐도 증거가 될 만한 것은 없었다. 기억이 생생했지만 그 기억이 꿈인지 실제로 천상을 다녀온 것인지 알 수 없었다. 다만 춘장시모가 조의선사에게 바친 승천 축하의 편지가 암자 한쪽 구석에 놓여있었다. 아마도 춘장시모가 다녀간 모양이었다. 탈해는 의아했다.

'춘장시모는 그런데 왜 나를 깨우지 않았을까? 나를 보지 못했나?'

아무리 생각을 해봐도 알 길이 없었다.

'춘장시모가 나를 못보았다면 천상에 다녀온 것이 맞을텐데…'

신라로 돌아온 탈해는 입궁하지 않고 과거의 수련처로 향했다. 동악산에 올라 바다를 굽어보니 저 멀리 수평선에 하늘과 바다가 닿아보였다. 왜적을 없애 백성을 편안하게 할 수 있다면 동악에서 영원히 머물고 싶다는 느낌이 그 어느 때보다 강하게 느껴졌다.

다음날 궁성으로 복귀한 탈해는 왕이 수여하는 보검 하사식에 참석했다. 사검식에 아니공주가 오랜만에 아름다운 의복을 입고 서있었다. 금제가장보검(金製嵌裝寶劍)을 들고 환하게 웃는 아니공주가 탈해에게 왕명을 받아 보검을 하사했다.

그검은 당대의 일반적인 도검과는 그 양식이 전혀 다른 특수한 형태의 검이었다. 한철로 만든 칼은 그다지 날카로워 보이지 않았지만 칼자루와 칼집에 화려한 장식이 거서간의 검이었음을 말해주는 듯했다. 칼자루 끝 부분에 일곱 개의 점이 찍혀있었다.

'아니? 이것은 칠성 표식?'

탈해는 칠성표식을 보자 충격을 받았으나 그 이유를 알 수가 없었다. 마음을 가라앉히고 자세히 보니 칼은 대단히 화려했다. 칼집 둘레에 박(朴)자 모양의 띄를 금으로 두르고 그 여백은 홍색 마노를 장식하였으며 가장자리에 누금장식(鏤金裝飾)을 하였다. 자루와 검신 부분에는 홍색 마노를 늘어놓고 그 주위를 금입(金粒)으로 촘촘히 감쌌다. 칼집 맨 위의 납작한 장식판에는 태극무늬를 새겨넣었다. 글자 사이사이의 공간에도 역시 홍색 마노가 박혀있었다. 칼집 끝 부분은 사다리꼴 모양으로 되어 있는데, 세 군데의 구획을 짓고 적색 마노가 있었다.

"석탈해공은 들으라!"
"예! 왕이시여! 하명하소서!"
"이건 하사품이 아닐쎄."
"예?"
"원래의 주인에게 돌려주는 것일 뿐!"

'이것이 박혁거세 거서간님의 검이 아니고 원래 내것이었단 말인가?' 탈해는 어쩐지 낯이 익어 검을 찬찬히 들여다보았다. 칼자루에 희고도 푸른 보석이 가운데에 박혀있었다. 마노의 일종으로 일명 단백석(蛋白石)이라고 불리는 보석이었다. 그리고 그 주위에 일곱 개의 다른 보석들이 박혀있었다. 일곱 개의 보석은 호박, 산호, 유리, 수정, 청옥, 마노, 비취였다. 그것은 과거 석탈해가 십여 년 전 용성국에서 가지고 나온 바로 그 보검이었다. 칼자루의 칠보석에서 빛이 발하는 순간 탈해는 천상 칠성궁의 느낌이 확 들었다. '그래 내가 천상에 다녀온 것이 꿈이 아니었구나!'

칠십 삼년후.

죽음을 앞둔 석탈해 왕에게 풍백이 찾아온다. 모습은 보이지 않으나 목소리를 듣고 그가 풍백임을 알 수 있었다. 그는 몸이 불편해 엎드릴 수 없었는데 이미 자신이 부복하고 있음을 발견하고 놀랐다. 풍백의 목소리가 자신에게 기운을 주고 있음도 알게 되었다.

"나를 알아보겠는가?"
"천상사부 중 으뜸이신 풍백님을 뵈오이다!"
"오랜만이로군!"
"그러하옵니다!"
"자! 뒤를 돌아보거라!"
"예?"
"눈을 크게 떠 너의 지나간 세월을 보라! 보이느냐?"
"예…"
"네가 용성국 왕의 아들로 또한 일국의 대장군과 대보로서 그리고 신라의 왕으로 살아온 구십오 년의 인생이다."

"아아… 다 지나간 게 다시 보이는군요."

"만족스러운가?"

"사실은 부끄럽사옵니다"

"그럼, 이제 칠성궁으로 승천하겠느냐?"

"…"

"답을 주거라. 그리고 천신으로서의 예를 올리거라!"

"아닙니다. 저는 승천보다는 동악산의 산신이 되겠습니다."

"그래?"

"승천하여 천신의 지위를 갖기보다 저는 진정 동악산 산신이 되고자합니다."

"어찌 그러한가?"

"저는 이 땅에서 신라를 지키고자 하나이다!"

"허나 앞으로의 동악산 산신 노릇도 꿈결처럼 부질없이 지나갈 것이로다. 천신이 되면 의미 있고 천복을 받을 만한 일이 많지 않겠느냐?"

"아닙니다. 천신의 큰 복이 뭐 대수겠습니까? 소인은 그 어느 나라에게도 굴하지 않고 무릎을 꿇지 않는 신라를 지키며 불요불굴 동악의 신이 되겠나이다!"

"불요불굴의 동악신이라…. 알았도다! 그리 될 것이다!"

풍백이 바람과 함께 사라진 자리에 무럭무럭 김이 서려 일대가 안개에 둘러싸여 보이지 않게되었다. 잠시 후 집채만한 호랑이 두 마리가 탈해에게 와서 천천히 고개를 조아렸다. 산군들이었다. 탈해는 마치 늘 그랬던 사람처럼 능숙하게 호랑이 등에 올라탔다. 그리고 산안개 속으로 유유히 사라졌다.

석탈해가 동악산신이 되고나서부터 산신은 천상신과 대등한 수준을 유지하게 되었다. 이전에 산신들이 도인급이라면 석탈해 이후의 산신들은 선인급 이상의 천신급으로 격상된 것이었다. 석탈해부터 산신의 등급이 높아진 것이었다. 기존에는 일반도인들이나 영험한 호랑이인 산군들이 산신의 역할을 했으나 차후로는 천신급의 산신들이 산을 책임지게 되었다. 동악산신이 그 효시이다.

** 석탈해에 대해 삼국사기에는 이렇게 전한다.

광호제(光虎帝) 중원(中元) 육년 정사(丁巳) 유월에 탈해(脫解)는 왕위에 올랐다. 옛날에 남의 집을 내 집이라 하여 빼앗았다 해서 석씨(昔氏)라고 했다. 혹 또 까치로 해서 궤를 열게 되었기 때문에 까치[鵲]라는 글자에서 조자(鳥字)를 떼고 석씨(昔氏)로 성(姓)을 삼았다고도 한다. 또 궤를 열고 알을 벗기고 나왔다 해서 이름을 탈해(脫解)로 했다고 한다.

그는 재위(在位) 이십삼 년 만인 건초(建初) 사년 기묘(己卯)에 죽어서 소천구(疏川丘) 속에 장사지냈다. 그런데 뒤에 탈해산신이 명령하기를, "조심해서 내 뼈를 묻으라"고 했다.

그 두골(頭骨)의 둘레는 석 자 두 치, 신골(身骨)의 길이는 아홉 자 일곱 치나 된다. 이[齒]는 서로 엉기어 하나가 된 듯도 하고 뼈마디는 연결되어 있었다. 이것은 이른바 천하에 짝이 없는 역사(力士)의 골격(骨格)이었다.

이것을 부수고 소상(塑像)을 만들어 대궐 안에 모셔 두었다. 그랬더니 신(神)이 또 말하기를, "내 뼈를 동악(東岳)에 안치해 두어라"했다. 그래서 거기에 봉안케 했던 것이었다. 어떤 사람은 말하기를, 탈해(脫解)가 죽은 뒤 이십칠대 문호왕(文虎王) 때 조로(調露) 이년 경진庚辰) 삼월 십오일일 신유(辛酉) 밤 태종(太宗)의 꿈에, 몹시 사나운 모습을 한 노인이 나타나 말하였다. "내가 탈해(脫解)이다. 내 뼈를 소천구(疏川丘)에서 파내다가 소상(塑像)을 만들어 토함산(吐含山)에 안치하도록 하라." 왕(王)은 그 말을 따랐다고 한다. 그런 까닭에 지금까지 제사를 끊이지 않고 지내니 이 신을 동악신(東岳神)이라고 한다.

석탈해 II

초판 1쇄 인쇄일 | 2017년 9월 21일
초판 1쇄 발행일 | 2017년 9월 22일

지은이 | 김정진
펴낸이 | 정진이
편집장 | 김효은
편집/디자인 | 우정민 문진희 박재원
마케팅 | 정찬용 정구형
영업관리 | 한선희 이선건 최인호 최소영
책임편집 | 문진희
인쇄처 | 국학인쇄사
펴낸곳 | 국학자료원 새미(주)
등록일 2005 03 15 제25100-2005-000008호
서울특별시 강동구 성안로 13 (성내동, 현영빌딩 2층)
Tel 442-4623 Fax 6499-3082
www.kookhak.co.kr
kookhak2001@hanmail.net

세트 ISBN | 979-11-88499-12-0 *04810
ISBN | 979-11-88499-14-4 *04810
가격 | 14,500원

* 저자와의 협의하에 인지는 생략합니다.
잘못된 책은 구입하신 곳에서 교환하여 드립니다.
국학자료원 · 새미 · 북치는마을 · LIE는 국학자료원 새미(주)의 브랜드입니다.

* 이 도서의 국립중앙도서관 출판예정도서목록(CIP)은 서지정보유통지원시스템 홈페이지(http://seoji.nl.go.kr)와 국가자료공동목록시스템(http://www.nl.go.kr/kolisnet)에서 이용하실 수 있습니다.(CIP제어번호: CIP2017024063)
* 한국출판문화산업진흥원의 출판콘텐츠 창작자금을 지원받아 제작되었습니다.